卡夫卡 Franz Kafka

城堡 Das Schloss

●卡夫卡最繁複神祕的最終代表作●逝世100週年紀念●●●

湯永寬——譯

導讀

從禁忌的名字到捷克經驗的象徵：卡夫卡與捷克

文／政治大學斯拉夫語文學系教授　林蒔慧

今年適逢卡夫卡逝世一百週年，台灣讀者大多著重他在德語文學的地位，即便眾所皆知，卡夫卡一生都在捷克布拉格這座城市生活與寫作。

較鮮為人知的是，一九六三年前的捷克布拉格對已在鐵幕外西方世界大放異彩的卡夫卡作品是三緘其口的。當時，卡夫卡被鐵幕國家菁英視為資產階級作家，其頹廢異化的文學作品主題，並不符合社會主義基礎，更是與共產主義格格不入。然而，在卡夫卡逝世近四十年後，也就是社會主義捷克斯洛伐克的第一個十年裡，整個系統開始動搖，卡夫卡的名字不得不被輕聲提及。捷克查理士大學德國文學史教授愛德華・戈德斯圖克（Eduard Goldstücker,1913-2000）於一九六二年的作家聯盟會議上提議在卡夫卡誕生八十週年隔年舉辦一場關於卡夫卡的會議，所持理由鏗鏘有力：既然全世界都在討論卡夫卡的作品，為什麼卡夫卡這個名字在布拉格卻是一種禁忌？

於是，一九六三年五月，在布拉格北邊約二十公里的利布立策（Liblice）所舉行的會議不僅開啟了「布拉格視角」探索卡夫卡，強調布拉格對卡夫卡生活敘事和作品解讀的影響與作用，也是首次將卡夫卡正式介紹給他自己的「故鄉」。同時，此次會議也間接促使捷克斯洛伐克國家審訊制度的部分開放，預示著民主化進程的開始，是為引領捷克斯洛伐克進入「帶有人性面孔的社會主義」的重要思想先驅之一。然而，這一切最終還是以一九六八年的「布拉格之春」落幕。

一八八三年出生於布拉格的卡夫卡，一直以來被視為二十世紀最偉大的德語文學作家，然而，他卻是在猶太傳統文化中成長，並長期生活在波西米亞的日耳曼人及捷克人之間，與同時代以捷克語寫作的作家一起歷經奧匈帝國晚期的捷克社會，再進入捷克斯洛伐克建國初期。其中，最常與卡夫卡相提並論的便是同年出生的雅洛斯拉夫．哈謝克（Jaroslav Hašek, 1883-1923）。

儘管卡夫卡和哈謝克的寫作風格迥異，其筆下主角K以及好兵帥克卻常被認為存在著某種聯繫。德國哲學家華特．班雅明（Walter Benjamin, 1892-1940）[1]曾在卡夫卡逝世十週年之際指出，這種聯繫建立在一個基本的對比之上：K對一切都感到訝異，但好兵帥克卻從不感到驚訝；K對一切都感到內疚，但帥克從未有任何愧疚感；K不斷沉淪，直到不可避免的死亡，而帥克卻在世界上快樂地漂浮著，即便度過了第一次世界大戰所帶來的殘酷考驗，臉上還是掛著溫和的微笑。

換句話說，K和帥克雖然都身處混亂的官僚體系當中，周旋於無盡的障礙與無情的威脅之間，但其對比的態度皆為生活的疏離提供了解方。捷克哲學家卡雷爾．科西克（Karel Kosík, 1926-2003）[2]進一步指出：卡夫卡和哈謝克都在各自的作品中提供了一種願景，一種異化的現實。在這樣的現實中，哈謝克選擇了以鬧劇相應，認為只有笑聲才能揭示制度的荒謬，而卡夫卡則是強調對真理的執著探索，但卻總是以失敗告終。

麥田出版繼二〇一八年再版《好兵帥克》之後，於卡夫卡逝世一百週年之際推出由湯永寬老師所譯的《城堡》德語直譯增訂版。根據引薦卡夫卡以及哈謝克作品於世的馬克斯．布洛德（Max Brod, 1884-1968）[3]的說法，《城堡》中的鄉村背景來自於捷克經典文學作品《外祖母》（*Babička*, 1855）對卡夫卡的影響。《外祖母》的作者博日娜．涅姆措娃（Božena Nemcová, 1820-1862）是首位以捷克語書寫散文的女性作家，其作品《外祖母》則是以一位鄉村祖母的形象，象徵著捷克民族的傳統價值在亂世中仍長存鄉間。而卡夫卡似乎被這種和諧與和解的敘事世界所深

---

1 Benjamin, W. (1968). Franz Kafka: On the tenth anniversary of his death. In H. Arendt (Ed.), *Illuminations: Essays and Reflections*, pp.111-140. New York: Schocken Books.

2 Kosík, K. (1995). Hašek and Kafka, or, the world of the grotesque. In James H. Satterwhite (Ed.), *The Crisis of Modernity: Essays and Observations from the 1968 Era*, pp. 77-86. Lanham, MD: Rowman & Littlefield.

3 Brod, M. (1974). Über Franz Kafka. Frankfurt am Main: Suhrkamp.

深吸引，只是，在他自己的文字世界裡卻只能呈現截然相反的敵對與疏遠。

卡夫卡與捷克，或許彼此的存在就是這般對比卻必須的聯繫。

二〇二四年八月二十日
寫於捷克布拉格

目次

城堡

一

K抵達村裡的時候已經夜深。村莊深陷在雪地裡。城堡所在的山丘籠罩在霧靄和夜色中，連一點顯示有座城堡屹立的亮光也看不見。K站在一座從大路通向村子的木橋上，對著他頭上那一片空洞虛無的幻景，凝視了好長一段時間。

接著他向前走去，尋找今晚投宿的地方。旅店還開著，雖然店主已經騰不出房間，而且因為想不到這麼晚還有客人來而略為不快，但他還是願意讓K睡在大廳裡的草堆上。K接受了這個提議。幾個農人還坐在那裡喝啤酒，他不想攀談，便到閣樓上自己拿來一捆草，在火爐旁躺了下來。這是個很暖和的角落，那幾個農人都靜悄悄不吭一聲，他睏倦的雙眼隨意打量著他們，很快就睡著了。

可是沒多久他就被叫醒。一個穿得像城裡人的青年，長著一張像演員似的臉孔，狹長的眼睛，濃密的眉毛，正和旅店老闆一起站在他的身邊。那幾個農人還在屋子裡，有幾個人為了看得更清楚、聽得更仔細，都把椅子轉了過來。青年因為驚醒了K，彬彬有禮地表達歉意，同時自我介紹，說自己是城堡總管的兒子，接著說：「這個村子是屬於城堡所有，誰要是住在這裡或在這裡過夜，也就等於是住在城堡裡。沒有伯爵的許可，誰都不能在這停留。而你沒有獲得這種許可，或者至少你沒有拿出一張這樣的證件。」

K已經起身，撫平自己的頭髮，仰望著這兩個人。他說：「我闖進了什麼村子？這裡有城堡？」

「那當然了。」青年慢條斯理地回答。其他人聽了K這句問話，全搖起頭來。「這裡是我們大人西西伯爵的城堡。」

「難道必須有許可證才能在這裡過夜嗎？」K問道，似乎想確認自己聽到的到底是不是一場夢。

「每個人都必須有一張許可證。」青年回答，同時朝其他人伸出手臂，帶著鄙視K的嘲笑意味，「難道，一個人不需要有許可證嗎？」

「啊，那麼，我得去弄一張。」K說。他邊打著呵欠邊掀開毯子，像是準備起來的樣子。

「弄一張？你打算向誰申請？」青年問他。

「找伯爵申請呀，」K說：「只有這個辦法了。」

「三更半夜的，竟想找伯爵大人去申請一張許可證！」青年往後退了一步，驚叫了起來。

「行不通嗎？」K冷冷地問：「那你為什麼叫醒我？」

年輕人被惹惱了。「你少給我要這什麼態度！」他大叫：「我堅決要求你必須尊重伯爵的權威！我叫醒你是要你必須馬上離開伯爵的領地。」

「玩笑開夠了吧！」K刻意冷靜，重新躺下並蓋上了毯子。「你有點太過分了，我的朋友，明天我得談談你這種態度，假如需要的話，旅店老闆和在場諸位紳士可以為我作證。告訴你吧，我就是伯爵大人正等著的那位土地測量員。我的助手們明天就會帶著工具坐馬車來到這裡。我是因為不想錯過在雪地裡步行的好機會，才徒步走來的，可是不幸我一再迷路，所以這麼晚才抵達。在你來通知我之前，我早就明白現在到城堡去報到太晚了。這就是為什麼我決定今晚先在這樣的床上過夜。可是你，不妨說得客氣一點，卻粗魯無禮地吵醒了我。這就是我要說的。先生們，晚安。」語畢，K便朝火爐轉過身去。

「土地測量員？」他聽見背後有聲音猶豫不決地問著，接著是一陣沉默。但是那個青年很快又恢復了自信，壓低聲音繼續說話，顯現他顧及K的睡眠，雖然他的聲音還是能聽得很清楚。他對旅店老闆說：「我得打電話去問一問。」這麼說來，在這樣一個小店裡居然還有電話？凡是應有的設備，他們全都有。眼前這個例子就使K感到驚奇，但是整體說來，他也確實預料得到。電話似乎就裝在他的頭頂上，當時他睡意正濃，沒有注意到。假如那個青年非打電話不可的話，那麼，即使他再好心，也還是免不了要驚動K的，因此，唯一的問題是K是否願意讓他這麼做；他決定讓他做。那麼，在這樣的情況下，假裝睡覺就沒有什麼意義了，所以他又翻轉身來，改為仰躺。他看得見那些農人正在交頭接耳，竊竊私語；來了一位土地測量員，可不是一件小事。那扇往廚房的門已經打開，旅店老闆娘龐大的身軀堵住了整座門，老闆踮著腳朝她走去，說明發生了什麼事情。現在，電話上的對話開始了。城堡總管已經睡著了，可是一位名叫弗里茲的副總管

——副總管之一——還在城堡裡。那個青年一面通報自己是希伐若，一面報告說他發現了K，一個其貌不揚、三十歲左右的男人，枕著一個小背包，正安靜睡在一個草堆上，手邊放著一根歪歪扭扭的手杖。他自然懷疑這個傢伙，由於旅店老闆明顯的失職，那麼他，希伐若，就有責任來查究這件事情。他叫醒這個人，盤問他，也正式警告過他必須立即離開，可是K的態度很無禮，也許他有著什麼正當的理由，因為他聲稱自己是伯爵大人聘請來的土地測量員。當然，這種說法至少總得要有官方的證實，所以，他，希伐若，請求弗里茲先生問一問當局，是否真的在等這麼一位土地測量員，並請立刻電話回覆。

弗里茲正忙著查詢，青年在這端等候回音的這段期間，屋子裡靜悄悄的。K沒有挪動位置，身體連動都沒有動一下，彷彿毫不在乎似的，只是望著空中。希伐若這種敵意和審慎交雜的報告，使K想起了某種外交手段，像希伐若這麼一個城堡的低階人員竟也精通此道。而且他們甚至勤於職守，當局在夜裡竟還有人值班。他們顯然很快就回答了問題，因為弗里茲的回電很快就來了。他的答覆似乎很簡短，因為希伐若立刻放下聽筒，生氣地大叫：「就跟我說的一樣！什麼土地測量員？連影子都沒有！不過是個招搖撞騙的平凡流浪漢，而且說不定比這更糟。」K一時轉念，希伐若、農人、旅店老闆和老闆娘也許會聯合起來對付他。為了至少能躲避他們首波襲擊，他便縮在毯子裡。此時電話卻又響起來了，而且，鈴聲似乎特別響亮。他慢慢探出頭來。雖然這通電話大概不可能又是與K有關係，但是眾人此刻都安靜下來，希伐若再次拿起聽筒。他聽了對方相當長的一段話後低聲說：「一個誤會？是嗎？我聽了很遺憾。部長本人是這麼說的嗎？太奇怪、太奇怪了。我現在該怎麼向這位土地測量員解釋呢？」

K豎起了耳朵。聽起來，城堡已經認可他是一位土地測量員了？從這點來說，這對他是不利的，因為這意味著，有關他的情況，城堡已經握有詳細的報告，掌握到一切可能發生的情況，因此，便含笑接受了這樣的挑釁。可是從另一方面說，這對他也可以說很有利，因為倘若他的解釋是對的，那麼他們就是低估了他的力量，他也就可以擁有比自己敢於想望的更多的行動自由。可是假使他們是打算用認可他職業身分的這種上對下高傲態度嚇跑他，那他們就失策了。這一切只不過令他不太好受，僅止於此而已。

希伐若膽怯地向他走來，但他揮了揮手趕走對方。旅店老闆殷勤地請他移步到自己的房間裡去睡，他也拒絕了，只從老闆手裡接下一杯熱茶，又收下老闆娘提供的一只臉盆、一塊肥皂和一條毛巾。他甚至不需要請求眾人離開房間，因為所有的人都自動轉過身去一湧而出了，生怕第二天被他認出來。燈已經吹熄，最後只留下他靜靜一個人。他倒頭睡到第二天早晨，連老鼠幾次竄過他身邊都沒有驚醒。

吃過早餐，老闆告訴他，早餐及他所有膳宿費用都由城堡負擔。他準備馬上出門到村裡去，但是看到老闆似乎為了昨晚怠慢了他，老是含著沉默的哀求一般地在他身邊打轉，他有點心生憐憫，於是請他坐下。

「我還沒有見到伯爵，」K說：「他對工作可靠的人，一定會支付優渥報酬，是不是？像我這樣千里迢迢從家鄉跑來的人，一定要在口袋裡裝進一點東西才能回去啊！」

「體面的先生不需要煩惱這樣的事。在我們這裡，沒有人會抱怨酬勞少給的。」

「嗯，」K說：「我可不是像你們這樣膽小的人。即使對伯爵那樣的人，我也敢表達意見。但是，如果能不費工夫就順利擺平一切，當然是最好了。」

旅店老闆坐在K對面的窗邊，不敢找個更舒適的地方坐下，他那對棕色的大眼睛憂慮地傻傻望著K。一開始他主動想跟K聊聊，可是現在他似乎又急於想脫身。他是害怕K可能向他探問伯爵的事？還是在這位他認為是「紳士」的人身上發現了什麼破綻，因而害怕起來了？K必須轉移他的注意力。他望著掛鐘說道：「我的助手們很快就要到了。你能幫他們安排住宿嗎？」

「當然，先生，」他說：「可是他們不會跟你一起住進城堡嗎？」

難道旅店老闆真的樂於把一個帶來生意的旅客，尤其是像K這樣的人放走，毫無條件地把他轉讓給城堡嗎？

「現在還不能確定，」K說：「我得先搞清楚城堡要我做的是什麼工作，例如，假設我得在村子裡工作，那麼也許到時我住在這裡會更方便。更何況，我也怕城堡裡的生活我過不慣，我是喜歡自由自在的人。」

「你不了解城堡。」旅店老闆悄聲道。

「當然，」K回答：「不應該太早下判斷。目前我只能確定他們的確知道怎麼挑選一個優秀的土地測量員。說不定也還有別的吸引人的東西吧！」他說著便站起身來想擺脫老闆，因為這傢伙正心神不定地咬著嘴唇。想要贏得他的信任是不容易的。

K正要走出去，這時看見牆上一只暗淡無光的框裡有一幅黑黝黝的肖像。他在爐邊休息時，早就觀察過，可是遠遠望去根本看不清是什麼，還以為是釘在木框上的一塊板子。現在才看清楚，原來是一幅畫，是一個大約五十歲的男子半身像。畫像裡的男子頭臉低垂在胸前，低得連眼睛都幾乎看不見，又高又大的前額和結實的鷹勾鼻彷彿沉重得讓腦袋都抬不起來。因而他那滿臉大鬍子也被下巴壓住，還往下披散。左手淹沒在濃密的頭髮裡，卻似乎無法把自己的頭撐起來。「他是誰？」K問：「是伯爵嗎？」他站在畫像前面朝老闆轉過身去問。「不，」旅店老闆說：「他是城堡總管。」「真是相貌堂堂啊！」K說：「可惜他生了一個沒有教養的兒子。」「不，不，」旅店老闆說，他把K拉近一點，湊著他的耳朵低低地說：「希伐若是在吹牛，他的父親只不過是個副總管，而且是職位最低的一個。」K突然覺得老闆像個小孩。「這個壞蛋！」K笑了一笑說。可是旅店老闆沒有笑，他接下去說道：「但即便是職位最低的，他的父親勢力也倒是不小呢。」「你給我站遠一點吧，」K說：「你認為誰都是有勢力的，我，說不定也是有勢力的，是吧？」「不，」他膽怯但又一本正經地回答說：「我才不認為你有什麼勢力。」「你眼光還真好，」K說：「說實話，我真的不算個有勢力的人。我也像你一樣，會去尊敬有勢力的人，只是我沒有你那麼誠實，我常常不願意承認這一點。」語畢，K在他的臉上輕輕打了一下，想讓他開心點，獲得他的友誼。這居然使他微微笑了一下。他實在還很年輕哩，臉頰柔嫩，幾乎還沒有長鬍子。怎麼會娶了那個身材那麼壯碩、年紀大他那麼多的妻子呢？從一扇小窗口裡就能看見她赤裸的手臂在廚房裡忙得團團轉。K不想再努力獲得老闆的信任，也不願把老闆臉上那抹好不容易逗出的笑容嚇退，於是K以手勢示意，要他打開門，跨步走進外頭晴朗的冬天早晨。

現在，他看得見那座城堡了。在光明閃耀的天空下，城堡看起來輪廓分明，頂上一層薄薄的積雪更顯得線條清晰。山上的積雪似乎比山底下村裡的雪少得多。昨天走在村子裡，K感覺就像在大路上一樣寸步難行。厚厚的積雪一直堆到小屋窗上，再往上就又蓋滿了低矮的屋頂，可是在山上，一切都是那麼輕盈自在地在空中飛翔，或者至少從山底下望上去是如此。

大體說來，城堡的遠景符合K的預期。它既不是一個古老要塞，也不是一座新穎的大樓，而是一堆雜亂無章的建築，由無數緊擠在一起的小建築物組成，有的是平房，有的是兩層小屋。如果K事先並不知道它其實是座城堡，可能會以為那是一個小鎮。視野可及範圍內，那些建築群裡只有一座高塔，它究竟是屬於一所建築物？還是某座教會的塔？他無法確定。一群群烏鴉正繞著高塔飛翔。

K一面向前走，一面盯著城堡看，腦子徹底放空。等他走近城堡，不禁大失所望；原來它不過是一座形狀寒傖的市鎮而已，一堆亂七八糟的小屋，如果說有什麼值得一提之處，那麼，唯一的優點就是它們都是石頭建築，可是泥灰皆已剝落殆盡，石頭也似乎正在風化。K頓時想起了自己家鄉的村莊，老家絕不亞於這座所謂的城堡，如果問題只在於要到此一遊的話，那麼，跑這麼遠的路就未免太不值得了，還不如重訪自己的家鄉，他已經很久沒有回老家去看看了。於是，他便暗自將家鄉那座教堂的鐘樓和眼前這座高塔比較了起來。家鄉那座鐘樓線條挺拔，屹然矗立。從底部到頂端扶搖直上，頂上還有蓋著紅瓦的寬闊屋頂，是為一座塵世裡的脫俗美樓——畢竟，我們人類還能打造出什麼別的建築物？——而且它具有一種比一般住宅更為崇高的目的、比混亂失序的日常生活更清晰明確的意義。而眼前上方的這座高塔——唯一看得見的一座高塔——現在看起來顯然是一所住宅，或者是一座主建築的塔樓，從上到下都是圓形的，一部分由常春藤熱情覆蓋，一扇扇小窗從常春藤裡探出來，在陽光下閃閃發光，一種瘋狂的閃光。塔頂有棟像閣樓似的空間，牆上城垛參差不齊、斷斷續續，彷彿是出自小孩抖著手或漫不經心繪製而出的，在蔚藍的蒼穹映襯之下，顯得輪廓分明。像一個本應束縛於高閣的憂鬱症患者，卻從屋頂鑽了出來，挺起身子讓世界眾目睽睽地望著他。

K又停了下來，似乎只有停下來他才有足夠的判斷力，他卻受到了干擾。目前駐足之處是教堂，後方就是學校。所謂的教堂，實際上不過是一所禮拜堂，以及像穀倉一般的擴增建築，提供教區居民居住用。學校是一幢又長又矮的房子，老氣又俗不可耐。校舍坐落在如今已是一片雪地的圍籬花園後面。此時，孩子們正跟著老師走出來，簇擁著K，抬起頭來盯著他看，同時連珠炮似地嘰嘰喳喳談著。他們語速之快，K根本聽不懂。那位老師是個肩膀狹窄、身材矮小的青年，走起路來身子直挺挺的，不過這種姿態倒不至於可笑。他從老遠就已經緊緊盯著K，這也是很自然的，因為眼前除了這些小學生之外沒有其他人。身為初來乍到的外地人，更因為對方是位儀表堂堂的年輕人，K便率先上前說道：「早安，先生。」孩子們像有某種默契一般忽然都安靜了下來，或許是因為他們的老師樂於有這段突如其來的靜默作為他斟酌詞句的準備。「你在看城堡嗎？」他這句話問得比K所預期的溫和，但隱約流露出他並不贊成K這樣的行為。「是的，」K說：「我是一個外地人，我昨天晚上才來到這個村子。」「你不喜歡城堡嗎？」這位老師很快又如此問道。「什麼？」K反問道，他感到有點驚奇，於是改以緩和的語氣又問了一遍。「我喜不喜歡城堡？為什麼您認為我不喜歡城堡呢？」「從來沒有任何外地人喜歡城堡。」老師說。為了避免說錯話，K便改變話題，說道：「您應該認識伯爵吧？」「不認識。」老師說著，轉過身去。K不願意就這樣讓對方逃掉這話題，便又追問：「您竟不認識伯爵？」「我為什麼一定得認識伯爵？」老師低聲回答，接著用法語高聲添了一句：「請不要忘記有天真爛漫的孩子們在場啊！」K緊抓住這句話作為正當理由，問道：「我能改天拜訪您嗎？先生？我在這裡得待一些時候，可是我已經感到有點寂寞了。我跟那些農人合不來，我想，我跟城堡恐怕也合不來呢！」「農夫和城堡沒有什麼區別。」老師說。「也許是吧，」K說：「可是這一點都不能改變我的處境。我能否擇日拜訪您？」「我住在天鵝街一個屠夫家裡。」這句話與其說是邀請，不如說只是告知。可是K說：

「好，我一定去看您。」老師點了點頭，便領著那群孩子繼續往前走，孩子們立刻又再度吵嚷起來。不久，一群人就消失在那陡峭直下的小路裡。

可是K對這次談話感到又害怕又氣。自從來到這裡，這是他第一次真正感到疲倦。前面歷經那麼一段漫長的旅程，本來似乎不太疲倦——在那些日子裡，他是多麼從容不迫地一步步走過來的！——可是現在他扎扎實實地感覺到勞累了，而且是在這樣不合時宜的時刻。他感覺自己渴望著想結識新朋友，可是每當結識一位朋友，似乎又只是加重原本的厭倦。儘管如此，在目前的情況下，如果他非繼續往前走不可，至少走到城堡入口，那他的氣力還是綽綽有餘的。

因此，他又繼續走，可是路實在很長。因為他走的這條大路根本無法抵達城堡坐落的山丘上，它只是朝著城堡的方向，接著彷彿像經過匠心設計，巧妙地轉到另一個方向去了，雖然並沒有遠離城堡，可是也一步都沒有更靠近。每轉一個彎，K就指望大路能夠更靠近城堡，也正是因此他才繼續向前走。儘管他已經筋疲力盡，卻絕不願意離開這條街。再說，這個村子居然這麼長，也使他困惑不已，它彷彿沒有盡頭。他走啊走的，只看到一幢接著一幢式樣相同的小房子，冰霜封凍的窗玻璃，皚皚的白雪，沒有一個人影——可是最後他到底掙脫了這條迷宮似的大街，逃進了一條小巷。這裡雪積得更深，必須花很大的力氣才能把腳從雪地裡拔出來，非常累人。他渾身大汗，突然停下來，再也走不動了。

總之，他可以確定自己不是在一座荒島上，左右兩側全是小屋。他捏了個雪球扔向一扇窗子。立刻有人把門打開了——這是跑遍全村後為他打開的第一扇門——門口出現了一個穿著褐色毛外套的老農夫，腦袋側向一邊，一副衰弱而和善的模樣。「我可以到府上休息一會兒嗎？」K問：「我太累了。」他沒聽見老人的答話，但是懷著感激的心情看著一塊木板向他身邊推來，準備把他從雪裡救出來，於是他跨上幾步，走進了廚房。

這是一間很大的廚房，屋子裡光線很暗。從外面剛進來時，一開始什麼都看不清。K被一只洗衣桶絆了一跤，一隻女人的手扶住了他。一個角落裡傳來了孩子們的大聲號哭。另一個角落裡湧出一陣陣水蒸氣，本來已經很暗的屋子就變得更暗了。K像是站在雲端裡一樣。「他一定是喝醉了。」有人在這樣說。「你是誰？」一個威嚇的聲音大聲質問，接著，這句顯然是對老人說的：「你為什麼讓他進來？難道我們要把街上每一個遊蕩的人都帶到家裡來嗎？」「我是伯爵的土地測量員。」K說，在這個他看不見的人面前，他竭力為自己辯護。「哦，這位是土地測量員！」這是一個女人的聲音，接著是一片沉默。「那麼，你認識我？」K問道。「當然。」剛剛那個女人的聲音簡短地回覆。對方雖然已經對他有所認識，卻似乎並不等同於正式的介紹。

最後，水蒸氣淡了點，K漸漸地也看得清周圍的光景了。這天似乎是一個大掃除的日子，靠近門口處，有人在洗衣服。可是水蒸氣正從另一個角落裡冒出來，那裡有一只大木桶，K從來沒有見過有這麼大的木桶，簡直有兩張床那麼寬，兩個男人正在冒著熱氣的水裡洗澡。但教他更驚奇（雖然說不出究竟是什麼事情令人如此驚奇）的是右邊角落裡的情景。後牆上有一個很大的開口，這是後牆上僅有的一個洞，一道淡淡的雪一般的白光從洞外射進來，這白光顯然是從院子裡射進來的。白光照在一個女人身上，使她身上的衣服閃耀著絲綢般的光彩。這個女人幾乎是斜臥在一張高高的扶手椅裡，正抱著一個嬰兒在哺乳。幾個顯然是農人家庭的孩子圍在她身邊玩耍，但這個女人卻似乎屬於另一個階級，當然，人在病中或是疲憊之際，即使是農人也會看起來比平時多了一分優雅。

「坐下！」其中一個滿臉鬍子的男人說。他總張著嘴，粗聲粗氣地呼吸，從澡桶邊舉起濕漉漉的手——這是個有趣的畫面——指著一張長椅，溫熱水滴濺滿K一身。剛才招待K進屋來的老人就坐在那張長椅上出神，K這才終於找到了一個座位，接下來，誰都沒有再注意他了。洗衣桶旁邊的那個女人年紀很輕，豐腴可愛，她邊忙邊低聲哼歌。男人們在木桶裡彷彿拳打腳踢地洗著澡，孩子們想靠上前去，卻只換回狠狠一頓潑水，水花甚至又濺到K身上。扶手椅上的女人好像是一個沒有生命的形體，雙眼直盯著屋頂，連懷裡的嬰兒也不看一眼。

她構成了一幅美麗、悲傷、靜止不動的畫面，K一定是盯著看了她好長一段時間，接著，他一定是睡熟了，因為有人大聲喊醒他的時候，他發現自己的頭正靠在老人的肩膀上。男人們已經從澡桶裡出來——現在澡桶裡翻滾的已是那一頭秀髮的女子照料下的那些孩子——男人們正衣冠端正地站在K的面前。看起來那個滿臉鬍鬚、出聲威嚇的男人，是兩人當中地位較低的。另外那個男子性格沉靜，思路較慢，老是歪著頭，個頭並不比他的同伴高，鬍子也很少，肩膀卻健壯得多，長著一張寬闊的臉孔。現在換他開口：「你不能待在這裡，先生。請原諒我們的失禮。」「我不打算久待，」K說：「我只是想在這裡休息一會兒。已經差不多了，我就要走了。」「我們這樣怠慢客人，你也許會感到奇怪，」這個男人說：「可是好客不是我們這裡的風俗，對我們來說，客人沒有什麼用處。」也許是因為小睡過片刻，K精神多少恢復了一點，神智也清醒了一點，聽見男子誠實的發言，令他開心起來。他感覺自在多了，握著手杖指指點點的，走近那個扶手椅上的女人。他發現自己在這個房間裡是身材最高大的人。

「的確，」K說：「客人對你們而言有什麼用處呢？不過你們有時還是會需要一個的，例如我這位土地測量員。」「我可不知道，」那人慢條斯理地回答：「如果你是受聘來的，那可能是我們需要你，那就又另當別論了。可是我們這些小老百姓是按照老規矩辦事的，你可不能怪我們。」「不，不，」K說：「我對你，對這裡的每一個人只有感激。」接著，乘眾人不防，他突然一個轉身，站到了那個躺著的女子面前。她睜著疲倦的藍眼睛望著他，一條透明的絲巾直披到前額，嬰兒在她懷裡已經沉沉睡去。「你是誰呀？」K問。女人不知是瞧不起K，還是回答得太含糊，她說：「從城堡裡來的一個女孩。」

不過是幾秒鐘的事，兩個男人卻已經來到他的身旁，把他推到門口去，彷彿他們沒有別的辦法，只能這樣一聲不吭地使出全身氣力把他推出大門了事。他們的舉動讓老人樂得拍起手來，在洗衣桶旁的那個女人也笑了。孩子們也像發了瘋一般突然大叫起來。

K不久就來了外面的街上，那兩個男人在門口打量他。此刻又下起雪來，天色卻似乎更亮了。一臉鬍子的那個男人忍不住喊道：「你要去哪裡？這條是往城堡的路，那一條是到村子裡的。」K沒有理他，另一個男人雖然有點靦腆，對K來說還算是比較可親，因此他轉過身去改對那個男人說：「你是誰？我該向誰感謝此番收留我歇息片刻的好意呢？」「我是皮革工匠雷瑟曼。」這就是回答，「但你不必道謝。」「好吧，」K說：「或許我們還會再見。」「我可不這麼認為。」那人說。此時，另一個男人突然招著手叫喊起來：「阿圖爾，早啊！耶赫米亞！」K轉過頭去，看來，路上終究是有人的。兩個年輕人正從城堡的方向走來，他倆都是中等身高，十分纖瘦，一身緊繃的衣裝，彼此看起來模樣很相像，他們皮膚呈暗褐色，嘴上黑色的小山羊鬍分外醒目。因為路上不好走，他們兩個人細長的腿步伐齊整地邁開大步走著。「你們要去哪裡？」滿臉鬍子的男人大聲地問著。他們走得很快，不肯停下腳步，要對他們說話只能大聲叫喊。「我們有公務在身。」他們一面笑一面大聲回答。「在哪兒？」「在旅店。」「我也要往那裡走。」K突然大聲喊了出來，聲音比其他人都大。他突然很渴望與那兩人結伴同行，並不是因為想交朋友，而是那兩人明顯會是令人愉快的好旅伴吧！他們聽到了他的喊聲，但只是點了點頭，接著就跑得不見人影。

K仍站在雪地裡，他簡直不想把兩隻腳從雪裡拔出來，因為這麼做不過是再次讓雙腳深陷進去而已。皮匠和他的夥伴因為終於擺脫了他而感到心滿意足，慢條斯理地從那扇半開的大門側身走回屋去，他們回過頭來看了K兩眼，接著便留他孤伶伶一個人在大雪紛飛的門外。「假使我此刻站在這裡，並不是出於有意的安排，而只是偶然的話，」他閃起了這樣的念頭，「這倒不失為一個演出絕望的絕妙場面。」

就在此時，他左手邊的那幢小屋打開了一扇小窗，也許因為雪光反射的緣故，這扇窗子關著的時候看起來像是深藍色，窗子很小，打開以後連窗子後面那個人的整張臉孔都看不清，只看得見兩隻眼睛，那是一雙衰老的棕色眼睛。「他在那裡！」K聽見一個女人顫抖的聲音在說話。「那是土地測量員。」一個男人的聲音回答。接著，那個男人也走到窗邊，問：「你在這裡等誰嗎？」他的語調和神色不至於難以親近，可是好像生怕在自家門口惹出什麼麻煩來。「我想等著搭上順路的雪橇。」K說。「這裡是不會有雪橇經過的，」那人說：「這裡沒有車輛來往。」「可這是往城堡去的路呀！」K反駁。「那還是一樣，那還是一樣，」那人帶著一種最後結論的口氣說道，「這裡沒有車輛來往。」接著兩人都不吭聲了。但是那人顯然腦子裡還在思考著什麼事情，因為他沒有關上窗。「這條路可真是糟透了，」K想引他開口，便這麼說道。他得到的唯一回答是：「啊，是的。」但是過了一會兒，他自告奮勇地說道：「要是你願意的話，我可以用我的雪橇送你一路。」「那就麻煩你了。」K欣喜地說：「要付給你多少錢？」「一毛都不必。」那人說，這句話倒是令K意外。「這個嘛，你是土地測量員，」那人解釋說：「那你就是城堡的人。你要我送你到哪裡呢？」「我要到城堡去。」K連忙回答。「我不能送你去那裡。」那人毫不猶豫地說。「可我是城堡的人，」K重複著對方的原話這麼說著。「也許是吧。」那人說。「啊，那麼，就送我到旅店去吧。」「好，」那人說：「我等等就拉雪橇出來。」從他的一切言行看來，他並不是出於任何好意而這麼做，而是出於一種自私與焦慮，而且幾乎是裝腔作勢的固執，一心只想把K從自己家門口趕走。

院子的大門打開了，接著，一隻孱弱的小馬拉著一輛輕便的小雪橇出現了，這座雪橇很簡樸，根本沒有什麼座位，那個男人一拐一拐地在後面跟著，彎腰駝背的，十分衰弱。那張又瘦又紅的臉蛋，加上著涼的鼻子，在緊緊裹著一條羊毛圍巾的脖子相比之下，顯得格外的小。顯然現在他正生著病，只是因為要送K一程，這才強打起精神出門。K鼓起勇氣向他表示歉意，那個男人揮了揮手打發了他。K從他嘴裡只探聽出他是一個馬車夫，名叫蓋斯塔克，他之所以駕這輛簡陋的雪橇出來，是因為這輛雪橇正擱在外頭，要是駕別的雪橇，那就要花費很多時間了。「坐上去吧！」他指著雪橇說。「我可以跟你並排著坐，」K說。「我要步行，」蓋斯塔克說。「為什麼？」K問道。「我要步行。」蓋斯塔克又重複了一遍，突然咳起來，咳得身子直搖晃，不得不岔開腿站在雪地裡維持平衡，並緊抓住雪橇的邊緣。K不再多說，便坐上了雪橇。那人的咳嗽也慢慢地平復了下來。於是，他們趕著雪橇走了。

上面那座城堡——K本想當天就前往城堡——現在已經開始暗淡下來了，而且又重新退向遠方。但就像是要給他一個下次再見的告別信號一般，城堡那邊突然響起了一陣愉快的鐘聲往下面傳來，這陣鐘聲，至少在那一剎那使他的心怦怦跳動起來，因為這鐘聲同樣也含著嚇唬他的音調，彷彿是因為他想實現他曖昧的欲望而向他表示威脅似的。宏亮的鐘聲不久就消逝了，繼之而起的是一陣低微而單調的叮噹聲，它可能來自城堡，但也可能是從村裡什麼地方傳來的。這單調的叮噹聲，搭配這樣步調緩慢的旅行，以及那位身形可怕而又冷漠無情的車夫卻是十分和諧一致。

「我說，」K突然叫喊起來──他們已經走近教堂，離旅店不遠了，因此K覺得可以冒險一試──「你居然有這份心意自願駕雪橇送我一路，我覺得很奇怪，你這樣做是被容許的嗎？」蓋斯塔克沒有理睬他，只是繼續默默走在那匹小馬旁。「喂！」K叫道，同時從雪橇上挖了點雪，捏成一個雪球往蓋斯塔克擲去，這一下正巧落在他的耳朵上，他這才停下腳步，轉過身來。等K這樣近看對方時──雪橇向前滑了幾步──這下才看清他那副好像受過什麼迫害的傴僂之身，臉頰凹凸不平又瘦又紅，張開的嘴中露出寥寥幾顆牙齒，K這才發現自己剛才懷著惡意說的那句話，應該用憐憫的口吻重說一遍，也就是說，他，蓋斯塔克，會不會因為為他駕這趟雪橇而受到處罰？「你說什麼？」蓋斯塔克迷惑不解地問道，可是沒等他回答，他就向小馬吆喝了一聲，又繼續往前趕路了。

二

在大路轉彎處，K認出他們已經離旅店很近了，看到暮色已經降臨，他感到非常驚奇。難道他已經在外跑了一整天了嗎？照判斷，他外出頂多不過一、兩個鐘頭。他出門的時候是早晨，印象中沒有感覺過自己需要進食。稍早以前，到處都還是白晝，可是現在夜幕卻籠罩在他們頭上了。「日子過得真快，日子過得真快。」他自言自語地從雪橇上溜下來，向旅店走去。

旅店老闆站在門口台階的最頂端，高舉一盞明亮的手提燈，一副歡迎的姿態。K頓時想起了他的車夫，便暫停下來，身後的黑影裡此時傳來一聲咳嗽，他在那裡。他想，他們很快就會再相見的。旅店老闆謙卑地向他問好。他跟旅店老闆並肩站著，這才看到有兩個人分別佇立在大門兩邊。他從店主人手裡接過燈來，往那兩人照過去，原來就是他稍早在人家屋裡遇見的那兩個人，阿圖爾和耶赫米亞。現在他們向他行禮致敬。這使他想起過去在軍中的日子，那是段幸福的時光，於是笑了出來。「你們是誰？」他一面問，一面左右來回輪流打量兩個人。「我們是你的助手，」他們答道。「是你的助手。」旅店老闆低聲附和。「怎麼？」K說：「你們就是奉我囑咐來跟著我的老助手嗎？」他們用肯定的語氣回答了他。「很好，」K停了一會兒說：「你們來了，我很高興。」「嗯，」他說，停了一會兒，接著又說：「你們這麼晚才到，實在太懶散了。」「到這裡來的路很遠。」其中一個人說。「路遠？」K複述一次。「可是我剛才碰到你們是從城堡裡來的。」「是的。」他們答道，沒有多作解釋。「測量器具在哪兒？」K說。「我們什麼工具都沒有。」他們說。「我給你們的工具呢？」K問。「我們什麼工具都沒有。」他們再三重複這句。「啊，你們還真是了不起！」K說：「那麼，你們知道怎麼丈量嗎？」「不懂！」他們說。「可是假如你們是我的老助手，應該懂得一點丈量才對。」K說。他們沒有回答。「好吧，進來吧！」K一面說，一面將兩人推到屋子裡去。

三人便圍著一張小桌子坐了下來，一起喝著啤酒，K坐在中間，兩個助手坐在兩邊，他們對話不多。和昨天晚上一樣，旅店裡只有幾個農人占據了另一張桌子。「該拿你們倆怎麼辦才好？」K一面說，一面打量著兩人，他已經這樣來回瞧著兩人好幾次。「教教我該怎麼分辨你們兩位？唯一的不同只有你們的名字，除此以外，都是一模一樣，就像……」他停了一下，接著又不由自主地繼續說：「你們就像兩條蛇一般一模一樣。」他們微微笑了起來。「可是大家通常可以清清楚楚分辨出我們倆呢！」他們為自己辯護。「我相信其他人可以，」K說：「但我是根據我自己才說這話的，因為我只能用我自己的眼睛來看，而我的眼睛就是認不出你們誰是誰。所以，我該把你倆當作是同一個人，把你們倆都叫阿圖爾，這是你們其中之一的名字，是你的，對嗎？」他向兩人當中的其中一個問道。「不，」那人說：「我是耶赫米亞。」「沒關係，」K說。「我要把你們倆都叫阿圖爾。要是我吩咐阿圖爾到什麼地方去，你們兩位都得去。要是我叫阿圖爾去辦一件事，那麼你們兩位都必須去辦。這樣做，固然對我很不利，讓我無法同時讓你們兩位分頭去辦不同的事，但這樣做的好處是，對於我吩咐你們的任務，你們倆都負有同等的責任。至於你們自己如何分工，那不關我的事，只要你們不相互埋怨就好，對我來說，你們兩位只等於是一個人。」他們考慮了一下說：「我們不喜歡這樣。」「我可不這麼想，」K說：「當然你們會不喜歡，可是非這樣不可。」有一個農人偷偷在他們的桌子周圍晃來晃去，K早已注意到了，現在這傢伙鼓起勇氣，走到其中一位助手面前低聲說了句話。「請見諒，」K一面說著，一面用手按著桌子，從椅子上站了起來，「這兩個人是我的助手，我們正在討論私人事務。誰也沒有資格來打擾我們。」「對不起，先生，對不起，」農人一面不安地嘟囔著，一面退回朋友們那桌。「接下來這是最重要的一道命令，」K重新坐下，對兩人說：「沒有得到我的准許，你們不能和任何人交談。我在這裡是一個外地人，要是你們真是我的老助手，那你們也是外地人。我們三個外地人因此必須互相支持，伸出你們的手承諾我。」兩個助手都熱切地將手伸給K。「我這樣訓斥你們，可別見怪，」他說：「但是記住，我是說到做到的。現在我要去睡了，我建議你們也去睡吧。今天我們錯過了一整天的工作，可是明天我們一早就必須開始工作了。你們得弄到一輛雪橇送我到城堡裡去，明天早晨六點鐘把雪橇在門外準備好。」「沒問題。」一個助手說。可是另一個打斷了他的話：「你說『沒問題』，但你知道那是辦不到的。」「住口，」K說：「你倆已經要開始吵了嗎？」第一個說話的助手卻插嘴：「他說得對，那是辦不到的，沒有許可證，外地人是進不了城堡的。」「那麼該去哪裡申請許可證？」「我不知道，或許是向城堡總管去申請吧。」「那麼，我們就打電話去申請，你們馬上去打電話給城堡總管。」他們衝到電話前，要求接通線路——他們表現得多麼熱心啊！從外表看來，他們簡直馴服得可笑——接著，他們問對方明天早晨K能不能跟他們一起進城堡。電話裡那一聲回答「不行」，甚至連坐在桌子旁邊的K都聽到了。但是對方還在繼續說話，而且聽起來更清晰了，電話裡這麼說：「不論是明天或者任何其他時候都不行。」「我必須自己打電話。」K說著便站起身來。直到現在為止，除了剛才發生過那一個農人的事件以外，K和他的助手們幾乎沒有受到週遭注意，但是他最後說的那句話卻引起了人們注意。K打電話的時候，他們全都站了起來，儘管旅店老闆想趕走他們，他們還是擠在電話旁邊，圍繞著K，站成一個半圓形。他們議論紛紛，幾乎都認為K根本不會得到回答。K只好請求他們靜一靜，說他並不想聽取他們的意見。

聽筒裡發出一種嘁嘁喳喳的聲音，這種聲音，K在電話上還從未聽到過。它好像是數不清的孩子齊聲發出的嗡嗡聲——但又不是一種嗡嗡聲，倒像是從遠處傳來的歌聲回音——不可思議地混成了一種高亢而響亮的聲音，它在你耳邊振盪著，似乎並不是僅僅希望你聽見，甚至是想刺穿你的耳膜。K把左手撐在架子上聽著那聲響，不想再打電話了。

他不知道自己在那裡站了多久，可是他一直站到客機老闆跑來拉他的上衣，告訴他來了一個信差要跟他說話。「滾開！」K勃然大怒地叫道，也許他是對著話筒叫的，因為立刻有一個聲音從電話那一頭答話了。於是開始了如下的談話：「我是渥斯瓦德，你是誰？」一個嚴峻而傲慢的嗓音大聲說道。在K聽來，對方發音似乎有點障礙，於是說話的人想以虛張聲勢的嚴厲口吻來掩蓋這個缺陷。K躊躇著要不要報上自己的姓名，因為他完全在電話的擺布之下，對方能夠斥喝或者掛上話筒，那就意味著堵塞了一條重要管道。K的躊躇不決使那個人感到不耐煩了。「你是誰？」那個人再次問道，接著又說：「要是下面少打幾次電話上來，我真要感激不盡了，不過一分鐘以前，就有人打過電話來。」K不理睬他這句話，突然決定這樣通報自己：「我是土地測量員的助手。」「什麼土地測量員？什麼助手？」K記起了昨天那次電話裡的話，於是簡短地說了一句：「去問弗里茲。」令他自己吃驚的是，這句話竟發生了效果。可是最使他驚奇的還不是自己這句話產生了效果，而是城堡的行政機構居然組織得那麼嚴謹。對方回答道：「啊，是的，那個沒完沒了的土地測量員。的確有這回事。怎麼啦？是哪個助手？」「約瑟夫。」K說。那些農人在他背後咕咕噥噥的聲音使他有點氣惱，他們顯然不同意他的策略。可是他沒有時間跟他們囉嗦，因為他全部的注意力都用來跟對方交談了。「約瑟夫？」傳來了這樣的疑問。「可是那兩個助手的名字叫……」說到這裡停了一下，很明顯，那是為了向另外一個人詢問，「阿圖爾和耶赫米亞。」「他們是新來的助手。」K說。「不，他們是老助手。」「他們是新的，我是老的。我趕在土地測量員的後面，今天才到。」「不。」話筒裡這樣大聲回答。「那麼，我是誰？」K還是像原先那樣和氣地問道。

停了一會兒，那個聲音帶著原先那種發音缺陷回答他了，但是口氣更沉重、更威嚴：「你是老助手。」

K正聆聽著這個全新的口吻，幾乎錯過了對方的問話：「你有什麼要求？」但是他竟想放下聽筒了。他再也不想從這次通話中得到任何東西。但是既然逼著要他說，他就立刻回答：「我的主人什麼時候能上城堡去呢？」「任何時候都不能來。」這就是回答。「很好。」K說，接著掛上了聽筒。

那些農人緊緊地圍在他的後面。他的兩個助手向他那邊瞟了好幾眼，竭力想趕他們回去。可是他們似乎並不當一回事，不管怎樣，這些農人對通話的結果是滿意的，因此正開始往後退。有一個人分開人群匆匆走過來，在K的面前鞠了一個躬，遞給他一封信。K接過信，卻定睛望著這個人，在這個時刻，對他來說，這個人似乎比信更重要些。這個新來的人跟那兩個助手非常相像，他跟他們一樣細瘦，穿了一身同樣緊窄的衣服，同樣是那麼溫馴而又機靈，但是他又跟他們大不相同。K該是多麼想用他做自己的助手啊！K忽然模糊地想起在皮匠家裡看到的那個抱著嬰兒的女人。他穿得幾乎是一身雪白，當然，不是綢子的；他跟別人一樣穿著冬裝，但是他穿的料子卻有綢子那樣的柔軟和氣派。他的面孔明朗而坦率，眼睛特別大。他的笑容特別愉快；他舉起一隻手遮著臉，似乎想把笑容掩蓋起來，但是辦不到。「你叫什麼名字？」K問。「我叫巴納巴斯，」他說：「我是一個信差。」他的嘴唇強勁有力，說話的時候卻很溫和。「你贊成這種事？」K問道，指著那些農人，他在他們的眼裡仍然是一個稀奇的人物，他們傻傻站在那裡望著他，張著嘴巴，咧著乾枯的嘴唇，一張張都是飽經苦難的臉——他們的腦袋看起來好像被打扁了似的，他們的體態也好像是挨了打而疼得扭成現在這副樣子——但他們也並不完全是直勾勾地望著他，因為他們的眼神又常常移開，打量著屋子的一件什麼無關緊要的東西，然後再轉回來盯著K看，K接著又指著他那兩個助手。這兩位正手挽著手站在一起，臉靠臉微笑著，可是這種微笑到底是表示順從還是譏諷，那就說不準了。他指著這一切，彷彿是在介紹一群因環境所迫而強加給他的隨從，也彷彿他指望巴納巴斯——在K來說，這是一種親密的表示——徹底把自己跟這些人區別開來。可是巴納巴斯——顯然，他太天真了——沒有注意這個問題，他像一個有教養的僕人略過主人顯然只是隨便說說的話那樣，輕輕放過了這句問話，只是順著K的問話，打量了一下屋子，跟其中幾位熟人握手問好，也跟那個助手交談了幾句，這一切他做得那麼瀟灑自如，顯得跟其他人截然不同。K雖然沒有得到答覆，卻不感到屈辱，便重新拿起手裡的那封信打開來看。信裡這樣寫著：「親愛的先生：如你所知，你已受聘為伯爵大人效勞。你的直屬上司是本村村長，有關你的工作和雇用條款等一切事項，將由他面詳，你對他負責。而我本人也將盡可能予以關注。本函遞送人巴納巴斯，將經常前去了解你有何需求，以便向我轉達。你將發現，只要是我可能辦到的，我無不樂於應命。我一向願我的工作人員對一切滿意。」下面的簽名無法辨認，但是簽名旁邊蓋了一個圖章：「X部部長」。「等一下再說吧！」K對巴納巴斯說，巴納巴斯便向他鞠躬告退。接著，他要旅店老闆帶他到房間裡去，因為他要獨自一個人研究一下信件的內容。同時，他又想到巴納巴斯雖說是這麼迷人，但終究不過是一個信差，於是他給他叫了一杯啤酒。他想看一看巴納巴斯怎樣對待這杯啤酒，巴納巴斯顯然感到非常高興，立刻喝了起來。接著，K就跟著旅店老闆離開。旅店空間很小，除了閣樓這間小屋子以外，就無法再提供什麼了，而且即使這樣，也造成了一些困難，因為得把平常住在這間房子裡的兩個女僕挪到別的地方去住。實際上也並沒有什麼安排，只是趕走她們而已。這間屋子也根本沒有任何布置，單人床上沒有鋪被單，只有幾只枕頭和一張馬毯，就跟那天早晨一樣，仍舊一團凌亂。牆壁上有幾張聖像和士兵的照片，屋子裡甚至不曾通風過，很明顯，他們並不希望新來的客人會在這裡長久待下去，因此也就不打算給他任何殷勤的招待。K倒沒有因此生氣，他把毯子往身上一裹，在桌子旁邊坐了下來，便就著獨光重新讀起那封信來了。

這是一封前後矛盾的信，其中一部分把他當作一個自由人那樣來對待，承認了他的個體性，比如說，稱呼的方式以及提到他的願望等等。但是在其他地方，卻又直接或間接地視他為一個低階雇員，幾乎無緣見到那些主管；寫信人願盡力對他表示「關注」，他的上司卻又不過是一個村長，實際上他只對村長負責而已，那麼他唯一的同僚，可能就只有村警了。這些都是前後矛盾的地方，這是毫無疑問的。矛盾既是這樣顯而易見，那就得加以正視。K不能設想這些矛盾的產生是由於猶豫不決；對這樣一個組織機構作如此的設想，簡直是一種糊塗透頂的念頭。他寧可把這些矛盾看作是坦率告知他的選擇，讓他自己從信裡選擇他喜歡的一種選項，是願意做一個工人，跟城堡保持特殊但只是表面的聯繫？還是做一個名義上的工人，而實際工作卻藉由巴納巴斯的中介來決定呢？K會毫不猶豫地作出自己的選擇，即使他初來乍到，尚缺經驗就要作出抉擇，他也絕不會猶豫不決。在村子裡當一個普通工人，盡可能遠遠離開城堡的勢力範圍，他照樣有信心能夠完成像住在城堡裡一樣的工作；村裡人現在對他這麼懷疑，當他一旦成為同一個村子裡的人，即使還算不上朋友，他們也就會開始和他交談了；而且他一旦變成了一個跟雷瑟曼或者蓋斯塔克不分軒輊的人物——這一點必須盡快做到，因為一切都取決於此——那麼，所有道路都會向他敞開，要是他僅僅依靠城堡裡那些大人們的恩典，那麼所有道路不僅會永遠關閉，而且連看也看不到。這當然也有危險，儘管信裡苦心寫了些令人滿意的內容，但是已充分強調出這一點，彷彿是不可避免似的，那就是他的身分必須降為一個工人——效勞啦，優越的工作啦，雇用條款以及負責的工作人員啦等等——在這封信裡都堂堂正正地提出來了，儘管還包括更多的私人口吻在內，但是這些函件往來都是從一個雇主的立場出發的。假如K願意做一個工人，那就這樣吧，但是他必須老老實實地做，除此以外，沒有任何別的前途。K知道不需要害怕有什麼真正強制的紀律，這一點他不怕，而在這種情況之下他更無所畏懼，可是一個使人心灰意懶的環境壓力，一種使你步步退向失望的壓力，一種你覺察不到但無時無刻都在影響著你的壓力，這倒都是他害怕的事物，這是他必須提防的危險。這裡也沒有放過這樣的事實：這就是萬一發生爭執，K需得有首先挺身而出的膽量；這一點表示得非常微妙，也只有內心不安才感覺得到——內心不安，而不是內心慚愧——這包含在信裡提到他受聘來為伯爵效勞這一點所用的「如你所知」這四個字裡面。K已經報到過了，也僅僅是在報到以後，如信中所指出的，他才知道他是被聘用了。

K從牆上取下一幅畫，把這封信掛在釘子上；這個房間是他今後安身的地方，因此，這封信就應該掛在這裡。

然後，他下樓來到旅店的大廳裡。巴納巴斯正跟那兩個助手坐在一張桌子旁邊。「哦，你們在這裡。」K說，他說不出什麼理由，只是因為看見巴納巴斯很高興，巴納巴斯立刻站了起來。那群農人只要K一露臉，就立刻都站起來把他團團圍住，在他的身邊跟著他轉，這已經變成他們的習慣了。「你們老是跟著我，是打算怎麼樣？」K喊道。他們並不生氣，悠悠地重新坐到自己的座位上去。其中一個人在坐回去時，臉上露著謎樣的笑容，有幾個人臉上也有這樣的表情，偶然說了一句表示歉意的話：「總有什麼新鮮事可以說來聽聽呀！」一面說還一面舔著嘴唇，彷彿新聞就是他吃喝的酒肉似的。K沒有說什麼表示和解的話，他們應該對他表示一點尊敬才對，可是他還沒有走近巴納巴斯，他就感覺到有一個農人在衝著他的後腦勺喘氣。那個農人說他只是跑過來拿鹽罐，可是K氣得直跺腳，那個農人沒拿鹽罐就一溜煙地跑回去了。真的，要抓住K的弱點是很容易的，只需要煽動這些農人去反對他就好了，他們這種沒完沒了的干擾，比其他人的那種冷淡更使他厭惡；可是另一方面，他也並未少受到他們的冷淡，因為只要他一坐到他們的桌子去，他們就不願意繼續坐了。只是因為巴納巴斯在場，他才忍住性子沒有大吵大鬧。他轉過身去怒視著他們，發現他們也都在望著他。他看見他們各人坐在自己的位子上，並不交談，也看不出有什麼明顯的默契，他們只不過是不約而同地都目不轉睛地盯著他看罷了。從他們的樣子看起來，K斷定他們之所以老纏著他，並不是出於敵意，也許他們真的是想從他那裡得到些什麼，只是說不出口，若非如此，那就純粹是幼稚的表現。這種幼稚的表現在這家旅店裡似乎很流行；例如那位老闆本人，他也像一根木頭那樣直挺挺地站著，目不轉睛地望著K，手裡端了一杯早就應該給一位顧客送去的啤酒，甚至把他那位從廚房探出身來叫他的妻子也置之度外，難道他不也幼稚可笑嗎？

K懷著比較平靜的心情轉向巴納巴斯；他本來想支開那兩個助手，但是他想不出一個藉口來。何況他們正對著面前的啤酒在沉思呢。「這封信，」K開口說：「我已經讀過了。你知道這封信的內容嗎？」「不知道。」巴納巴斯說，他的神色似乎比他的語言含有更多的意義。對巴納巴斯的善良和農人們的敵意，K也許同樣都推測錯了，可是看到巴納巴斯總還是一種安慰。「信裡也提到了你，我給部長的信件是指定由你傳遞的，所以我想你也許可能知道信件的內容。」「我只是奉命把信送給你，」巴納巴斯說：「要我等你讀了以後，把口頭或者書面回信帶回去，如果你認為有必要回信的話。」「好吧，」K說：「我沒有什麼需要寫回信，請你向這位部長——順便問一下，他叫什麼名字？他的簽名我認不出來。」「他叫克拉姆。」巴納巴斯說。「那麼，請你代我向克拉姆先生轉達我的謝意，感謝他的賞識和厚愛，作為一個在這裡還沒有證實自己有多大能耐的人，我珍視他這份賞識和厚愛。我會忠實地照他的指示去做。今天我沒有什麼特殊的要求。」巴納巴斯聚精會神地聽著，接著又問K是不是讓他把這口信的內容複述一下，K表示同意，巴納巴斯便一字不差地複述了一遍。隨後，他站起來告辭。

K一直在端祥他的臉，現在又最後打量了一下。巴納巴斯的身材跟K差不多一樣高，可是他的眼睛似乎居高臨下地望著K，但眼色之中卻又幾乎含著一種謙卑的神情，若說這個人會羞辱任何人，那是不可能的。當然，他不過是一個信差，而且不知道他所傳遞的信件的內容，但是他的眼色、笑容以及舉止似乎都透露著一種訊息，儘管他可能對此一無所知。於是K伸出手來跟他握手道別，顯然，這一下似乎使他感到有點驚奇，因為他本來是想鞠躬告退的。

他一離開——他把肩膀靠在門上待了一會兒，向屋子掃了最後一眼，然後開門出去——K就對他的助手們說：「我要到房間裡去把計畫書拿下來，然後我們來討論一下第一步該做什麼工作。」他們要跟他一起去。「你們待在這裡。」K說。他們還是想跟他一起去。K不得不更嚴厲地重申他的命令。巴納巴斯已經不在屋裡了。可是他不過剛剛走出去。然而，在旅店門前——雪又在下了——K也一樣看不見他了。他大聲喊著：「巴納巴斯！」沒有回答。可能他還在旅店裡？似乎沒有這種可能。K運足全身氣力大聲喊著他的名字。喊聲在黑夜裡震響著。接著，從遠處傳來了低微的回應，巴納巴斯已經走得很遠了。K叫他回來，同時自己也走出去。他們一直跑到旅店望不見的地方才碰上頭。

「巴納巴斯，」K說，他抑制不住聲音發掉抖，「我還有幾句話要對你說呢。我覺得，只靠你偶爾到這裡來為我送幾趟信到城堡裡去，這種安排不很妥當。要是現在我沒有趕上你——你跑得還真快，我本來以為你還在旅店裡呢——誰知道我得等多久才能再見到你。」「你可以請求部長，」巴納巴斯說：「要他按照你自己指定的時間定期派我到你這裡來。」「即使那樣也不夠，」K說：「我可能一整年沒有一次要說什麼話，但是也可能在你離開一刻鐘以後，我就立即碰上緊急的要事。」

「那麼，」巴納巴斯說：「我是不是應該報告部長，在他和你之間得建立另一種通信的方法來代替我呢？」「不，不，」K說：「完全不是這個意思，我只是順便提一提罷了，因為這一次我運氣很好，總算追上了你。」「我們回旅店去好嗎？」巴納巴斯說：「這樣你可以把你要我帶的口信告訴我。」他已經朝旅店的方向走了一步。「巴納巴斯，不用回去，我陪你走一段路。」「為什麼你不想回旅店去？」巴納巴斯問道。「那裡的人纏得我煩死了，」K說：「你親眼看見那些農人是多麼愛纏人。」「我們可以到你的房間裡去。」巴納巴斯說。「那是一間女僕們住的房間，」K說：「又髒又悶——就因為我不願意等在那裡，我才想陪你走一會兒，」他又加了一句，為了最後說服巴納巴斯，「你得讓我挽著你的手臂，你的腳步走得比我穩。」說著，K就挽住他的手臂。現在天色已經很暗了，K看不見他的臉，他的身軀也只能依稀辨認，他摸索了一、兩分鐘才摸到他的手臂。

巴納巴斯讓步了，於是他們離開旅店往前走去。K的確感覺到自己儘管使出全身氣力，也趕不上巴納巴斯的腳步，自己成了他身上的累贅，也覺得即使在平常的情況下，這個意外的小事就足夠把什麼都毀了，更不用提這些像他日間就曾經陷在裡頭的那種鄉村小徑了，要不是巴納巴斯領著他走，他是根本無法脫身的。但是他趕開了這一切憂慮，巴納巴斯的沉默使他心裡感到寬慰；因為要是他們默默地往前走，那麼巴納巴斯也一定能感覺到他們的結伴同行是他們兩人結交的唯一理由。

他們往前走著，可是K不知道是往哪兒去，他什麼都辨認不出來，甚至連他們是否已經走過了那所教堂都不知道。光是顧自己繼續趕路，他就得付出全部的精力，使他再也沒有餘暇來控制自己的思想了。他們不是朝著目的地走，而是漫無目的地亂跑。他的心頭不斷湧現出而且充滿了故鄉往事的回憶。在故鄉，市場上也矗立著一所教堂，周圍有一部分是一片古老的墓園，而墓園四周又圍著一道高牆。幾乎沒有哪個小孩有能耐爬到那道高牆上去，有一陣子K也曾經爬過，但是也沒能爬上去。孩子們想爬上去並不是出於好奇。墓園對他們來說不是什麼神祕的東西。他們常常從一扇小邊門裡跑進去，他們只是想要征服那道又滑又高的圍牆。但是有一個早晨——空曠靜寂的市場灑滿著陽光，在這以前或者以後，K又何曾見過這樣的美景呢？——他卻出奇地、毫不費力地爬上了圍牆；有一處地方他曾經打那裡滑下來過好多次，這一回他牙齒裡咬著一面小旗子，卻一下子就從那裡爬到頂上。石子還在他的腳下骨碌碌往下滾，可是他已經站在圍牆頂上了。他把小旗子插在牆上，小旗在風中飄揚著，他俯首環顧，也轉過頭去俯視那些插在地裡的十字架，此時此地沒有一個人比他更偉大了。可是恰巧老師從這裡經過，他板起了臉孔，K不得不爬了下來。他跳下來的時候，膝蓋碰傷了，走回家的路上，他覺得有點吃力，可是他畢竟是成功爬到了圍牆的頂上。當時，他那份得意洋洋，彷彿是他終生的勝利，絕不是幼稚傻氣，所以，到現在事隔多年，當他在這樣的雪夜裡挽著巴納巴斯的臂膀走著的時候，想起這件往事就使他增添了勇氣。

他更費力緊抓巴納巴斯的臂膀，巴納巴斯幾乎是拖著他走了，沉默還是沒有打破。至於他們現在走的路，K從路面判斷，只知道他們還沒有拐進小港。他暗自發誓，不管路多麼難走，甚至也不管能自己走回家去的希望是多麼渺茫，他也絕不停止前進。毫無疑問，讓別人拖著跑的氣力總還是綽綽有餘的。路也一定有盡頭。看來，白天上城堡去是並不費力的，而且這個信差想必還會抄最近的捷徑吧。

就在此時，巴納巴斯停下來了。他們到了什麼地方？這裡就是路的盡頭了？巴納巴斯要甩掉他了嗎？他是辦不到的，K把他的臂膀抓得那麼緊，幾乎抓得手都發痛了。否則，就是發生了教人無法相信的事情，他們已經進了城堡，或者是到了城門口？但是就K所知，他們並沒有爬什麼坡。要不就是巴納巴斯神不知鬼不覺地帶他走了一條上山的路？「我們這是到了哪裡？」K低聲問道，像是自言自語，不像是問巴納巴斯。「到家了。」巴納巴斯同樣低聲地說。「到家了？」「現在請留意，先生，否則你就會摔倒的。我們從這裡下去。」「下去？」「只有一、兩步就到了。」巴納巴斯又加了一句，接著他已經在敲門了。

一個女孩打開了門，於是他們來到了一間大屋子的門前，屋子裡幾乎是漆黑一片，除了掛在後面一張小桌子上空的一盞小油燈以外，沒有別的光亮。「跟你一起來的是誰，巴納巴斯？」這個女孩問道。「土地測量員。」他說。「土地測量員？」女孩轉過身去，向著小桌子那裡提高了聲調重複了一遍。那裡有兩個老人站了起來，一個是老男人，一個是老婆婆，另外還有一個女孩。他們向K問好。巴納巴斯介紹了他全家人，他的雙親和他的兩個姊妹，奧爾珈和阿瑪麗亞。K幾乎還沒有看清她們，就讓她們把他濕漉漉的上衣拿到火爐上去烤了。

看來，只是巴納巴斯到家了，他自己卻沒有到家。可是他們為什麼到這裡？K把巴納巴斯拉到一邊問道：「為什麼你到這裡？你不是住在城堡轄區裡的嗎？」「城堡的轄區？」巴納巴斯重複著說，好像沒有聽懂似的。「巴納巴斯，」K說：「你離開了旅店是要去城堡呀！」「不，」巴納巴斯說：「我離開旅店是為了回家，不等到清早，我是不上城堡去的，我從來不在那裡過夜。」「哦，」K說：「原來你並不是要去城堡，只是到這裡來。」——這個人的微笑似乎沒有往常那麼開朗，而他這個人也顯得更微不足道了——「為什麼你剛剛不這麼說呢？」「你沒有問過我，先生，」巴納巴斯說：「你只是說你要我帶口信，可你又不願意在旅店的客廳裡或你的房間裡告訴我，所以我想在這裡，在我父母的家裡，你也許能靜靜說給我聽。假使你想跟我單獨談，其他人都可以走開——要是你願意的話，你也可以在這裡過夜。我做得不對嗎？」K沒有回答。這只是一個誤會，一個平常的、毫不足奇的誤會，可是剛才K卻完全被矇住了。巴納巴斯身上那件像絲綢一樣閃閃發光的緊身外套本來令他動心，現在巴納巴斯解開以後露出了一件又粗又髒、打滿補釘的灰色襯衫，襯衫裡面就是一個勞工寬闊強壯的胸膛。他周圍的環境不僅證實了這一切，更加強了這個印象。那位患著痛風的衰老父親，走起路來與其說是用兩條僵直的腿慢條斯理地挪動，還不如說是靠兩隻手在摸索。那位母親，兩隻手交疊著放在胸前，因為身體臃腫，也只能邁著極小的腳步。這兩位老父親和老母親，打從K進屋以後，就從角落裡迎上來，可是仍舊離他很遠。兩個黃髮的姊妹長得很相像，也像巴納巴斯，只是外貌更結實，是兩個高大的鄉村女孩，現在在父母跟前轉來轉去，等著K向她們說一句問好的話。可是他說不出來。他深信在這個村子裡，每一個人都對他抱著一種想法。他也的確沒有誤會，就因為眼前這些人，他才感覺不到一點興趣。假使他可以獨自一個人掙扎著回旅店去的話，他願意立刻離開這裡。即使明天一清早可能有機會跟巴納巴斯一起到城堡去也吸引不了他。他原盤算在夜裡挽著巴納巴斯的臂膀，神不知鬼不覺地闖進城堡去，就在他挽著巴納巴斯走這一路的時候，在他的心目中，他還把這個人想像成比誰都重要的人物，他以為這個巴納巴斯比他表面上的地位高得多，而且是城堡裡的親信人物。然而，作為像這樣一戶人家的兒子，一個完全屬於這樣一個家庭的兒子，現在他正同他們坐在一張桌子上，像他這樣一個在城堡裡過夜都不被准許的人，若指望在大白天裡跟他一起到城堡去，那是不可能的，這簡直是一種荒唐可笑而且毫無希望的想法。

K在靠窗的一個座位上坐了下來，他決定就坐在這裡過夜，不再接受其他任何照顧。村子裡那些攆他走或者怕他的人，似乎反倒不怎麼危險，他們所做的一切只是逼著他依靠自己孤軍奮戰，有助於他集中自己所有的力量。可是像這些表面上幫助他的人，玩了一齣小小的假面遊戲，把他帶到自己的家裡來，而不是到城堡去，不管是有意還是無意，這是轉移他的目標，只能使他毀滅。因此，他全不理會他們邀請他跟全家人坐到桌子上去，只是固執地垂著頭，待在他那張凳子上。

接著，奧爾珈，姊妹裡比較溫柔的那個女孩，站起身來，多少帶著一點少女的窘態，跑到K這邊來邀他去加入他們的家常便餐，吃一點臘肉和麵包，她說她準備出去弄點啤酒來。「去哪裡買啤酒？」K問。「上旅館去買。」她說。對K來說，這是值得歡迎的消息。他懇求她別去弄啤酒，還是陪他回旅店去，那裡有重要的事情正等著他去辦。但是，後來才明白，她並不是到他住的那家旅店去，她要去的那個旅館離這裡近得多，叫赫倫霍夫旅館。K還是照樣央求她讓他陪她一起去，心想，到那裡也許能找到一個過夜的地方；不管那裡多麼糟糕，他寧可睡在那裡，也不願意睡在這些人可能讓給他睡的最舒適的床上。奧爾珈沒有馬上回答，她向桌子那邊望著。她的哥哥站起來，表示贊同地點了點頭說：「要是這位先生想去，你就帶他去吧。」他這一聲同意差點使K收回自己的要求，要是巴納巴斯同意，那麼這件事情就不可能有多大價值了。可是既然他們已經正考慮他是否獲准上那家旅館去，而且還在懷疑這種可能性，他便堅持著要去了，至於自己為什麼急著要去，他卻連一個藉口都不想說；這樣的人家應該讓他愛怎麼樣就怎麼樣，至於是否影響他們的利害如何，他根本不用有任何顧慮。可是阿瑪麗亞嚴峻而逼人的眼光是那麼無所畏懼，也許還有一點天真，倒使他感到有點不安。

在他們去旅館的那一段很短的路上——K挽著奧爾珈的臂膀，把全身重量都靠在她的身上，就像他稍早靠在巴納巴斯的身上一樣，若不這樣他就無法舉步前進——他理解到這家旅館是專門為城堡裡來的紳士們備用的，他們要來村子裡辦事的時候，就在這裡用餐，有時候也在這裡過夜。奧爾珈用一種信任的語調低聲對K說著；同他一起走是愉快的，幾乎就像和她的哥哥一起走一樣愉快。K竭力抗拒著她給他的這種安心感，但是這種感覺卻滯留不去。

從外面看去，這家新的旅館很像K住的那個旅店。村子裡所有的房子大致都很相像，可是一眼望去，這裡仍舊看得出一些細小的不同來；這裡門前的台階上有一排欄杆，大門上邊掛著一盞精緻的提燈。他們走進大門的時候，感覺有什麼東西在他們的頭上飄著，那是一面繡著伯爵五彩徽章的旗子。剛走進大廳，他們就碰見了旅館的老闆，顯然，他正在巡視各處；他走過的時候用他那對小眼睛瞄了一下K，他那對小眼睛瞇細著，既像是為了打量K，又像因為沒有睡醒的緣故。接著他說道：「土地測量員只能去酒吧，別的地方都不能去。」「是，」奧爾珈說，她立刻站在K這邊，幫他說話，「他只是為了護送我才來的。」可是K並不感激她，他放開了她的手臂，把旅館老闆拉到一邊去。這時奧爾珈耐心地在大廳的另一頭等著。「我想在這裡過夜。」K說。「我很抱歉，這恐怕不行啊，」旅館老闆說：「你似乎沒有發覺，這裡是專為城堡裡的先生們保留的旅館呢。」「算了，也許真的是這樣規定的，」K說：「可是不論哪個角落都好，讓我睡一夜，總該是辦得到的吧？」「要是我能辦到的話，我一定很樂意答應你，」旅館老闆說：「可是不僅因為規定訂得那麼嚴格——遇上像你這樣一個外地人才能偷偷這麼說——從另一條理由來考慮也根本辦不到；城堡裡來的紳士們可機警呢，我相信他們要是遇見一個陌生人一定受不了；起碼也要讓他們事先有所準備，否則根本辦不到；要是我讓你睡在這裡，偶然——而且偶然的事情總是在紳士們身上發生——給他們發現了，那就不單是毀了我，而且也毀了你。乍聽荒唐，但卻是真的。」這個身材高高的、穿了一身許多鈕釦的衣服的傢伙，交叉著兩腿站著，一隻手撐著牆壁，另一隻手放在後臀，向K微微俯著身子，推心置腹地對他說著，似乎跟這個村子裡的任何人都不相同，儘管他那身深色的衣服看起來很像一個農人穿的漂亮服裝。「我絕對相信你說的話，」K說：「我也沒有小看這個規定的意思，儘管我說得辭不達意。我只想指出這一點，我跟城堡有一點關係，而且今後會愈來愈密切，這能保證不讓你因為留我在這裡過夜而承擔風險，這也是我能回報你給我照顧的一個有力保證。」「哦，我知道，」旅館老闆說，接著又說：「這我都知道。」現在本該是K更清楚地說明要求的時候，但是旅館老闆這個回答使他感到為難，所以他只問道：「今晚有很多城堡裡來的紳士們住在這裡嗎？」「就這點來說，今天晚上倒是走運。」旅館老闆回答說，彷彿帶著鼓勵的口氣，「今晚只有一位先生住在這裡。」K雖然覺得他不能勉強要人家收留，但終究是抱著能夠被旅館收留的希望，因此只問了一下那位紳士的名字。「克拉姆。」旅館老闆隨口說道，此時，老闆娘穿著一件非常破舊的、綴滿褶縐、式樣古老然而是城裡精工剪裁的長袍窸窸窣窣地往他們這邊走來，旅館老闆轉頭看他的妻子。老闆娘是來叫她丈夫的，因為部長要一些什麼東西。旅館老闆在答應她以前，再一次轉過臉來望著K，彷彿是否在這裡過夜由K自己來決定。可是K一句話也說不出來，原來今晚在這旅館裡住的就是他的保護人，這個發現完全使他愣住了。他自己也說不清楚，為什麼一提到克拉姆，他就覺得不像提到城堡裡其他的人那樣仍感到行動自由，想起萬一在旅館裡讓克拉姆看見了，雖然他並不像旅館老闆那麼害怕，可是總使他有點不安，就彷彿是輕率地傷害了一個他理應感激的人的感情；但同時，又使他感到生氣，因為他已經從這種不安的心情裡深切認識到：由於自己身分降至卑下階層以後所產生的這些明顯後果，這正是他所害怕的，而且他知道，儘管這些後果是這樣的明顯，以自己目前所處的地位來說，卻連反抗都不可能。所以，他咬著嘴唇站在原地，默默無言。旅館老闆從門口走開前，又回頭來看了他一眼，但K只是用眼神回答他的注視，一動也不動地站在那裡，直到奧爾珈走過來把他拉走。「你向旅館老闆要求什麼？」她問道。「我向他要求一個過夜的床位，」K說。「你不是要待在我們家嗎？」奧爾珈驚奇地說。「當然。」K說。就讓她愛怎麼理解這句話就怎麼理解吧！

三

酒吧是一間中央有塊空地的大房間，這裡有幾個農人靠著牆坐在幾只木桶上，可是看起來他們跟K住的那家旅店裡的農人不同。他們比較整潔，而且一律穿著灰黃色的粗布衣裳，寬大的外套和窄小的褲子。一眼望去，他們長得一模一樣，個子都比較小，都是扁扁的、顴骨高聳的臉蛋，圓圓的臉頰。他們都幾乎一動也不動地靜靜坐在那裡，除非有新來的人走進來，才用眼神跟著他，即使這樣，也是慢悠悠地，漠不關心地望著。但是因為他們有一夥人，而且都是這麼靜悄悄的，所以對K也產生了一定的影響。他重新挽住奧爾珈的手臂，彷彿藉此解釋他為什麼到這裡來。一個男人，奧爾珈的熟人，從角落裡立起身子，向奧爾珈走過來，但是K挽著奧爾珈的手臂把她轉到另一個方向。他這個動作，除了奧爾珈以外，誰也覺察不出來的，她寬恕地笑著瞟了他一眼。

送啤酒的是一個叫弗麗達的年輕女孩。那是一個謙和可親的女孩，頭髮很好看，一雙含著哀愁的眼睛，凹陷的臉頰，流露出一種自以為出人頭地的神氣。K一對上她的眼睛，就覺得她這一看，好像決定了一件至關重要的什麼事情，一件他還不知道是否存在，但她的眼色明確告訴他確實存在的事情。他站在一旁目不轉睛地打量著她，即使在她跟奧爾珈說著話的時候，他還是盯著她看。奧爾珈和弗麗達顯然不是親密的朋友，她們不過冷淡地交談了一、兩句話。K還想聽她講幾句話，便插進去為自己提了一個問題：「你知道克拉姆先生嗎？」奧爾珈大聲笑了出來。「你笑什麼？」K生氣地問道。「我沒有笑呀！」奧爾珈辯駁地說，但是仍舊咯咯笑著。「奧爾珈真是一個淘氣的孩子！」K一面說著，身子一面往櫃台湊過去，想再一次吸引弗麗達的青睞。但她還是低垂著眼簾，羞澀地笑著。「你想見克拉姆先生嗎？」K央求著希望見一見他。弗麗達指了指她左邊的一扇門。「那裡有一個小小的洞眼，你可以從洞眼裡望見他。」「沒人會說閒話嗎？」K問道。她噘起下唇，一隻手把K拉到那扇門前，她的手柔軟極了。這個小洞眼顯然是為了窺探房裡的動靜才開的，幾乎可以把房間一覽無遺。屋子中央有一張書桌，克拉姆先生就坐在書桌旁邊一張舒適的沙發裡，他的臉給一盞低掛在他前面的白熱電燈照得容光煥發，一個中等身材、臃腫顢頇的人。他的臉蛋還是光溜溜的，但是他的兩頰由於年齡關係，多少已經有點鬆弛了。濃黑的鬍鬚又長又尖，眼睛藏在一副閃閃發光的夾鼻眼鏡後面。假使他端端正正地坐在書桌前，K就只能看見他的側影，但是因為他正面對著K，所以他整張臉都看得見。他的左手肘撐在書桌上，夾了一支弗吉尼亞雪茄的右手則放在膝蓋上。書桌上放著一個啤酒杯，只是書桌四周有一道邊緣，擋住了K的視線，看不見桌上到底有沒有什麼文件；但是他覺得沒有。為了弄清楚到底桌上有沒有，他叫弗麗達往洞眼裡看一看，告訴他桌上是不是放著紙片。因為她沒多久以前還在這房間屋子裡，她不假思索地告訴他桌子上是空的，什麼東西也沒有。K問弗麗達他是不是該離開了，可是弗麗達卻要他儘管看下去，愛看多久就看多久。現在只有K一個人跟弗麗達在一起了。

奧爾珈匆匆地看了他一眼，示意他放心留下來，就跑到她的朋友那邊去了，現在正高高地坐在一只桶上搖晃著兩條腿。「弗麗達，」K悄聲低語地說：「你認識克拉姆先生嗎？」「哦，認識，」她說：「還算熟悉。」她向K偎過去，他發覺她在賣弄風情地撥弄著她那件剪裁得很馬虎的奶油色罩衫，這件罩衫穿在她那單薄得楚楚可憐的身上，看起來很彆扭。接著她說：「你可曾注意奧爾珈笑得多不尋常？」「是呀，這個野女孩。」K說。「嗯，」她躲躲閃閃地說：「她這笑是有緣故的。你問我跟克拉姆熟不熟，可是你知道我……」說到這，她不由自主地微微仰起了下巴，並且又用洋洋得意的目光掃了K一眼，這樣的目光和她講的話毫不相稱。「我是他的情婦。」「克拉姆的情婦？」K說。她點點頭。「那麼，」K為了使氣氛不至於變得太嚴肅，便笑嘻嘻地說：「聽起來，你可算得上是一個不得了的人了！」「不止你一個人這麼想。」弗麗達親切地說，但是沒有微笑。K有一件能打敗她的驕傲武器，於是便施展了出來：「你曾在城堡裡待過嗎？」可是並沒有擊中要害，因為她說：「沒有去過，可是難道我在這裡的酒吧裡還不夠嗎？」很明顯，她的虛榮心是無邊無際的，而且似乎尤其想讓K來滿足她。「當然囉，」K說：「在這酒吧你就算是旅館老闆啦！」「可不是，」她贊同道：「我本來是在橋邊那家旅店照顧牛的。」「憑你那隻嬌嫩的手？」K半信半疑地說，他不知道自己只是恭維恭維她呢？還是她身上有一種什麼力量逼著他這樣說。她的手倒真是又小又嫩，可也稱得上是又瘦又平凡。「可是那時候沒有人關心這雙手呢，」她說：「即便是現在……」K探詢地望著她。她搖搖頭，不願意再說下去了。「當然，你有你的祕密，」K說：「你大概不會把你的祕密洩漏給一個你才認識了半個鐘頭的人，而他還沒有機會談談任何有關他自己的事呢。」這句話說得不妙，因為這句話似乎把弗麗達從這種對他有利的恍惚狀態中喚醒了。她從一只掛在她腰帶上的皮包裡拿出一個小木塞塞住那個洞眼，接著，顯然想掩飾自己轉變態度，對K說道：「哦，你的事我都知道，你是土地測量員。」接著又加了一句：「可是我現在得回去工作了。」她回到她原來在櫃台後面的位置上，這時候，人們陸陸續續拿著空杯子過來添酒。K想再跟她談談，便從架子上拿了一個空杯走到她跟前去，說道：「我再問一件事，弗麗達，你從一個看管牛欄的女孩好不容易爬到了酒吧裡這個位子，這可是一個了不起的功績，也是一種偉大精神力量的象徵，可是像你這樣一個野心勃勃的人，這個位子難道就是你最終的目的嗎？這是一個荒唐的想法。你的眼睛告訴我——不要嘲笑我，弗麗達好女孩——還有比你過去所征服的更多的事物在等著你去征服呢。可是一個人在世上所碰到的反對力量是巨大的，而且一個人追求的目標愈高，他所遭遇的反對力量也愈大，因此，要是接受一個同樣也在奮鬥前進的人的幫助，絕不是一件不光彩的事情，儘管他是一個無足輕重的人。我們能不能另外找個時間，避開這麼多旁人，靜靜聊一次呢？」「我不知道你在希求什麼。」她說，這一次似乎違反了她的本意，她的聲調與其說是流露了往昔得意的豪情，還不如說包含著無限失望的慨嘆。「也許你想從克拉姆先生身邊帶我走，是嗎？天哪！」語畢，她拍起手來了。「你真是明眼人。」K說，似乎因為對方太不信任自己而感到為難，「這的確是我心底真正的祕密願望。你應該離開克拉姆，做我的情人。現在我可以走了。奧爾珈！」他喊道：「我們回家吧。」奧爾珈順從地從桶子上溜下來，但是沒有辦法立刻從她周圍的朋友中脫身出來。接著，弗麗達用嚇唬人的眼光盯著K低聲說道：「什麼時候我能找你談談呢？」「我能在這裡過夜嗎？」K問道。「可以。」弗麗達說。「我現在就能留下來嗎？」「你先跟奧爾珈一起走出去，這樣我就可以趕走其他人。然後，你過一會兒再回來。」「行。」K說，他不耐煩地等著奧爾珈。但是那些農人不讓她走；他們跳著一種舞，奧爾珈是舞蹈裡的中心人物，他們大夥兒在她的周圍圍成一個圓圈高聲叫喊著，他們中間不時地有一個人離開圓圈，緊緊地摟住了奧爾珈的腰，把她轉了又轉；舞步愈跳愈快，叫喊聲也愈來愈似飢若渴，愈來愈震耳欲聾，到後來不知不覺地混成了一片斷斷續續的吼叫聲。奧爾珈一開始還大聲笑著打算從圈子裡衝出來，現在她只是披散著頭髮從這一個人身邊旋到另一個人身邊。「我伺候的就是這麼一群人。」弗麗達輕蔑地咬著薄薄的嘴唇說。「他們是誰？」K問她。「克拉姆的侍從，」弗麗達說：「他總是帶了那些人來，可是他們教我生氣。我幾乎記不起我跟你說了些什麼話了，但我要是得罪了你，那就請你原諒我，這應該怪那些人，他們是我所知道的最教人瞧不起、最令人討厭的傢伙，可是我得為他們斟啤酒。我常常央求克拉姆別帶他們到這裡來，因為雖說我同樣還得忍受其他紳士們的侍從，可是他總還得多少為我著想一下吧，但是這些都是白說，每逢他到這裡來，他們在一個鐘頭以前，就像牲畜進圈似地湧進來了。可是現在正是他們應該回到自己的窩棚裡去的時候了。要不是你在這裡，那我早就把這扇門打開，克拉姆也就不得不自己來把他們趕走了。」「這麼說，他現在聽不見嗎？」K問道。「聽不見，」弗麗達說：「他睡著了。」「睡著了？」K喊了出來。「可我剛才從洞眼裡望進去的時候，他還是醒著坐在書桌旁呀！」「他總是那樣坐著睡，」弗麗達說：「你看他的時候，他正睡熟了。要是他沒有睡著，我會讓你往裡邊偷看嗎？他就是這樣睡的，那些紳士們很能睡，我簡直不懂這是什麼道理。可是假使他不是這樣能睡，他一定受不了這些侍從。現在得讓我自己來趕走他們啦！」她從角落裡拿了一根鞭子，一跳就跳進了跳舞的人群中間，可是像一隻小羊羔那樣跳得不怎麼穩。起先，他們面對著她，只把她當作是新加入的舞伴，可是在那一瞬之間，弗麗達好像真的舉著鞭子要打下來，但是她立刻又把鞭子提了起來，喊道：「克拉姆命令你們回到自己的窩棚裡去，回窩棚，統統給我回窩棚去！」他們看到她認真起來，便帶著一種對K來說是無法理解的恐慌往後面的牆邊擠去，接著，在前面幾個人推擠之下，一扇門猛地推開了，吹進一陣晚風，他們乖乖地讓弗麗達在後面押著，在晚風中穿過院子，消失在窩棚裡了。

在這陣突然的靜默中，K聽見門廊裡傳來腳步聲。為了維護自己的處境安全起見，他躲到櫃台後面，這裡是屋子裡唯一可以藏身的地方。他已經獲得了留在酒吧裡的權利，可是他既然打算在這裡過夜，那就得避免讓人發現。所以，當房門確實已經打開的時候，他便鑽到櫃台下面去了。當然，要是在這裡被人發現，也同樣有危險，但是至少可以振振有詞地解釋，自己是為了避開那些農人的無禮行為才躲在這裡的。走進來的是旅館老闆。「弗麗達！」他喊道，接著在屋子裡來回走了好幾趟。

幸而弗麗達很快就回來了，她沒有提到K，只是抱怨那些農人。在掃視四周尋找K的時候，她走到櫃台後面，她站得那麼近，K幾乎可以摸到她的腳。從這時候起，他才感到安全。因為弗麗達沒有提起K，旅館老闆不得不開口詢問K的下落。「那麼，土地測量員到哪兒去了？」他問道，他可能生性就是很有禮貌的人，加上經常跟那些比他的地位高很多的人交往，就變得更加彬彬有禮，但是在他跟弗麗達講話的語氣裡卻含有一種特別體諒的聲調，由於他跟她講話的時候仍然保持了上對下的立場，而且是對一個沒規沒矩的下人，這種聲調就更為動人。「土地測量員——我完全把他忘了！」弗麗達一面說，一面把她的小腳擱在K的胸口。「他一定是早就離開了。」「可是我一直沒有看見他，」旅館老闆說：「而我幾乎都在大廳裡沒有離開過。」「唔，可是他沒有到酒吧來。」弗麗達冷冷地說。「說不定他藏到什麼地方去了。」旅館老闆接下去說：「從他給我的印象來說，他很可能這樣做。」「他總還不至於做出這樣丟臉的事吧。」弗麗達說，而她的腳壓在K的身上。她有某種歡樂和爽朗的性格，不曾這是K以前注意到的，而且能出其不意地先發制人，因為她忽然大聲笑著向K彎下身去，說了這樣一句話：「說不定他藏在這底下！」她輕輕地吻了一下K，接著又跳起來，帶著懊惱的神氣說：「沒有，他沒有藏在這裡。」這時候旅館老闆卻又使K吃驚，他說：「教我煩惱的就是不知道他真的走了沒有。這不光是為了克拉姆先生，也是為了我們旅館的規定。弗麗達好女孩，這條規章跟你也有關係，就像跟我有關係一樣。

好啦，要是你能為酒吧負責，我就到其他房間去巡查了。晚安！祝你睡個好覺！」他幾乎還沒有走出房間，弗麗達就擰熄了電燈，鑽到櫃台下面，在K的身邊躺了下來。「我親愛的！我親愛的！」她低聲悄語地喚著，但是並沒有碰K的身子。她似乎被愛情激動得暈倒了，攤開兩隻臂膀仰面躺著；彷彿在前面等待著她的一定是無窮無盡的幸福，同時，她又唱了幾句，這與其說是唱歌，倒不如說是在嘆息。隨後，因為K仍舊躺在那裡出神，她又突然跳了起來，像小孩子一樣開始用力把K拖過來：「來吧，下面太擠了。」於是他們彼此擁抱起來，她嬌小的身子在K的手裡燃燒著，K在昏昏沉沉的狀態中一次又一次地想竭力控制自己，但是做不到，他們在地上滾了沒有多遠，砰地一聲滾到了克拉姆的房門前，他們就躺在這裡，在積著殘酒的坑坑窪窪和地板上的垃圾之間。時間一小時一小時地逝去，在這段時間裡，他們兩個人像一個人似地呼吸著，兩顆心像一顆心一樣地跳動著，在這段時間裡，K只覺得自己迷了路，或者進入了一個奇異的國度，比人類曾經到過的任何國度都遠，這個國度是那麼奇異，甚至連空氣都跟他故鄉的大不相同，在這裡，一個人可能會因為受不了這種奇異而死去，可是這種奇異又是這麼富於魅力，使你只能繼續向前走，讓自己愈陷愈深。因此，當克拉姆的房裡傳出了有人用深沉、威嚴而且不表示人稱的口氣在喊弗麗達的時候，對K來說倒並不使他吃驚，反而覺得像是一道慰藉的微光。「弗麗達。」K在弗麗達的耳邊低聲喚著，告訴她有人喊她。弗麗達彷彿出於一種機械的服從本能，準備跳起來，但是接著想起了自己現在是在什麼地方，便又伸了一下身子，悄悄地笑著說：「我不去，我再也不到他那裡去了。」K想表示反對，勸她到克拉姆那裡去，並且開始為她繫上那件皺成一團的罩衫，但是他不知道該怎麼說才好，他太幸福了，簡直無法把弗麗達抱在懷裡，這樣的幸福也使他感到痛苦，似乎假如他讓弗麗達去了，他也就會失去他所有的一切。他的嫉妒好像增強了弗麗達的力量，她握起了拳頭，敲著克拉姆的房門，大聲喊道：「我正陪著土地測量員哩！」不管怎樣，這句話令克拉姆一聲不響了，K卻嚇得跳了起來，他跪在弗麗達身旁，在朦朧的晨光下，向四下張望。出了什麼事了？他那些希望到哪兒去了？現在弗麗達已經洩漏了一切，他還能指望從弗麗達身上得到些什麼呢？他沒有採取深思熟慮、步步為營的對策，和他這個有權有勢的敵手周旋，也沒有實現自己的雄心大志，而只是在積了啤酒的泥潭裡滾了一整夜，那股氣味簡直叫人受不了。「你這是為什麼？」他像是自言自語地說：「我們倆全毀了。」「不，」弗麗達說：「毀了的只是我，可是這樣我就贏得了你。你不用煩惱。你瞧瞧這兩個人笑得那副樣子。」「誰？」K問道，接著便轉過身子去看。在酒吧的櫃台上，正坐著他那兩個助手，因為睡眠不足，他們的眼神有點呆滯，然而是愉快的。這是一種自認出色地完成任務的愉快。「你們在這裡幹什麼？」K喊道，好像一切都怪他們。「我們不能不到這裡來找你，」助手們解釋說：「因為你沒有回旅店。我們上巴納巴斯家去找你去了，所以我們才發現你在這裡。我們在這裡坐了整整一夜。我們這個任務可不輕鬆呢。」「白天我才用得上你們。」K說：「晚上可不需要，給我出去。」「可現在是白天！」他們說，身子並不挪動。現在確實正是白天，所有通向院子的門都敞開了，農人們川流不息地進來了，跟他們一起進來的，還有K已經忘得乾乾淨淨的奧爾珈。她雖然頭髮蓬鬆，衣衫不整，可是仍舊像昨天晚上那樣活潑。還沒有跨過門檻，她的眼神就射到K的身上。「你為什麼不跟我一起回家？」她問道，幾乎要哭出來了。「就為了那樣一個人！」她接著說，這句話她重複了好幾遍。弗麗達原先跑開了一會兒，現在帶著一個小布包回來了，奧爾珈傷心地退到一邊去。「現在我們可以走了。」弗麗達說，顯然，她指的是他們應該回到橋邊那家旅店去。K和她一起走著，兩個助手跟在他們的後面，組成了一個小小的隊伍。那些農人對弗麗達流露了極度的輕蔑，這是可以理解的，因為直到目前為止，她一向是凌駕於他們之上的；他們中間有一個人甚至拿起了一根棍子，似乎想攔住她不讓她走出去，除非她跳過去，但是她只是眼睛一瞪，就把他嚇退了。等他們走到了外面的雪地裡，K才覺得呼吸舒暢了一點。在曠野裡他感到如釋重負，似乎連趕路也不那麼勞累了；要是他獨自一個人走，那也許還要輕鬆一些。他一跑到旅店，就逕直回到自己的房間，在床上躺了下來。弗麗達就在他旁邊的地板上給自己安排了一個鋪位。那兩個助手也擠了進來，他們被K攆走了一次，現在又從窗口爬了進來。K心裡很厭煩，不想再去攆他們走了。旅店老闆娘特地跑來歡迎弗麗達，弗麗達叫她「媽媽」；她們見了面真是親暱，互相吻了又吻，久久地擁抱著。這間屋子裡幾乎沒有一點平靜和安寧，因為女僕們穿著笨重的靴子，也咚咚地走進來拿各種東西，不論什麼時候，只要她們想從K的床上取什麼東西，她們乾脆就從K的身子下面拉出來。她們向弗麗達問好，就像她是自己人一樣。儘管大家這樣走進走出，K還是在床上躺了一整天，接著又睡了整整一夜。弗麗達沒有為他打點什麼事。第二天早晨他終於從床上起身，覺得自己的精神大大復原了，這是他到這個村子的第四天。

四

他原想跟弗麗達親密談談，可是因為那兩個助手死皮賴臉地守在眼前，實在不便，而弗麗達也不時跟他們嘻嘻哈哈地開著玩笑。要不然，他們就乾脆在屋子角落的地板上，鋪了兩件舊襯衫躺了下來。作為一種尊敬的表示，他們反覆地向弗麗達保證，絕不打擾土地測量員，而且盡量不多占據地方，儘管他們悄聲低語地聊個不休，吃吃地笑個不停，但是為了達到這個心願，他們不斷往彼此擠著，為的是使自己古據的空間更小一點，這樣兩個人蜷伏在角落裡，在暗淡的光線下看起來就像一個大包裹。但是根據K在白天得到的經驗來說，他深深感覺到他們是兩個機靈的觀察者，不管他們像孩子那樣淘氣地用兩隻手裝成望遠鏡也好，也不管他們只是瞟著他，表面上專心地理著鬍子也好——他們在鬍子上花了不少心思，老是在互相比較誰的鬍子更長更濃，而且請弗麗達給他們作評判——他們的目光卻從未從他的身上移開過。K睡在床上，常常抱著完全漠不關心的心情瞧著這三個人奇形怪狀的動作。

當他感到精神已經恢復，能夠起床了，三個人都跑來伺候他。雖然他的身體還沒有康復到足以拒絕他們效勞的程度，而且也注意到這樣一來就會使自己陷入一種依賴他們的境地，這種處境又會給他帶來不良的後果，但是他只能如此。坐在桌邊喝著弗麗達煮的濃咖啡，在弗麗達生的火爐旁烤火取暖，有這麼兩個助手狂熱而奇異地爭著上樓下樓跑上十多次，為他打水，拿肥皂，遞梳子，找鏡子，最後還給他拿來了一小杯甜酒，因為他曾低聲地暗示過他想喝這麼一小杯，這一切，不算令人不快。

就在發號施令和讓人伺候著的此時，K實在是由於心情愉快，而不是希望他們服從命令，他說：「現在你們兩個人走開吧，目前我不需要你們做什麼了，而且我也想跟弗麗達單獨談談。」他看見他們的臉上沒有露出直接反對的表情，便用寬恕的口吻加了一句：「我們三個人隨後要去找村長，所以你們倆現在先到樓下酒吧等我。」奇怪了，他們聽從了，不過他們在離開前，還轉過身來說：「我們可以在這裡等呀！」但是K回答說：「我知道，可是我不希望你們在這裡等。」

兩個助手一走開，弗麗達就坐在他的膝蓋上說：「親愛的，你為什麼要討厭這兩個助手？我們沒有什麼見不得人的事，不需要在他們面前躲躲閃閃的。他們是忠實的朋友。」這使K心中不快，可是又給他一種樂滋滋的感覺。「哦，忠實的朋友，」K說：「他們一天到晚都在監視著我，簡直是無聊，而且教人討厭。」「我相信我懂得你這指的是什麼。」她說，接著摟住了K的脖子，想說點什麼話，但是說不下去，因為他們坐的那張椅子離床很近，所以他們從椅子裡搖搖晃晃地滾到床上。他們躺在床上，但是不像前一晚上那樣進入忘我的境界。她在尋找，他也在尋找，他們像發了狂般，扭歪了面孔，頭鑽到對方的懷裡，迫切地尋找著什麼東西，他們的擁抱，他們手腳的搖擺，都不能使他們忘記身外的一切，只是提醒他們要尋找的是什麼；他們像狗拚命在地上亂抓那樣，互相抓住了對方的身子，而且常常在無可奈何的失敗以後，為了得到快樂而作最後努力，互相用鼻子聞、舌頭舔著對方的臉。最後，極度的疲乏終於使他們平靜下來，也給他們帶來了對彼此的感激。這時候，女僕們走進來了。「瞧他們睡得像個什麼樣子。」一個女僕說，憐惜地丟了一條被單在他們身上。

過了一會兒，K從被單裡鑽出來，向四面張望，那兩個助手——K看到他們並不驚奇——又躲回原來的角落裡，伸出了一指指著K，又互相用手肘提醒對方給K行一個正式的敬禮，可是在他們身邊，靠近床的地方，旅店老闆娘正坐在那裡編襪子，這種細瑣的工作實在跟她那碩大無朋的身軀很不相稱，因為她那麼大的塊頭幾乎把這間屋子都遮暗了。「我在這裡已經待了好半天了。」她抬起她那張闊闊的、布滿皺紋但仍很飽滿、可能曾經美麗的臉龐說。這句話聽起來像是責怪，一句不合時宜的責怪，因為K並沒有要她來。所以，K只是向他們點了一下頭算是招呼，接著便坐了起來。弗麗達也起來了，可是她離開了K，靠在老闆娘的椅子上。「要是你有話想跟我談，」K困惑地說：「能不能延後到我拜訪村長回來以後？我有重要的事務要跟他接洽。」「這才是重要的事，先生，」老闆娘說：「你另外的那個事務可能只是一個工作的問題，可是這件事卻關係到一個活生生的人，關係到弗麗達，我親愛的女孩。」「哦，要是這件事，那當然你是對的，可是我不知道為什麼不能讓我倆來處理自己的事情。」「因為我愛她，關心她。」老闆娘一面說，一面把弗麗達的頭拉近自己身邊，弗麗達雖然站著，也還只剛好到老闆娘的肩膀高度。「既然弗麗達這樣信任你，」K叫道，「那我也就得信任你，何況弗麗達剛剛還把我這兩個助手稱作是忠實的朋友，那麼，我們大夥兒都是朋友了。所以，我可以告訴你，我現在一心一意想的，就是跟弗麗達結婚，而且愈快愈好。哦，我知道，我永遠不能彌補弗麗達為了我而蒙受的全部損失，她在赫倫霍夫旅館的地位以及她跟克拉姆的交情。」弗麗達抬起臉來，她的眼睛滿是眼淚，沒有一絲得意的神態。「為什麼？為什麼不挑別人，單單就挑上我呢？」「怎麼啦？」K和老闆娘同時問道。「她心裡煩躁，可憐的孩子，」老闆娘說：「這麼多的喜事，這麼多的煩心事，一下子都集中到她的身上，令她心煩意亂了。」好像是為了證實老闆娘說的這句話，弗麗達撲倒在K的身上，狂野地吻著他，彷彿屋子裡除了她跟K以外，根本沒有別人在場，接著又抽抽搭搭地哭著，但是仍舊抱住了K，跪在他面前。K一面用兩隻手愛撫著弗麗達的頭髮，一面問老闆娘：「你好像並不反對我跟她結婚吧？」「你是一位高貴的紳士。」老闆娘說，眼眶裡也含著眼淚。她顯得有點疲乏，吃力地呼吸著，但是她屏足氣力說：「現在只有一個問題，那就是你必須給弗麗達提出一些什麼保證，因為儘管我很尊敬你，可是你終究是一個外地人；這裡沒有誰能代表你說話；也沒有誰了解你的家庭情況，所以，這就需要有點保證。你一定懂得這一點，我親愛的先生，你既談起弗麗達因為跟你結合而必須受到巨大損失，你自己也理解到這一點。」「當然，必須要提供一些保證，這是毫無疑問的，」K說：「可是這些保證最好該當著公證人的面前提出，而且同時，也許還得勞動伯爵的一些官員呢。此外，在我結婚以前，我還得辦一件事情。我必須跟克拉姆談一次話。」「這是辦不到的。」弗麗達說，把身子抬起了一點，緊緊地偎著K，「虧你想得出來！」「可是非這麼辦不可，」K說：「要是我辦不到，那麼就得由你去跟他談。」「我不行，K，我不行哪，」弗麗達說：「克拉姆絕不會跟你談話。這樣的事情虧你想得出來！」「難道他跟你談談也不願意嗎？」「他跟我也一樣不願意談，」弗麗達說：「不論是跟你或者是跟我，這根本辦不到。」她轉身向著老闆娘伸出兩隻手臂：「你瞧，他這是什麼要求！」「你真是一個怪人。」老闆娘說，現在她成了一個令人害怕的人，她坐得筆挺，撐開兩條大腿，那巨大的膝蓋從薄薄的裙子下面凸出來，「你在要求辦不到的事情。」「為什麼辦不到呢？」K問。「這就是我要告訴你的事。」老闆娘說，她那種解釋的口氣不像是出於友誼而作最後的讓步，倒像是在列舉二十條戒律的開頭第一條，「這就是我樂於讓你知道的一點。雖說我不是屬於城堡裡的人，而且也不過是一個女人，不過是這裡一家最低級的旅店——不是最低級的，可也差不了多少——的一個老闆娘，也許因為這個緣故，你可能就不這麼重視我的解釋，可是我這一生，兩隻眼睛睜著，總還是見過世面的，我碰到過各式各樣的人，這個旅店的全副擔子也是我的兩端肩膀挑著的，因為我丈夫雖然是一個好人，可不是一個旅店老闆的料，對他來說，責任是怎麼回事，他從來就不懂得。比方說，你還得感謝他，就因為他粗心大意——那天晚上我已經累得要死了——你才能在這村子裡待下來，才能安閒舒適地坐在這張床上呢。」「什麼？」K說道，與其說是憤怒促使他從心不在焉的精神恍惚中醒了過來，還不如說是好奇心刺激了他。「你全得感謝他的粗心大意。」老闆娘用食指點著K，又這樣大聲說了一遍。弗麗達想要她別這麼大聲叫嚷。「我不能不這麼說，」老闆娘猛地打了一個轉身說。「土地測量員問了我一個問題，我就得回答他。要不然就沒辦法讓他懂得我們認為是理所當然的事情，克拉姆先生絕對不會跟他談話——絕對不會，我不是這麼說的嗎？——絕不可能跟他談話。你聽我說，先生。克拉姆先生是從城堡裡來的一位紳士，且不提克拉姆的地位怎樣，單從他是城堡裡來的這一點說，就表明他是非常高貴的人物。我們在這裡低三下四地為你考慮種種方式方法取得結婚的許可，可你是誰？你不是城堡裡的人，也不是本村的人，你什麼都不是。然而不幸的是，你卻是一個非比尋常的人，是一個外地人，一個誰都不需要而又礙手礙腳的人，一個總是給人製造麻煩的人，一個占用女僕房的人，一個不知道打著什麼主意的人，一個毀了我們親愛的小弗麗達、導致我們不得不把他當作她丈夫的人。我並不是提出這一切來反對你。你就是你，我這一輩子見過的世面夠多啦，夠使我面對事實了。可是現在想一想你要求的是什麼？要一個像克拉姆這樣的人跟你談話。聽到弗麗達居然能讓你從洞眼裡偷看，就教我生氣，她這麼做，當時就已經被你帶壞啦。你給我說說看，你怎麼能厚著臉皮去偷瞧克拉姆？你不用回答我，我知道當時你還以為自己做得很得體。要知道你連瞻仰一下克拉姆的尊容都是不能允許的，這可並不是一句言過其實的話，因為就拿我自己來說，也是不被允許的。你說什麼克拉姆得跟你談話，可是克拉姆就算是對村子裡的人也不講一句話，他在村子裡的時候，他本人是從不對任何人說話的。這是弗麗達的一個了不起的榮譽，這樣的榮譽，我到死的那天，都要感到驕傲的，他至少是常常喊她的名字，她也能自由在任何時候他講話，並且准許她可以從洞眼裡看他，可是就說對她吧，他也是從來不說話的。再說，他喊她的名字，這並不一定就表示他有什麼想法，他只不過是叫著弗麗達這個名字罷了——誰能說他是在想什麼呢？——弗麗達自然就馬上跑到他面前去，這是她的事；至於她可以毫無阻礙地自由行動，那是克拉姆方面的一種大恩大德的表示，但是他何以有意叫弗麗達去，卻不是一般人所能夠說明的。當然，現在這一切全完了。克拉姆也許還會像以前那樣喊『弗麗達』，這是可能的，可是他絕不會再讓她，讓一個自暴自棄委身於你的女孩，到他的面前去了。我這個糊塗頭腦就只有一件事弄不懂，一個有著作為克拉姆的情婦——在我想來，這簡直是一句狂妄的大話——這份榮譽的女孩，居然能讓你的手指碰她的身子。」

「千真萬確，這可真是非比尋常的事。」K說，把弗麗達拉到懷裡——她立刻順從了他，儘管還是低著頭——「可是我認為，這只證明你在某些方面可能判斷錯了。你說得很對，比方說，你說我跟克拉姆比起來，我什麼都算不上，可是儘管如此，我還是不顧一切堅持要跟克拉姆談一談，而且你說的這一番道理也說服不了我，可是這絕不是說我和克拉姆中間不隔著一層門，我就可以跟他見面了，或者我在這間屋子裡看見了也可以不用跑開。可是這種猜測儘管有憑有據，但在我看來，依然不能成為使我放棄嘗試的正當理由。只要能夠保持我的位置，那就根本不需要要他跟我談什麼話，我只要看到我的話在他的身上產生作用就夠了，如果我的話沒有什麼作用，或者他根本沒有當作一回事，那麼不管怎樣，我已經把自己的心意毫無拘束地說給一位大人物聽了，我也就心滿意足啦。可是你，憑你這麼洞悉人情世故，還有弗麗達，她昨天晚上還是克拉姆的情婦——我看沒有理由要懷疑這個稱號——一定能夠輕而易舉地替我找到一次跟克拉姆會見的機會，如果沒有別的辦法，那我一定能在赫倫霍夫旅館見到他，或許他還在那裡呢。」

「這是辦不到的事，」老闆娘說：「我現在明白你是不會懂得這個道理的了。可是你不妨說說，你打算跟克拉姆談些什麼？」

「當然是談弗麗達的事囉！」K說。

「談弗麗達的事？」老闆娘疑惑不解地重複了一遍，向弗麗達轉過身去。「你聽到了沒有，弗麗達，他要跟克拉姆談你的事，跟克拉姆談！」

「哦，」K說：「你是一個值得欽佩的聰明女人，不論什麼雞毛蒜皮的小事都能令你激動。正是這樣，我要跟他談談弗麗達的事；這沒有什麼大驚小怪的，這是平平常常的事。再說，你以為我一出現，弗麗達對克拉姆就毫不足道了，你這種設想也完全搞錯啦。要是你這樣設想，那你就是低估克拉姆了。我自己深深感到在這件事情上我對你這樣武斷是很失禮的，可是我必須這樣。

克拉姆跟弗麗達的關係絕不可能因為我而發生任何變化。在他們兩人之間也沒有什麼了不起的關係——充其量也不過是人們或許不會再承認他是她的尊貴情人罷了——在這種情況下，在他們兩人之間也還算不上有什麼關係，要是說有那麼一種關係，那麼，像我這樣一個人，你說得很對，在克拉姆的眼裡是個一文不值的人，我怎麼改變得了他們的關係呢？一個人在驚慌失措之餘，一時可能會有這種猜測，可是只要稍微思考一下，就一定能糾正自己的偏見。不管怎樣，我們聽聽弗麗達自己是怎麼想的吧！」

弗麗達的眼睛裡流露出恍惚的神情，她的臉頰偎在K的胸前，說道：「老闆娘說的是實話，克拉姆不會跟我打什麼交道了。可是我同意你的說法，親愛的，這並不是因為你的緣故，他絕不會為了這種事情生氣。我想的是另一方面，我們倆之所以能夠在酒吧的櫃台下面相會，這完全是他的安排，我們應該感謝而不是埋怨那個契機。」

「假使真是這樣，」K慢條斯理地說著，因為弗麗達的話說得很甜，所以他把眼睛閉了一會兒，讓這股甜蜜的滋味透進他的身子，「假使真是這樣的話，那就更沒有理由需要迴避跟克拉姆見一次面了。」

「說實話，」老闆娘仰起鼻子說：「你教我想起我的丈夫，你這份孩子氣，這股固執，就跟他一個樣子。你來到這個村子才不過幾天，可是你已經以為在村子裡過活的人都不如你懂得多，像我這樣一個老女人，還有在赫倫霍夫旅館見多識廣的弗麗達也不如你懂得多。我並不否認，人們也可能違反了規章制度而一時做成了一件什麼事。雖然我自己從來沒有經驗過，可是我相信像這樣的例子是有的，這完全是可能的。可是像你這樣的做法，光憑你說一聲『不，不』，死死抱住自己的想法不放，嘲笑別人善意的忠告，那絕對不會出現這樣的例外。你以為我在為你著急嗎？假如你還只是孤伶伶的一個人，我會來打擾你嗎？要是那樣，倒是一件大好的事，豈不省了這許多麻煩？我對我的丈夫提到你的時候，只說過這一點：『你給我離他遠遠的。』而我自己到今天本來也該離得你遠遠的，要是弗麗達還沒有跟你的事情牽連在一起的話。我對你的關心，甚至注意到有你這麼個人存在，你都得感謝她——不管你樂不樂意。所以你不能乾脆撇開我不管，因為照護小弗麗達的就只有我這麼一個人，你對我負有嚴格的責任。弗麗達也許是對的，這一切所以發生，全是克拉姆的意思，可是此刻在這裡我跟克拉姆毫無干係。我不會跟他談話，也高攀不上他。可是你坐在這裡，守著我的弗麗達，你自己也仰賴我的保護——我不知道我為什麼不該告訴你——是的，全靠我，年輕人，要是我能趕你出去，你倒讓我瞧瞧，你在這個村子裡能不能找到一個安身的地方，就算是一個狗窩也好。」

「多謝你，」K說：「你說得坦誠，我完全相信你。我的身分就像你說的那樣不明不白，是吧，可是弗麗達的地位難道也是這樣嗎？」

「不！」老闆娘怒氣沖沖地打斷了他的話。「在這方面，弗麗達的身分跟你的身分毫不相干。弗麗達是我家的人，這裡沒有人敢說她身分不明。」

「對，對，」K說：「我也覺得你這句話說得沒錯，特別是因為弗麗達似乎很怕你，我弄不懂這是什麼緣故，怕得連嘴都不敢插。現在暫且耐心聽我的吧！我的身分不明不白，這你沒有否認，其實你還不如撒手不管，讓問題更嚴重的好。你這番話，就像你說的其他任何事情一樣，雖說有幾分道理，可是並不完全真實。比方說，我就知道，只要我喜歡，我就能找到一個非常舒適的住處。」

「哪裡？哪裡？」弗麗達和老闆娘異口同聲地喊道，她們問得那麼急切，她們似乎懷著同樣的動機。

「在巴納巴斯的家裡。」K說。

「那個窩囊廢！」老闆娘嚷道。「那個下流的窩囊廢！在巴納巴斯家裡！你們聽……」她往角落裡轉過臉去，可是那兩個助手早已不在那裡，他們現在正手挽手地站在她的背後。所以現在她好像需要支持似的，抓住他們其中一個人的手，說：「你們難道沒聽見男人到那裡去跟巴納巴斯家的人喝酒作樂嗎？哦，他當然能在那裡找到一張床的。我但願那天晚上他不是在赫倫霍夫旅館，而是在他們那裡過夜呢。可是那時你們在哪兒呀？」

「太太，」K沒有等那兩個助手來得及回答就搶著說：「他們是我的助手。可是你把他們看成了好像是你的助手、我的看守了。不論哪個方面，至少我是願意跟你客客氣氣地討論的，可是別扯上我這兩個助手，這一點道理很明顯，不需要我說的。因此我請求你別跟我的助手說話，要是我的請求無效，那我就得禁止我的助手回答你。」

「這麼說，我不能跟你們說話了。」老闆娘說，他們三個人都笑了起來，老闆娘是含著譏諷的意味笑著，可是並沒有像K意料中那麼生氣，兩個助手則還是平素那副樣子，既可以說意味深長，也可以說並沒有什麼含意，而且又可以說是放棄了他們所有的責任。

「不要生氣，」弗麗達說：「你應該體會為什麼我們這麼煩惱。我可以這麼告訴你，這完全是由於巴納巴斯，我倆現在才結合。我在酒吧第一次看見你的時候——你跟奧爾珈手挽手走進來的時候——我雖然知道你是誰，可是我對你並沒有什麼興趣。我不光是對你，幾乎對什麼事情都沒有興趣，是的，幾乎對什麼都沒有興趣。因為在那時候有好多事情教我不滿意，我常常很煩惱，那是一種很古怪的不滿和煩惱。比如說，要是顧客中間有一個人在酒吧裡侮辱了我——他們老是盯著我，你看到過他們是什麼樣的人，可還有許多比他們更糟的人，克拉姆的僕從還不算是最壞的——唔，要是他們有一個人侮辱了我，那對我有什麼了不起呢？我會把這看作是多年以前發生的事，或者把它看作是發生在別人身上的事，或者不過是別人告訴我的事，或者像是一件我已經忘掉的事，我現在幾乎想不起來那是怎麼回事了，自從我失去了克拉姆以後，一切都大不相同了。」

弗麗達突然語塞，傷心地低下了頭，兩手抱胸。

「你看看！」老闆娘大聲嚷道，好像不是她本人在說話，而只是把她的聲音借給弗麗達似的。同時她向前挪近身子，緊靠著弗麗達坐著，「你看看，先生，這就是你幹的好事，還有你這兩個我不能跟他們講話的助手，你看一看他們也能得到一些益處。你把弗麗達從她過慣的安樂窩裡搶了過來，你所以能夠這麼做，還不是利用了她那份孩子氣的善感心腸！她不忍心看見你跟奧爾珈手挽著手，步步深陷到巴納巴斯家去。她把你救了出來，這樣一來，卻犧牲了自己。現在木已成舟，弗麗達為了享受這份坐在你膝頭上的福氣，她什麼都拋棄了，你現在倒打出了這張絕妙的王牌，說什麼你本來有機會可以在巴納巴斯家住宿的。你這是藉此向我暗示，你不需要依靠我。我老實說，要是你睡在他們家裡，那你才是完全不必依靠我，因為你也就會馬上離開這間屋子了。」

「我不知道巴納巴斯這家人到底犯了些什麼過錯。」K一面說，一面小心抱起弗麗達——她好像失去了生命似地低著頭——慢慢把她放在床上，自己站了起來，「你對他們的說法也許是對的，我知道，我要求你讓我和弗麗達兩個人來安排自己的事情，這也並沒錯。你剛才說什麼關心和愛護，可是我根本沒有見到你表示了多大的關心和愛護，我看到的只是怨恨和嘲笑，再來就是不讓我住你的房間。要是你存心要弗麗達離開我，或者要我離開弗麗達，那麼，這倒是一步好棋，我想你這一招也同樣是不會成功的，要是真的成功了——現在輪到我虛張聲勢來嚇唬你了——那你會後悔的。至於說到你好意給了我一個落腳處，也不過是這麼一個叫人受不了的空間，甚至也根本說不上是出於你自己的心意，更大的因素可能還是城堡當局堅持要你這麼做的。我現在要通知他們說這裡要趕我走，要是我被安排到別的地方去住，你或許就輕鬆愉快了，但是我本人也許比你還要更輕鬆愉快呢。現在我要去找村長，針對這件事以及其他事情進行商談，麻煩你至少看著弗麗達，你這份所謂母愛的忠告，把她折騰得夠悽慘的！」

說著，他轉身朝向兩個助手。「來吧！」他說，從釘子上取下克拉姆的信，往房門走去。老闆娘靜靜地望著他，等他的手搭上門栓，她才說：「你還留下一個人沒有帶走呢，因為不管你怎麼說，也不管你怎麼羞辱我，你畢竟是弗麗達未來的丈夫。就為了這個緣故，我現在還得告訴你，你對本地情況這樣無知，簡直令人吃驚，聽了你說的話，再把你的想法和你對實際情況的看法比較一下，真嚇得我暈頭轉向。這種無知不是一下子就能開竅的，說不定永遠也不可能開竅，可是只要你願意稍微多相信我一點，把你自己的這份無知永遠藏在心裡，你還是能學到好多東西的。比如說，你馬上就會對我稍微公正一些，你會只敢稍微唬唬我——但你剛才嚇得我現在還在心驚膽戰——當我發現我親愛的弗麗達，不妨這樣說，為了草叢裡的一條蛇，居然把一隻老鷹放棄了，而實際情況比這還糟得多，這時候真把我給嚇傻了，可是我還得努力忘掉這件事，以便客客氣氣地跟你講話。啊，現在你又生氣了！不，不要就這樣走掉，你聽我這個請求，不論你去哪裡，別忘記你在這個村子裡是一個最無知的人，你得小心一點，在這裡，在這旅店裡因為有弗麗達在，你愛說什麼蠢話都行，沒有人會來傷害你，比如說，你可以向我們解釋為什麼你非要跟克拉姆見一次面，可是我請求你，我誠摯請求你，你別真的這麼做。」

她站了起來，激動得腳步有點踉蹌地走到K面前，握住了他的手，懇求地望著他。「太太，」K說：「我不懂像這樣一件事怎麼值得你卑躬屈膝向我懇求。要是正如你所說，我不可能跟克拉姆談話，那麼，不管你求不求我，我終究是不可能辦到的。不過，要是我能夠跟他談話，那為什麼不這麼做？尤其是因為這樣一來，就推翻了你反對的主要理由，而你的其他道理也就不可信了。當然，我是愚昧無知的，對我來說，這是一個不可動搖的悲慘事實，但這也給我帶來了一切無知的好處，那就是我有相對較大的膽量，因此，只要一息尚存，我就準備這樣愚昧無知下去，準備忍受未來的一切惡果。可是這些後果實際上不會影響別人，只會影響我自己，這就是我不懂你為什麼要懇求我。我相信你會永遠照料弗麗達，因此，要是我從弗麗達身邊消失，你只會謝天謝地。那麼，你怕些什麼呢？你當然不會……在一個愚昧無知的人看來什麼都是可能的！」說到這裡，K突然推開了門，「你當然不是為克拉姆害怕吧？」他帶著兩個跟在他後面的助手跑下樓去時，老闆娘一聲不響地盯著他的背影。

五

K沒有遇上什麼困難就見到了村長，這使他大感意外。對這件事他給自己作了這樣的解釋：

根據他到目前為止的經驗，跟官方當局作正式的會談，對他來說總是很容易的。這，一方面顯然是由於官方確實曾經傳過話下來，教大家在跟他打交道的時候，表面上不妨縱容一點；另一方面是由於他們辦公的那種令人讚揚的自治制度，這種制度恰恰在人們看不見的地方，能促使一個人高效執行任務。只要一想起這些事情，K往往就不免產生以為自己的處境大有希望的危險想法；然而，在他輕而易舉地得到了一連串像這樣的信任以後，他連忙警告自己，他的危險正好就在這裡。

因此，與當局直接交談並不特別困難，因為像這樣嚴密的組織，他們所要做的就只是維護那些遙不可及的紳士們的遙不可及的利益，而K卻得為自己，為迫在眉睫的事情而奮鬥，而且，至少在一開始他還得先發制人，因為他是進攻者；此外，他不單單為自己奮鬥，而且顯然還得為他所不知道的其他勢力奮鬥，但是他們容許他相信這些勢力存在，因為這並不違反當局的規定。但是正由於他們在所有無關緊要的事情上立即滿足了他的願望——而到此刻為止提出的都不過是一些雞毛蒜皮的事情——現在他們就奪去了他輕而易舉贏得勝利的可能性，隨之也奪去了與勝利俱來的滿足感，奪去了他對於由這些勝利而必然引起作更進一步的巨大奮鬥的堅實可靠的信心。相反，他們卻讓K愛去哪裡就去哪裡——當然，僅限於村子範圍以內——就這樣縱容他，消磨他的精力，排除一切衝突的可能，使他陷進一種非官方的、根本未獲承認的、狼狽的、異鄉陌路的處境。在這種生涯裡，要是他不時刻提防，儘管當局是那麼和藹可親，他又是多麼謹慎小心地克盡自己那被人說得那麼輕鬆的任務，但是也很容易引發這樣的情況：他可能被他們表面的好感所迷惑而不小心舉止莽撞，導致闖禍；而當局還是那麼溫和、那麼友善，最終才彷彿出於無奈似的，只是礙於某條他所不知道的法令，而不得不將他攆走了事。若非如此，另一種路又會是什麼樣的呢？K從來沒有見過什麼地方像此地這樣把職業跟生活糾纏在一起，糾纏得簡直使人有時誤以為兩者的重要性已經調換了位置。比方說，克拉姆在管理K的工作方面的權力，到目前為止不過是一種形式而已，如果跟克拉姆在K的臥室裡所擁有的真正權力相比，那又算得上什麼呢？所以就導致這樣的情況，當一個人直接跟官方人士接觸的時候，他只要抱著輕率兒戲的態度，故意扮出一副慢不經心的樣子就好，但是在其他各方面卻必須時時保持最高的警惕，即便只是跨出一步都得先查看一下四面八方。

K去會見村長時，很快就發覺實際情況證實了他對當局的看法。這位村長是一個樣貌和善、身材肥胖、鬍子剃得精光的人，他痛風正發作，便在床上接見了K。「這麼說，你就是我們的土地測量員了！」他說，想從床上坐起來，試了試不行，便又把身子倒在靠墊上，抱歉地指著自己其中一條腿。房間裡那幾扇窗子很小，又掩上了窗簾，在暗淡的光線裡，一個無聲無息、幾乎像個影子的女人為K推過來一把椅子，放在靠近床邊的地方。「請坐，土地測量員，請坐，」村長說：「告訴我，你有什麼要求吧！」K讀克拉姆的信給他聽，也插進幾句自己的意見。他又一次重溫與官方當局交談的那種非比尋常的輕鬆感。他們似乎都是一模一樣，什麼負擔都能承當，一個人可以將一切都放到他們的肩膀上去，而自己自由自在，什麼都不需要操勞。村長似乎也是這樣的作風，他在床上不適地動了一下，最後說：「這事我全都知道，的確就像你說的那樣。我之所以沒有過問，原因首先是我身子不好，其次，你這麼晚才來，我後來以為你放棄了這份工作了。可是現在你特地跑來看我，我的確應該老老實實地把真相告訴你。如你所說，你的職業是土地測量員，可是很不湊巧，我們並不需要土地測量員，這裡根本不需要土地測量員。我們這個小國的邊界已經標好了，而且都已經正式記載下來了。所以，我們為什麼需要一個土地測量員呢？」這樣的事情，K雖然事先完全沒有想到過，可是他現在打從心底相信他曾經想過會有這樣的答覆。正因為這個緣故，他才能夠立刻答道：「這番話可真教我大吃一驚。這樣一來，我全盤的打算都一筆勾銷了。我只希望這中間是不是發生什麼誤會了？」「不，很抱歉，」村長說：「事實就像我剛才說的一樣。」「可是這怎麼可能？」K喊道：「我千里迢迢來到這裡，不可能是為了重新讓人遣返吧？」「這是另外一個問題，」村長回答說：「這不是我能決定的，可是，如果要說起這次誤會怎麼發生的，我倒確實能為你說明其中的緣由。像伯爵大人轄下這樣一個龐大的政府機關，可能偶爾發生這個部門制定這件事，另一部門制定那件事，而相互之間不了解對方的情況，儘管最高統治當局是絕對卓有成效，但是由於其性質使然，處理事情往往為時過晚，因此就常常會出現一些細小的差錯。當然，這只是指那些雞毛蒜皮的小事而言，比方說，就像你這種情況。在重大的事情上，我還從來沒有聽聞發生過什麼差錯，可是儘管是小事，也教人夠苦惱了。現在說回你這樣的情況，我願意坦率地把這件事的緣由全都告訴你，絕不保留絲毫官方的祕密——我也稱不上官方人士，我是一個農民，將來也永遠是一個農民。很久以前，那時我當村長才幾個月，上面下達一道命令，我記不起是哪一個部門了，在這道命令裡，上面的先生們一如往常以那種一點也不馬虎的方式通知我們招一位土地測量員，並且指示市鎮當局為他的工作準備好必要的計畫。顯然，這道命令提到的絕不可能是你，因為那是多年前的事了，要不是我現在不巧正病中，有大把時間躺在床上想這些無聊透頂的事，那我可是記不起來的……米西，」說著，他突然停下來，對那個還在房間裡莫名其妙晃來晃去的女人說：「請你到文件櫃裡去找找看，說不定可以找到那張命令。」他向K解釋道：「你看看，這是我在這裡當村長的最初幾個月就有的文件櫃，那時候我還把每樣東西都分類編好放在那裡。」那個女人立刻打開了文件櫃。K和村長在旁邊看著。櫃裡塞滿了文件。櫃門一打開，兩大捆文件就滾了出來，文件都捆成圓圓的一束，就跟人們平常捆柴禾一樣，女人嚇得直往後跳。「那一定是在下面了，在櫃子的底層。」村長在床上指揮著說。女人順從地用雙手捧出文件，為了查看櫃子底層，她把文件都扔在地上。現在文件鋪滿了半個房間。「我這裡辦了不少事啊！」村長點著頭說：「這還只不過是一小部分呢。我已經把最重要的一部分文件放到倉庫裡了，可是大部分都已經散失了。誰能把這些文件都收藏起來呢？倉庫裡還放著成堆的文件呢！」他又轉過去對妻子說：「你找得到那張命令嗎？你得找一張有藍鉛筆在『土地測量員』下面畫了一條線的文件。」「屋子裡光線太暗了，」女人說：「我得去拿一支蠟燭。」說著便踩著那一大堆文件向門口走去。「辦這些麻煩的公事時，」村長說：「我的妻子是我的得力幫手，可是儘管如此，我們還是應付不了。是的，我還有另外一位助手，一位小學老師，幫我抄寫一些必須辦理的事務；可是我們還是無法把事情都處理得井井有條，總有不少事要往後延，這都堆在那只櫃子裡。」說著，他指著另一只文件櫃。「現在我躺在床上，這些文件就把我壓住了。」他說。接著便顯出疲乏卻得意的神氣往後躺了下來。「我能不能……」K看見女人已經拿著蠟燭回來了，現在正跪在櫃子前找那張公文，便問道：「我能不能幫你的妻子一起找那張公文？」村長微笑地搖頭說：「雖然我對你說過，我不想在你面前自誇官方的祕密，可是讓你本人來翻閱這些文件……不，不行，那就太過分了。」現在，房間裡靜悄悄的，只聽見翻閱文件的窸窸聲響；才不過幾分鐘，村長似乎在打瞌睡了。門上有人輕輕敲了一下，K轉身。果然是那兩個助手。可是他們已經展現受過訓練的成效，並沒有立刻衝進房裡，房門微微開著，他們一開始只從門縫裡悄聲說：「外邊很冷呢！」「是誰？」村長問，他驚醒過來了。「沒什麼，只是我的兩個助手，我不知道應該叫他們在哪兒等我，外邊很冷，可是到屋子裡又礙手礙腳。」「他們不會妨礙我，」村長寬容地說：「叫他們進屋來吧。再說，我認識他們，是熟人。」「可是他們卻總妨礙我。」K直率地說，眼光從兩位助手掃到村長，又從村長轉到兩個助手，他發現他們三人的臉上都流露著同樣的笑容。「你們既然來了，」他接著試探道：「那就留下來，幫村長太太找一張在『土地測量員』這幾個字下面用藍鉛筆畫了一條線公文吧！」村長沒有表示反對。

不准K做的事，卻容許這兩位助手去做他們立刻撲到文件堆裡，那種在文件堆裡亂翻的樣子，卻實在不像是在找什麼東西，只要一個人拿著一張文件在讀，另一個人就會立刻從他手裡把文件搶過去。這時候，那個女人跪在空櫃子前面，似乎已經完全放棄了尋找的念頭，蠟燭放在離她很遠的地方。

「這麼說，這兩個助手，」村長洋洋自得地微笑著，好像表示他居於領導地位，雖然誰也沒有想到這一點，「他們礙到你嗎？可是他們是你自己的助手呀！」「不，」K冷冷地說：「他們是自己跑到我身邊來的。」「跑到你身邊來的，」他說：「當然，你的意思是說，他們是派給你的。」「沒錯，是派給我的，」K說：「也可以說他們是從天上掉下來的，省去我挑人的操心。」「我們這裡沒有一件事情是不經過考慮就做的，」村長說，簡直忘記了腳上的疼痛，坐了起來。「沒有一件事情是如此！」K說：「那麼，找我到你們這裡來，這又該怎麼說呢？」「就連把你找來這件事，也是經過仔細考慮的，」村長說：「只不過是因為意料之外的情況，才打亂了整件事，我可以用官方的文件來證明。」「文件不會找到的！」K說。「找不到？」村長說：「米西，請你快一點！即使沒有文件，我照樣能為你說明整件事的來龍去脈。那時候我們懷著感激的心情回覆我剛才提到的那道命令，說的我們不需要土地測量員，但是這個答覆似乎沒有送到原先頒發命令的那個部門——我不妨稱之A部——而是誤送到了另外一個部門，B部。因此，A部沒有得到答覆，而完整的覆文也很遺憾沒有送到B部，是我們沒有附上那道命令的本文呢？還是在半途遺失了？

誰也不知道——但絕對不是在我這個部門遺失的，這我敢保證——總之，B部只收到的一封說明信，信裡只說明隨信附回的這道招聘土地測量員的命令，很遺憾無法實施。同時間，A部卻正在等待著我們的答覆，關於這件事，他們當然留下了一份備忘錄，但是即使在工作效率最高的機構掌握之下，也難免常發生這種無可厚非的情況，那就是我們的通信員一心以為我們會給他答覆，他在收到覆文以後，就會把土地測量員找去，或者有需要的話，再針對這件事情寫信給我們。因此他從來沒有想到去翻閱一下備忘錄，這整件事情就被忘得一乾二淨。可是，在B部裡，這封說明信卻送到了一位以辦事認真出名的通信員手裡，一個名叫索爾提尼的義大利人。雖說我也是明白官場險惡，但是連我也弄不懂，像他這樣一個有才幹的人，為什麼會被留在這樣一個低階的職位上。這位索爾提尼理所當然就把這封沒頭沒腦的說明信退了回來，要求我們把信件補齊。如今，從A部第一次下達命令到現在，如果不是已有好幾年，那麼也絕對已經有好幾個月了，道理並不難懂，因為一件公文依照正規的途徑辦理——這是我們的規矩——它在一天之內就能夠到達執行單位，而且當天就能得到解決，可是萬一它在我們這樣一個工作效率非常高的機構中途遺失了，那就得費九牛二虎之力去尋找它的去向，否則就沒有辦法找到；所以，嗯，所以，當時想必是花了一段很長的時間才找到這封公函的去向。因此，等到我們接到索爾提尼的通知，我們對這件事就依稀只剩模糊的記憶了，那時只有米西跟我兩個人在做事，還沒有那位小學老師。我們只把那些最重要的事情記錄下來就算了，所以我們只能含糊答覆，我們不知道有招聘土地測量員這回事，而且就我們所知，這裡並不需要這麼一個土地測量員。[4]

「可是，」說到這裡，村長突然停了下來，似乎被自己講的故事迷住了，他扯太遠了，或者至少他好像覺得自己扯太遠，「我講的這段故事，你聽了不厭煩嗎？」

「不，」K說：「這故事我聽得很有興趣。」

村長立刻說：「我講這個故事可不是為了逗你開心。」

「可它就是教我聽得很有興致，」K說：「因為它使我清楚地領悟到在某些情況下，一個荒唐可笑的紕漏可能決定一個人的命運。」

「你還沒能領悟出什麼！」村長嚴肅地說：「我還是繼續講下去。索爾提尼當然對我們的回答不滿意。我佩服這個人，儘管他總是找我麻煩。他簡直是誰都不相信。比如說，即使一個人跟他打過無數次交道，他明明已經夠了解他，也認定他是世上最可靠的人，可是一旦情況生變，他就再也不相信對方了，好像他根本沒有認識過他，或者不如說，他甚至是願意把這人看作是一個壞蛋。我認為這樣做是對的，也是合理的，一個公事公辦的人就必須這樣才對。可是遺憾的是，我生來就遵守不了這樣的原則；你自己可以看出來，我對你，一個陌生人，是多麼坦率把這些事情都告訴了你，我非這麼做不可。可是索爾提尼卻相反，他看了我們的回信就起疑了。從此，開始

---

4 此處無下引號。原文如此。

了大批的通信往來。索爾提尼問我是怎麼忽然想起了不需要招聘土地測量員的。我根據米西出色的記憶回答，最早的建議是從內閣大臣的辦公廳提出的（實際上是另外一個部門提出的，可是在這以前，我們早已忘了是什麼部門）。索爾提尼反駁道：『為什麼現在只提這道命令？』我回答說：『因為我只記得起這道命令呀！』索爾提尼說：『這種情況非常少見。』我說：『一件事拖得這麼久，中間發生這種情況是常有的。』『不，很少見，因為我記得的那道命令不在了。』我說：『當然不在了，因為文件都已經佚失了！』索爾提尼說：『可是一定會留下一份關於第一次聯繫這件事情的備忘錄，現在卻什麼也沒有。』這引起了我的注意，因為索爾提尼的單位底下竟會發生差錯，我既不敢提，也不敢相信。我親愛的土地測量員，你心裡或許會責備索爾提尼。因為，他聽了我所說的話，至少應該有所觸動，向別的部門去查問這件事。要是你這樣想，那就大錯特錯我不想把任何過錯加到這個人的身上，不，就算你在心裡也不能這樣想。當局有條工作原則是，必須消除任何差錯的可能性。這是官方最高機構所一致確認的一條基本原則，並且必須以最快的速度處理事務。因此，向其他部門查詢，就不是索爾提尼職權範圍之內的事了，況且他們也根本不可能回答，因為他們會立刻猜測，這一定是要追究一件可能發生的差錯。」

「村長，請容許我打斷你的話，提出一個問題，」K說：「你一度提起有一個最高統治當局，是嗎？從你的敘述聽來，如果人們可以這樣想像的話，應該就會認為這整個組織結構的運作是失靈的。」

「你太嚴格了，」村長說：「可是你的嚴格乘上一千倍，跟當局要求自己的嚴格相比，你這種嚴格就根本算不上什麼了。只有一個徹頭徹尾的外地人才能提出像你這樣的問題。有一個最高統治當局？這裡只有各個統治機關。說實話，它們的作用並不在於追究一般差錯，因為差錯絕不會發生，即使偶爾發生那麼一次差錯，就例如你這種情況，可是說到底，究竟誰能說這是一個差錯呢？」

「這真是一件新鮮事！」K叫起來了。

「對我來說，這是司空見慣的事，」村長說：「我跟你一樣，後來我認為這是發生了差錯，索爾提尼因此感到喪氣，我們得感謝初級官員，是他們發現了造成這個差錯的根源，並且承認這是一個錯誤。可是誰能保證二級官員們也作出同樣的判斷，還有三級的以及其他所有官員們也都會作出同樣的判斷呢？」

「也許是這樣吧，」K說：「可是我寧可不作這些推測。再說，我還是第一次聽說有這麼多的官員，我當然還無法了解他們。可是我想，這裡有兩件事情必須區別清楚：第一，他們在辦公室裡處理的是什麼事情，而且還能以官方形式給予各色的解釋；第二，我這個實際存在的人，我本人，處在辦公室之外，卻受到了他們侵犯的威脅，這種侵犯又是那麼毫無意義，我簡直無法相信這種危險有多麼嚴重。關於第一點，從你告訴我的這些離奇又紊亂的詳細經過來看，顯然已經清楚了。可是我現在還想聽你說一說有關我自己的部分。」

「我也正要談到這一點，」村長說：「可是我若不再預先給你介紹一些細節，你是不可能懂得的。如果現在就談到官員，還為時太早。所以我必須回到我跟索爾提尼之間的矛盾。我剛才說過，我為自己辯護的理由漸漸地站不住腳了。可是不論什麼時候，索爾提尼要是在手裡抓住了誰的把柄，就算是最微不足道的把柄，最後都一定是他得勝，因為這時候他的機智、力量和警覺確實都增強了，這對於受害者來說是個可怕的時機，而對於受害者的敵人卻是一個光榮的時刻。只是因為我在別的情況下經歷過這種感受，我才能像這樣談他。可是我按例還從來沒能見到他一面呢。他不能到下面來，那麼多的工作把他給壓倒了；我聽人說他的房間四面牆壁都堆滿了一卷卷疊在一起的文件，這些還只是索爾提尼當下經手的公文呢，而成捆成捆的公文還在陸續不斷地送進來又發出去，而且都是那麼匆匆忙忙的，那些成卷堆著的公文就總是掉到地上，人們也正是從這些公文不斷地落地的聲音裡才能認出這是索爾提尼的工作間。是的，索爾提尼是一個勞動者，不論事情大小，他都一視同仁，仔細謹慎地處理。」

「村長，」K說：「你總把我這件事稱為一件最小不過的事，可是它卻讓一大群官員傷了不少腦筋，如果這不是一件什麼重要的事，或許一開始是如此，可是通過像索爾提尼等官員們的辛勤勞動，它已經變成一件大事了。很遺憾，我根本不想這樣，因為我的雄心壯志絕不是去看那一卷卷關於我的公文堆上去又掉下來，我只想靜靜地在我的製圖板上工作，做一個謙卑的土地測量員。」

「不，」村長說：「這根本不是一件大事，在這方面你沒有任何抱怨的立場——這是最無關緊要的事情當中，一件最無關緊要的事情。一件事情重要不重要，並不取決於牽涉的工作量，要是你這樣想的話，那你就根本不懂得官方當局。就算是一個工作量的問題好了，你這件事也還是微乎其微。一般的事件，我的意思是說那些沒有發生所謂差錯的事件，也照樣需要進行更多更有效的工作。再說，你還根本不知道由於你的事情而引起的實際工作到底有多少。我現在就要說給你聽。最後，索爾提尼沒有多久就不管我了，可是來了幾個辦事員，在赫倫霍夫旅館每天進行一次牽涉到地方顯要人物在內的正式查問。大多數人都堅定地站在我這邊，只有幾個人退縮了——這樣一個土地測量員的問題投合了農人的心意——他們察覺到了什麼祕密的陰謀和邪惡等等，而且還查出了一個帶頭的人，於是索爾提尼被他們這樣一說，不得不信以為真，認為如果我把這個問題提到鄉鎮會議上去討論的話，那麼沒有一個人會反對招聘一個土地測量員。所以，這樣一件正常的事情——也就是說，不需要土地測量員——結果變成了一件可疑的事。這中間有一個名叫勃倫斯威克的尤其引人矚目，當然，你不認識他；他可能並不是一個壞人，只不過有點傻里傻氣，喜歡空想，他是雷瑟曼的女婿。」

「就是製皮匠的女婿嗎？」K問，接著他形容了他在雷瑟曼家裡看到的那個滿臉鬍子的人。

「對，就是這個人。」村長說。

「我也認識他的妻子。」K信口說道。

「這是可能的。」村長簡短地回答。

「她長得很漂亮，」K說：「可就是臉色憔悴，帶著一點病態。當然，她是從城堡裡來的囉？」這句話一半帶著詢問的口吻。

村長看了看時鐘，在湯匙裡倒了一點藥水，匆匆吞了下去。

「你只了解城堡官方的情況嗎？」K直率地問。

「是這樣的，」村長回答說，臉上浮著譏諷和愉快的微笑，「而且這是最重要的一方面。我剛說起勃倫斯威克，假使我們能夠把他排除在鄉鎮會議之外，我們幾乎全都會歡喜無比，雷瑟曼也不會不愉快。但是那時勃倫斯威克頗有一些勢力，當然，他不是一個雄辯的演說家，只是一個大喊大叫的人；可是即使這樣，他也是滿有作為的。於是，最終逼得我不得不把這件事提到鄉鎮會議上去討論。但這不過是勃倫斯威克一時的勝利，因為會議上絕大多數的人想當然耳拒絕傾聽關於一個土地測量員的事情。這也是很久以前的事了，但是從那時候起，這件事就一直鬧得沒完沒了，部分是由於索爾提尼的認真，他苦心孤詣地審訊論據，設法探究大多數人的動機，並不亞於他對反對方的注意；另外一部分的原因是由於勃倫斯威克的愚蠢和野心，他在官方權威人士中有幾個私交甚篤朋友，他懷著滿腦子的新奇幻想維繫這些關係。但是不管怎樣，索爾提尼是不會讓自己上勃倫斯威克的當的——勃倫斯威克怎麼能騙過索爾提尼呢？——但是單單為了不讓自己受騙，就需要審訊一次新的論據，然而索爾提尼還沒有審訊完畢，勃倫斯威克早已又想出一些新花樣來了；勃倫斯威克無疑是一個招式層出不窮的人，和他的愚蠢程度可以相比。現在我就要說到我們管理機構的一個特點了。管理機構既具有準確性，同時又具有高度的敏感性。一件大家重視了很久的事情，儘管還沒有經過充分考慮，也可能發生突然一下子就作出決定的情形，你預想不到它從什麼地方來的，而且以後也不會知道，一個決定解決了問題，如果說在大多數的情況下是公正的，但是仍然不免專斷。似乎管理機構再也受不了這種緊張感，這種經年累月被同一個事件擾得煩躁不安的心情——事件本身可能很瑣碎——於是管理機構不用官員們的協助，就自己作出了這個決定。當然，這絕不是出現了什麼奇蹟，一定是有個辦事員偶然想出了這個解決辦法，或者是出自沒有形諸筆墨的決定，但是不管怎樣，我們不知道是誰。至少是在我們這裡，或者甚至在當局都不知道到底是哪個辦事員在這件事情上作了決定，他的根據又是什麼。執掌的官員們只是在很久以後才發現這是怎麼回事，可是我們永遠不會知道；而事到如今也引不起任何人的興趣了。你知道，我已經跟你說過，這些決定一般說來都是非常好的。唯一惱人的事——也通常是這種情況——是人們知道這些決定時夜已太晚了，所以，當下大家還是繼續熱烈地討論這些早已作出了決定的事情。我不知道在你這件事情上是不是也有過類似這樣的決定——有人說是，有人說不是——但如果真的有過這樣的決定，那麼招聘的通知可能就送到你手中了，你也就會大老遠地到我們這裡來，多少時間就這樣流逝，此時索爾提尼也就會在這裡整天為這件事忙碌工作，忙得精疲力竭。勃倫斯威克也會繼續搞他的陰謀詭計，那我也就要吃他們兩個人的虧了。我只是指出這種可能，可是我知道下面這一點卻是事實。有一位官員，此時如果發現好多年以前，A部曾就土地測量員的問題向鄉鎮會議提出過質詢，可是當時還沒有得到答覆。於是又向我提出了一次新的查詢，到現在整個事情才真的水落石出。而我回答A部說並不需要這麼一個土地測量員，他們對我的答覆表示滿意，索爾提尼也不得不承認自己對這件事處理不當，的確是這樣，他平白無故地做了一大堆工作，到頭來全是做白工。假如沒有新工作老是這樣從四面八方湧來，假如這件事不是一件微乎其微的小事——幾乎可以說是無關緊要的事情當中一件最無關緊要的事——我們大家也許都可以重新暢快地鬆一口氣，我想即使索爾提尼本人也會如此。只有勃倫斯威克一個人嘀嘀咕咕埋怨，可這也不過是好笑罷了，並無其他影響。所以，請你自己設想一下，土地測量員，在這整件事情總算圓滿落幕以後——而且事情也已經過去很久了——現在你卻忽然出現了，請你自己設想一下，我的處境該有多麼狼狽，現在看起來好像這件事又得整個重新來過。你當然會懂，就我來說，無論如何我是絕不願讓這樣的情況發生的，你說是不是？」

「當然，」K說：「可是我也更懂得現在有人正在我這件事上濫用職權，也可能是一種踐踏法律的行為。至於我，我知道我該如何保衛我自己。」

「你打算怎麼保衛自己？」村長問。

「這我現在還不能隨便透露。」K說。

「我不想強逼你，」村長說：「不過，我希望你能體會到你可以從我這裡找到……我不願說是一個朋友，因為我們是素昧平生……可是在一定程度上，是一個事務上的朋友。我所不能表示贊同的只有這麼一點，那就是讓你當一個土地測量員，至於在其他方面你完全可以信賴我，我也一定在能力所及的範圍內與你開誠布公，雖說我沒有多大的力量。」

「你總是說這句話，」K說：「說我不該當土地測量員，可是我已經成為了一個土地測量員了，這裡是克拉姆的信。」

「克拉姆的信，」村長說：「這是可貴的，也是值得尊重的，因為這好像真是克拉姆的簽名，可是即便如此……我還是不敢憑我自己毫無根據的話來抬高這封信的價值。米西！」他喊道，接著又說：「你們在那裡做什麼？」

好久沒人注意米西跟那兩個助手，他們顯然沒有找到他們要找的文件，因此想把所有東西重新放到櫃子裡去，但是因為文件已經弄得亂七八糟，而且又那麼多，所以放不回去了。於是兩個助手想出了一個主意，現在他們正在實踐這個主意。他們把公文櫃朝天放在地上，把公文檔案一股腦往櫃子裡塞，現在他們正跟米西一起跪在櫃門上，想用這個方法把門關上。

「這麼說，文件沒有找到，」村長說：「糟糕，可是你現在已經知道這件事的前後經過了。其實我們現在根本不需要看這份公文了，再說，到時候一定可以找到的。也許是在小學老師那裡也說不定，在他那裡也有一大堆文件呢。可是，米西，你現在拿蠟燭到我這裡來，幫我讀一讀這封信。」

米西走過去，靠著這個身強力壯的男人，在床邊上坐了下來，男人用手摟著她，這時候她顯得更蒼白、更渺小了。在蠟燭光下，只有她那憔悴的臉龐才顯得輪廓鮮明，臉上單純而嚴肅的線條只因為年齡的關係才變得柔和了。她幾乎是一看到信就輕輕地拍著手說：「克拉姆寫來的。」於是他們兩個人一起讀著信，又悄聲低語地交談了一陣，這時候那兩位助手喊了一聲「好了」，因為他們終於關上公文櫃的那扇門了——他們這一動，贏得了米西默默感激的眼色——最後，村長說：

「米西跟我的意見完全一致，現在我可以把我的想法說出來了。這封信絕不是一封公函，不過是一封私人信件。只要從第一句『我親愛的先生』的口氣裡就可以清清楚楚地判斷出來。而且，信裡也沒有任何一個字說明已經讓你當一個土地測量員了；反之，它所說的全是為政府服務的一般事務，就連這一點也不是完全確定，你知道，這是因為要定奪你該擔任什麼工作，需要由你自己來決定。最後，他們又正式而明確地指定我這個村長來當你的直接上司，把更詳細的情況告訴你，實際上大部分我也都已經交代過了。凡是懂得怎樣閱讀公函的人，也就更懂得怎樣閱讀非公函的私人信件，對任何一個這樣的人來說，這一切是再清楚不過了。像你這麼一個外地人不懂這點，並不令我訝異。一般而言，這封信只不過表明：要是你為政府服務，克拉姆本人願意對你表示關心罷了。」

「村長，」K說：「你解釋得好極了，這封信經過這樣一番解釋，就只成了一張簽上名字的白紙了。你可知道這麼一來，你雖然假裝尊敬克拉姆的名號，實際上卻是輕視他？」

「你誤會我的意思了，」村長說：「我並沒有曲解這封信，我讀這封信絕不是輕視它，而是相反。克拉姆寫的私人信件，不用說，比一件公函重要得多，可是它並沒有像你所加在上面的那種重要意義。」

「你認識希伐若嗎？」K問。

「不認識！」村長回答：「或許你認識他吧？米西？你也不認識他？不，我們不認識他。」

「這就奇怪了。」K說：「他是一位副總管的兒子。」

「我親愛的土地測量員，」村長答道：「為什麼我必須認識所有副總管的兒子呢？」

「你說得對，」K說：「那麼你就姑且聽我的，只需記得他是一個副總管的兒子。我來到這裡的當天就跟這個希伐若發生了衝突。後來他打電話去問一個名叫弗里茲的副總管，得到的答覆是，我是奉召而來當土地測量員的。你又怎麼解釋呢？村長？」

「非常簡單，」村長回答說：「到目前為止，你還沒有跟我們的政府當局有過真正的接觸。你的那些接觸都是虛幻的，只因為你對周圍環境一無所知，才對這些接觸都信以為真。至於電話，你看，儘管我跟當局關係這麼密切，可是我這裡就沒有電話。在旅館和這一類地方，電話也許真的有用處，但頂多不過像一架投幣後播歌的自動唱片機那種東西。你在這裡打過電話嗎？打過吧？那麼你或許就懂得我說的意思了。在城堡裡，電話當然發揮得很好，我聽人說，電話是整天響不停的，工作效率當然大大加快了。從我們這裡的電話裡就可以聽到城堡持續不斷的電話聲，就像一種低聲哼唱的聲音，你一定也聽到過。你得知道，你聽到的唯一真實和可靠的東西，就是我們的電話傳送的這種低聲哼唱的聲音，此外什麼都是虛幻的。我們跟城堡之間沒有固定專線，也沒有總機把我們的電話接到遠處。任何人從我們這裡打電話給城堡的時候，所有附屬部門的電話全都會齊聲響起來，或者說，幾乎是一切部門的電話都會響起來——這是我確實知道的——要是他們不拿起聽筒。但是，偶也會有那麼一個疲倦的、需要找點消遣的官員，尤其是在傍晚和深夜，守著聽筒不放。這時候，我們就會聽見一聲回話，當然，這聲回話實際上不過只是開玩笑。這也是非常容易理解的。因為三更半夜的，為了自己私人的小糾紛而去打斷持續緊張進行的十萬火急的重要工作，有誰願意承擔這種責任呢？我不懂，一個外地人打電話的時候，比如說打給索爾提尼吧，他怎麼能想像回話的人就真的是索爾提尼呢！很可能是一個毫不相干的部門裡一個小小的抄寫員。另一方面，也可能發生一次千載難逢的事情，有人打電話給小小抄寫員的時候，卻是索爾提尼親自接了電話。這時最好的辦法便是，在對方開口講第一句話的時候就掛掉電話。」

「我可真不知道原來事情是像這樣的，」K說：「我沒有辦法領會所有這些特殊情況，可是我也並不完全相信電話裡的那些談話，我總覺得只有城堡裡發生的事情才是真正算得上重要的事情。」

「不，」村長說，他把這個字說得堅決有力，「電話裡的答覆絕對有道理，為什麼沒有道理？

一個城堡裡的官員說的話怎麼可能無關緊要？正像我讀克拉姆的信時所說的。信上的話沒有一句代表官方的意思如果你強加上官方的意思，那你就搞錯了。另一方面，私人信件中所表達的是善意還是惡意，卻又關係很大，一般說來，比正式公函所傳達的關係還要大。」

「非常好。」K說：「事情如果真的全像你說的那樣，那我應該有不少好朋友在城堡裡了。好多年來，我眼巴巴地望著那個部門，等他們的靈感突然來臨——就例如是招聘一個土地測量員吧——這對我本人是一種友好的舉動。可是接著又是一個行動接著另一個行動，直到最後遇上一個不祥之日，我被騙到了這裡，然後又受到即將遭人攆走的威脅。」

「你對這件事情的看法有一定的道理，」村長說：「你認為對城堡下達的聲明不應該僅止於字面的理解，這也是對的。但是小心總是必要的，不僅是這件事，而是一旦碰上愈重要的聲明，就愈應該小心。但是你接下來又說你受騙上當，我可就猜不透你的意思了。如果你更仔細一點聽我的解釋，那你就一定會明白，你是否奉命來城堡任職，此一問題在這裡是無法解決的，也不是現在短短一次談話所能解決得了。」

「那麼，唯一的結論，」K說：「就是一切都還不明朗，也沒有解決，包括我必須被趕走這件事在內。」

「誰願意冒這個風險來攆你走呢？土地測量員？」村長問：「正因為搞不清你是不是請來的，才保證你受到最優厚的禮遇，只是你對那些表面現象不要過於敏感就好，這裡沒有人決定留下你，但是也絕不是說要趕你走。」

「喔，村長，」K說：「你現在又把事情看得太簡單了。我給你舉幾點我要留在這裡的理由：我作出了離鄉背井的犧牲，跋涉了漫長而艱辛的旅程，我因受聘而懷著種種有充分根據的美好希望，目前我這種一無收入的處境，以及從此以後再也無法在家鄉找到適當職業的前景，最後，但絕不是最無足輕重的一點，我還有一位跟我一起在這裡生活的未婚妻。」

「喔，弗麗達！」村長說，沒有露出一絲驚奇的神色。「我知道。可是不論到哪裡，弗麗達都會跟你走的。至於你說的其他幾點，有必要給予適當的考慮，我願意轉達給城堡。要是有什麼決定下來，或者需要先與你確認的話，我會派人找你到我這裡來的。這樣，你同意嗎？」

「不，我絕對不同意這樣的說法，」K說：「我不想向城堡要求任何恩賜的照顧，我只要求我的權利。」

「米西，」村長對他的妻子說，他的妻子仍舊緊緊靠在他的身上坐著，出神地陷入虛空之中，手裡擺弄著克拉姆的那封信，折成了一隻小船——嚇得K把信從她手裡一把奪了過來。「米西，我的腳又開始痛了，我們得把繃帶換一下了。」

K站起身來。「那麼，我得告辭了。」他說。「看起來，」米西說，她已經在準備藥膏了，「上次藥膏綳得太緊了。」K轉過身去。他剛說完最後那句話，那兩個助手就懷著往常那種竭力想為主子效勞的熱忱，趕忙去把兩扇房門一下子打開了。為了不讓門外強烈的冷空氣吹進病人的房間裡，K不得不匆匆向村長鞠躬告別。接著，他把兩個助手推到自己的前方，連忙走出屋子，很快把房門帶上。

六

老闆正在旅店門口等著他。K要是不主動問他，他是不會貿然跟他打招呼的。因此，K問他想幹什麼。「你找到新的住宿沒？」旅店老闆問道，眼睛望著地上。「是你太太叫你問的嗎？」K回答說：「你難道就這麼受女人的擺布？」「不，」老闆說：「我可不是因為太太叫我問才問你的。可是她因為你煩惱透了，傷心透了，什麼事都不能做，躺在床上老是唉聲嘆氣，怨天怨地。」「那是不是讓我去看看她？」K說。「我希望你能去看看她，」老闆說：「我已經到村長家去叫你。我在門口一聽，可你正在說話。我不想打攪你們，再說，我也記掛著我太太，就又跑回來了；可是她不願意見我，所以，除了等你回來以外，我沒有別的辦法了。」「那麼，讓我們馬上過去吧，」K說：「我很快就會讓她安下心來。」「但願你能做到這一點。」老闆說。

他們走過明亮的廚房，這裡有三、四個女僕在不同的角落裡忙著各種工作，很明顯，她們一看見K，都侷促不安起來了。老闆娘嘆氣的聲音在廚房裡就能聽見了。她躺在一間沒有窗子的邊屋裡，跟廚房只隔了一層薄薄的板壁。屋子裡的地位只容得下一張雙人大床和一只櫃子。那張床的地位正好可以居高臨下看到整個廚房，監督廚房裡的工作。另一方面，從廚房裡望去，卻看不見邊屋裡有什麼東西。邊屋光線很暗，只有隱隱約約發亮的紫色床單還可以辨認出來。人們走進這間屋子，得讓眼睛在黑暗中習慣以後，才分辨得清各種物品。

「你終於來了。」老闆娘有氣無力地說。她仰天躺著，推開了絨被，看得出她正吃力地呼吸著。她躺在床上看起來比她穿了衣服的時候年輕多了。她頭上那頂精緻的花邊睡帽雖然太小了，歪在腦袋上，卻使她憔悴的面容顯得楚楚可憐。「為什麼我該來呢？」K溫和地問：「你並沒有派人去找我來啊！」「你不應該讓我等這麼久，」老闆娘用病人那種愛挑剔的口吻說道。「坐下來，」她指著床繼續說：「其他人都給我走開。」因為此時那些女僕和兩個助手都擠進來了。「我也離開囉，珈達娜。」老闆說。這是K第一次聽到她的名字。「當然，」她慢條斯理地回答，心裡好像在想著別的事情，接著心不在焉地加了一句：「其他人都走開了，為什麼你就要留下來呢？」可是等他們退到廚房——這回連那兩個助手都馬上走開，後面還跟了一個女僕——珈達娜很警覺，她知道她的每句話，廚房裡都能聽見，因為這間邊屋沒有門。所以她命令大家還得離開廚房。眾人馬上做到了。

「土地測量員，」珈達娜說：「櫃子旁掛了一條毯子，能不能請你拿給我？我要蓋在身上。我受不了這條被子，簡直要喘不過氣來了。」K把毯子遞給她的時候，她接著說：「瞧，這條毯子很漂亮，是吧？」在K看來，這似乎是一條普通的羊毛毯子，他僅出於禮貌，才用手指又摸了一下毯子，但是沒有回答。「是的，這是一條漂亮的毯子。」珈達娜一面說，一面把自己蓋起來。現在她舒適地躺下來，似乎所有的痛苦都消失了，現在她已經有足夠的精神想起自己躺著的姿勢把頭髮弄亂了，於是很快地又坐了起來，把睡帽四周的頭髮理順。她的頭髮非常濃密。

K開始不耐煩，便開口說：「太太，你剛才問我，我是否找到了別的住所。」「我問過你嗎？」老闆娘說：「不，你搞錯了。」「你丈夫幾分鐘以前就問過我。」「那很可能，」老闆娘說：「我跟他的意見永遠兜不攏。我不想要你待在這裡的時候，他把你留在這裡，現在我樂見你留在這裡，他反倒要趕你走了。他總是這樣。」「這麼說，你的想法完全改變了？」K說。「僅僅兩個鐘頭內就變了嗎？」「我沒有改變想法。」老闆娘說，現在她又變得談笑自若了。「把你的手給我。來，並且答應我，要對我非常坦白，我也同樣坦白地對待你。」「對，」K說：「可是該誰先坦白呢？」「我願意第一個坦白。」老闆娘說。她給人的印象不像是敷衍K的樣子，倒像真的急於第一個開口。

她從枕頭底下抽出一張相片給K看。「你看這張相片。」她激動地說。為了想看得更清楚一點，K便走到廚房裡去，但是即使在那裡，也看不清相片上有什麼東西，因為時間太久，相片已經褪色，有幾處已經破損，皺了，弄髒了。「相片已經模糊了。」K說。「是啊，很不幸，」老闆娘說：「一個人要是經年累月地把一件東西帶在身邊，就一定會變成這樣。可是你仔細看一看，你還是能夠看得清清楚楚的。你可以的。但是我也能幫你的忙。告訴我，你看到了什麼，我喜歡聽別人談這張相片，來，怎麼樣？」「有一個年輕人。」K說。「對啦，」老闆娘說：「那麼，他在幹什麼？」「好像躺在一塊木板上，在伸懶腰，打呵欠。」老闆娘笑了起來。「都不對，」她說。「可是這裡真有一塊木板，他也真的躺在這塊木板上面。」K堅持自己的看法。「但是你再仔細看看，」老闆娘不耐煩地說：「他真的躺著嗎？」「不，」現在K說：「他正浮在空中，現在我看出來了，這根本不是木板，可能是一根繩子，這個年輕人正從高處往下跳水。」「你看！」老闆娘得意地回答，「他真是在跳水，官方的信差們就是這樣練習的。我早知道你會認出來的。你還看得出他的臉嗎？」「他的臉我只能模模糊糊地辨認出來，」K說：「很明顯，他在用力，他張開了嘴，緊緊地閉著眼睛，頭髮在空中飛揚。」「你說得真好，」老闆娘讚揚地說：「從來沒有一個人能像你看得這麼清楚。他是一個好看的年輕人。我只跟他見過一次面，而且只有一眨眼的工夫，可是我怎麼也不會忘記他。」「那麼，他是誰呢？」K問道。「他是克拉姆第一次派來找我到他那裡去的信差。」

K無法專心聆聽，玻璃窗的答答聲分散了他的注意力。他立即發現了他受到干擾的原因。兩個助手正站在外邊的院子裡，兩隻腳在雪地裡交替地跳著，彷彿想再看到他。他們興高采烈地向K指著彼此，同時還不斷敲打著廚房的窗子。K做了一個嚇唬他們的手勢，他們立刻停止跳躍，竭力想把對方拉走，可是這一個又馬上從另一個的手裡掙脫出來，因此，他們兩個很快又回到窗前。K連忙走到他們從外面看不到他的位置，他實在不該跑過去看他們。但是玻璃窗上輕輕的、好像懇求似的答答聲還是繼續響了好一陣子。

「又是我那兩個助手。」他滿懷歉意地對老闆娘說。但是她並未注意，她從他手裡拿回相片，凝視著，撫平它，重新塞在枕頭底下。她的動作變得慢條斯理，這並不是因為她感到厭倦，而是由於心頭壓上了多少往昔回憶。她本想把自己的生活經歷講給K聽，但是在回憶這段經歷的時候，卻把K給忘掉了。她撥弄著毯子的流蘇。過了一會兒，她抬起眼睛，一隻手擦了擦眼睛，接著說：「這條毯子是克拉姆送給我的，還有這頂睡帽也是。這張相片、毯子和睡帽，是我僅存的三件紀念品。我不像弗麗達那樣年輕，不像她那樣不知足，也不像她那樣敏感，她非常敏感，因此不願直率地說出來，我懂得怎麼樣適應生活，但是有一件事我必須承認，倘若沒有這三件紀念品，我就沒法堅持這麼久。在你看來，這三件東西也許微不足道，但是讓我告訴你，儘管弗麗達跟克拉姆的關係有很長的一段時間，但她不曾得到過一件克拉姆的紀念品。我問過她，她太愛幻想了，而且也太難討得她喜歡了；在我這方面，雖說我跟克拉姆在一起只有三次——從那以後，他就再也沒有叫我去，我不知道什麼緣故——可我還是照樣想辦法子帶回三件禮物，因為我有這樣一個預感：我能跟他在一起的日子是不會長的。當然，一個人必須抓住機會，克拉姆本人是從來不給別人什麼東西的，可是一個人如果看到自己喜歡的東西放在那裡，就一定能從他手中獲得。」

聽著她講這些故事，K感到很不舒服，而且由於這些故事攸關他自己的利害，更使他感到不適。「那麼，你說的這些是多久以前的事？」他嘆了一口氣問道。

「二十多年以前，」老闆娘答道：「大概有二十多年了。」

「這麼說，一個人對克拉姆的忠誠，居然能持續這麼多年，」K說：「但是你是否感覺到，太太，在我想起我未來的婚後生活時，你講的這些故事使我感到萬分驚恐？」

老闆娘似乎認為K不該用自己的事情插進來打斷她的話，於是惱怒地斜眼看了他一下。

「你別生氣，太太，」K說：「我這麼說並沒有任何反對克拉姆的意思，可是儘管這樣，由於環境所迫，我還是覺得必須跟克拉姆見一次面；這一點就算是最愛慕他的人也反對不了我。這個嘛，正因為這樣，只要一提起克拉姆，我便不由自主也想到了我自己，這是無法改變的。除此以外，太太，」說到這裡，K握住了她那隻老大不情願的手，「想一想上次我們是怎麼談得不歡而散的，這次我們一定要平心靜氣地道別。」

「你說得對，」老闆娘點了點頭說：「可是請你再讓我占用一點時間。我並不比別人更容易生氣。反之，每一個人總有他敏感的地方，我也就是有這個毛病。」

「很遺憾，我也是這樣，」K說：「但是我下定決心要控制住自己。現在請告訴我，太太，假使弗麗達真的也像你這樣一往情深，對克拉姆懷著這種駭人的忠誠，那麼，面對這樣的忠誠，我該如何打發我婚後的生活呢？」

「駭人的忠誠！」老闆娘怒聲重複了一句。「這是一個忠誠不忠誠的問題嗎？我是忠於我丈夫的……可這跟克拉姆有什麼關係？克拉姆曾經一度選上了我當他的情婦，我怎麼能失去這份光榮呢？你現在卻問我今後你怎麼和弗麗達相處？啊，土地測量員，你到底是什麼居心？膽敢問起這種事情？」

「太太。」K警告地說。

「我知道，」老闆娘控制著自己說：「可是我的丈夫從來不問這些問題。我不知道到底誰比較不幸，是過去的我？還是現在的弗麗達？弗麗達是自己貿然離開了克拉姆，而我自己呢？那是因為他不再召我去了。但是更不幸的可能是弗麗達，儘管她似乎還沒有理解到自己有多麼不幸。可是我所想的全都是我自己的不幸，因為我當時總在問自己一個問題，實際上就算到今天我也還在問：為什麼會發生這樣的事情？克拉姆把我叫去了三次，可是第四次就不來了，不來了，從來沒有第四次！在那些日子裡，我除了這件事還能想什麼別的呢？我跟我的丈夫在這以後不久就結婚了……除了這件事還能談什麼呢？那時候我們忙得不可開交——我們剛接下這家亂七八糟的旅店，需要艱苦奮鬥，把它整頓得像個樣子——可是到了夜裡！多少年來，我們晚上總是談著克拉姆，討論他為什麼要改變主意。要是我的丈夫談著談著睡著了，我就把他搖醒，接著又繼續談下去。」

「呃，」K說：「假若你容許的話，我想提一個很冒昧的問題。」

老闆娘沒有作聲。

「那麼，我就不應該問了，」K說：「嗯，這也符合我的意思。」

「這個嘛，」老闆娘回答：「這也符合你的意思，而且是最符合你的意思。你什麼都誤解了，甚至把別人的沉默都誤解了。你就只會誤解。我允許你提出你的問題。」

「要是我什麼都誤解了，那麼或許我也誤解自己的問題了，或許我這個問題提得並不這麼冒昧。我只是想知道，你是怎麼遇到你丈夫的，這家旅店又是怎麼轉到你們手上來的。」

老闆娘皺起了眉頭，但是她滿不在乎地說：「說起來很簡單。我的父親是鐵匠，我的丈夫漢斯是一個大農莊的馬夫，他常常跑去看我的父親。那正是在我跟克拉姆最後一次會面以後。我很傷心，當然，我沒有傷心的權利，因為每一件事情該怎麼樣結束，就得怎麼樣，而不准我再去看克拉姆，正是克拉姆自己作出的決定。因此就必須照辦，只是其中的理由不清楚罷了，我有充分的資格去追問其中的道理，但是我沒有傷心的權利；可是儘管如此，我還是整天在前院裡坐著，沒辦法做事。漢斯看見我這樣，就常常坐在我身邊。我不會向他訴苦，但是他知道是怎麼回事，他是一個善良的年輕人，他陪著我流眼淚。那時旅店老闆的妻子死了，因此老闆就歇業不做了——再說，他也已經是一個老頭子啦。於是，有一次他走過我們的院子，看到我們坐在那裡，他停了下來，沒花多大力氣就把旅店租給了我們，也不要我們預付一毛錢，因為他相信我們，而且租金也定得很低。我只希望自己別成為父親的負擔，此外我什麼也不在乎，所以我想這間旅店和新工作也許能幫助我忘記一點過去，因此我就嫁給了漢斯。這就是事情的全部經過。」

沉默了一會兒，接著K說道：「那個旅店老闆的行動雖然有點輕率，卻很慷慨，他之所以相信你們兩個人，是不是有特殊的理由？」

「他很了解漢斯，」老闆娘說：「他是漢斯的伯父。」

「那麼，漢斯家裡的人一定是很想和你談親事吧？」

「也可能是這樣，」老闆娘說：「可是我不知道。我也從來不為這個操心。」

「可是不管怎麼說，事實一定是這樣，」K說：「因為這家人心甘情願地作出這樣的犧牲，而且沒有任何保障就輕易把一間旅店交到了你的手裡。」

「後來事實證明，這樣做並不是輕舉妄動，」老闆娘說：「我一心一意地工作，我身強力壯，我是鐵匠的女兒，我不需要女僕，也不需要雇人。我跑來跑去，忙忙碌碌，酒吧、廚房、馬廄、院子雜事，全是我一個人打下。我廚藝很好，我甚至把赫倫霍夫旅館的一些顧客都拉過來了。你還沒在旅店裡吃過午餐，你不知道白天我們有多少顧客；那時候他們來得比現在還多，他們有些人現在已經不到這裡來了。因此，我們最後不僅能夠按期繳付租金，而且過不了幾年，我們就買下整間旅店，現在，我們完全沒有債務了。我得承認，最後的結果是我把自己的健康毀了，得了心臟病，而且現在成了一個老太太了。你可能認為我的年紀比漢斯大得多，可是事實上他只比我小兩、三歲，而且他也不會再老了，因為他的工作就是抽抽菸斗，聽聽顧客們閒聊，再敲敲他的菸斗，偶爾為顧客端那麼一壺啤酒——一個人每天做這種工作是不會老的。」

「你每件事都做得很出色，」K說：「這我一點也不懷疑，可是我們現在說的是在你結婚以前，在那時候，就漢斯家忙著置辦婚禮這一點來說，那一定是一件非比尋常的事——要準備灑一筆錢，或者至少得冒這麼一份把旅店交到你手裡的風險——而且除了你的辦事能耐以外，沒有其他任何可以信賴的東西，何況，當時也沒有人知道你的辦事能耐究竟如何，至於漢斯沒有絲毫辦事能耐這一點，那想必是大家早就知道的。」

「算了吧！」老闆娘厭倦地說：「我知道你在想些什麼，事實上，我跟你所想的差得遠著哩。克拉姆跟這件事根本沒有關係。克拉姆為什麼就應該為我操心，或者說得更確切一些，他怎麼可能為我操心？那時候他根本不知道我的情況。他已經不找我去，這就表明他已經把我給忘記了。一旦他不再召人了，這就表示他完全忘記他們了。我在弗麗達面前不想談這一點。這不僅是忘記，簡直比忘記更嚴重。因為任何一個人忘記了某個人，總有一天會重新記起來的。可是對克拉姆來說，這是不可能的。他要是不再召人，那就代表他已經把這個人忘記得乾乾淨淨了。不但忘記了過去的一切，將來也永遠不會記起此人來了。假使我努力嘗試，我一定能猜到你腦子裡在想什麼，也許，這些想法在你們那裡是有道理的。可是如果你認為克拉姆找漢斯做我丈夫，只是為了將來他要再召我去的時候，我可以很輕易就再到他那裡去，那根本是胡思亂想了。要是克拉姆翹起一個小指頭來叫我去，有哪一個男人阻擋得了我？所以這是胡思亂想，不折不扣的胡思亂想，一個人如果那麼喜歡胡思亂想，那他一定會把自己搞糊塗的。」

「不，」K說：「我一點也不想使自己糊塗，我還沒有你想得那麼遠，可是說實話，我也正在往這個方向思考呢。目前唯一教我驚奇的是，漢斯的親屬對他的婚姻寄予如此厚望，而他們的期望，在犧牲了你的心臟和健康以後，居然真的實現了。我承認，我確實有這樣的想法，認為這些事情多少跟克拉姆有關，這可不是出於我的胡思亂想，或者說，在你剛才指出這一點以前，我並不認為這是胡思亂想——很明顯，你這話只是為了譏諷我罷了，因為這樣能讓你高興。好吧，你就高興一下吧！我的想法還是這樣：首先，克拉姆顯然是促使你結婚的原因。要不是因為克拉姆，你就不會鬱鬱寡歡，你也就不會什麼事都不幹光是坐在花園裡，要不是因為克拉姆，漢斯就不會看見你坐在那裡，要不是你鬱鬱寡歡，像漢斯這樣一個膽小怕羞的人就絕不敢跟你講話，要不是因為克拉姆，漢斯絕不會看見你掉淚，要不是因為克拉姆，那位好心的老闆也就不會看見你倆安安靜靜坐在那裡，要不是因為克拉姆，你也就不會對今後的生活抱著滿不在乎的態度，因此也就不會跟漢斯結婚。在我看來，光是這些事，就已經足夠說明是因為克拉姆的緣故了。但是這還不是全部。如果你不是竭力想忘記過去，你絕不會那麼過度賣力，將旅店經營得這麼出色。所以，這也是因為克拉姆的關係。但是撇去這一點不說，克拉姆也是你生病的根本原因，因為在結婚以前你對他所抱的那種絕望感情，就已經折磨著你的心臟。現在，唯一的問題是，漢斯的家人為什麼盼望他跟你結婚？你剛才親口說過，當克拉姆的情婦是一個永恆的榮譽，所以，也許就是這一點吸引了他們。可是除此以外，我猜測，他們也許還希望那顆引你到克拉姆身邊去的幸運之星——姑且照你說是一顆幸運之星吧——是你的守護星，會永遠跟隨著你，而不像克拉姆那樣很突然地離開你。」

「你真的這樣想？」老闆娘問。

「是的，我真是這麼想的，」K立刻回答：「不過我認為漢斯家人所抱的希望不能說是完全正確，也不能說完全錯誤，而且我想，我還看到他們所造成的錯誤。當然，從表面看來，似乎每件事情都如願以償了。漢斯獲得了可靠的生活保障，有了一個漂亮的妻子、受到人們的尊敬，旅店也償清了債務。可是實際上什麼也沒有如願以償，如果他跟一個普通女孩相戀，然後生活在一起，也許反而更幸福一些，如果有時候他在旅店裡好像失魂落魄似地站在一旁，就像你常常抱怨的那樣，那是因為他真的覺得自己好像弄丟靈魂了——他在自己的婚姻裡並不愉快，這是千真萬確的，我對他早有深切的了解——像他這樣一個年輕有為的聰明人，要是娶了另一個女人，也許會更幸福一點，我所說的更幸福，是指更獨立一點、更振作一點，更有男子氣概一點，這也都是真的。而你自己呢，也並不幸福，因為你自己說，要是沒有這三件紀念品，你就沒法活下去，而且現在又有心臟病。那麼，漢斯家人所抱的希望是不是就錯了呢？我想也不一定錯，幸運之星懸在你頭上，只是他們不知道怎樣把它摘下來。」

「照你說來，他們有哪些事情錯過了機會呢？」老闆娘問。此時，她正仰天躺著，眼睛盯著天花板。

「去問克拉姆。」K說。

「那麼，這又回到你的事情上了。」老闆娘說。

「或者也可說是回到你的事情上。」K說：「我們兩邊的事情可是並行不悖的。」

「你想從克拉姆那裡得到些什麼？」老闆娘問。她已經坐了起來，抽出枕頭，讓自己的背靠在上面，眼睛直望著K。「我把我的經歷坦白地告訴了你，你應該能從中有所領悟。請你也坦率地把你要問克拉姆的話說給我聽聽。我費了多少口舌，才說服弗麗達上樓去待在她自己的房間裡，我擔憂你當著她的面說話有所顧忌。」

「我沒有什麼可以隱瞞的，」K說：「可是，首先我想請你注意一些事情。你說，克拉姆是健忘的。那麼，第一，在我看來，這似乎是根本不可能的。其次，這也是無法證明的事情，顯然是無稽之談，而且是克拉姆曾經寵愛過的女子們編造出來的。你居然也會相信這種老套劇本，實在令人驚奇。」

「這可不是無稽之談，」老闆娘說：「而完全是從一般經驗得出的結論。」

「我懂，而往後的經驗就能否定這個結論，」K說：「而且在你和弗麗達的狀況之間，還有另一個差異。就弗麗達的情況來說，根本沒有克拉姆不再召她去的問題，反之，他召過她，但是她沒有答應過去。甚至可能現在他還在等著她呢！」

老闆娘沒有出聲，只是上下打量著K。最後她說：「我願意冷靜傾聽你所要說的話。你儘管說真話，不用憐憫我的感受。我只有一個要求。不要提克拉姆的名字。你稱呼『他』或者別的什麼，可是不要指名道姓。」

「我樂於遵命，」K回答說：「可是我到底要從他那裡得到什麼，這是很難說清楚的。首先，我要求近距離見他；然後我要求聽見他說話；然後我要弄清楚他對我們成婚抱什麼態度。至於我要向他提出什麼要求，那要看我跟他會見的結果如何而定。在交談中可能會引出許多意料外的事情，但是對我來說，最重要的還是跟他會面。你知道到現在為止，我還沒有跟一位真正的官員說過話。這一點似乎比我過去所想像的還難辦到。但是現在我獲得恩准，可以用私人身分對他講話，在我看來，這就較容易進行了。如果以一個公務員的身分跟他說話，我只能在他城堡的辦公室裡，這應該是辦不到的，或者——這也是個疑問——在赫倫霍夫旅館裡，但是，如果以私人身分，在任何地方，在一間屋子裡，在街上，在我能碰到他的任何地方，我都能跟他談話。要是我發現這位官員在我面前，我也樂意走上去跟他交談，然而我的本意可不是為了與他在路上談話。」

「是的，」老闆娘把頭藏到枕頭堆裡，好像她說的是很丟臉的事情，「如果我能設法利用我的影響，把你希望跟他會面的要求傳達給克拉姆的話，那就請你答應我，在接到答覆之前，你自己千萬不要輕舉妄動。」

「我無法答應你這個要求，」K說：「雖說我很樂於滿足你的願望，或者說你的任性。這件事已經迫在眉睫，尤其是在我跟村長談過話，得到了不幸的結論以後。」

「你這理由是不能成立的，」老闆娘說：「村長是一個無足輕重的人，要是沒有他那個太太，他這個村長一天也當不下去，他什麼事情都靠太太幫他。」

「你說米西？」K問。老闆娘點點頭。「我去見村長的時候，她也在場，」K說。「她有說什麼意見嗎？」老闆娘問道。

「沒有，」K回答說：「可是她也沒有給人一種她能發表什麼意見的印象。」

「唉呀，」老闆娘說：「你看，你真是誤解了我們這裡的所有事情。無論如何，村長為你作的安排，那是沒有什麼意義的，等我有空的時候，我去跟他太太說說。假使我現在再答應你，保證最慢一個星期之內就能得到克拉姆的回音，你總不會有任何理由不答應我的要求了吧？」

「這一切都不足以影響我，」K說：「我心意已決，我要想辦法實現，就算將來得到的是一個不利於我的答覆。既然這是我堅定不移的願望，我就不必預先正式提出會見的要求。只要我不提出會見要求，這就不過是一種狂妄的企圖而已，但是將來如果接到不利的答覆，那麼這種充滿信心的企圖，就會形成一件公然違法的事情了。這樣反而讓事情變得更糟。」

「更糟？」老闆娘說：「無論如何，這都是違法的行為。那你現在可以愛怎麼做就怎麼做。請你把裙子遞給我。」

她當著K的面毫不在乎地穿上裙子，匆匆跑進廚房。K聽到飯廳裡已經吵吵嚷嚷地鬧了好一陣子。有人在敲那扇端送飯菜的小門。兩個助手打開了這扇小門，嚷著肚子餓了。接著又有幾張臉在門口出現。還聽得見有好幾回降調的嗓子在唱歌。

不可否認，K與老闆娘這一席談話，大大地耽誤了做午飯的時間，現在午飯還沒有準備好，顧客卻都已經聚集在飯廳裡了。可是按照老闆娘的命令，誰也不敢跨進廚房裡去。現在，那些張望的人向眾人報告老闆娘來了，女僕們立刻跑回廚房，當K走進飯廳的時候，一群為數驚人的顧客，約二十多個男男女女——全穿著本地的、可又不是鄉村式樣的服裝——便像潮水一般從廚房那扇小門湧向餐桌，各自回到自己的座位上。只有在角落裡的一張小桌子上，有一對夫婦帶著幾個小孩早已坐在那裡了。那個相貌和善的藍眼睛男人，灰色的鬚髮全是亂蓬蓬的，正彎著身軀站在孩子們的面前，手裡拿著一把刀子為唱歌的孩子們打拍子，他一直想讓他們儘可能唱得柔和一點。或許他是想用歌唱來使孩子們忘記飢餓。老闆娘淡淡地向大家們說了幾句抱歉的話，沒有人抱怨她這種態度。她四下張望著尋找老闆，可是老闆早已從這種困難的處境下抽身溜走了。於是她慢條斯理地走進廚房，再也不理睬K，K也就急急忙忙到弗麗達的房裡。

七

一上樓，K就迎面碰見那位老師。房間已經整理得教人認不出來，弗麗達已經費心打理了一番。房間裡空氣流通，爐火熊熊，地板洗刷過了，床也鋪得整整齊齊，女僕們的那一堆骯髒東西，甚至連她們的相片也都清掉了；原先因為積了塵埃而看起來非常刺眼的那張桌子，現在鋪上了一塊雪白的繡花桌布。已成了一個可以接待客人的地方。掛在火爐前的幾件K的替換襯衫——弗麗達一定是大清早就洗好的——也並不破壞屋子裡的觀瞻。弗麗達和那位老師正坐在桌子旁邊，他們看見K進來，就站起身。弗麗達吻了一下K，作為她對他的問候，那個老師微微地點了一下頭。K因為剛才跟老闆娘談過話而還有點心神不寧，他開始為自己沒有去拜訪老師表示歉意。他似乎以為老師是因為他沒有去而等得不耐煩了，所以才登門拜訪的。另一方面，恰好老師也似乎慢慢記起了在什麼時候他跟K之間好像有過這麼一個約定。「土地測量員，」他慢悠悠地說：「你一定就是那天在教堂廣場上跟我談話的那個外地人吧！」「就是我。」K簡短地回答。他在無家可歸的時候曾不得不忍受他冷淡的態度，現在在自己的房間，他可不想再容忍了。他轉過身去跟弗麗達商量，說他馬上要去拜訪一位要人，因此需要穿上最好的衣服。弗麗達沒有再問什麼，就要那兩個助手（他們已經在忙著看那塊新桌布了）過來，吩咐他們把K脫下來的衣服和鞋子——K已經在開始脫了——拿到下面院子裡去刷乾淨。她自己則從繩子上拿了一件襯衫，到樓下的廚房裡去熨。

現在房間裡只剩下K跟老師。老師又默默地在桌邊坐了下來；K讓他繼續等了一會兒，自己脫下襯衫，開始在水龍頭旁擦洗身子。他把背朝著老師，這時才問起他到這裡來的原因。「我是應本教區村長的要求才到這裡來的。」他說。K準備聽聽他要說些什麼。可是老師因為水聲嘩啦嘩啦地響著，聽不清楚K說的話，只好自己湊過去，靠在他旁邊的牆上。K為自己當著客人的面洗身子和急著要去赴約而向老師道歉。老師並不理睬，只說：「你對本教區的村長很不禮貌，像他這樣一位德高望重的人，應該受到尊敬。」「很難說我對他是不是失禮，」K一面說，一面擦乾身子，「可是當時除了禮貌以外，我還在思考一些別的事情，那倒是千真萬確的，因為我正處在生存的危險關頭，受到可恥官僚政治的威脅，既然你本人也是其中一名代理的成員，我就不需要詳細奉告各種官僚政治的缺點了。村長對你抱怨我了嗎？」「他需要抱怨誰？」老師問。「即使有這麼一個人，你想他會抱怨他嗎？我只不過是從他口述的會談紀錄裡看出來的，這段會談經過的摘要清楚地告訴我，村長是如何仁慈，你又是如何回答的。」

這時候，K正在找他的梳子，一定是弗麗達把它放到什麼地方去了，他說：「什麼？會談紀錄？事後我不在場的時候，讓一個根本沒有參與過程的人來寫會談紀錄？這倒是不壞。為什麼要來這麼一份紀錄？這麼說，難道這是一次官方的會談嗎？」「不！」老師回答說：「這是一次半官方會談，會談紀錄也只是半官方性質的。之所以要寫出這份紀錄，也不過是因為對我們來說，什麼事情都必須按照嚴格的規定辦理。不管怎樣，現在事情已經完結了，你也沒有因此獲得嘉許。」K終於找到了他的梳子，原來塞到床墊裡去了，他用更鎮靜的語調說：「嗯，那麼事情已經完結了。你到這裡來就為了告訴我這一點嗎？」「不，」老師說：「我並不是一部機器，我還得把我自己的意見告訴你。我接到的指示只是又一次證明了村長的仁慈；我要強調的是，他這次表達出的仁慈，對我來說是不可理解的，我只不過是執行他的指示，因為這是我的義務，也是出於我對村長的尊敬。」K已經梳洗好了，這時坐在桌子旁邊等著襯衫和衣服。他並不急於想知道老師帶來的消息，另外，也是因為受到了老闆娘輕視村長的影響。「現在一定是已經過了十二點，是吧？」他一面說，一面思考著自己要跑的路程，接著他又記起了眼前的話題，便說：「你說你要把村長的口信告訴我。」「啊，是的。」老師說，他聳了聳肩膀，好像是想擺脫全部責任似的。「村長生怕萬一上面對你的事情遲遲不作出決定，你可能會自作主張幹出什麼唐突的舉動。就我本人來說，我不懂為什麼他要擔心這一點——依我的意見，你愛怎麼做就讓你怎麼做。我們並不是你的守護天使，我們沒有義務要為你所有的行動操心。我們跟你毫不相干。可是村長卻不這樣想。當然，他不能催促及早作出決定，這是官方當局的事情。但是在他自己職權範圍之內，他願意為你提供一個暫時的，卻無疑是十分慷慨的解決辦法；這就看你是不是願意接受這樣的安排了。他臨時任命你擔任學校看門人的職位。」K一開始並不怎麼注意這道任命，但是給予他任命這一事實，對他來說，似乎並不是毫無意義的。這似乎指出這樣一個事實：在村長看來，他能自己照料自己，能自作主張，以致鄉村會議正準備採取某些對策。他們把事情看得多麼嚴重！這位已經等候許久的老師，而且又是在到來以前寫了會談紀錄的，當然一定是村長吩咐他來的了。現在，老師看到自己的話終於使K深思起來，便接下去說道：「我提出過反對的意見，我指出到現在為止我們並未需要一個看門人。教堂執事的妻子常常來打掃，只是副老師琪莎小姐不注意清潔工作。我應付孩子們已經夠苦的了，我不願意再讓一個看門人來給我找麻煩。不過村長還是指出學校太髒了。我根據事實回答，學校其實並不那麼髒。於是我接下去說，假使我們把這個人找來當看門人，情況會變得比較好嗎？想必不會的。姑且不說他不懂這種工作，學校只有兩大間教室，除此以外就沒有別的房間了；因此，這個看門人和他的家庭就得在其中一間教室裡生活、睡覺，或者甚至做飯，這樣一來，也就更難以將教室打掃得更整潔。但是村長強調的事實是：這個職位可以解決你的困難，因此你就會好好地完成任務；他還進一步指出，隨著你擔任這個職務，你的妻子和你的兩個助手也會為我們效勞，這樣一來，學校就會管理得井井有條，成為第一流整潔的學校，不僅學校如此，而且校園也會變得乾乾淨淨。我輕易證明了這都是辦不到的。最後，村長再也說不出一句為你辯護的話。他笑了起來，只能說你終究是一個土地測量員，因此你至少能把菜園照顧好吧！好吧，既然是一句開玩笑的話，那就沒有辯駁的必要了，所以，我就帶了這個建議到你這裡來了。」「你是白費精神了，老師先生，」K說：「我絲毫沒有想接受這個職位的意思。」「妙極了！」老師說：「妙極了！你完全無條件地拒絕接受這個職位。」語畢，他拿起帽子，鞠個躬後便走了。

老師剛走不久，弗麗達立刻就神色慌張地奔上樓來，手裡拿的那件襯衫還沒有熨過。她也不回答K的詢問。為了緩和她的緊張情緒，他把老師的來意和他的建議都告訴了她；她幾乎一句也不聽，把襯衫扔在床上，又跑出門。她很快就回來，但是帶著老師在一旁，老師看來很不高興，走進來時連招呼也不打。弗麗達懇求他耐心等一會兒——很明顯，一路上她已經懇求過他好幾次了——然後把K從一扇側門（K從未發現有這扇側門）拉到隔壁一間閣樓上去，她緊張得氣喘吁吁，終於把她遭遇的事情全告訴他。老闆娘由於弗麗達貶低自己的身分，公然承認和K在一起，而且更糟糕的是甚至完全遷就他的要求，想為他找一個跟克拉姆會見的機會，可是她斷言，最後，除了冷淡而虛情假義的表白以外，弗麗達將一無所得，因此她氣得決定不再收留K住在她的旅店裡了。假使他跟城堡有關係，他應該立刻利用這種關係，因為他必須在當天立即離開這裡，除非有官方的緊急指示或命令，她絕不願意再找他回來；但是她不希望會有那種官方命令，因為她自己跟城堡也有關係，她也知道怎樣利用這種關係。況且，他之所以能在旅店裡住下來，只是由於老闆的疏忽，而且他也並不是無處安身的，因為就在今天早晨，他還誇口說過，有那麼一家人家可以隨時供他借宿。弗麗達當然要留下來，如果弗麗達要跟K一起走，老闆娘自稱將會十分傷心；她躺在樓下廚房裡火爐邊的椅子裡，一想起這件事就哭。這個可憐的生了病的女人啊！然而這是一件涉及克拉姆紀念品榮譽的事，如果她現在不這樣做，她還能想出其他什麼辦法呢？在老闆娘來說，事情就是這樣。弗麗達當然願意跟著K，不論他到哪裡去。可是，無論如何，他們倆所處的地位確實是非常糟糕的，正因為這個緣故，她才萬分樂意地歡迎老師的建議；對K來說，雖然這不是一個很合適的位子，然而，他們一再聲明，這只不過是一個臨時性的職位，就算最後作出的決定對他們不利，那也可以爭取一點時間，趁機尋找別的機會。「要是結果更糟的話，」弗麗達最後撲到K的脖子上哭了起來，「我們就離開這裡，村子裡有什麼值得我們留戀呢？可是現在，親愛的，我們就接受這個差事，好嗎？我已經把老師找了回來，你只要對他說一聲『好』就可以了，然後我們就搬到學校裡去。」

「真叫人討厭！」K說，這句話並不完全表示他的真實心意，因為他並不很關心自己的住所，他身上只穿著內衣站在兩邊既沒有牆也沒有窗的閣樓上，外面颼進來的冷風吹得他直打哆嗦，「你把房間布置得這麼舒適，可是我們現在又得離開這裡。我非常、非常不願意接受這個位子，這位老師對我的幾次冷眼已經教我夠痛苦了，現在正好又是他當我的上級。我們只要能在這裡再待一陣子，今天下午我的處境或許就會好轉。要是你一個人能在這裡留下的話，我們就可以再拖一下，先給老師一個含糊的答覆。至於我，要是情況變得更糟，大不了總能找到一家酒吧去過夜吧……」弗麗達把手按在他的嘴上不讓他講下去。「不，不能這樣，」她懇求著，「請你不要再這麼說。除此以外，我什麼都聽你的。要是你想要，我就一個人留在這裡，儘管這對我來說是痛苦的事。要是你喜歡的話，我們就拒絕這個差事，儘管在我看來這是錯誤的。選擇因為事情很明顯，要是你找到另外一個機會，假如就在今天下午剛好找到吧，那麼，我們可以立刻丟下這個學校職位，沒有人會表示反對。至於說你在老師面前感到屈辱，那可以讓我來應付他，絕不讓你受到一點侮辱；一切由我來對他說，你只需要在一邊待著，什麼都不用說，以後也就這樣進行，絕不會讓你去跟他講話，要是你不願意開口的話，實際上只有我需要和他互動，我一個人在當他的下屬，甚至我也不是真正的下屬，因為我知道他的弱點。所以，你想，要是我們接受了這個位子，不會有任何損失，要是我們拒絕了，那就損失大了。況且，今天要是你從城堡裡爭不到一點好處，那你在這個村子裡就絕不可能找到任何一個過夜的地方，也就是說，你絕對找不到一個能使我這個未婚妻不感到羞恥的住處。要是你在夜裡找不到一處容身的地方，當我想到你在寒冷的黑夜到處流浪，難道你真的以為我在這個溫暖的房間裡睡得著嗎？」K一直像一個馬車夫那樣，用兩隻手臂抱在自己的胸前取暖，便說：「那麼沒有別的辦法，只好接受這份差事了。來吧！」

他們回到房間裡，他逕直往火爐邊走去，根本不理睬老師。老師正坐在桌邊，取出懷錶，說：「時間很晚了。」「我知道，可是我們最後完全取得共識了，」弗麗達說：「我們接受這個職位。」「好，」老師說：「可是這個職位是給土地測量員的。必須由他本人來說。」弗麗達連忙打圓場「真的，」她說：「他接受了這個職位。可不是嗎？K？」這樣一來，K就只需要簡簡單單地說一聲「是」，這一聲「是」，甚至也不是直接對老師，而是對弗麗達說的。「那麼，」老師說：「現在我只需要給你交代任務了，我們雙方可以把相關事項一次說清楚。土地測量員，你每天必須打掃兩間教室，把火生好，負責屋子裡的修補工作，還得親自保管教具和運動器械，清除花園走道的積雪，遞送我和女老師的信件，每年在天氣暖和的季節裡，負責照料花園裡的一切工作。作為你的工作酬報，你有權利住在你喜歡的任何一間教室裡，但僅限於兩間教室沒有同時上課的時候才行，而且一旦需要使用你們住的房間，當然，你們就得立即挪到另一間教室裡去。你們絕不能在學校裡做飯，因此，你和你的親屬將來就由這家旅店供給伙食，費用由鄉村會議負擔。至於你們的行為，必須對得起學校的尊嚴，尤其是孩子們在上學的時候，絕不允許讓他們看到已婚夫婦之間任何毫無教育意義的言語行動，我不過是順便提一提，因為作為一個有教養的人，你當然一定是明白的。與此有關，我還要說一句，我們堅決認為你必須儘快地讓你跟弗麗達小姐的關係合法化。關於所有這一切和其他一些細節，都將訂入正式合同，在你們搬進學校的時候就必須簽字。」對K來說，這一切似乎都無關緊要，好像這根本與他無關，怎樣也束縛不了他；但是老師這副自以為了不起的神氣卻激怒了他，於是他漫不經心地說：「我知道，這些都是普通任務。」弗麗達為了消除這句話所產生的負面印象，便問起工資有多少。「給不給工資，」老師說：「必須等試用一個月以後才能考慮。」「可是這對我們很困難，」弗麗達說：「我們將在一無所有的情況下結婚，也沒法安排家庭生活。先生，你能不能向鄉村會議建議一下，一開始先給我們一點低微的工資？你能建議他們這樣做嗎？」「不行，」老師回答說，也繼續對著K說話。

「只有在我許可以後才能向鄉村會議提出建議，可是我不會給予你這樣的許可。給你這個職位只能說是出於個人的恩賜，要是一個人知道自己明顯的責任，他就不該再有更多的奢望。」這時K終於忍不住要插嘴了。「說到恩賜，老師先生，」他說：「在我看來，似乎你搞錯了，你應該說恩賜是我給的。」「不，」老師回答說，他微微地笑了起來，因為他終於逼著K說出話來了。「我堅持我這個看法。我們迫切需要學校看門人，只能說跟我們迫切需要土地測量員一樣，看門人和土地測量員都是我們肩上的負擔。我還得絞盡腦汁想出理由來向鄉村會議說明給你這樣一個職位的正當性呢。對我來說，最好也最誠實的辦法，就是把這份推薦書擱在桌子上，根本不去說明什麼正當不正當。」「這正是我要說的話，」K回答道：「你是不得已而推薦我的。雖然你因此萬分不快，可是你還是得推薦我。當一個人被迫非推薦另一個人不可的時候，如果一個人肯讓他推薦的話，那麼，這個人就是恩賜者。」「真奇怪！」老師說：「有什麼力量強迫我們推薦你呢？強迫我們的只不過是村長的慈悲心罷了，他的心腸太慈悲了。土地測量員，依我看，你一定要丟掉你這一大堆胡思亂想不可，否則你就不可能當上一個稱職的看門人。像你現在說的這些話，絕不能幫助你成功取得酬勞。我也很遺憾地注意到你的態度還會給我帶來許多麻煩。就例如現在——我自己親眼目睹的，但幾乎又是令人不能相信的——你一直是穿著襯衣和襯褲在我跟前講話。」

「一點也沒錯，」K大聲說道，拍著手哈哈大笑起來了。「我那兩個寶貝助手呢？現在去哪裡啦？」弗麗達急忙向房門走去。老師看到K不想再談下去，便問弗麗達什麼時候搬到學校裡去。

「今天。」弗麗達說。「那麼，我明天就來視察工作，」老師說，揚了揚手作為告辭，接著便從弗麗達本來為她自己打開的房門走出去，但是兩個女僕正在這時跑了進來，她們已經帶了自己的東西準備重新占領她們的房間，從來不讓路的老師也只好從她們中間穿過去，弗麗達跟在他的後面走出去。「你們來得真急哪！」K說，這一次他看見這些女僕，心裡倒是很高興，「我們還在這裡，你們就要擠進來了嗎？」她們沒有回答，只是窘惑地揉搓著手裡的包袱，K看見他十分熟悉的那些骯髒物品從包袱裡露出來。「這麼說，這些東西都還沒有洗呢。」K說。他這麼說並沒有懷什麼惡意，倒真有一些寬容的意味。她們看出了這一點，都不約而同地咧開了嘴，露出了美麗整齊的牙齒無聲笑著。「來吧！」K說：「把你們的東西放下來，這是你們的房間。」看到她們還在躊躇不決——這間屋子在她們眼中一定是大為改觀了——K便拉了她們中間一個人的手臂，領著她走向前來。但是他又立刻鬆了手，因為兩個人都露出了吃驚的眼神，她們交換了一下眼色以後，又直勾勾地盯著K的身上看。「現在你們總該把我看夠了吧！」他說，忍住了微微不快的感覺，接著便拿起弗麗達（兩個助手怯生生地跟在她後面）這時剛巧送進來的衣服和皮鞋穿起來。他始終不理解弗麗達為什麼對兩個助手那麼有耐心，現在他又產生這種感覺了。她找了好久，才發現他們正在樓下悠閒地吃著午餐，那套他們本來應該在院子裡刷乾淨的衣服，還是原封不動地揉成一團擱在膝蓋上；因此她只好自己動手把這些髒衣物刷乾淨，她一向善於督促一般人做好自己的本位工作，可是對他們卻連一句譴責的話都沒有，也沒有當著他們的面說這是嚴重的失職，反倒像這是一件微不足道的過失，輕輕地，幾乎還是滿懷愛護地，拍拍其中一個人的臉頰。K本想馬上對她提起這件事，但是現在正是要搬家的時候，因此他說：「助手們留在這裡幫你搬家吧！」他們倒萬分歡迎這樣的安排。他們吃得飽飽的，心情又舒暢，正想稍微活動一下身子。然而他們還是等弗麗達說了「當然，你們留在這裡吧」這句話以後，才同意留下來。「你知道我要去哪裡嗎？」K問她。「我知道，」弗麗達回答。「你沒有什麼事要我再留一會兒嗎？」「你要克服的困難可多呢！」她回答說：「我說什麼也比不上你的事情重要啊！」她吻了一下K，向他道別。因為他沒有吃午餐，弗麗達便遞給他一小包麵包和香腸，這是她從樓下為他拿來的。她同時提醒他回來的時候到學校裡去，可不要再回到這裡來，然後把手搭在他的肩膀上送他出門。

八

起先，K因為自己終於擺脫了女僕和助手在溫暖屋子裡的紛擾，感到很高興。外面結了點霜，積雪變得堅實了一些，走路也就比較容易了。可是夜色已經開始降臨，他便加快了腳步。

城堡的輪廓已經開始漸漸隱去，但是仍然靜悄悄地聳立在原處。K看不到那裡有一絲生命的跡象——或許從那麼遠的地方根本不可能看出什麼東西來，可是眼睛總想看到一些什麼，實在受不住它那樣的沉寂。K觀察城堡的時候，常常覺得自己好像在看一個坐在他面前凝視著他的人，這個人不是出神，也不是忘卻一切，而是旁若無人，無所顧慮，好像並沒有人在觀察他，他彷彿是獨自一人，可是他一定知道有人在觀察他，不過他仍舊鎮靜自若，沒有一絲侷促不安；真的——不知道這是他鎮靜的原因還是出於鎮靜而產生的效果——觀察者的目光往往無法集中在他身上，只能悄悄地轉移到別處。在今天這樣暮靄未濃的天色下，更加強了這種感覺；你看得愈久，就愈看不清楚，在暮色蒼茫中一切也就隱藏得愈深。

赫倫霍夫旅館還沒有點起燈來，K剛走到旅館門口，碰巧二樓的一扇窗子打開了，一個穿皮外套、鬍子理得乾乾淨淨的結實青年探出頭來，接著就停留在窗口。他對K的問好似乎沒有絲毫反應。K在大廳和酒吧裡都沒有碰到人，變質的啤酒比上次更難聞，就算是橋頭的那家旅店也絕不會有這種現象。K逕自走到他上次看見克拉姆的那扇門前，小心翼翼提起門栓，但是門鎖上了。於是他摸索著尋找那個小孔，但是顯然也已經插上了塞子，塞得那麼緊，他摸不到小孔在哪兒，於是點亮一根火柴。一聲叫喊嚇了他一跳。靠近火爐的地方，一個小女孩蜷縮在房門和錢櫃之間的角落裡，在火柴的微光閃耀下，半睜著惺忪睡眼定定地望著他。毫無疑問，她是接替弗麗達的女孩。她很快鎮定下來，扭亮了燈，臉上露出慍怒的表情，接著她認出了K。「啊，是土地測量員，」她笑著說，伸出手來，並且自我介紹。「我叫佩披。」她是個小個子豐潤的女孩，紅紅的臉龐，濃密帶紅色的金髮編成一條大辮子，幾綹鬈髮披散在額角周圍。她穿了一套發光的灰色料子衣衫，直直垂掛，一點也不合身；下襬用一根稚氣的難看絲帶束在一起，綴著垂掛的流蘇，使她行動很不方便。她探問弗麗達的情況，問弗麗達是不是很快就會回來。這句問話問得有點傲慢。「弗麗達一走，」她接著又說：「我立刻就被叫到這裡來了，因為他們一時找不到其他合適的人。過去我一直是個女僕，但這次調動並沒有什麼好處。這份差事在傍晚和深夜有一大堆事要做，很累人的，我想我是堅持不下去的。弗麗達扔下這份工作，我一點都不奇怪。」「弗麗達在這裡的時候是很快活的。」K說，為的是讓她明白弗麗達跟她之間的區別，可是她似乎並沒有體會到這一點。「你相不相信，」佩披說：「弗麗達板起面孔來，誰都比不上她。她不願意公開的事情，就絕不公開，所以，沒有人見到她公開過什麼事情。我在這裡已經跟她一起共事了好幾年。這些年來我倆一直同睡在一張床上，可我跟她並不親密，現在她一定早就忘了我。也許她唯一的朋友就是橋頭旅店的那位老闆娘，她們之間也有一段故事。」「弗麗達是我的未婚妻。」K一面說，一面在門上找那個小孔。「我知道，」佩披說：「就是因為這個緣故，我才告訴你。要不然，這事根本不會引起你的興趣。」

「我明白，」K說：「你的意思是說，我贏得了像這樣一個沉默寡言的女孩應該感到驕傲，是嗎？」「是的。」她說，得意地笑了起來，好像在弗麗達的評價上，她跟K取得了某種默契。

但是令K一時無法專心去找那個小孔的，實際上不是她說的話，而是她的模樣，是她竟出現在這個地方。她的確比弗麗達年輕得多，幾乎還是一個小女孩，她的衣服也是那麼滑稽可笑。顯然，她的打扮是與她認為當了女服務生就高人一等這種誇張想法非常一致的。她有這些想法也是十分自然的，因為這個職位她本來還沒有資格做，現在卻出乎意料地落到她頭上，不過也只是一時權宜之計罷了，所以連弗麗達平時掛在腰帶上的那只皮提包也沒有交接給她。至於她表面上不滿意這個職位，那不過是惺惺作態而已。而且，儘管她的心眼幼稚，她顯然跟城堡也有聯繫。如果她不是說謊，她還當過旅館裡的侍女呢！她在這裡睡了這麼些日子，卻還不明白自己所擁有的東西，雖然，就算他把這個胖嘟嘟的小妞摟在懷裡，他也不可能攫取她所擁有的東西，但是能使他由此接觸到它，激勵他去繼續進行艱苦的工作。那麼現在，她的情況到底跟弗麗達是否一樣呢？啊，不，不一樣。只需要想一想弗麗達的外貌就知道不一樣。K絕不願意去碰一下佩披。儘管如此，這時他還是不由自主地微微低下眼睛，貪婪地盯著她看。

「開燈是違反規定的，」佩披說著，重新關上燈。「我只是因為你把我嚇了一大跳才開燈的。你到這裡來到底要做什麼？弗麗達有什麼東西丟在這裡嗎？」「是的，」K說，指著那道門，「一塊桌布，一塊繡花的白桌布丟在隔壁那間房裡。」「對，她有一塊桌布，」佩披說：「我記得，那是一件很漂亮的桌布，我自己就幫她一起做過，可是它不可能丟在那間房間裡。」「弗麗達認為是在那間房間裡。那麼，現在是誰住在那間房？」K問。「沒有人，」佩披說：「那是紳士們的屋子，他們都在那裡吃喝。也就是說，這是為他們保留的房間。可是現在他們多半都待在樓上的房間裡。」「要是剛才我知道裡面沒有人，」K說：「那我早就進去找那塊桌布了。可是一個人不可能那麼有把握。比方說，克拉姆平常就坐在裡面。」「克拉姆現在確實不在裡面，」佩披說：「現在他正準備離開這裡，雪橇已經在院子裡等著他啦！」

K一句解釋都沒有說，立刻跑出了酒吧。走到大廳的時候，他又折返，不朝原本的門口走去，卻向屋裡走，沒幾步就到了院子裡。這裡多麼安靜可愛！這是一個四方形的院子，三面圍著屋子，臨著街道的一面——K不知道那是一條小巷——是一堵高高的白牆，中間是一道沉甸甸的大門，現在正敞開著。院子裡的房子似乎比前面的幽靜。整個二樓都凸出在外面，有一種更為動人的氣派，因為四面圍著木頭迴廊，只有一條小縫可以看進去。在K的對面，一樓邊屋和主樓連接的角落裡，有一個通往屋子、沒有門的入口，前面停著一輛黑黝黝關上了門的雪橇，雪橇上套著兩匹馬。在漸漸加深的暮靄中，K從站立的地方看去，雖看不出來，但他猜測除了馬車夫以外沒有其他人了。

K警惕地四下張望，兩隻手插在口袋裡，慢慢轉過院子的兩邊，一直走到那輛雪橇前。馬車夫——昨天晚上在酒吧裡那群農人之一——穿著漂亮的皮外套，毫不在乎地望著K走近，那副樣子就像一個人正望著一隻貓走動一樣。甚至K站到他的身邊，向他打招呼的時候，連那兩匹馬都因為望見黑暗裡走出一個人而略顯異樣，他卻還是無動於衷。這正合K的心意。他靠著牆，一面拿出他的午飯，心裡感激弗麗達和她那份為他著想的熱情，一面偷偷地往屋裡看。一道很陡的高低不平的樓梯直通樓下，跟樓下一條很低但顯然是很深的走廊相接。一切都是那麼乾淨，粉刷得那麼潔白，輪廓鮮明而清晰。

K沒想到要等那麼久。他的午飯早已吃完了，他開始感到身上發冷，朦朧的暮色已經變成了一片黑暗，可是克拉姆還沒有來到。「也許還得等好一陣子吧！」突然有人粗聲粗氣地說，而且聲音那麼近，使K嚇了一跳。這是馬車夫，他好像剛剛從睡夢中醒來，伸著懶腰，高聲打著呵欠。「究竟還要等多久？」K問，他倒有點感謝他的打擾，因為他早已受不了這種持續的沉默和緊張。「得等到你離開這裡以後。」馬車夫說。K不懂他說的是什麼意思，但是沒有再問下去，因為他認為這是讓傲慢的人自己開口的最好辦法。在這樣的黑暗中，你不理他就是一種挑戰。隔了一會兒，馬車夫終於問了：「你要喝一點白蘭地嗎？」「好啊。」K說，想不到這句話對他竟有那麼強的誘惑力，因為現在他正凍僵了。「那你去打開雪橇的車門，」馬車夫說：「邊上的一個袋子裡有幾只瓶子，你拿一瓶出來喝一點，再遞給我。我穿著這件皮外套，下來實在不方便。」

K被他這樣使喚，心裡有點不高興，但是又想到，既然跟這個馬車夫交上了朋友，那就得聽他的話，即使可能坐在雪橇裡的克拉姆會使他嚇一跳，他也顧不得了。他打開那扇寬大的車門，從拴在車門裡的袋子取出一只瓶子但是現在車門打開了，他感到有一種不可抑制的衝動，想跨進雪橇裡去，他只想在裡頭坐一會兒。於是他溜了進去。K不敢關上車門，可是儘管車門敞開著，車子裡還是異常暖和。一個人說不出自己坐在上面的是不是一個座位，四周全是毯子、軟墊和毛皮；不論哪一邊你都可以躺下來，而且總是躺在柔軟和溫暖裡。他張開手臂，把頭枕在枕頭上（不論你往哪裡靠，似乎到處都是枕頭），從雪橇裡望著外面那座黑黝黝的房子。為什麼克拉姆出來要花這麼長的時間呢？K在雪地裡等了這麼久，現在暖烘烘的雪橇似乎讓他一下子變糊塗，他開始希望克拉姆快些到來。至於在目前情況下其實不宜貿然讓克拉姆看到自己的這件事，只是模模糊糊地觸動了他一下，就像在舒適之餘感到些許不安而已。馬車夫的態度促成了他的忘我程度，馬車夫當然知道他在雪橇裡，但是他就讓他在那裡待著，一次也沒有開口向他要白蘭地。這是一種很體諒的表現，但是儘管這樣，K還是想為他效勞。他沒有挪動位置，又慢慢地伸手到門邊的袋子裡去。但這不是開著的那扇門邊的袋子，而是背後關著的那扇門邊的袋子，然而沒有關係，在這個袋子裡也有好幾只瓶子。他拿出一瓶來，旋開瓶塞，聞了一聞，不禁暗自微笑了，那味道真好極了，絕妙透頂，就像你最喜愛的人對你說的美好話語一樣，可是你又不太清楚他為什麼要這麼說，你也不想去弄清楚，只知道這是自己的朋友說的，心裡就開懷了。「這是白蘭地嗎？」K懷疑地問自己，便好奇地嘗了一口。是白蘭地，奇怪了，居然真是白蘭地，而且火辣辣的，身子也暖和起來了。這種喝起來似乎絕對是香氣馥郁的白蘭地，竟然成了馬車夫也喝得起的飲料，真是多麼奇妙啊！「這怎麼可能呢？」K有如自我譴責地責問自己，接著又啜了一口。

正當K大口痛飲的時候，眼前突然變成了一片光明，屋子裡，樓梯上的電燈照得雪亮，走廊上，大廳門口，大門外的上方也都燈火通明。從樓梯上下來的腳步聲也聽到了，酒瓶從K的手裡跌落下來，白蘭地潑在毯子上，K猛地跳出雪橇，他剛用力關上車門（這一下引起了很大的響聲），一位紳士已經慢吞吞地走出屋子來了。唯一使他感到寬慰的是，來的並不是克拉姆，要不然，這豈不是糟了？他就是K稍早在二樓窗口上看到的那個人。一個年輕人，長得很好看，臉龐白裡透紅，可是一派嚴肅神氣。K也嚴肅地望著他，但是他的嚴肅是出於自發的。說真的，他還不如派他的兩個助手到這裡來算了，他們倆絕不會比他自己做得更蠢。那位紳士還是一聲不響地打量著他，似乎胸口透不過氣來，無法說他要說的話。「這樣的事情從來沒有聽說過。」最後他終於開口了，同時把額頭上的禮帽往上推了一推。接下來他要說什麼呢？顯然，這位先生根本不知道K在雪橇裡待過，可是他卻發現了一件從來沒聽說過的事情？或許是指K居然敢闖到院子裡來？「你怎麼會到這裡來的？」這位紳士接著問道，這回他的口氣變得溫和了一些，呼吸也重新舒暢起來，他不得不忍受無法避免的事情，還要問什麼問題呢？教人回答些什麼呢？難道K就要這麼直截了當地向這個人承認當初自己滿懷希望的企圖已經失敗了嗎？K沒有回答，反而向雪橇轉過身去，打開車門，取回他忘記在雪橇裡的帽子。他看到白蘭地正從踏腳板上滴下來，心裡感到很不安。

接著他又回轉身去望著那位紳士，表示他對自己進過雪橇並不後悔，況且這也並不是什麼大不了的事。等到問到他的時候，也只有到那個時候，他才揭露真相，說明是馬車夫自己要他去把雪橇的門打開的。可是真正糟糕的是，他沒有想到這位先生會突然現身，因此來不及躲開他，也就無法讓自己繼續在這裡靜靜等待克拉姆了，或者不如說，他沒能一心一意待在雪橇裡，關上車門，躺在毛毯裡等克拉姆，或者，他至少可以在車廂裡待到這個人走出來。的確，他當然並不知道那個即將到來的人到底是不是克拉姆本人，如果是他本人，那麼，在雪橇外面招呼他當然就好得多了。真的，本來有許多事情要考慮，可是現在全無法考慮了，因為一切都完了。

「跟我來，」這位紳士說，這句話不能說是真正的命令，因為命令與否不在於這句話本身，而在於伴隨著這句話的輕視和有意冷淡的手勢。「我正在這裡等一個人。」K說，現在他已經不再抱有任何成功的希望了，只是僅基於原則上這樣說罷了。「來吧！」這位紳士十分冷靜地又說了一遍，似乎想表示他並不否認K是在等一個人。「那我就見不到我在等的那個人了。」K說，為了加重語氣，還點了一下頭。儘管發生了這一切，他覺得自己到目前為止所做的一切，還是有收穫的，誠然，現在他所取得的只是表面的收穫而已，但是絕不能僅僅為了一聲客氣的命令就放棄掉。「不管你跟我走或者留在這裡，你都不會見到他。」那位紳士說，雖然他說得那麼粗魯，但是對K的心事卻流露了一種意想不到的體貼。「就算見不到他，我也寧願留在這裡，」K拒絕地說；他實在不願意單憑這個年輕人的幾句話就讓他把自己從這裡打發走。於是，那位紳士把頭往後一仰，臉上顯出一副傲慢的神氣，把眼睛閉了幾分鐘，好像要K放棄這種無知的糊塗思想，重新恢復他正常的理智，接著他又用舌尖在微微咧開的嘴唇四周舔了一轉，對馬車夫說道：「把馬匹卸下來。」

馬車夫怒目瞟了K一眼，只好聽從紳士的吩咐，儘管身上穿了皮外套，還是從馬背上跳下來，非常猶豫地——彷彿根本沒有料到紳士會發出這種相反的命令，就跟他根本不指望K會說出一句聰明話來一樣——動手把馬匹和雪橇拉回到廂房的旁邊，在那裡的一扇大門背後，顯然是一間存放車輛的棚屋。K看到自己被人拋下了，雪橇往一個方向消失，那位紳士也往另一個方向，也就是他自己原先從那裡來的方向退去，兩者退得都很慢，彷彿是在向K示意，他還有權力把他們喊回來。

或許他有這種權力，但是這對他並不會有什麼好處；把雪橇喊回來，那就等於是把自己送走。所以他繼續站在那裡，像一個守住陣地的人，但是這一種勝利並沒有給他帶來快意。他一會兒望望那位紳士的背影，一會兒又望望馬車夫的背影。那位紳士已經走到K稍早上院子裡來過的那個門口；可是他又一次回過頭來望望他，K彷彿看見他在對自己的固執搖頭，最後他下定決心，毅然轉過身去，走進大廳，立即消失了。馬車夫還在院子裡待著，雪橇上還有一大堆工作要他做呢，他得打開車房沉重的大門，把雪橇放回原處，卸下馬匹，牽回馬廄裡去；他鄭重其事地做著這一切，而且是全神貫注，顯然不會有馬上再出車的希望了。他默默地專心幹活，連瞟K一眼的工夫也沒有，他這樣埋頭工作，對於K來說，是一種比那位紳士的態度還更嚴厲的譴責。現在馬車夫結束了所有工作，邁著緩慢和搖晃的腳步走過院子，把那扇大門關上了，接著又踱回來，所有行動都是那麼慢吞吞的，除了自己在雪地裡的腳印以外，他幾乎什麼也不看……最後，他把自己關在車房裡；這時候，所有的電燈都熄滅了——它們還需要給誰開著呢？——只有在木頭迴廊的隙縫上方依然透露著亮光，暫時還吸引著一個人的游移目光。對於K來說，似乎那些人都跟他斷絕了一切關係，而且現在他也似乎確實比以往任何時候都自由，通常在是不准他這裡逗留的，現在他可以在這裡愛等多久就等多久，獲得了從來沒有人有過的自由，似乎沒有人敢碰他一下，也沒有人敢攆走他，連跟他講一句話也不敢。可是——一種和上面同樣強烈的想法——同時又好像沒有任何事物比這種自由，這種等待，這種不可侵犯的特權，更無聊、更失望的了。

九

於是他自己解放了自己，走回屋裡去——這回不是沿著牆走，而是踏著雪地筆直走過去——他在大廳裡碰見了旅館老闆，旅館老闆默默地招呼了他，隨著又朝酒吧指了一指。K聽從了他的暗示，因為他正打著哆嗦，而且渴望看到人們的面孔。但是當他進門一瞧，不免大失所望，在一張小桌子——這張小桌子一定是特地布置起來的，因為平時顧客們都坐在放倒的桶子上面——旁邊正坐著那位年輕的紳士，面前站著——一個K不願看到的人——那個橋頭旅店的老闆娘。佩披神氣活現，仰著頭，臉上笑容可掬，一副自以為無比尊貴的樣子，她的髮辮隨著每一個動作左右擺動，匆匆忙忙跑來跑去，一下子拿啤酒，一下子又拿來了鋼筆和墨水，因為紳士已經在面前攤開了文件，正從這張文件到桌子另一頭的那張文件，對著上面的先後日期，準備下筆批示了。老闆娘挺直了身子望著那位紳士和文件，微微噘起了嘴，似乎在沉思。好像她已經把該說的都說了，並且對方都充分聽取了。「土地測量員終於來了。」看見K走進來，那位紳士說，他只是抬起頭來望了一下，接著又埋頭去忙著處理他手上的公文。那個老闆娘也僅僅向他投來了冷淡的、不帶絲毫驚訝的一瞥。但是在K走到櫃台前面去要一杯白蘭地的時候，佩披卻像是現在才第一次發現K這個人。

K靠著櫃台，兩隻手按著眼睛，什麼都不想。隨後他拿起那杯白蘭地啜了一口，可是又放下了，說這種酒簡直不能喝。「紳士們都喝這種酒，」佩披冷冷回答，潑掉杯子裡的殘酒，洗淨酒杯，放回架子上去。「可紳士們還有比這好的威士忌喝呢，」K說。「那是可能的，」佩披回答說：「但我這裡沒有。」語畢便丟下了K，又跑過去伺候那位紳士，但是紳士並不需要服務，於是她在他的背後踱來踱去兜著圈子，懷著敬慕的心情，不時地想從紳士的背後偷偷張望一下那些公文，這種舉動不過是表示她那份無謂的好奇心和優越感而已，所以連那位老闆娘也忍不住皺起眉頭來斥責她。

忽然好像有什麼東西分散了老闆娘的注意力，她直直望著空中，凝神聽著。K轉過身來，他並沒有聽出什麼特別的聲音，其他人也似乎沒有聽到什麼。但是老闆娘踮起腳尖，跨著大步往通向院子的大門跑去，從鑰匙孔裡偷偷往外張望，接著睜大眼睛，脹紅著臉回轉身來，用手指著屋子裡其他的人示意，叫他們到她那裡去，於是他們現在輪流往鑰匙孔裡張望。老闆娘看的時候當然最長，可是佩披也受到照顧，總之，三個人中間唯有紳士看起來最不在乎。佩披和紳士不久就走開了，老闆娘卻還繼續在那裡拚命張望，彎著身子，就像跪在地上一般。你幾乎會以為她在懇求鑰匙孔讓她馬上鑽進去，因為鑰匙孔裡實在沒有那麼多的東西需要她看得那麼久。最後，她站起身來，摸摸臉蛋，理理頭髮，深深呼了一口氣，似乎現在終於只好萬分無奈地再勉強自己的眼睛去適應這間屋子和屋子裡的人，K為了要搶先宣布一件現在他覺得是對他公開襲擊的消息，倒不是完全為了想證實自己的疑竇，於是便說：「克拉姆是不是已經走了？」老闆娘默默無語地走過他的身邊，那位紳士卻在桌子旁回答說：「是的，當然囉。只要你一撤退，克拉姆就脫身了。他是那麼敏感，這可真教人驚奇。你注意到了嗎？老闆娘？克拉姆是不是那麼小心翼翼地四面張望著？」老闆娘沒有表示她看到這一點，但是那位紳士接下去說道：「唔，很幸運，什麼都沒被看到，就連他在雪地裡留下的腳印也讓馬車夫掃掉了。」「老闆娘什麼都沒有看到。」K說，但是他這樣說並沒有多大信心，只是因為那位紳士說得這麼斬釘截鐵，而且帶著這樣肯定而又教人無法回應的口氣激怒了他，才這麼說的。「也許碰巧那時候我沒有在鑰匙孔裡張望。」老闆娘立刻附和紳士的說法，但是接著她又不得不實事求是地評價克拉姆，於是接下去說：「儘管這樣，我可不相信克拉姆會有這樣驚人的敏感度。我們都關心他，都想保衛他，因此才進一步猜想他有驚人的敏感。這好像是理所當然的，認為克拉姆的意志一定就是這樣。但實情究竟如何，我們並不知道。的確，凡是克拉姆不願意交流的人，就算這個人費盡心機，無法無天地到處亂闖，他也絕不會跟他說話。單憑克拉姆不願意交談，不願意接見這一點來說，就足以說明：說到底不就是因為他受不了跟任何此類人會面嗎？可是，不管怎麼樣，卻無法證明究竟是否受得了，因為他絕不會作這樣的嘗試。」那位紳士連連點頭。「基本上這也是我的看法，當然，」他說：「如果我剛才說的稍有不同，那只是為了讓土地測量員懂得我的為人了。儘管如此，這一點也還是事實，那就是克拉姆跨出大門的時候，他向周圍張望了好幾次。」「說不定他是想找我呢。」K說。「也許是吧！」那位紳士說：「這一點我可沒有想到過。」他們都哈哈大笑起來，儘管佩披連他們說的是什麼意思都聽不懂，可是她的笑聲卻最響。

「既然現在我們大家歡聚在這裡，」紳士接著說：「我要嚴肅請求你，土地測量員，回答我幾個問題，好讓我把這些公文處理完畢。」「這裡有一大堆公文要處理呢。」K說，他向那些公文瞟了一眼。「是的，這是很麻煩的事，」紳士又笑著說：「可是你也許還不知道我是誰。我叫摩麥斯，是克拉姆的鄉村祕書。」這幾句話一說，房間的空氣頓時嚴肅起來；儘管老闆娘跟佩披完全知道這位紳士是誰，但是聽到他說出自己的名字和身分，似乎就開始搖搖晃晃地站不穩了，甚至連那位紳士自己也似乎覺得自己說的話超過了應該說的範圍，好像決心逃避由於自己這兩句話的莊嚴意義而引起的後果，立即埋首在公文堆裡動手寫了起來，這樣一來，屋子裡除了他鋼筆尖發出的沙沙聲以外，就聽不見一點聲音。「鄉村祕書是幹什麼的？」過了一會兒，K問。摩麥斯作了自我介紹以後，現在由自己再作解釋就不太恰當，於是老闆娘代他回答：「摩麥斯先生是克拉姆的祕書，也就是說，他跟克拉姆的其他祕書一樣，不過他的職權範圍，如果我沒有弄錯的話，他的職務身分，」摩麥斯一面仍舊批閱公文，一面斷然搖搖頭，於是老闆娘連忙改正自己的說法，「嗯，他的職權範圍，不是他的職務身分，限於這座村子。摩麥斯先生負責經手克拉姆在村裡必須處理的文書工作，並且作為克拉姆的代表，受理村子裡提出的請求。」因為這些話並不太影響K，他還是茫然地望著老闆娘，她便帶著有點為難的語氣又說下去：「事情就是這樣安排的；城堡裡的紳士們都有他們的鄉村祕書。」摩麥斯一直聽著老闆娘說話，聽得比K還專心，現在他提供了一個事實給老闆娘作補充：「鄉村祕書大多數只為一位紳士辦事，可我卻給克拉姆和伐拉賓兩位紳士辦事。」「是的，」老闆娘接下去說，現在她也想起來了，於是轉身對K說：「摩麥斯先生給克拉姆和伐拉賓兩位紳士辦事，所以他是一個雙料的鄉村祕書。」「確實是雙料的。」

K點著頭對摩麥斯——摩麥斯現在微微地向前側著身子，對準了他的臉盯著——就像對一個剛獲得誇獎的孩子那樣點著頭說。如果說他的點頭含有一定的輕蔑意味，那麼，這種輕蔑要不是沒有被人發現，要不就是在其他人的意料之中的。K是一個被克拉姆認為路過偶遇時也不值得看一眼的人，似乎正是對他這種人才毫不掩飾地為他詳盡描述了克拉姆圈子裡的人的職務，試圖引起他的眼紅和欽慕。可是K對這一點並沒有給予應有的重視；儘管他費盡九牛二虎之力想見一見克拉姆，然而他並不看重，比如說，像摩麥斯這樣在克拉姆眼皮下討生活的職位；因為在他看來，值得接近的並不是克拉姆周圍的這些人物，應該是克拉姆，只有K，他自己，而不是其他什麼人去接近他，而且不是去與他廝守，而是要超越他，遠遠地超越他，然後進入城堡。

因此，他看了看手錶說：「可是現在我得回家了。」形勢立刻變得有利於摩麥斯。「是的，當然囉，」他回答說：「學校裡的工作需要你回去做。可是請你務必稍留片刻，我只要問你幾個小問題。」「我沒有這份心情來回答你的問題，」K說，接著便向門轉過身去。摩麥斯把手裡的文件放到桌子上，站起身來，「我以克拉姆的名義命令你回答我的問題。」「以克拉姆的名義！」K重複著摩麥斯的話。「這麼說，難道他本人竟然也在為我的事情操心嗎？」「關於這一點，」摩麥斯回答說：「我不知道，你當然更不知道；我們大可以留給他自己去考慮。可是我還是要憑克拉姆授予我的權力命令你留在這裡回答我的問題。」「土地測量員，」老闆娘插嘴說：「我不想再多嘴，到此刻為止，我給你的勸告都是你所能聽到最善意的建議，但是都給你以聞所未聞的態度拒絕了；所以，我到這裡來看摩麥斯先生——我沒有什麼可以隱瞞的——就是要使官方當局對你的行為和意圖有一個充分的了解，從此不再讓你住到我的旅店去；這就是為什麼我們又面對面站在這裡，也就是為什麼將來我們還會一直對立的緣故。要我攤開來說老實話，我可以告訴你，我到這裡來可不是為了幫助你，只是為了減輕一點摩麥斯先生不得不跟你這種人打交道的負擔罷了。可是就因為我這種心直口快的脾氣——我只會開誠布公地對待你，想改也改不掉——要是你能稍稍用心聽一聽，你還是能夠從我說的話裡獲得一些對自己有利的智慧。在目前這種情況下，我想請你注意這一點，那就是，能帶你去見克拉姆的唯一途徑，就是摩麥斯先生的這份會談紀錄。可是我也不想言過其實，說不定這條路最終無法引你到克拉姆那裡，也可能在距離還很遠的時候，路就不通了。這要根據摩麥斯先生的判斷來決定，可是不管怎麼樣，這是引你走向克拉姆去的唯一道路。難道你就只是為了尊嚴，就甘心拒絕這條道路嗎？」「啊，太太，」K說：「這既不是到克拉姆那裡去的唯一道路，也不是比其他方法高明多少的道路。可是你，祕書先生，這個問題請你定奪，我在這裡說的話能不能夠持續傳到克拉姆的耳朵裡去？」「當然可以，」摩麥斯說，驕矜地垂下眼睛什麼也不看，「要不然為什麼我要在這裡當祕書呢？」「你明白了嗎？太太，」K說：「我並不需要一條通向克拉姆的道路，我只需要一條通往祕書先生的道路。」「我早就想為你打開這條路了，」老闆娘說：「今天早上我不是表達了願意把你的請求轉達給克拉姆嗎？通過摩麥斯先生也許就能辦到。但是你拒絕了。但從現在起，除了這條路，你已經沒有別的路可走了。坦白說，在你打攪克拉姆的私生活以後，走通這條路的希望就很渺茫了。可是，這個最後的、微小的、正在消失的，實際上也是看不見的希望，仍然是你唯一的希望。」「太太，」K說：「起先你千方百計不讓我見到克拉姆，現在又把我想見克拉姆的心願看得那麼認真，而且認為我所以失敗，大部分又好像只由於我的行動不當，這是怎麼回事？要是你那個時候是真心誠意勸我根本不用去見克拉姆，那為什麼你現在又顯然也是真心誠意地正想趕我到能見克拉姆的那條路上？就算你其實已經承認這是一條漫長而沒有盡頭的道路?」「我在趕你走上這條路?」老闆娘問道。「你認為我說你的企圖是不可能實現的，這就表示我是趕你走這條路嗎?要是你打算就這樣把責任推卸到我的身上，那簡直是太無恥了。也許因為摩麥斯先生在場，你才膽敢如此。不，土地測量員，我可不打算強迫你做任何事。我只能承認一個錯誤，那就是我第一次見到你的時候，我把你看得有點太高了。當時你一下子就獲得了弗麗達的芳心，這使我吃了一驚，我不知道你還會幹出什麼事。我要防止再造成任何損失，為了要達到這個目的，當時我認為唯一的辦法就是用祈求和威脅來動搖你的決心。從那以後我就學會比較冷靜地看待整個事情了。你可以愛怎麼做就怎麼做。你的行動無疑可以在院子的雪地裡留下深深的腳印，但是僅止於此了。」「在我看來，其中矛盾之處似乎還沒有澄清，」K說:「但是既然已經注意到這一點，我也就滿足了。現在我懇求你，祕書先生，告訴我，老闆娘的話是否正確?她說你寫下來的會談紀錄具有促使我可能會見克拉姆的作用。如果是真的，那我準備立刻回答你所有的問題。真的，在這方面，要我做什麼我就做什麼。」「不，」摩麥斯答道，「根本不能這樣推論。我不過是把今天下午發生的事情都記錄下來，為克拉姆的鄉村登記簿提供適當的素材。這份紀錄已經寫好，只差兩、三處遺漏的地方，由於上級的命令，這應該由你來補充;除此以外，就沒有什麼其他意圖達到的目的，也不可能達到其他目的。」K一聲不響地望著老闆娘。「你為什麼盯著我看?」她問道。「我還說了什麼嗎?他老是這個樣子，祕書先生，他老是這個樣子。自己胡說別人告訴了他什麼消息，接著就硬說他受了騙。我一開始就告訴過他，今天我又告訴他，絕對不要期望克拉姆會接見他。要是怎麼說也說不清，那就憑這份會談紀錄，他也改變不了這個事實的。難道還有什麼比這更清楚的事情嗎？我還說過，這份會談紀錄才真正是他與克拉姆的正式聯繫。這一點也是夠清楚而無可爭辯的。可是，假使儘管如此，他還是不願意相信我的話，還是盼望著——我不知道他怎麼會這樣想，也不知道他到底打什麼主意——以為他總有一天會見到克拉姆，只要他還存著這樣的念頭，那麼，唯一能幫助他的就是這個與克拉姆的正式聯繫，換句話說，就是這份會談紀錄。我說的就是這些，不論是誰，要是堅持相反的主張，那就是惡意歪曲我說的話。」「如果真是這樣，太太，」K說：「那麼，請原諒我，是我誤會了你的意思；因為我原先以為——從目前情況來說，我這樣的想法是錯誤的——從你之前說的那些話裡，我領會到我還能有一點微小的希望。」「當然囉，」老闆娘回答說：「我的意思正是這樣。你又在歪曲我的話啦，不過這一回你是從反面來歪曲罷了。在我看來，你還是有這麼一線希望的，這一線希望完全寄託在這份會談紀錄上，而不是別的。然而這種希望，跟你問摩麥斯先生『假若我回答你的問題，能讓我見到克拉姆嗎？』這種問題又毫無共同之處。一個孩子這樣發問，會引人發笑，可是一個大人問這種問題，那就是侮辱一切權威，而摩麥斯先生用客氣的回答好心地掩飾了這種侮辱。但是我所說的希望，僅僅包含著這個意思：你可以透過這份會談紀錄而取得一種聯繫，或許是一種跟克拉姆的聯繫。難道這還不夠嗎？如果有人要你做一件事，使你因此可以獲得這種希望的權利，你能說這是微不足道的嗎？這是最後的一個機會，也可以說這是你最好的一個希望，當然，摩麥斯先生在他的職權範圍內當然連一絲絲暗示也不能給你。對他來說，正如他所說的，只是由於上級的命令，才把今天下午發生的事情記錄下來。除此以外，他不願意再多說了，即使你現在問他對我剛剛這些話有什麼意見，他也不會回答。」「那麼，祕書先生，」K問道，「克拉姆會看這份會談紀錄嗎？」「不，」摩麥斯回答說：「他為什麼要看呢？克拉姆不可能每一份會談紀錄都看，事實上他根本不看。『把你這些會談紀錄給我拿走！』他平常總這麼說。」「土地測量員，」老闆娘痛苦地喊道，「我被你這些問題搞得煩死了。你以為克拉姆會看這份會談紀錄，逐字逐句地了解你的生活瑣事嗎？你以為這是必要的嗎？或者只是你希望這樣吧？你還不如虛心地希望這份會談紀錄最好別讓克拉姆看見……不過這種希望跟前一種希望同樣都是不合理的，因為儘管克拉姆在許多方面都顯示了他深富同情心的性格，但是又有誰的事能真正瞞過他？難道你所說的那種希望也必須讓他知道嗎？你自己不是說過，你只要能夠得到跟克拉姆說話的機會，即使他看也不看你一眼，聽也不聽你一句，你也就心滿意足了嗎？那麼，你現在透過這份會談紀錄不是至少實現了這個願望，或者還更甚於此呢？」「更甚於此嗎？」K問：「用什麼辦法？」「只要你不像個孩子一樣嚷著要這要那，好像在爭食物，那麼是辦得到的！誰有那麼大的本事回答這些問題？這份會談紀錄要寫在克拉姆的鄉村登記簿裡，這你已經聽見了，沒有什麼能比這句話說得更清楚的了。可是你是否完整理解會談記錄、這位摩麥斯先生以及鄉村登記簿的所有重要意義？你可知道接受摩麥斯先生審訊的意義嗎？

說不定——至少從事情所有表象看來——他本人也並不清楚。他安靜地坐在那裡，執行著自己的任務，這是因為上級的命令要他如此，正如他所說的那樣。可是你想一想，他是克拉姆委派的，他是以克拉姆的名義辦事的，他的所作所為，即使不可能都讓克拉姆知道，卻是事先都得到克拉姆同意的。凡是克拉姆同意的事情又怎麼會不貫徹他的精神呢？我絕不是恭維摩麥斯先生——何況他自己也不會容許我這樣，可是我並不把他看成一個獨立行動的人，只是在他得到克拉姆的同意的時候，就像現在這樣，我才這麼說的。因此，他是克拉姆手裡的一個工具，誰不服從他，就要吃苦頭。」

老闆娘的威脅並沒有嚇倒K，但是她想讓K就範的企圖卻使他心生厭惡。克拉姆離他們可遠著。老闆娘有一回把克拉姆比作一隻兀鷹，當時在K的眼裡看來，這種比擬似乎是非常可笑的，可是現在好像並沒有什麼可笑了，他想到克拉姆離自己這麼遠，想到克拉姆不可攻陷的住所，想到他的沉默（恐怕只有K從未聽見過的某種叫喊聲才能打破這種沉默），想到他那咄咄逼人地往下瞪著的似真似假的眼神，想到他暢通無阻的道路，K在下面怎樣搗亂也無法攔阻他，只是在那高不可攀的神祕法律驅使下，追蹤過他的這些道路，而這些道路不過是曇花一現而已——在這些方面，克拉姆跟兀鷹確實有共通之處。可是這些顯然跟會談紀錄毫不相干，這時摩麥斯正在文件上把一塊蘸著細鹽的麵包捲捏碎，作為啤酒的配菜，所以紙上撒滿了細鹽和葛縷籽。

「再見了，」K說：「我不反對任何形式的審訊。」現在他終於向門口走去。「他居然還是走了。」摩麥斯幾乎有點激動地對老闆娘說。「諒他不敢。」她說。K不再理他們，他已經走到客廳裡了。天氣很冷，而且颳著大風。旅館老闆從對面一扇門裡走了出來，他似乎一直在門上窺孔的後方望著這間客廳。客廳裡的風正猛烈地朝他吹過來，他不得不把大衣的下襬裹住自己的膝蓋。「你要走了嗎？土地測量員？」他問。「你覺得奇怪嗎？」K問他。「是的，」老闆說：「你受審訊了？」「沒有，」K回答說：「我不願意受審訊。」「為什麼？」老闆問。「我不知道，」K說：「為什麼我要讓人家審訊，為什麼我要屈服於這種捉弄或是官方的突發奇想呢？說不定有一天我自己也會捉弄人家，或是突發奇想而接受審訊，但不是在今天。」「這個嘛，當然，當然，」老闆贊同地說，他這麼說只是出於禮貌，而不是真的相信他的話。「現在我得讓僕人們到酒吧去了，」他馬上這麼說：「他們早該進去了。只是我怕打攪了審訊。」「難道你認為審訊那麼了不起嗎？」K問。「這個嘛，當然，」老闆回答。「這麼說，我不該拒絕審訊了。」K說。「是啊，」老闆答：「你不該拒絕。」因為看見K默默無語，不知是想安慰K還是想快點脫身，他又加了一句：「算了，算了，天不會因此就塌下來的。」「對啊！」K回答說：「從氣象看來，天不會塌下來的。」於是兩人大笑著分別了。

十

K走出門來，跨進寒風呼嘯的大街，在黑暗裡張望著。天氣糟透了。他又回想起老闆娘是如何竭力想逼迫他向那份會談紀錄讓步，他自己又是怎樣堅持過來的，彷彿在這兩者之間有著某種聯繫似的。老闆娘的用心自然不是直截了當表示的，她同時還在暗暗鼓勵K反對這份會談紀錄；事實上，他到底是頂住了？還是讓了步？他自己也說不上來。這是按照遠方的奇怪命令而盲目執行的一種陰謀詭計，似乎就像這大自然的狂風一樣，教人猜不透其中的真意。

他沿著大街只走了幾步，就看見兩盞燈火在遠處晃動；這些生命的象徵使他感到欣喜，他急忙朝他們走去，而他們也朝著他的方向走來。當他認出那是他的兩位助手時，他說不出為什麼會那麼失望。他們仍舊走上來迎他，顯然是弗麗達派他們來的，而且從狂風怒號的黑暗裡為他遞過來的燈籠也是他自己的；但他還是感到失望，他期待的是一些別的東西，而不是這些對他來說是一種負擔的熟人。然而並不是只有他們兩個人在黑地裡，還有一個巴納巴斯，從他們兩人中間走出來。「巴納巴斯！」K叫道，並且伸出手去。「你是來看我的嗎？」再度遇見巴納巴斯的那份驚喜心情，消除了一度對他產生的厭惡感。「我是來看你的。」巴納巴斯回答，他還是像以前一樣友好，「我帶來了一封克拉姆給你的信。」「一封克拉姆給我的信！」K頭往後一仰，叫了出來。「把燈提到這裡來！」他向兩個助手喊道，現在他們兩個人一邊一個提著燈籠緊緊地擠在他的兩邊。因為風大，K讀信的時候，不得不把好大一張的信箋折小。他讀到：「致橋頭旅店的土地測量員。迄至目前為止，我對你所進行的測量工作表示讚許。助手們的工作，同樣也應獲得讚揚。你懂得如何督促他們進行工作。不要鬆弛懈怠！希望你繼續工作，以期達到良好的結果。任何工作中斷，都將使我不快。以外，則毋庸掛心。由於薪金問題，因立即會引起紳士的不快，故擬以後解決，一切我自有安排。」

兩個助手讀得比他慢得多，當他們讀到如此好消息的時候，便高聲歡呼萬歲，並且揮動著手裡的燈籠。「別這麼大聲。」他說，接著又對巴納巴斯說：「這是一個誤會。」巴納巴斯似乎沒有聽懂他的意思。「這是一個誤會。」K又說了一遍，他又開始像下午那樣感到疲乏了，到校舍去的路似乎很長，在巴納巴斯的後面，他能看到他的整個家庭，兩個助手仍舊緊緊擠在他的身邊，他不得不用手肘推開他們。他吩咐過他們必須跟弗麗達待在一起，弗麗達為什麼又派他們來接他呢？他自己完全認得回家的路，獨自一個人走實在比跟這夥人一起走還要好多了。更糟糕的是，一個助手在脖子上裹了一條圍巾，圍巾的兩端在風中忽高忽低地飄著，有幾次捲到了K的臉上。雖然另一個助手總是連忙用他又長又尖的手指為他解開，但是無濟於事。兩個助手似乎覺得這樣跑來跑去是無比樂事似的，這樣的大風，這樣荒涼的夜晚，都使他們感到喜不自勝。「滾開！」K大聲喝道。「你們既然跑來接我，那為什麼不帶我的手杖來？我現在該拿什麼東西趕你們回家？」他們躲到巴納巴斯的身子後面，但是害怕歸害怕，他們還是一左一右地把燈籠舉到他們保護人的肩頭，然而K立刻把他們推開了。「巴納巴斯。」K說，他知道巴納巴斯顯然沒有領會他的意思，也知道儘管事情順遂的時候，他的外套閃耀著美麗的光彩，可是一旦情況不妙，從他那裡是得不到一點幫助的，他反而會默默地反對他，這樣的反對，他是束手無策的，因為巴納巴斯本人無能為力，他只會微微笑著，正如天上的星星要對抗地上的這場暴風雪一樣無能為力，所以他心情開始沉重起來。「你看克拉姆寫了些什麼！」K說，把信舉到面前。「他沒有得到正確的情報。我根本沒有做什麼測量工作，你自己也看得出這兩個助手到底有多大用處。而且，顯然我也不可能半途中斷一件我從來沒有動手的工作。我也無從引起紳士對我的不快，所以，又怎麼能說我已經得到了他的讚許？至於叫我不必掛心，那我是辦不到的。」「我會注意這件事的。」巴納巴斯說，他一直在盯著那封信，可是他怎麼樣也沒有辦法看清楚，因為他把信跟自己的臉湊得太近了。「啊，」K說：「你答應我你會注意這件事情，但我真的能相信你嗎？我現在比以往更需要一個可靠的信差。」K焦急地咬著嘴唇。「先生，」巴納巴斯微微偏了一下頭回答道——這個動作幾乎又把K迷住了，使他又相信起巴納巴斯來——「我當然會留心這件事情，而且我也當然要記得你上次要我傳達的口信。」「什麼！」K叫道：「這麼說，你還沒傳達我上次要你捎去的口信嗎？你第二天沒有去城堡嗎？」「沒有，」巴納巴斯回答：「我父親年紀大了，你親眼見過他，當時正巧有一大堆事，我必須幫忙，但現在我馬上就要到城堡裡去了。」「你這是在想些什麼？你真是教人猜不透！」K一面叫起來，一面用拳頭敲自己的額角。「這麼說，克拉姆的事還不比其他事情更重要嗎？你處在一個很重要的崗位上，你是一個信差，可是你卻用這種卑鄙的態度欺騙我！你父親的事算得了什麼？克拉姆在等著聽這份報告，你竟然沒有十萬火急地送去，反倒去打掃馬廄！」「我父親是一個補鞋匠。」巴納巴斯鎮靜地回答。「他從勃倫斯威克那裡接了一批訂單，而我是父親的助手。」「補鞋匠……訂貨……勃倫斯威克！」K尖聲地喊道，好像他想永遠廢止這幾個字。「在這些永遠沒有人影的大街上，誰會穿什麼靴子？而且補鞋子又跟我有什麼關係？我把信託付給你，可不是為了讓你擱置它，讓你放在凳子上把它揉碎的，我是要你馬上送給克拉姆！」K想起克拉姆這一陣顯然是在赤倫霍夫旅館，根本沒有在城堡裡，因此就稍稍冷靜了一點。可是巴納巴斯偏偏對他說，他並沒有忘記K要他傳的第一個口信，這時他便背起口信的內容來，這又把K激怒了。「夠了！我不想再聽了，」他說。「別生我的氣，先生。」巴納巴斯說，似乎不自覺地想表示對K的不滿，便把視線從K的身上收了回來，垂頭望著地下，但是他可能只是不滿意K的一時衝動。「我並不是生你的氣。」K說，現在他開始生自己的氣了。「我不是跟你生氣，可是，你這樣一個信差來負責為我傳達要事，對我來說，前途是不妙的。」「你聽我說，」巴納巴斯說，似乎為了要保持自己作為信差的榮譽，他說了他本來不該說的話，「克拉姆實際上並不是等著聽你的消息，每逢我到他那裡去，他就發脾氣。『又帶來什麼消息了！』他有一次這麼說。每當他遠遠看見我走過去，他就站起身來走進隔壁房間，拒絕接見我。況且，他也沒有規定我一有消息就必須立刻送去。如果有這個規定，我當然就會馬上送去，但是並沒有這樣的規定，而且，假使我根本不去，也沒有誰能說我的不是。我為人傳送消息，也只是出於我自願。」「好啊，好極了。」K答道，目不轉睛地望著巴納巴斯，故意不看那兩個助手，他們正輪流從巴納巴斯的肩膀後面慢慢地探出頭來，好像從天窗裡鑽出來一樣，接著好像模仿呼嘯的風聲一般，輕輕地吹了一聲口哨，又急忙藏回巴納巴斯的背後，好像極度害怕K似的。他們就這樣自得其樂地玩了好一陣子。「克拉姆到底是怎麼樣的脾氣，這我不知道，可是我也不相信你對城堡裡的事情都一清二楚，即使你真的都知道，我們也不見得就能改善現況。可是你還得幫我送一個口信去，這就是我要求你的。這是一個很簡短的口信。明天你送去，當天把回音帶回來，或者至少把接待你的情形告訴我，你辦得到嗎？願意做嗎？對我來說，這就是幫上大忙了。而且我也許還有機會給你適當的酬勞。你現在有什麼或許我能滿足你的要求嗎？」「我當然願意執行你的命令。」巴納巴斯說。「你要盡你最大的努力來執行我的命令，把這個口信帶給克拉姆本人，立刻帶回他本人的答覆，所有這一切都要在明天早上立刻辦到，你願意這麼做嗎？」「我盡力而為，」巴納巴斯回答：「我一向是盡力而為的。」「這一點我們現在不用再爭論了，」K說：「這就是我要你帶去的口信：『土地測量員請求長官賜予他一次私人會見的機會；任何與此有關的條件他都樂於接受。這一請求實出於無奈，因為所有中介迄今均未發揮任何作用。他願意進一步提供事實證明這一點。迄至目前為止，他根本沒有進行任何測量工作，根據村長給他的通知，村子裡不需要進行此項工作。因此，拜讀長官來書愧恨交集，唯有親自謁見長官方能有所獲益。土地測量員深知這個要求十分冒昧，但是他將盡可能減少長官由此而受到的干擾；他願意接受任何時間的限制，也願意接受談話字數的限制，如果認為在會見時有必要規定的話，甚至只講十個字，他自信也可以照辦。他懷著崇高的敬意和無比的焦灼企待長官的裁奪。』」K在口授這封信的時候，簡直忘我，好像他正站在克拉姆的門口對看門人講話似的。「這封口信比我原先想的長多了，」他說：「可是你一定要記在心裡，我不願意寫信，一封信只會像別的公文一樣沒完沒了地層層傳遞。」所以，為了讓巴納巴斯有一個依據，他伏在其中一位助手的背上把這個口信的內容草草寫在一張紙片上，另外那位舉著燈籠給他照明。K從巴納巴斯的複述已經把內容都寫下來了，因為巴納巴斯都記住了，儘管那兩個助手在旁邊七嘴八舌地插話，他還是一字不差地背了出來。「你的記性真了不起。」K說，一面遞給他那張紙片，「可是現在我希望你在別的方面也能展露本領。有什麼要求嗎？沒有？要是你提出什麼要求的話，說老實話，我對這個口信的命運反而會放心一點。」巴納巴斯起初還是沒有吭聲，後來他說：「我的姊妹要我代她們向你問好。」「你的姊妹，」K回答：「喔，對了，那兩位又高又結實的女孩。」「她們倆都向你問好，特別是阿瑪麗亞，」巴納巴斯說：「再說，今天也是她從城堡裡把這封信帶給我的。」這句話打動了K，因此他問道：「她還能把我這個口信帶到城堡裡去嗎？要不，你們兩個人能不能一同去，各自去碰碰運氣好嗎？」「阿瑪麗亞是不能到長官辦公處去的，」巴納巴斯說：「否則，她倒是非常高興給你效勞的。」「明天我也許上你們家去看你們，」K說：「不過你要把回音先帶給我。我在學校裡等你。請你也代我向你姊妹們問好。」K的諾言似乎使巴納巴斯很快活，因此，兩人握過手以後，他又情不自禁地輕輕摸了一摸K的肩膀。一切又好像巴納巴斯當時第一次走進旅館來，在農人中間滿面春風的樣子，K感到他在自己肩膀上的撫摸是一種榮譽似的，儘管他覺得這種舉動很可笑。現在他懷著比較輕鬆的心情，聽任他的兩個助手在回家的路上嘻嘻哈哈地嬉鬧。

十一

到學校的時候，他凍得渾身發抖，天色已經很黑了，兩盞燈籠裡的蠟燭也點完了；助手們已經熟悉這裡的路，在他們導引下，他摸索著走進了一間教室。「這是你們第一次值得稱讚的功勞。」他想起了克拉姆的信，便這樣說。弗麗達從屋子的角落裡帶著睡意喊道：「讓K睡吧！別打擾他了！」儘管她睏得無法坐著等他回來，但是她仍舊一心一意地只想著K。屋裡弄來了一盞燈，但沒有辦法捻得很亮，因為只剩下一點油了。新居的日常用具仍舊不多。的確，房間裡是生了火的，但這是一個大房間，有時是當作體育室用的——周圍放的和天花板上掛的都是運動器械——供應的木柴也全部燒完了，K深信這裡一度是又溫暖又舒適的，可是很遺憾，現在已經變得寒氣逼人了。在一間邊屋裡倒是放著一大堆木柴，可是邊屋的門鎖著，鑰匙又在老師那裡；這批木柴他只准許在上課的時間作生火取暖之用。如果有幾張可以勉強容身的床，這間屋子也許還能夠將就。可是，除了有張塞著稻草的墊子，上面鋪著弗麗達的一條堪稱整潔的羊毛毯子以外，就別無長物了，沒有絨被，只有兩條難禦寒的粗硬毯子。然而兩個助手卻貪婪地盯著這個稻草墊子不放，他們當然不可能睡到這個墊子上去。弗麗達憂心忡忡地望著K，即使是最簡陋的屋子她也懂得怎樣把一間屋子布置得適宜人居，她在橋頭旅店裡就曾經顯過身手，可是在這裡一無所有，她就一籌莫展了。「這些新奇的運動器械就是我們唯一的裝飾品了。」她含淚強笑。但是她堅決保證明天就找人幫忙解決缺乏臥具和燃料這些大問題，懇求K耐心等到那時再說。她沒有一句話、沒有一點暗示或表示，可以使人認為她心底裡懷著一絲一毫怨恨K的意思，可是K想到自己當初把她從赫倫霍夫旅館拉了出來，現在又從橋頭棧把她拖到這裡來，心裡卻不得不感到內疚。於是，為了報答她的深情，K也就竭力把什麼都看得可以容忍，這樣做，對他來說的確並不困難，因為他心裡仍在為巴納巴斯逐字逐句複述自己那封口信，彷彿不是他要巴納巴斯去轉達，而像是他在想像中當面說給克拉姆聽似的。弗麗達在酒精燈上為他煮的咖啡也使他感到衷心愉快，他靠在那只幾乎是冰涼的火爐上，望著她在老師的桌子上鋪上一塊潔白的桌布，拿出一只鏤花玻璃杯，接著又拿出麵包和香腸，居然還有一罐沙丁魚。她的動作又快又熟練。現在一切都準備好了。弗麗達也還沒吃晚餐，她是等K回來一起吃的。只有兩張椅子，K便和弗麗達在桌邊坐下來，兩個助手只好蹲在講台上吃，可是他們從來沒有片刻安靜，即使吃飯時也一樣淘氣。他們分得的食物已經夠多了，而且也沒有吃完，但是他們還是不時站起來看看桌子上還有什麼東西留著，還可以指望分到一些什麼。K一直沒有理他們，只是等到弗麗達嘲笑他們的時候，他才開始注意他們。他溫柔地用自己的手按著弗麗達的手，低聲問她為什麼這麼縱容他們，甚至對他們的淘氣也那麼客氣。用這種態度你就別想擺脫他們，只有對他們保持一定程度的嚴厲（這也是由他們的行為所決定的），你才有辦法約束他們，或者可能性更大，而且更適當的是，可以促使他們自覺處境難堪，最後溜之大吉。這所學校不像是一個可以久居的安樂窩，這個嘛，無論如何不會長久待下去的。但是，如果助手們走了，只有他們兩個人安安靜靜地占用這間屋子，他們就不必去注意那許多欠缺之處了。現在助手們一天比一天更加放肆，好像因為弗麗達在場他們就受大鼓勵，而且希望K不至於像在別處那樣嚴厲地對待他們，難道這一點她也沒有注意到嗎？況且，要立刻擺脫他們也許還有不少直截了當的辦法，不需要客氣，像弗麗達這樣一個無所不知的人，或許她自己就深知這些道理。從各方面來看，如果要擺脫他們，只要給他們一點好處就好，因為他們留在這裡也不可能得到多大的好處，再說，他們到現在為止享受的那種懶散生活也必須終止了，不管怎樣，多少總得改變一下吧！因為弗麗達經過這幾天的緊張之後，自己也需要休息一下，而他，K本人，又忙於尋找擺脫目前這種困境的辦法，所以他們就必須好好工作了。不過，如果他們走了，他也照樣會感到如釋重負，除了其他任務以外，他一定可以輕鬆地擔負起學校裡的全部工作。

弗麗達一直專心地聽著，她拍著他的手臂說，他的意見跟她完全一樣，但是他把助手們的調皮淘氣也許看得太嚴重了一些。他們只不過是孩子罷了，剛剛從城堡的嚴格的紀律下解放出來，渾身是勁，還帶一點傻氣，現在又第一次做這種陌生的工作，所以難免有一點暈頭轉向。在這種情況下，他們自然要鬧不少笑話，這當然令人不悅，但是更聰明的辦法是一笑置之。她自己常常就忍不住要笑。儘管如此，她還是絕對同意K的想法，最好是把這兩個助手送走，只要他們兩個人在一起。她更偎緊了K，臉龐貼在他的肩上。這時候，她低聲地說了一句什麼話，聲音低得使K不得不低下頭來聽她說，她說她也不知道怎樣對付這兩個助手，她怕K剛才提出的那些辦法未必能解決問題。就她所知，這兩個助手是K自己要求的，所以現在他才會有這兩個人，他就只能留他們下來。最好把他們當取樂用的事物，他們確實就是這個資質，這也就是對付他們的最好的辦法。

K聽了她的回答心裡很不高興，他半真半假地答說，她似乎真的跟他們結成聯盟了，否則，至少是有心袒護他們。唔，他們都是長得很好看的，可是只要有決心，沒有一個人是擺脫不了的，因此，在對付這兩個助手的事情上，他願意露一手給她看看。

弗麗達說要是他能夠辦到的話，那她將非常感激。從現在起，她再也不跟他們嘻嘻哈哈，或者對他們說什麼多餘的話。況且，現在她也找不到有什麼好笑的事情了，的確，老是被兩個男人暗暗地監視著，可不是有趣的事，她也已經學會用K的眼光來看待這兩個人了。這時候，兩個助手又站了起來，一半是看看桌上剩下的食物，一半是想弄清楚他們到底在悄悄說些什麼。這時弗麗達對他們真的有點望而卻步了。

K便利用這件事來加深弗麗達對兩個助手的厭惡，他把弗麗達拉到身邊，並肩吃完了這頓晚飯。現在該上床睡覺了，因為所有人都很睏。一個助手一邊吃著一邊就睡著了，另一個助手笑開了，竭力想教人去看他的夥伴那副呆樣，可是他沒有成功。K和弗麗達在上面坐著根本不理睬他。現在屋子裡愈來愈冷，他們哆嗦著身子上床去。最後K說這間屋子必須生火，否則就沒法睡覺。他四下張望，看看是否能找到一把斧子或者什麼別的東西。助手們知道有一把斧子，便去拿來，於是他們現在往存放木柴的邊屋走去。幾分鐘之間，那扇薄薄的木板門就被砸開了。兩個助手好像從來沒有做過這麼光榮的工作，他們動手把木柴送到教室裡去，互相推擠追逐。很快就堆好一大堆木柴，火爐生起來了，每個人都圍著火爐躺了下來，助手們分到一條毯子，他們便把身子裹在裡面——他們有一條毯子已經很夠了，他們兩人當中又必須有一個人維持清醒，為爐子添柴——所以，沒有多久，爐子周圍已經熱得根本不用蓋毯子了，燈已經吹滅，K和弗麗達就在溫暖的靜寂中幸福地舒展著身子入睡了。

夜半，K被一陣響聲驚醒了。他在睡意朦朧中首先伸出手去摸弗麗達，可是發現睡在他身邊的不是弗麗達，而是他的一個助手。可能是因為突然從睡夢中驚醒已經使他情緒萬分緊張，這一下更嚇得他魂不附體，可以說進村以來從來沒有這樣吃驚過。他大叫一聲坐了起來，沒頭沒腦地給那個助手一巴掌，打得助手立刻哭了出來。但是事情很快就水落石出。原來是弗麗達給什麼東西驚醒了——至少她是這樣感覺——有一隻很大的動物，可能是一隻貓，跳到她的胸口上，接著又溜掉了。她爬起來，點了一支蠟燭便滿屋子去找那個玩意兒。其中一個助手就抓住了這個機會爬到稻草墊子上來享受一下，這一念之差已令他現在後悔莫及。然而弗麗達什麼也沒有找到；也許那不過是她的錯覺。她回到K的身邊去，走過那個蜷縮著身子在嗚咽的助手時，她摸摸他的頭髮安慰他，似乎已經忘記了晚上K說的那一番話了。K什麼話也沒有說，只是吩咐助手不用再往火上添柴，因為那一大堆木柴幾乎都燒完了，屋子裡也已經夠熱了。

十二

第二天早晨，直到小學生們都來到教室時，他們才醒過來，學生們睜大眼睛圍觀這些躺在地上的人。這是很不雅觀的場面，原先因為屋子裡熱，所以他們除了襯衣以外全脫光了，可是現在到了早晨，熱氣已經消失，才感到寒氣襲人，正當他們準備穿上衣服的時候，琪莎，那位修長、美麗，然而態度有點生硬的年輕女老師，在門口出現了。顯然她是來找這個新看門人的碴，似乎也是聽命另一位老師的指示而來的，因為K一走到門口，她就開口說：「這種情況我受不了。真是太了不起了。你可以睡在教室裡，只允許你這一點，我可沒有義務在你們的臥室裡上課。看門人的一家人，在床上懶洋洋地一直躺到大白天！」這個嘛，有些事也怨不得人家要說話，特別是這個家和這些床鋪，K心裡想著，便由弗麗達——兩個助手根本派不上用處，只會躺在地板上吃驚地望著女老師和學生們——幫著把雙槓和木馬拖開，再蓋上一條毯子，這才空出一小塊地方來，至少可以讓他們避開學生們的目光躲在裡面穿衣服。可是他得不到一分鐘的安寧，因為女老師又為了洗臉盆裡沒有清水而開始責罵他了，他本來想把那只洗臉盆拿來給自己和弗麗達盥洗，現在只好馬上放棄這個念頭，以免過分激怒那位女老師，但是他的克制並沒有收到效果，因為緊接著就聽到嘩啦一聲響；真糟糕，看來他們忘記把老師桌子上的殘肴收拾乾淨，所以她用戒尺把桌子上的東西都打到地上去了。她不需要擔心潑得滿地的沙丁魚油和喝剩的咖啡，以及摔成粉碎的咖啡壺該怎麼處置，看門人會馬上都收拾乾淨。K和弗麗達穿好了衣服，靠在雙槓上，眼睜睜地望著他們僅有的幾件物品遭到了毀滅。兩個助手顯然還不想穿衣服，從貼近地上的一層毯子裡露出了頭，孩子們都被逗笑了。最使弗麗達傷心的自然是砸破了那只咖啡壺，經過K的安慰，並向她保證，他一定馬上到村長那裡去要求賠償損失，並且要他當場負責照辦，她這才打起精神，只穿著襯衫和裙子，便從毯子下衝出去搶救那塊桌布，至少不讓它再沾上污漬。雖然那位女老師依然一副神經緊張的樣子，用戒尺不斷地敲打桌子嚇唬她，她還是把桌布搶過來了。等到K和弗麗達穿戴整齊，他們還得逼著助手們——他們似乎被眼前這些事情嚇傻了——把衣服穿起來，不僅是吩咐和催促他們穿，實際上有幾件衣服還是他們幫著助手們穿上去的。一切都準備妥當以後，K開始分配工作。他讓助手們去拿木柴生火爐，但是先得替另外那一間教室生好，那裡有另一個更大的危險在威脅著他，因為老師本人可能已經在那間教室裡了。弗麗達的工作是洗地板，而K自己則負責為她去取清水和整理物品。就眼前來說，早餐就別想吃了。為了要摸清女老師的態度，K決定自己先從毯子裡走出去，其餘的人等他叫的時候再出去。他之所以採取這個措施，一方面是因為他不願讓助手們做出任何蠢事，向當前的處境預先表示妥協，另一方面是他照顧弗麗達，想盡可能讓她多休息一會兒。因為弗麗達還抱著奢望，而他沒有，她很敏感，而他一點也不，她想到的只是眼前微不足道的苦惱，而他想到的卻是巴納巴斯和他們的未來。他的話弗麗達沒有一句不聽，她的眼神也幾乎一直沒有離開過他。他一露面，女老師就在孩子們始終沒有停過的哄笑聲中大聲說道：「睡得好嗎？」她看到K沒有理她——因為這實在算不上是一句問話——便一面開始收拾那只洗臉架，一面又問道：「你們把我的貓怎麼搞的？」一隻又大又胖的老貓正懶洋洋地躺在桌子上，女老師正在檢查牠的一隻腳爪，那隻腳爪顯然受到了一點輕傷。這麼說，弗麗達果然是對的，當然，這隻貓並沒有跳到她身上去，因為牠已經沒有那個體力了，但是牠一定在她的身上爬過。牠看到在這間空屋裡有那麼多人的時候，牠嚇壞了，便連忙躲起來，因為平時懶慣了，不善於匆忙逃避，結果害自己跌傷了。K儘可能平心靜氣地向女老師這樣解釋著，但是她眼睛裡只看到老貓受傷，所以她回答說：「好啊，那麼，這就是你們到這裡來闖禍了。你看看這裡。」她叫K到桌子那邊去，舉起那隻腳爪給他看，他還沒有看清楚是怎麼一回事，她就用教鞭在他手背上打了一下，誠然，教鞭的末梢並不尖銳，可是因為這次她不需要顧慮貓，所以鞭子下得很猛，竟抽出了好幾道血痕。「現在你去工作吧！」她不耐煩地說，又低下頭去看貓。弗麗達跟助手們一直躲在雙槓後面望著，這時看見了流血，便驚叫起來。K舉起那隻手來對孩子們說：「瞧，這隻狡猾的惡貓把我抓成這個樣子。」他的這句話並不是要說給孩子們聽，因為他們大喊大笑一直沒有停，再也不需要什麼刺激了，而且說什麼話都壓不住他們的聲音，對他們也沒有任何影響。他說這句話是因為他看到女老師對他的傷痕僅僅瞄了一眼，算是道歉的表示，但緊接著又專心地去看她的貓了。她原有的憤怒卻由於K手上流血而消失了，因此，K便招呼弗麗達和助手們出來，開始工作了。

K正把桶子裡的污水倒掉，準備走出教室去提清水的時候，一個十二歲左右的孩子從他的課桌旁邊走上來，碰了碰K的手，說了一句什麼話，但是在一片喧嚷聲中K聽不清楚。接著，嘈雜的聲音突然一下子都停止了，K回過頭去一看，整個早上他一直在害怕的事情發生了。教室的門口正站著那位老師。這個身材矮小的傢伙一手抓住一個助手的脖子。看來他是在他們正拿木柴的時候逮住他們的，因為他開始大聲喝道：「誰膽敢闖進柴屋裡去的？那個壞蛋在哪兒？我要幹掉他。」弗麗達本來已經在洗女老師腳邊的地板了，便連忙從地板上站起來，向K瞟了一眼，似乎想從他那裡得到一點勇氣，過去的大膽作風又在她的眼神和態度之間稍稍流露出來了，她說：「是我幹的，老師先生。我想不出還有什麼別的辦法。要是教室應該及早生好火爐，柴屋就得打開，我可不敢三更半夜去找你要鑰匙，當時我的未婚夫還在赫倫霍夫旅館裡，說不定他也可能在那裡過夜，於是我就不得不自作主張了。要是我做錯了，原諒我沒有經驗，我的未婚夫知道了這件事情以後，已經對我大加責備了。是呀，他甚至不准我一早就生火，因為他想，從你鎖上柴屋這件事來研判，就明白你要在你到了以後才生爐火。所以，沒有生火是他的過錯，至於闖進柴屋，卻是我的責任。」「是誰把柴屋的門砸破的？」老師轉過臉去問那兩個助手，他們還在徒然地掙扎著想從他的手裡掙脫出來。「是先生砸的。」他們兩人回答，而且為了表示確實無誤，還用手指著K。弗麗達大笑起來，她的笑聲似乎比她的話還更明確。接著，她又從水桶裡把那塊用來擦地板的抹布擰乾，好像她的聲明已經結束了這個插曲，兩個助手的招認也只是一場不合時宜的玩笑而已。只是等她重新跪下來擦地板的時候，她才又添加說：「我們的助手都還不過是孩子呢，儘管年紀這麼大，還應該繼續上學讀書。昨天晚上，的確是我自己用斧子把門砸開的，一點也不花力氣，我根本不需要助手幫我，也許他們只會給我添麻煩。可是等到我的未婚夫深夜回來後，他跑出去查看那扇砸壞了的門，要想修好它，兩個助手這才跟著他跑出去，大概因為他們不敢兩個人待在這裡，於是他們看見了我的未婚夫正試圖拼湊那扇破門，所以現在才這麼說……可是他們還只是小孩子呢……」在弗麗達編故事的時候，兩個助手卻不停搖頭，又用手指著K，竭力想用這種默劇來打岔，不讓她繼續編故事。但是他們看到沒有效果，最後只好屈服了，把弗麗達說的話當作必須服從的命令，所以當老師再一次盤問他們的時候，他們就不再回答了。「這麼說，」老師說：「你們是在撒謊？不然就是你們至少是誣告了看門人？」他們還是不吭一聲，可是他們那副戰戰兢兢的樣子和不安的眼神，都好像表示他們犯了罪。「那麼，我得立刻狠狠揍你們一頓。」他說，接著派一個孩子到隔壁那間教室去拿他的棍子。等他舉起棍子正要打，弗麗達叫道：「這兩個助手說的是實話！」她失望地把手裡的抹布摔到水桶裡，弄得水花四濺，接著便跑到雙槓後面躲了起來。「一個滿口謊言的人！」女老師批評道，她才剛包紮好貓的爪子，把牠抱在膝頭上，貓太大了，她的膝頭上幾乎放不下。

「這麼說，原來這是看門人幹的好事。」老師一面說，一面推開那兩個助手，朝著K轉過臉去，K現在一直靠在手裡的掃把柄上聽著，「好一個看門人，自己沒有膽子承認，卻讓別人故弄玄虛來承擔你自己犯的罪行。」「這個嘛，」K說，他沒有忽略這個事實，那就是弗麗達的一席話已經和緩了老師最初那股不可遏制的氣憤，「要是這兩個助手嘗點苦頭，我絕不表示遺憾。如果他們逃避了十次應有的懲罰，那麼，給他們一次為人受過的處罰，也是完全應該的。況且這樣一來，老師先生，也可以避免我跟你兩人之間的直接衝突，這對我來說倒是值得嘉許的。也許你自己也會同樣贊同吧！不過，現在我看到弗麗達已經為這兩個助手而犧牲了我……」K說到這裡停了一停，在寂靜中聽到弗麗達在毯子後的飲泣聲，「當然，這一切完全是由於她高潔的胸懷。」「這是無中生有！」女老師說。「我跟你的意見完全一致，琪莎小姐，」老師說：「至於你，看門人，搞出這些醜事，你的職務自動解除了。同時，我保留進一步給予你處分的權利，但是現在，你本人連同家屬必須立刻給我離開這所學校。這對我們來說，無疑是解除了一個沉重的負擔，而且我們總得想辦法上課。你們趕快給我走吧。」「我不打算從這裡挪動一步，」K說：「你是我的上司，可是聘我來擔任這個職務的人並不是你。我是村長請來的，我只接受他的解聘，而且他給我這個職位也絕不是為了讓我跟我的家屬到這裡來受寒，而是——像你自己親口告訴過我的——為了避免我做出任何莽撞舉動。因此，現在突然解雇我是完全違背他的意願的。除非他親口對我說他已經改變初衷，否則我絕不相信你的話，也不接受你這種草率決定的通知，這可能對你也有莫大的好處。」「那麼，你不打算接受嗎？」老師問。K搖搖頭。「你好好地考慮一下吧！」老師說：「你的決定不是永遠萬無一失。你應該反省一下，比如說，昨天下午你拒絕接受審訊的事。」「現在你提起這件事情是為什麼？」K問。「因為這是我一時興起。」老師回答：「現在我最後再說一遍，滾出去！」老師看到還是沒有效果，便走到桌子邊跟琪莎小姐低聲商量。琪莎主張喊警察，但是老師反對，最後他們似乎取得了一致共識，老師命令孩子們到他的教室裡去，他們可以在那裡跟其他孩子一起上課。這個變更使大家都很高興，片刻之間，隨著一陣嬉笑的聲音，孩子們都跑出了這間教室，老師和琪莎小姐最後出去。琪莎手裡捧著上課的點名簿，簿子上面大模大樣地躺著那隻什麼都不在乎的老貓。老師本來想留下貓來，但是琪莎提起了K虐待牲畜的行為，他也就毫不猶豫地改變了主意。於是，老師除了其他事情，現在又為了這隻貓繼續譴責起K

來了。他走到門口的時候，對K說了最後這幾句話：「這位小姐和她的學生是被迫離開這間教室的，因為你堅決不肯接受我的解職通知，可是誰也不能要求她，這麼一位年輕女孩，在你骯髒的家務糾紛中進行教學。所以你儘管請便吧，你愛怎樣放肆都可以，規規矩矩的人是不會來反對你或干涉你的。可是我告訴你，這是維持不了多久的。」語畢，他砰的一下關上房門。

十三

所有人剛剛全走出去，K就對兩個助手說道：「給我出去！」冷不防聽到這聲命令，倉皇失措之餘，他們服從了，但是K一等他們走出屋子，便鎖上房門，這時候他們又想再進屋來，便在外面抽抽搭搭哭著，敲著房門。「我已經辭退你們了，」K叫道：「我再也不要你們替我工作了！」當然，這正是他們所不願意發生的事情，因此他們不停地往門上拳打腳踢。「讓我們回去，先生！」他們似乎即將被一股洪流捲走，而K就是陸地。但是K並不憐憫他們，他急切地等待這陣震耳欲聾的敲門聲逼迫那位老師跑出來干涉。他期待的情況果然很快就發生了。「讓你這兩個寶貝助手進屋去吧！」他大聲喝道。「我已經辭退他們倆！」K也回以高聲大喝。這件事還收到了意想不到的效果，他可以藉此向老師表示，自己不僅有堅強的解職權，還有同樣堅強的執行權。於是老師只能說好話安慰這兩個助手，勸他們只要安靜地等待著，K遲早一定會讓他們進屋去的。說著他便走開了。如果這時K不再向他們大聲說他們已經被永久辭退了，再也沒有復職的機會，那麼，事情也許就此解決，可是他們一聽到他這兩句話，便又往門上繼續拳打腳踢。老師再次走出來，但是這一回他不再對他們說理了，而是直接用他那根嚇人的棍子趕他們出了學校。

他們不久又出現在體育室的窗前，在窗玻璃上敲著，喊著，但是他們的話已經聽不清楚了。他們也沒有在那裡待多久，在積得很深的雪地裡亂跳終究不方便。於是，他們衝到校園的欄杆旁邊，跳上牆頭，雖然距離遠了一點，房間裡的情景倒可以看得清楚一些。他們扶著欄杆在人字形的牆上跑來跑去，後來又乾脆站在那裡，伸出兩隻手向K抱拳哀求。他們就這樣哀求了好一會兒，根本沒想到這全是白費氣力。他們好像著了魔，甚至在K不想看到他們而拉下百葉窗的時候，他們還在不停苦求。K在黑黝黝的房間裡走到雙槓底下去找弗麗達。弗麗達一碰上他的眼光，便站了起來，抿了抿頭髮，擦乾了眼淚，默默地動手準備咖啡。儘管整個經過她都聽得一清二楚，他還是一本正經地向她宣布說他已經把兩個助手辭退了。她只是點了點頭。K在一張課桌上坐了下來，眼睛跟著她那疲憊的動作轉著。她本來有無窮的生氣和毅力，她平凡的身軀也因此而顯得很美麗，現在這種美麗消失了。跟K在一起生活了短短幾天，就已經葬送了她那份美麗，以前她在酒吧裡的工作並不輕鬆，但對她來說顯然是比較合適的。她形容憔悴是不是真的因為她離開了克拉姆？她不可思議的誘惑力是因為她接近了克拉姆才有的，而吸引K的又正是這種誘惑力，可是現在，她在他的懷抱裡枯萎了。

「弗麗達，」K說，她立刻放下磨咖啡的磨子，走到K的課桌邊來。「你生我的氣嗎？」她問。「不，」K答道：「我想你這麼說是不得已的。你原先在赫倫霍夫旅館過得很愉快。我實在應該讓你待在那裡。」「是的，」弗麗達悲哀地望著前面說：「你應該讓我待在那裡，我是不配跟你一起生活的。假使甩掉了我，說不定你就能夠實現你所有的願望。為了我，你才不得不忍受老師的專橫，接受了這個卑賤的職位，並且正在付出全副氣力爭取跟克拉姆見面。這都是為了我，但我卻不能多多報答你的恩情。」「不，不，」K伸出手臂摟著她欣慰地說。「這些全都是微不足道的事，絲毫也傷害不了我，我想見克拉姆，也並不僅僅是因為你的緣故。再說，你想想你為我做的一切吧！我沒有認識你以前，就像在五里霧中摸索，沒有一個人願意收留我，假使我跟誰沾上了邊，那我很快就會被趕走。一旦有人稍稍願意款待我了，那些人往往又是我避之唯恐不及的人，比如像巴納巴斯這家人……」「你本來想避開他們嗎？真的嗎？親愛的！」弗麗達迫不及待地喊了出來，等K猶豫了一會兒，回答了一聲「是的」以後，她又像原先那樣冷淡了。但是K也決定不再向她解釋正由於他結識了弗麗達，情況才變得對他有利了。他慢慢地抽回了摟著她的手臂，兩人默默地坐了一會兒，最後——他的手臂似乎給了她溫暖和慰藉，現在沒有這些她就愛不了——弗麗達說：「這裡的生活我受不了。假使你要我跟你守在一起，那我們就得離開這裡，到別的什麼地方去，到法國南方或者西班牙去。」「我不能離開這裡，」K回答說：「我來到這裡，是想在這裡待下來的。我得在這裡待著。」接著又說了一句自相矛盾的話，可是他並不想進行解釋，彷彿他接下來說的這句話是對自己說的：「究竟是什麼事物引誘我到這個荒涼地方來的？難道就只是為了想在這裡待下來嗎？」於是他又接著說：「可是你也得在這裡待下來，這裡畢竟是你自己的故鄉啊！你只是因為失去了克拉姆，才使你這樣心灰意懶。」「我失去了克拉姆？」弗麗達說：「我需要的克拉姆，在這裡有的是，克拉姆太多了。正是為了躲避他，我才想走開。我失去的不是克拉姆，而是你。我是為了你才想離開的，因為在這裡我無法完整得到你，這裡每一件事情都使我心神不定，我寧願失去我的美貌，寧願生病，寧願痛苦，只要能讓我跟你安安靜靜地在一起過日子。」K只注意一件事，所以他急忙問道：「這麼說，克拉姆跟你還有來往嗎？他派人來叫你去嗎？」「克拉姆的事情我什麼都不知道，」弗麗達回答說：「現在我說的是其他人，我是說那兩個助手。」「喔，助手，」K失望地說：「他們欺侮你嗎？」「這個嘛，難道你沒有發覺嗎？」弗麗達問道。「沒有。」K回答說，他回憶了一下，但是記不起什麼事情來，「他們雖然是兩個討厭的小色鬼，可是我從來沒有發現他們膽敢抬起眼皮來看你一眼。」「沒有嗎？」弗麗達說：「在旅店裡，你難道沒有注意到他們賴在我們的房間怎樣也不肯出去，只是嫉妒地望著我們倆的一舉一動，有一個居然睡到了我的稻草墊子上，剛才他們不是還告發了你，想藉此把你趕跑，把你給毀了，這樣豈不是就可以留下我一個人跟他們在一起了嗎？這一切你都沒有注意到嗎？」K直望著弗麗達，沒有回答。她對助手們的指控一點不假，可是這些指控也可以解釋成完全清白無罪，這兩個小伙子之所以如此，是因為本性幼稚、荒唐可笑、不負責任和缺乏教養。而且，不論K去哪裡，他們總是要跟他同行，從不想留下來跟弗麗達在一起，這不是也可以為他們的罪名辯解嗎？K便半信半疑地提出這種看法。「這是他們故意耍的花招，」弗麗達說：「你難道沒有看出來嗎？那麼，要不是因為他們垂涎我，那你又為什麼把他們趕跑呢？」說著她走到窗前，把百葉窗拉開一點，向外面張望，接著叫K走過去。那兩個助手還緊緊抱著欄杆不放；儘管他們現在一定是很累了，但是他們仍舊使出全身氣力，不時伸出了兩隻手臂對著學校哀求著。其中有一個還把自己大衣的下襬鈎在後面的欄杆上，這樣他就不需要一直用手去抓了。

「可憐的傢伙！可憐的傢伙！」弗麗達說。

「你問我為什麼把他們趕走嗎？」K問道。「完全是因為你。」「我？」弗麗達問，但是她的眼睛並沒有從助手們的身上移開。「因為你對助手們太客氣了，」K說：「對他們的放肆行為，你總是採取寬容的態度，給他們笑臉看，撫弄他們的頭髮，一刻不停地向他們表示同情──『可憐的傢伙！可憐的傢伙！』你剛才還這麼說──最後終於發生了這件事，那就是你竟毫不猶豫地犧牲了我，去解救這兩個助手，免得他們挨打。」「是的，確實是這樣，這就是我想要告訴你的，使我心裡不痛快的就是這個，使我不能跟你待在一起的也就是這個，雖然我承認沒有比與你相守更大的幸福了──永遠在一起，永不分離──儘管我感覺到在這個世界上沒有一處安靜的地方，可以供我們相親相愛地生活下去，不論是在這個村子裡，還是在別的什麼地方，完全沒有。因此我又希望有那麼一座又深又窄的墳墓，在那裡面，我倆可以緊緊地摟抱著，像用鐵條縛在一起那樣，這樣一來，我的臉藏在你的懷裡，你的臉藏在我的懷裡，再也沒有人能看見我們。不是在這裡……你瞧，就有這兩個助手！他們抱拳哀求的時候，想到的不是你，而是我。」「現在一直望著他們的，也不是我，而是你。」K說。「的確是我，」弗麗達說，她幾乎要生氣了，「我現在一直在說的就是這個問題。即使他們是克拉姆的使者，也沒有老纏著我的必要吧？」「克拉姆的使者？」K重複了一句，弗麗達指出這一點，使他感到萬分驚訝，儘管若果真如此，這似乎也是很自然的事情。「他們當然是克拉姆的使者，」弗麗達說：「儘管是使者，他們也還是淘氣的孩子，需要有人為他們的腦袋灌輸一點智慧。兩個面孔長得又醜又黑的小鬼，兩張完全不同的臉多麼難看，人家會說他們的長相是成人啦，頗像大學生了，可是他們的行動舉止卻又是那麼幼稚可笑。你以為我沒有看到嗎？我真替他們感到丟臉呢！嗯，就是這麼一回事，我並不討厭他們，可是我為他們感到羞恥。所以我忍不住要望著他們。別人被他們氣得要死的時候，我只會對他們發笑。別人要打他們的時候，我也只會摸摸他們的頭髮。在夜裡，我躺在你身邊的時候，我睡不著，我總是要伏在你身上望著他們，一個裹著毯子躺在那裡睡著了，一個跪在爐門前添柴，我挺身觀察，幾乎要把你驚醒了。我怕的不是那隻貓——哦，貓我是見慣的，酒吧裡嘈雜的夜生活我也是過慣的——我怕的不是那隻貓，我是怕自己。不，不需要一隻貓那麼大的動物來驚醒我，只要有一點輕微的響聲，我就會嚇得跳起來。起初我怕驚醒你，生怕把一切事情都破壞了，但是，我又爬起來點蠟燭，逼著你馬上醒來保護我。」「這些事我全都不知道，」K說道，「我只是模模糊糊地有一點懷疑，所以就把他們攆走了。現在他們走了，也許一切都會變得順利起來。」「是的，他們總算走了。」弗麗達說，但是她滿臉愁容，並不快樂。「可是我們不知道他們到底是什麼樣的人。我心裡視他們為克拉姆的使者，雖然不能當真，可也說不定是真的。他們的眼睛——天真而炯炯發亮的眼睛——使我想起克拉姆的那雙眼睛。是的，就是這樣，有些時候，那是克拉姆的眼光透過他們的眼睛射穿了我的身子。因此，方才我說我為他們感到羞恥是不真實的。我倒希望是真的。我總覺得，他們的行為要是發生在別的地方或別人身上，那是可笑和可惱的，可是發生在他們身上，那又是另一回事了。我望著他們可笑的詭計，總是又尊敬又欽佩。假使他們真的是克拉姆的使者，有誰願意為我們想法子擺脫他們呢？再說，擺脫他們究竟是不是一件好事呢？要是擺脫他們並不好，你願意馬上召他們回來嗎？假使他們還是願意回來，你會感到高興嗎？」「你要我把他們再召回來？」K問。「不要！不要！」弗麗達說：「我絕對不要他們回來。如果他們現在又闖進來，我就會看到他們再度看見我的那股歡喜，像孩子似地圍著我蹦蹦跳跳，又像大人一樣伸出手臂要擁抱我。不，我可不相信我能受得了這種舉止行動。可是我一想起，假使你繼續這樣硬著心腸對待他們，說不定你就會永遠見不到克拉姆，那我願不惜付出任何代價來幫助你避免那樣的後果。在那樣的情況下，我唯一的願望就只是為了你而讓他們進來，馬上讓他們進來。不要為我擔心。我怕什麼呢？我會堅持捍衛自己，假使我必須屈服，那我會意識到這也是為了你才屈服的。」「你這麼說，只會加強我驅逐這兩個助手的決心，」K說：「我絕不會讓他們回來。從我成功趕他們出去這一點來看，至少證明了在一定的情況下，要對付他們也不是束手無策，因此，這也證明他們跟克拉姆並沒有什麼真正的關係。昨天晚上，我還接到一封克拉姆的信，從這封信看來，雖然有人把這兩個助手的情況向克拉姆作了完全不真實的匯報，但從這裡也可以得出這樣的結論，就是克拉姆對他們完全是漠不關心的，因為若非如此，他無疑會獲得關於他們兩個人的正確報告。至於你從他們身上看到克拉姆這一點，那也是不足為憑的，這是因為很不幸你仍舊受老闆娘的影響，所以你才處處自認看到克拉姆。你仍舊是克拉姆的情婦，還不完全是我的妻子呢！有時候這使我非常沮喪，我感到彷彿失去了一切，我覺得我彷彿剛剛來到這個村子，可是不像我真正來到這裡時那樣滿懷希望，現在明知道自己的前途只會不斷的失望，還得一個接一個地把眼前的一切都吞下去。不過這種感覺也只是偶爾才有。」K看見弗麗達聽了他的話臉上露出了沮喪的神色，便又含笑說：「實際上這種感覺也證明了一件好事，就是你對我是多麼重要。如果你現在叫我在你和這兩個助手之間選擇的話，這就足以決定這兩個助手的命運了。多荒唐的想法，在你和這兩個助手之間選擇！現在我要再說一遍，永遠擺脫他們，我不止這麼說，也是這麼想。再說，我們倆變得這樣懦弱，誰知道是不是由於我們到現在都還沒有吃早餐的緣故呢？」「可能是這個緣故，」弗麗達說，她疲倦地笑著跑去做事了。K也重新拿起了掃帚。

過了一會兒，房門上有人輕輕地敲了一下。「巴納巴斯！」K叫了一聲，扔下手裡的掃帚，匆匆幾步就走到門邊。弗麗達直勾勾地望著他，她聽到這個名字比聽到什麼都吃驚。K兩隻手顫抖著，一時轉不開門上那把舊鎖。「馬上就開了，」他不問外面到底是誰，只是持續這麼說。可是接著他就不得不面對事實：從打開的房門口走進來的不是巴納巴斯，而是剛才曾經想跟他說話的那個小孩。K不願仔細聽這個孩子到底要說什麼了。「你到這裡來是為什麼？」他問道。「各個班級都在隔壁上課。我是從那裡來的。」孩子寧靜地抬起深褐色的大眼睛望著K，垂手立正回答說。「那麼，你想幹什麼？給我出去！」K微微向前俯著身子說，因為孩子說話的聲音很低。「我能幫你一點忙嗎？」孩子問道。「他要幫我們的忙呢。」K對弗麗達說。接著他又對孩子說：「你叫什麼名字？」「漢斯．勃倫斯威克，」孩子回答說：「四年級生，馬德雷因加斯的鞋匠奧托．勃倫斯威克的兒子。」「喔，你叫勃倫斯威克。」K說，現在，他的聲音和善一點了。原來漢斯看到女老師在K的手上抽出了血痕，感到非常氣憤，立刻決定支持K。他剛才就冒著要受到嚴厲處罰的危險，像一個投向敵人的逃兵，從隔壁那間教室大膽地溜出來。實際上，主要可能還是他的孩子氣驅使他做出這種舉動來的。他做什麼事情都顯出那麼一本正經的神氣，這似乎就說明了這一點。一開始因為羞怯，他有點拘束，但是很快就跟K和弗麗達熟起來了，他們給了他一杯熱咖啡以後，他就變得活潑起來，並且贏得了他們的信任。他開始迫切而堅決地向他們發問，似乎他想儘快知道問題的本質，好讓他獨立思考，決定他們該怎麼辦。他的個性有點專橫，但是包含著天真無邪的童心，因此他們帶著一半玩笑一半正經的態度聽他擺布。無論如何，他要求他們全神貫注地聽他的。工作完全停止了，早餐也不知不覺地耽誤了。儘管漢斯坐在一張課桌旁邊，K和弗麗達並排坐在講台一張椅子上，但是看起來漢斯反倒像是老師，彷彿是他正在拷問他們，評判他們的答覆似的。他溫柔的嘴角上浮著一絲微笑，似乎說明他自己也完全知道這不過是一場遊戲，但是這個想法只是使他更一本正經地導演著這場遊戲。也許他嘴邊流露的並不是真正的笑容，而是他童年的幸福。非常奇怪的是，他在跟他們談了很久以後，才承認自是K去雷瑟曼家時認識他的。K感到很高興。「在那位太太腳邊玩的就是你嗎？」K問他。「是的，」漢斯回答說：「那是我媽媽。」這時他不得不談到他的媽媽，但是顯得吞吞吐吐，要人家問了幾遍才開口；現在事實很清楚，他只是一個孩子，從他的口氣聽來——特別是他提的問題——有時候似乎真是一個有毅力有遠見的大人在說話；可是一會兒又突然恢復成只是一個小學生，好多問題都弄不懂，別人的意思也誤解了，而且因為孩子氣，不知道體諒別人，話也說得太輕，儘管一再為他指出了破綻，但他又固執地連其他問題都不肯回答了，而且毫無窘態，一個成人是做不到這樣的。他覺得似乎只有他一個人才有提問題的權利，要是由K和弗麗達提了問題，那就破壞了規則，浪費了時間。他就會一聲不響地坐上好一陣子，挺直了身子，垂著頭，噘起了下嘴唇。這時候弗麗達給他的這種表情迷住了，有時便故意問他幾個問題，想逗他做出這種表情來。有幾次她成功了，但是K卻只感到不高興。他們探問了半天，得到的並不很多。漢斯的母親身體不大舒服，可是她生的是什麼病，還是沒有弄清楚；她膝上的那個孩子是漢斯的妹妹，名字叫弗麗達（漢斯對他妹妹跟問他話的這位太太同名這點並不高興），這一家人住在村子裡，但並不跟雷瑟曼家住在一起——他們只是在那裡串門子，順便洗一次澡，因為雷瑟曼有一只大浴桶，除了漢斯以外，年幼的孩子們都喜歡在那桶子裡洗澡、潑水。漢斯提到他的父親時，一會兒懷著敬意，一會兒又懷著恐懼，但也只是在不講到母親的時候才提起父親；跟他的母親相比，父親顯然是不重要的，但是問起勃倫斯威克這家人的生活情況，儘管他們費了不少口舌，卻始終沒有得到回答。K知道他的父親擁有當地最大的製鞋鋪，沒有人能同他匹敵，這樣一個人所共知的事實也問了一遍又一遍；實際上他父親還把工作讓給別的鞋匠去做，比方說讓給巴納巴斯的父親，這他當然是作為特殊照顧才出讓的——光看漢斯那麼得意地仰著頭，也就看出這一點來了，這個姿勢引得弗麗達跑過去吻了他一下。又問他有沒有在城堡裡待過，這個問題只是在他們反覆問了好幾次以後，他才回答一聲「沒有」。問起他母親有沒有在城堡裡待過，他就根本置之不理。最後K感到厭倦了，而且這些問題對他似乎也沒有什麼用處，他承認這個孩子是對的。再說，利用一個小孩子來探聽別人的家庭隱私，也是一件丟人的事。加之他花了那麼大的力氣，卻沒有問出什麼名堂來，那就更丟人了。因此，作為收場，他便問孩子打算給他們什麼幫助，漢斯說他只想幫他們做一點學校裡的工作，免得老師和他的助手罵得他那麼兇，他也就不再感到驚異了。K向漢斯解釋說他不需要這種幫助，罵人是老師的一種個性，即使你拚著命做事，也還是得挨他的罵，工作本身並不繁重，只是由於情況特殊，今天早晨才起來得那麼遲，況且，責罵在他身上產生的影響，跟在一個學生身上不同，他幾乎不把它看作一回事，他早已不放在心上了，他還希望不久就離開這個老師。雖然漢斯只想幫助他對付老師，他還是真心誠意地感謝他，但現在他最好還是回去上課，要是他馬上回去，說不定運氣好還不會受到處罰。儘管K並沒有強調而只是無意中表示他不需要他幫忙對付老師，卻保留了其他方面的幫忙，漢斯卻已經清楚領會了他的意思，便問K是否還有其他事情需要他幫忙。他樂意協助，而要是他本人幫不上忙，他願意請他的媽媽來協助，這樣，問題保證就能解決。爸爸碰到困難的時候，也是找媽媽幫忙的。他媽媽有一回曾問起K，她自己難得出門，那一天她去雷瑟曼家是非常少有的事。可是他，漢斯，卻常常到那裡去跟雷瑟曼家的孩子們玩耍，有一回他媽媽向他問起土地測量員是不是又去了雷瑟曼家。不過他猜想媽媽不能多講話，因為她身體很弱，很疲憊，所以他只回答了一句：他沒看到土地測量員，除此之外就沒有再說什麼了。可是他現在看到K在學校裡，而且還跟他說了話，他就可以把這件新鮮事說給媽媽聽了。因為在媽媽沒有緊急事情要你做的時候，她最喜歡你講一些趣聞給她聽。K想了一想，便說目前他不需要任何幫助，凡是需要的他都有了，漢斯願意幫他的忙，當然再好也不過，他感謝他的好意。將來他可能有事情需要人家幫忙，那時他會去找漢斯的，他知道他的地址。為了答謝起見，他，K，或許也能幫他一點小忙。他聽到漢斯的媽媽生病很不安，村子裡顯然沒有人懂得她生的是什麼病。假使這樣疏忽大意，小病有時也會引起嚴重的後果。而他，K，倒有一點醫藥知識，而且更難得的是，有看護病人的經驗。有許多病例醫生束手無策，他卻有治療的辦法。正因為他有這種治病的本領，在家鄉人們都管他叫「苦藥草」。無論如何，他很樂意去看漢斯的媽媽，跟她談談。或許他能給她提供一點有益的意見，因為就算只是為了漢斯的緣故，他也樂意這樣做。漢斯一聽到K願意去為媽媽看病，眼睛便一亮，K於是也更急於要去看了，可是結果並不令人滿意，因為後來對好幾個問題，漢斯毫不表示歉意地回答說，家裡是不准陌生人去看他媽媽的，大家都小心翼翼地守護著她。雖然那天K幾乎沒有跟她說什麼話，她後來還是在床上躺了好幾天，這樣的事情確實經常發生。可是爸爸當時對K還是非常氣憤，他絕不會准許K去他們家。當時他確實想找K算帳，懲罰他的冒昧，還是被媽媽勸阻了。可是不論怎麼樣，媽媽絕不願意跟任何人談話，不論那個人是誰，她是問起過K，這也不算是超越常規的事情。相反，既然有人提到他，她就會表示她願意見見他，但是她並沒有真的見到他，從這一點也可以清楚地看出她的本意。她只是想聽到一些關於K的情況，但是她絕不想跟他交談。何況，她也並不是真的生什麼病，她很明白自己為什麼會這樣，實際上也常常這樣告訴大家。很明顯這是因為她受不了這裡的氣候，可是儘管如此，為了她的丈夫和孩子們，她還是不願意離開這個地方，再說，她的身體已經比往常好多了。聽他說到這裡，K發覺漢斯為了要保護他的媽媽不受K的打擾，使她不受到這個表面上要提供幫助的K的打擾，他的思考能力明顯提高了。沒錯，為了要說出正當的理由來制止K去看他的母親，他甚至講出不少跟剛才說過的互相矛盾的話，特別是關於他母親的疾病。但是，K認為即使這樣，漢斯對他還是有好感的，只不過一提起他的母親，他就忘了一切。誰要是跟他的母親相提並論，誰就立刻居於不利。眼前，K就是如此，但是，比方說，他的父親，也同樣是如此。K想試驗一下這個假設到底是否正確，便說漢斯的父親不讓他的母親受到任何打擾，這的確說明他很能體貼人，如果他，K，那天知道這種情形，他就絕不會冒昧地跟她說話了，現在他請漢斯代他向母親表示歉意。另一方面，她致病的原因既然十分清楚，就像漢斯所說的，那他不明白為什麼漢斯的父親要留住她，不讓她到別處去療養。人們不得不推測是他不讓她去，因為她只是為了他和孩子們才留下來的，可是她可以帶孩子們一起去，而且她也不需要離開很長的時間，也不必到很遠的地方去，即使在城堡的山上，那裡的空氣就已經大不相同了。漢斯的父親既是本地最大的製鞋匠，那他根本就不必擔心假日旅行的費用，而且在城堡裡，他或她一定有親戚或熟人，他們一定會樂於邀她上城堡去住的。為什麼他不讓她去呢？他不該低估她的病情，K只看過漢斯的母親一眼，但實在是因為她的憔悴和衰弱令人太吃驚了，這才不禁與她談話的。甚至在那時候他就感到奇怪，她的丈夫怎麼能在她正生著病的時候讓她冒著蒸氣坐在洗澡和洗衣的屋子裡，甚至也不肯壓低自己跟別人高聲講話的聲音呢！漢斯的父親真是一點都不懂事情的真實情況。她的病情即使在最近幾個星期裡好轉，那也只是一時的起伏，要是不徹底消除病因，最後還是會變本加厲地復發，那時候病人就沒救了。即使K不能跟漢斯的母親談一談，那麼，如果他能跟他的父親談談，讓他留心這一切情況，或許也還是有益的。

漢斯專心聽著，這一番話他大部分都聽懂了，這個悲觀的忠告所包含的威脅意味深深打動了他。不過他仍回答K不能去跟他的父親談話，因為他的父親不喜歡他，可能會像老師那樣對待他。他說這句話的時候，在提到K的時候臉上含著羞澀的笑容，但一提到他父親的時候，就顯得悲哀又痛苦。但是他又說，K也許可以去跟他的母親談談，只要不讓他的父親知道就好。接著漢斯望著前方，深思了一會兒——就像一個女人想找一個機會做一件壞事，但又想不受到制裁那樣——然後說後天晚上他的父親要上赫倫霍夫旅館去參加一個會議，他，漢斯，就在那天晚上來帶K去見他的母親，當然，假定她母親同意的話，但是這種可能性是很小的。她從來不願做一件他父親不同意的事，她什麼都依順他，甚至有些連漢斯自己都看得出來是不合理的事情，她也都依著父親。

漢斯說這話時，K早就把他叫上台去，拉他到自己懷裡，一直摸著他。儘管漢斯偶爾還要倔強一下，但是這樣的親近，還是讓倆人取得共識。最後，他們一致同意這麼做：漢斯先把一切如實告訴他的媽媽，但是，為了利於取得她的同意，還得告訴她K也要去見勃倫斯威克談一談，不是去談她的事情，而是談他自己的事情。況且，這也是事實；因為在談話過程中，K還記得勃倫斯威克，儘管他是一個又壞又危險的人物，但現在還算不上是他的敵人，假使村長所說的是真的，他還是贊成招聘土地測量員的領頭羊呢！儘管只是為了政治上的原因。因此，K到村子裡來，勃倫斯威克應該是表示歡迎的。可是第一次冷冰冰的招呼和漢斯所說的他對K所抱的嫌惡感，又幾乎教人大惑不解——也許就因為K沒有先向他求助，傷害了他的自尊心，也許還有別的誤會，那麼只需要三言兩語就可以解釋清楚。假使能夠辦到這一點，K就可以取得勃倫斯威克的支持來反抗老師，沒錯，同樣還可以反抗村長；村長和老師不讓他去見城堡當局而強迫他接受看門職務的政治陰謀——這不是政治陰謀又是什麼？——也可能因此而被全部揭穿。在勃倫斯威克和村長之間，要是為了K而再度引起一場鬥爭的話，勃倫斯威克就可以把K算在自己這一邊，K將一變成為勃倫斯威克家的座上賓，勃倫斯威克的作戰資源就可以由他支配而不必去顧慮什麼村長了。憑著這些條件，誰能說他還有什麼事情辦不到？不管怎樣，這樣他至少可以常常跟他的太太待在一起——K就這樣漫不經心地做著這些美夢，而這些美夢也漫不經心地戲弄著他，這時一心只想著自己媽媽的漢斯卻痛苦地望著他沉吟不語，就像望著一個為了要治療重病而苦苦思索藥方的醫生一樣。漢斯同意K提出想去跟勃倫斯威克談談土地測量員職務的建議，但是也只是因為這個建議可以保護他的媽媽不受爸爸譴責，又因為，如果運氣好，這只是一個備而不用的計策。他只是追問K將怎樣對他的父親解釋這次訪問。K說學校的工作和老師的迫害都使他無法忍受而陷於絕望，因此不顧利害就去訪問他了。漢斯聽了這種說明，雖然臉色還是有點陰鬱，不過也終於滿意了。

現在，看來既然已經諸事齊備，至少是有了成功的可能性，漢斯也就解除顧慮，變得快活起來，便跟K又聊了一會，也和弗麗達閒扯了一陣——她一直坐在那裡若有所思，現在才重新開始參加他們的談話。她問起他將來打算做一個什麼樣的人，他略一思索便說他想做一個像K這樣的人。再問他理由時，他又講不出道理來，問他是不是願意當個看門人，他一口回答不願意。後來經過進一步追問，他們才明白他怎麼會有這個願望。就K眼前的處境而論，可以說既狼狽又屈辱，實在沒有什麼可羨慕的；這一點漢斯不用問旁人也看得清清楚楚。他自己也想保衛媽媽，別讓她聽到K說的即使是一句最輕的話，甚至連看都不要看到他。可是儘管這樣，他還是來到K這裡，請K允許他幫忙，在得到K的同意以後又非常高興。他還認為別人也會這麼想。最明顯的例子就是他的媽媽自己也親口提過K的名字。這些矛盾在他的腦子裡產生了一種信念，那就是儘管K眼前的處境又狼狽又受人輕視，然而在不可思議的遙遠未來，他一定會出人頭地。而吸引著漢斯的也正是這個可笑的遙遠未來和通向未來的飛黃騰達。這就是在目前這種情況下他為什麼還是願意接近K的原因。這種幼稚而同時也成熟的精明打算，也因為事實上漢斯把K看成好像是一個年齡遠比自己幼小，但是前途卻比自己遠大的弟弟一樣。他最後承認這些事情是因為被弗麗達的許多問題逼得窘迫，才不樂意地一本正經說出來的。當K說他知道漢斯羨慕他的是什麼，他才又愉快起來。K說他羨慕的是他那根放在桌子上的亮手杖，漢斯在談話時無意中一直在玩著的那根手杖。K承諾，要是他們的計畫成功了，他一定給漢斯做一根比這更漂亮的手杖。現在已經弄不清楚到底漢斯是不是真的就只想那根手杖，可是K這個諾言使他樂開懷。他滿臉喜色跟K道別，一面緊緊地握了握K的手，一面說：「那麼，後天再見啦！」

漢斯走得正是時候，因為沒有多久，老師就突然推開了門，看見K和弗麗達悠閒地在桌邊坐著，便喊道：「原諒我闖進來！可是你們能否告訴我，到底什麼時候這裡才能整理好？我們的座位擠得像沙丁魚一樣，課也上不了。你們卻在這間大體育室裡懶洋洋地躺著，還嫌不夠寬敞，連兩個助手也被趕走了。現在總該站起來幹活了吧！」接著又對K說道：「現在你給我到橋頭旅店去拿我的午餐來。」這些話雖然比較起來說得還算客氣，但仍然是怒氣沖沖的大喊大叫。K完全準備服從老師的指揮，但是有心要逗他一下，便說：「可是你已經辭退我了。」「不管辭退不辭退，去把午餐拿來。」老師回答說。「我要弄清楚，我到底被辭退了沒有？」K說。「你說這些廢話幹什麼？」老師問。「你自己知道，你根本沒有接受我的解雇通知。」「那麼，這樣是不是就可以把此事宣告無效呢？」K問。「這不是由我來決定的，」老師說：「你信我的話，看來得由村長來決定，儘管我不明白為什麼。你現在趕快去吧！要不然，我真的要趕你走了。」K很滿意，老師大概跟村長談過了，也可能根本沒有談過，只是仔細考慮了村長可能表示的意見，而村長的意見是祖護K的。於是K連忙動身去拿午餐，可是剛走到門口，老師又叫他回來，一來是因為他想用這樣出爾反爾的命令來試驗K有多願意為他效勞，以便掌握將來使喚他的力道。二來是因為他心血來潮，喜歡把K呼來喊去，當作一個侍應那樣。對K來說，他知道如果對老師過分地百般依順，他就會淪為老師的奴隸和替罪羔羊，不過他決定，在一定限度以內，目前還是順著這個傢伙再說，因為儘管已經知道老師沒有辭退他的權力，可是他完全可以為他的工作製造困難，使他做不下去。現在這份工作在K的眼裡顯得比過去重要得多了。跟漢斯談了那番話，在他心裡產生了新的希望，他自己也承認，這些希望未必能實現，甚至是完全沒有根據的，可是他還是沒有辦法把這些希望從腦子裡趕跑。這些希望幾乎取代了巴納巴斯。假使他一心抱著這些希望——除此以外他也沒有別的選擇——他就得節省自己的全部精力，什麼事情都別去操心，吃食、住所、鄉村當局，甚至連弗麗達都可以撇開不管——而事實上整個事情的關鍵就是弗麗達，只有與弗麗達有關的事情他才關心。就為了這個緣故，他就必須想方設法保住這份工作事，這多少能給弗麗達一點安全感，要是為了這個目的，他得在老師的手下忍受一般人不能忍受的苦痛，他也絕無怨言。這一類事都可以容忍，這是生活裡不斷出現的平淡無奇的、微不足道的煩惱，跟K所追求的事業對比之下，根本算不了什麼，他並不僅僅是為了要過養尊處優的生活而到這裡來的。

所以，他現在表示願意接受他的第二個命令，就像他願意去旅店一樣，首先把屋子收拾整齊，好讓女老師和孩子們回來上課。可是得趕快收拾好，因為K緊接著還得去拿午餐，老師已經餓極了。K向他保證一切都照辦不誤。K便急忙動手把稻草墊子搬走，把運動器械放回原處，在弗麗達洗刷講台的時候，將屋子打掃乾淨。老師站在旁邊看了一會兒，他們的幹勁似乎平息了老師的怒氣，他只叫他們注意堆在柴門外生火爐用的木柴——當然，他不許K再到邊屋裡去拿柴了——說罷便回到他的教室去了，臨走時還嚇唬道他很快就要回來檢查他們的工作。

弗麗達默默地忙碌了幾分鐘，便問K為什麼他現在對老師這樣唯命是從。她問這句話的口氣是同情的和迫切的，但是K正在想弗麗達當初的諾言，她本來答應要保護他，不讓老師支配他和侮辱他，但是結果她並沒有做到，因此，他只是簡短地回答說，他既然當了一個看門人，他就得好好做看門人的工作。接著他們默默無語了，這短短的交談後來還是引起了K的注意，原來弗麗達一直在埋頭想心事——特別是在他在跟漢斯談話的整個過程中——他便一面直截了當地問她有什麼不煩心事，一面把門外的木柴搬進屋子裡來。她慢慢地把目光轉到K的身上，回答說，她也說不上自己到底是在想什麼，她只是在想那個旅店老闆娘和她說過許多很有道理的話。在K逼問之下，她躊躇了幾次才說下去，但是她沒有停止工作抬起頭來看K——並不是她專心工作，因為她手上的工作其實並沒有進展，只是藉此可以不必望著K講話罷了。於是她告訴他，在他跟漢斯談話的時候，她原本是靜靜地聽著的，可是接著她就被他說的某幾句話嚇到了，於是開始想搞清楚他這些話的意思，從那以後她就不斷地從他的話裡證實了老闆娘一度給她提出的警告，而這種警告她本來是一直不相信的。K聽了這種吞吞吐吐的話已經生氣了，再聽到她那副帶著哭腔的抱怨聲調，非但沒有感動，反而更氣——最氣人的是老闆娘現在又插手到他的生活來了，儘管只是一種回憶，而迄今為止就她本人來說也沒有贏得什麼勝利——他便把懷裡抱著的木柴猛地往地上一扔，在木柴上面坐了下來，用嚴肅的口氣要求她說出全部事實。「不止一次，」弗麗達又開始說道，「是的，打從一開始，老闆娘就要我懷疑你，她倒不是說你撒謊騙人，相反的，她說你坦率得像孩子，可是你的個性跟我們截然不同，她說，甚至在你說得很坦白的時候，我們還是很難相信你；要是我們不聽取別人的忠告，我們就得透過慘痛的經驗才能學會怎樣相信你。甚至像她這麼一個見過世面的人，也幾乎上了你的當。可是她在橋頭旅店跟你作了最後一次談話以後——我只是重複她的原話——她才清醒過來，看出了你的陰謀詭計，她說，從此以後，不管你怎樣竭力想遮蓋你的本意，你也騙不過她了。但是你並沒有遮掩什麼，這一點她是一再聲明的，後來她接著說：今後但凡碰到第一個有利機會，就得試著仔細地聽他說些什麼，不要隨便聽，而是要非常仔細地聽。她說的就是這些，談到我本人，她說是你自己告訴她的：你搞上了我——她用的就是這樣的字眼——只是因為你正巧碰上了我，因為我沒有真正拒絕你，因為你完全錯誤地以為酒吧的女服務生原是任何客人可以隨意伸手獵取的對象。老闆娘還在赫倫霍夫旅館裡打聽到，那天晚上你出於某種原因要在那裡過夜，於是，也只有透過我才能達到目的，否則你就沒有別的辦法。這一切就使你在一夜之間變成了我的情人，然而要使這件事變更嚴重卻還需要一些別的什麼。也就是克拉姆。老闆娘沒說她知道你想從克拉姆那裡得到什麼，她只是一再說你在認識我以前就一心想接近克拉姆，認識以後也同樣如此。所不同的只是在認識我以前，你沒有一線希望，而現在你穩當又迅速地在我身上取得了接近克拉姆的可靠手段，連你自己也位居有利地位了。今天你說你在認識我以前，好像在五里霧中摸索，我聽了這話多麼吃驚——不過這還是沒有充分根據的表面上的吃驚而已。這些話簡直跟老闆娘說的完全一樣，她也說你是在認識我以後，才認清了你的目標。這是因為你認為你獲得了一位克拉姆的情婦，你就等於擁有了一個只有用高昂代價才能贖取的人質了。你的奮鬥目標就是用這個人質去跟克拉姆打交道。在你的眼裡，我是無足輕重的東西，而這筆代價卻是你的一切。所以，凡是與我有關的，你都準備作出任何讓步，而唯獨對這筆代價，卻寸步不讓。所以，我失去了赫倫霍夫旅館的職業，對你來說是一件無所謂的事情，我離開橋頭旅店也無所謂，我在這個學校裡做著這種繁重的工作，在你看來，同樣也是無所謂的事。你對我沒有一點柔情，連跟我在一起的時間也幾乎沒有，你把我交給兩個助手，你從來也沒有過嫉妒的念頭，在你看來，我唯一的價值就是我曾是克拉姆的情婦，你在無意中拚命教我別忘記克拉姆，這樣，一旦關鍵時刻到來，我就無法抗拒了。可是同時你跟老闆娘大吵大鬧，你認為她是唯一能把我們兩個分開的人，這就是你要跟她吵翻的原因，這樣你就得跟我一起離開橋頭旅店了；但是就我來說，不論發生什麼事情，我都是屬於你的，這一點你是毫不懷疑的。你把自己和克拉姆的會見當作了一樁買賣，一場現金交易。你思考一切可能性。假使你能達到目的，你就打算什麼都做。如果克拉姆要我，你就準備把我獻給他，如果他要你纏住我，你就纏住我，如果他要你扔掉我，你也就會扔掉我，你自己也準備好參與其中了，要是對你有利的話，你會聲明你是愛我的，你會用強調你的渺小來對抗他的滿不在乎，然後再用你是他後繼者這一事實去羞辱他，或者隨時準備把你聽我說過的我對他的感情告訴他，央求他與我重修舊好，當然，須得按照你的條件。假使得不到任何答覆，那你就乾脆用你K和妻子的名義跑去求他答覆。老闆娘最後還說，一旦你發現你在每一件事情上——在你的傲慢、你的希望、你對克拉姆和他和我的關係的看法上——都打錯了主意，那麼，我的煉獄生活也就開始了，因為那個時候，我才是真正變成了你非依靠不可的唯一資產，然而到時已經證明是一份毫無價值的資產了，你當然也會視若敝屣，因為你對我並沒有什麼感情，只是一種擁有我的感覺而已。」

K嘴唇閉得緊緊，凝神諦聽，連坐著的那堆木柴已經滾散一地也沒有發覺，他幾乎是坐在地板上了，後來他終於站了起來，坐到講台上去，握住了弗麗達的手，她無力地想把手抽回去，他說：「你說的這些話，我始終分不清這是老闆娘的想法還是你自己的想法。」「全都是老闆娘的想法，」弗麗達說：「我聽她的話，只因為我尊敬她，然而這次她說的話我一句也不聽，還是生平第一次呢！她說的這些話在我聽來顯得非常可笑，跟我們兩個人之間的實際情況差得可遠。我覺得實際情況正好跟她所說的相反。我想起我們第一夜在一起以後的那個陰鬱的早晨。你跪在我的身邊，你的神情好像一切都完了。從那以後，儘管我竭盡所能，然而實際上好像我不是在幫助你，而是在妨礙你。因為我，老闆娘才變成了你的敵人，一個強而有力的敵人，甚至到現在你還是太低估了她。因為我，你才心事重重，你才要爭取職位，你才會在村長的面前陷於不利的處境，你才會在老師的面前唯唯諾諾，你才會落在那兩個助手手裡。但是，最糟的是，也正是為了我的緣故，你也許就此失去了見克拉姆的機會。你至今還在想方設法要接近克拉姆，這不過是企圖爭取他諒解的無力掙扎罷了。所以我自己思索，老闆娘當然比我明白得多，她只是想用她的勸告來提醒我，免得我自己後悔莫及。這是一種出於善意然而是多餘的企圖。我對你的愛情使我經經得起一切考驗，到頭來也會給你鼓舞的力量，假使不在這個村子裡，也會在別的地方；它已經證明了它的威力，它已經把你從巴納巴斯家拯救了出來。」「這是你當時的看法，那麼，」K說：「從那時候起，你的感情變了沒？」「我不知道。」弗麗達回答道，垂下眼睛看了一下K的手，K的兩隻手仍舊握著她的手，「也許什麼都沒有變；現在你跟我靠得這麼近，這麼安詳地問我，我就覺得什麼都沒有改變。可是事實上……」她把手從K的手裡抽回來，挺直了身子跟他面對面坐著，默默啜泣著，卻沒有掩著臉。她滿面淚痕地望著他，好像她並不是在為自己而哭，因此不用掩飾，而是為K的忘恩負義而哭，如果他看到她的眼淚而痛苦，那是他罪有應得，「可是，事實上，自從我聽了你跟這個孩子的談話以後，一切就全都變了。你開始打聽他們家裡的時候，你那副神情是多麼天真！在我看來，就跟你那天晚上走進酒吧時，那副冒昧又坦率的神情一模一樣，你是想用這種孩子氣的熱情來引起我的注意。當時你整個人就像那個樣子，我但願老闆娘當時也在場，讓她自己聽聽你說的話，我們就可以知道她是否還要堅持自己的看法了。可是，突然之間——我自己也不知道是怎麼搞的——我注意到你是抱著一種詭祕的意圖在跟他說話的。你用充滿了同情的話語贏得了他的信任——要贏得他的信任可真不容易——這樣一來，你就可以輕而易舉地達到你的目的，你的目的我也開始看得愈來愈清楚了。你的目的就是要那個女人。聽了你那一番顯然很積極的打探，我能夠一目了然地看穿你的肺腑，你只是在打算你自己的事情。甚至還沒有贏得她，你就已經在欺騙她了。從你說的那些話，我不但認清了我的過去，而且看到了我的將來，就好像老闆娘坐在我的旁邊為我解釋著這一切，我卻還要用全身的力氣趕她走一樣，但是我又明明知道這是無濟於事的，不過，真正要被出賣的不是我，正在被出賣的也不是我，而是那個陌生女人。後來我恢復了鎮定，我問漢斯他將來想做一個什麼樣的人，他說他想做一個像你這樣的人，於是，我知道他已經完全受了你的影響，現在這個可憐的孩子在這裡被你利用，跟我那時在酒吧裡被你利用，這兩者之間又有多大區別呢？」

「所有這一切，」K說，他已經恢復了鎮靜，平心靜氣地聽著她說話。「你說的這一切，從某種意義上說，是有道理的，也不是虛妄的，不過只是一種偏見罷了。這些全是老闆娘的想法，我的敵人的想法，儘管你以為這是你自己的想法。這麼一想，我就寬心了。可是這些話頗能發人深思，人們能從老闆娘那裡學到很多東西。她本人沒有對我說這些話，雖說她在別的方面並不尊重我的感受很明顯，她把這件武器放到你的手裡，希望你對準我的弱點或者要害之處加以襲擊。如果說我欺騙你，那麼她也同樣是在欺騙你。可是，弗麗達，你不妨想一想，即使全都像老闆娘所說的那樣，她的那個假設終究是可恥的，也就是說你並不愛我。唯有如此，才好像我真是為了想從中漁利而且施用了陰謀詭計把你騙上手的。這麼說來，連那天晚上我跟奧爾珈手挽手在你面前出現，也可以說是我為了獲得你的愛憐而有意安排了，老闆娘數落我的罪狀竟偏偏忘記了這一條。不過，要是事實並不是像她說的那麼糟糕，那天晚上並不是你給一隻狡猾的猛獸逮住了，而只是你愛上了我，正像我愛上了你一樣，我們情不自禁地愛上了彼此，在這樣的情況下，弗麗達，請你告訴我，事情又將如何？如果真像你說的那樣，那麼，我為自己打算，那也是為了你，兩者沒有什麼區別，只有敵人才能從中看出什麼區別。事情就是這樣，甚至我跟漢斯的談話也是這樣。況且，在你譴責我跟漢斯的談話中，你已經敏感到把事情誇張到驚人的地步，因為如果漢斯的意圖跟我的並不一致，那也絕不能說我和他的意圖就處於對立的地位，而且你我之間的分歧也不會在漢斯的身上消失，如果你相信這一點，那你就大大地誤解了這個小心謹慎的小孩了，即使我們之間的矛盾因為漢斯而得到了解決，我想，那也不會有誰因此而更倒楣。」

「看清一個人的天性有多麼困難啊！K。」弗麗達嘆了一口氣說：「我當然並不懷疑你，要是我真從老闆娘那裡學會這種本領，我寧願扔掉它，跪下來懇求你寬恕我，就像我平常那樣，請相信我，就算我說著這些教人厭惡的事情時，也是如此。可是你終究還是有許多事情瞞著我。你一下子來了，一下子又走了，我不知道你往哪兒去，也不知道你從哪裡來。剛才漢斯敲門的時候，你又喊出了巴納巴斯的名字來。我不懂為什麼那個可恨的名字，你卻喊得那麼親熱，但願我的名字也能有一次讓你喊得那麼親熱！要是你不信任我，那教我怎麼能不起疑心呢？你的行動似乎證明老闆娘說對了。不是所有事情，我不是說每件事情你都證明她說對了，你把兩個助手打發走，不就是為了我嗎？啊，我是多麼渴望能從你的言行找到一點一滴線索給我安慰，即使因此忍受痛苦我也心甘情願，如果你能明白我這份苦心就好了。」「我只說這一遍，弗麗達，」K說：「我沒有一點事情瞞著你。你看老闆娘是多麼恨我，她又是怎樣千方百計地想把你從我身邊拉走，她用的是多麼卑鄙的手段，而你，弗麗達，對她又是多麼唯命是從！現在，告訴我，我有哪方面的事情瞞著你呢？你知道我要見克拉姆，你又幫不了我的忙，因此，我只好靠自己去努力了，這你也是知道的。你也知道我直到現在還沒有成功。這一切枉費心機的企圖也許已經讓我自己夠屈辱了，難道我還要把這些都告訴你，以便加倍屈辱自己嗎？那天在克拉姆的雪橇車門前白白地守了整整一個下午，凍得渾身發抖，這難道也值得自吹自擂嗎？正是因為我實在不願意再去想這些事情，我才匆匆地跑回你身邊，可是迎接我的卻又是你這長篇譴責。你說巴納巴斯嗎？沒錯，我是在等他。他是克拉姆的使者，卻不是我要他當克拉姆使者的。」「又是巴納巴斯！」弗麗達叫了起來：「我不相信他是一個好使者。」「也許你說得對，」K說：「可是他們給我派來的只有他這麼一個使者。」「這對你更不利，」弗麗達說：「這一切更有理由說明為什麼你應該提防他。」「不幸的是，直到今天，他還沒有給我任何需要提防他的理由，」K笑著說：「他很少來，帶來的消息也是無關緊要的，只是因為那是從克拉姆那裡來的，才稍有一些價值。」「可是你聽我說，」弗麗達說：「這是因為現在連克拉姆也不是你的目標了，也許就是這一點使我心裡最為不安。你原本跟我在一起的時候，總是惦記著克拉姆，這已經夠糟了，可是現在你好像連克拉姆也不想見了，那就更糟了，這一點連老闆娘也沒有預料到。據老闆娘說，有一天當你終於發現你寄託在克拉姆身上的希望落空了，你的幸福，一種雖靠不住，然而卻是非常真實的幸福，也就完結了。可是現在你連那一天也不再等待了，一個孩子突然出現了，你就為了他的母親開始與他周旋，彷彿是為了自己的生命在作鬥爭。」「我跟漢斯的談話，你理解得完全正確，」K說：「真的是這樣。可是你過去的全部生活難道都忘掉了嗎（當然，老闆娘除外，她過去的生活是不願意忘掉的）？難道你忘記了一個人應該努力往上爬，特別是在他處於底層的時候？一個人難道不應該善加利用一切可能給他帶來希望的機會嗎？我到這裡的第一天，偶爾闖到了雷瑟曼家裡，就在他家裡，這個女人親口告訴我說她是從城堡裡來的。向她請教或者甚至向她求助，那是再自然也不過的事。假使老闆娘只知道接近克拉姆的重重障礙，那麼，這個女人可能就知道通向克拉姆的道路，因為她自己就是從那條路上來到這裡的。」「到克拉姆那裡去的道路？」弗麗達問道。「當然，到克拉姆那裡去，不到他那裡去，還去哪裡呢？」K說。接著，他跳了起來：「可是現在正是我該去拿午餐的時候了。」弗麗達懷著一種不合時宜的渴望，迫切地央求他留下來，彷彿只有他跟她待在一起，才能證實他所說的一切安慰她的話。但是K想到了那位老師，他指了指那扇隨時都會突然打開的房門，並答應她馬上就回來，告訴她連爐子也不用生，他自己會回來處理的。最後弗麗達默默地讓步了。K踩著積雪出門時——這條路上的積雪早該鏟除了，真奇怪，工作進行得多慢！——他看見一個助手現在還筋疲力竭地抓緊欄杆不放。只有他一個人，還有一個去了哪裡呢？這麼說，他至少已經挫敗了其中一個人的耐心了。這留下來的一個卻還是滿腔熱誠，這是一眼就看得出的，他一看見K就更活躍了，比先前更狂熱地向K伸出了兩隻手臂，翻著眼睛。「他倒是固執得驚人，」K暗自思忖著，可是他不禁又想，「要是他再這樣待下去，他會凍死在欄杆旁的。」

但是表面上他沒有向助手作任何表示，只是威脅地向他揚了揚拳頭，不讓他挨近一步；助手也就真的往後退了好幾步。弗麗達為了要在生火以前讓房間裡通一下風（這是她答應K的），這時正巧打開了窗子。助手的注意力立刻從K的身上轉移到打開的窗上了，彷彿禁不住吸引似地往窗子那邊爬去。弗麗達的臉上露出了可憐助手的神色，又對K投來了無益的求情的目光，她猶豫地伸出一隻手到窗外，不知道是在招呼他呢，還是叫他走開，助手卻並不因此而打消向她走近來的決心。於是，弗麗達急忙關上了外面的一道窗子，但是她仍舊在窗子後面站著，把手擱在窗沿上，側著頭，眼睛睜得大大的，臉上一直含著笑容。難道她不知道，她這樣站著只會吸引助手，而不可能趕走他嗎？但是K不再回頭去看了，他想，他最好還是速去速回。

十四

直到傍晚，天色已經刷黑，K才掃淨校園的小徑，把積雪堆在兩旁，敲得結結實實的，這一天的工作總算做完了。他孤伶伶一個人站在靜寂無人的校園門口。原本留下的那個助手在幾個鐘頭以前被他趕走了，他在那個助手後面追了好長一段路，但是那傢伙在花園和校舍之間的某個地方躲了起來，找不到了，從這以後他沒有再露面。弗麗達在屋子裡可能在動手洗衣服，或者仍舊在為琪莎的那隻貓洗澡。琪莎把這個差事交託給弗麗達，這是一種了不起的信任的表示，其實，這是一件並不愉快而且是額外交付的差事，K要不是想到他們自己有種種弱點因而不得不抓住一切機會贏得琪莎好感，他是絕不會讓她去幹這樣的差事的。琪莎帶著讚許的神情看著他從閣樓上把孩子的洗澡盆拿下來，燒了熱水，然後小心翼翼地幫著把貓放進澡盆裡去，於是就真的把貓完全交給弗麗達照料了，因為希伐若來了，他是K進村第一個晚上就認識的熟人，他帶著尷尬（由於那天晚上所發生的事情）又盛氣凌人（就像是個債主似的）的神氣向K打了個招呼，就和琪莎一起到另一間教室裡去。他們兩個人現在還待在那裡。K在橋頭旅店時人家告訴過他，希伐若雖然是一個城堡總管的兒子，但是他在村子裡已經住了一段時期，因為他愛上了琪莎，而且憑著與當局的關係，他給自己搞到了一個實習老師的職位，他專門利用這個身分去聽琪莎上課，不是跟孩子們一起坐在課椅上，便是乾脆靠著琪莎的腳邊坐在講台旁。他的出現也不再打擾什麼人，孩子們早就安之若素了，這也許是因為希伐若既不喜歡孩子，也不懂得孩子的心理，除了代替琪莎上體育課以外，他很少跟他們說話，他只是滿足於跟琪莎一同呼吸，沉醉在她的溫暖和親近之中。

在這方面唯一令人驚奇的是，儘管希伐若的行動可笑，不值讚許，但是至少在橋頭旅店，人們談起他的時候，總還是帶著一定程度的尊敬，連琪莎都籠罩在這種尊敬的氣氛裡。如果說希伐若所擔任的這個職位比K優越得多，那是毫無根據的，因為這種優越性並不存在。一個學校看門人對於學校的其他成員來說，是一個重要人物——對於像希伐若這麼一個助理人員來說，更是如此——是一個不能等閒視之的人物，如果種種從職務的考慮不足以阻止人們對他表現輕視，那至少應該適當地加以撫慰。K決定把這件事情記在心裡，而且他還記得，由於進村第一個晚上與他打過交道，希伐若至今還欠了他一筆債，這筆債並沒有減輕，因為從緊接著之後幾天所發生的事件來看，證明希伐若接待他的方式是有影響的。因為絕不能忘記，這一次接待也許就決定了後來種種事態的發展。由於希伐若的緣故，K在到達的第一個小時，當局就毫無道理地把全部注意力集中在他的身上了，當時他在這個村子裡還完全是一個陌生人，沒有一個熟人，也沒有可以讓他選擇的容身之處。他長途跋涉，跑得那麼筋疲力竭，躺在他那只草堆上，簡直是一籌莫展，只能聽任官方的擺布。一夜過後，一切也許本來會有一個截然不同的變化，事情也可以悄悄進行，不需要鬧得滿城風雨。無論如何，不會有人知道他的情況，也不會對他有什麼懷疑，至少有朝一日會毫不猶豫地把他當作一個迷途的流浪人來收容，他的左鄰右舍也許會承認他的手藝靈巧和誠實可靠而為他傳開好名聲，他可能很快就會在什麼地方找到一個類似僕役的食宿之處。當局自然就會發現他來到了這裡。但是情況卻截然不同：如今是當局或者不論是哪一個聽電話的人，為了他的事，三更半夜被希伐若——他在當地的名聲可能並不怎麼好——的電話驚醒，雖然他在表面上問得很客氣，但是堅持著要馬上作出決定。另一種情況是等到第二天，在辦公時間由K自己悄悄地去拜訪村長，用一個外鄉流浪人的恰當名義向他報告自己已經在一家體面人家找到了安身的地方，可能再過一天就離開這裡，除非發生了不大可能的事，那就是他在村子裡找到了什麼工作，當然只幹一、兩天，因為他不打算在這裡久待。要是沒有希伐若的話，本來可能有機會出現第二種情況。當局自會作進一步的追查，然而是按部就班地按照一般常規處理，而不受當事人的干擾，他們最恨當事人缺乏耐心。這個嘛，這一切都不是K的過錯，這是希伐若的過錯，可是希伐若是一個城堡總管的兒子，表面又做得很得體，所以事情就只能落到K的頭上來了。造成這一切的又到底是什麼微不足道的原因？也許是那天琪莎的心情不好，因此希伐若整夜無法睡，在街上遊蕩，結果一肚子的怨氣都出在K的身上。當然，從另一方面來說，也有人爭辯說K應該對希伐若的態度表示感激。它是造成目前這種形勢的唯一特效藥，K自己絕不能，也絕不取，而且官方也是不可能容許造成目前這種形勢的，也就是說，從一開始，不需要絲毫弄虛作假，他就發現自己跟官方當局面對面直接強碰上了。不過這仍然是一件值得懷疑的禮物，這樣一來，K固然可以不用說謊或施展手腕了，可是也因此使他處於幾乎無法防禦的地位，在鬥爭中吃虧，要不是他提醒自己：官方當局和他之間的實力相差那麼懸殊，他能施展的策略即使都施展出來，也不能改變這種情況而造成對自己有利的局面，若不這麼想，那他可能早已灰心喪氣了。可是這只是他為了自我安慰而作的結論，不管怎樣，希伐若總還是欠下了他的債，傷害了他，因此，現在他可以找他來幫忙。在採取非常微小而又帶有試探性的行動方面，他是需要幫助的，因為巴納巴斯這次似乎又使他失望了。

因為弗麗達，K一整天都沒有上巴納巴斯家去打聽消息；又為了避免在弗麗達面前接見巴納巴斯，他一直在門外幹活，忙完以後，他還是留在外頭等巴納巴斯，但是巴納巴斯始終沒有來。現在他唯一能夠做的事，就是去拜訪那兩個姊妹，他只要站在門口問幾句話，不需要一、兩分鐘就可以馬上趕回來。於是他把鏟子往雪裡一插，飛奔前去，上氣不接下氣地跑到了巴納巴斯家的門口，砰的一聲就把門推開。他沒有看清是誰在屋子裡，就問道：「巴納巴斯還沒回來嗎？」他問了這句話以後，才注意到奧爾珈不在屋裡，兩位老人又是那樣毫無表情地坐在桌子最遠的一頭，還不知道大門口發生了什麼事情，只是慢悠悠地朝著門口轉過頭去，K後來又注意到阿瑪麗亞蒙著毯子睡在火爐旁邊，她看到K突然出現嚇得跳了起來，一手按著額頭，竭力想讓自己鎮定下來。假使奧爾珈在的話，她也許早就馬上回答了，K也就可以回去了，可是奧爾珈又偏偏不在，他只好朝阿瑪麗亞再走上一、兩步，向她伸出手去，她默默地握了握他的手，K請她勸兩位受驚的老人不用走過來了，她便說了幾句話勸阻了他們。K接著便知道了原來奧爾珈正在院子裡劈柴，阿瑪麗亞因為累極了──原因是什麼，她沒有說──才躺下了沒多久，巴納巴斯確實還沒有回來，但是肯定馬上就可以回來了，因為他從來不在城堡裡過夜。K感謝她告訴他這些消息，他本來要走了，但是阿瑪麗亞問他是否願意等一下見見奧爾珈。可是她又說他在白天已經跟奧爾珈談過話了吧。他驚奇地回答說沒有這回事，於是他問奧爾珈是不是有什麼特別重要的話要跟他說。阿瑪麗亞似乎有點生氣，默默噘起了嘴，向他點了點頭，顯然是向他告別的意思，又重新躺了下去。她一面躺著，一面盯著K，看見他仍舊站在那裡，似乎覺得很奇怪。她的眼光是冷漠的、清澈的，也像往常一樣固執，她的目光又從不正對著她所要看的目標，總是帶點苦悶的神情，微微斜睇，雖然不大看得出來，可是毫無疑問，絕不是正視，這顯然不是因為她懦弱、不是因為困惑，也不是因為心虛，而是出於一種堅持不願與人往來的強烈欲望，或許只有她自己本人才懂得這種表情。K想起來他還記得，進村第一個晚上使他在這裡侷促不安的正是這副眼神，甚至使他對全家人立刻產生厭惡印象的，可能也是由於她的這副眼神，眼神本身並不可厭，隱含著矜持和正直的神色。「你總是這樣鬱鬱寡歡，阿瑪麗亞，」K說：「是什麼在折磨著你呢？你能告訴我為什麼嗎？我從來沒有在鄉村裡見到過像你這樣一個女孩。我也從來沒有這樣驚訝過。你真的是這個村子裡的人嗎？你是在這個村子裡生的嗎？」阿瑪麗亞點了點頭，彷彿K只是問了最後那兩個問題，接著她說：「那麼，你要等奧爾珈來嗎？」「我不懂你為什麼老是問我這個，我不能再等了，因為我的未婚妻正在家裡等著我呢！」阿瑪麗亞用一隻手肘撐著身子。她沒有聽說過他們訂婚的事。K告訴她弗麗達的名字。阿瑪麗亞也不知道這個名字。她問K，奧爾珈是否知道他們訂了婚。K想她是知道的，因為她看見過他跟弗麗達在一起，而且像這樣的消息，是很快就會傳遍全村的。但是阿瑪麗亞對他說，她敢擔保奧爾珈一定不知道這回事，而且這可能會使她非常傷心，因為她似乎愛上K了。她沒有直率地這麼說過，因為她非常矜持，但是愛情這個東西自己總是會不自覺地洩漏出來的。K認為阿瑪麗亞一定是搞錯了。阿瑪麗亞微微一笑，她這一笑雖然笑得那麼憂鬱，卻使她憂鬱的臉上出現了光輝，於是沉默變成了流暢的談話，冷漠也變成了親熱，還打開了一直掩藏到現在的嫉妒的祕密，一個當然還可以重新隱藏起來的祕密，可是現在再也無法完全隱藏了。阿瑪麗亞說她沒有搞錯，她甚至進一步肯定K也愛慕著奧爾珈，他幾次上門拜訪，表面上是為了要向巴納巴斯打聽傳來的消息或其他什麼事，實際上是想看看奧爾珈。可是現在這一切既然她阿瑪麗亞都知道了，他就不需要那樣嚴格地對待自己了，以後不妨經常來看看她們。這就是她所要說的話。K搖了搖頭，並且提醒她，他已經是訂了婚的人了。阿瑪麗亞似乎並不怎樣重視這件婚約，她從K身上所得到的最初印象決定了她對他的看法，她認為K始終還是一個單身漢，所以她只問了一下K什麼時候認識那個女孩的，因為他在這個村子裡待了只有幾天。K把那天晚上在赫倫霍夫旅館的經過告訴了她，她聽了只短短地說了一句，她本來就非常反對帶他到赫倫霍夫旅館去。

這時奧爾珈正抱著一捆木柴走進來，她央求奧爾珈給她作證明，奧爾珈因為從外面凜冽的寒氣中進屋，顯得清新、煥發、健壯而活潑，跟她平時待在屋子裡無所事事的樣子相比，好像換了一個人似的。她丟下木柴，坦率地向K問好，接著又問弗麗達的情況。K跟阿瑪麗亞交換了一下眼色，她似乎一點也沒有窘態。K稍稍寬心了點，便用比較從容的口吻談起弗麗達（否則他是不會那麼從容的），他描述她在學校裡想方設法把屋子收拾整齊，卻有諸多難處，他匆匆地敘述，因為急於馬上回家去，所以在向姊妹倆告別時，一時忘情竟邀她們上他家去玩。可是阿瑪麗亞卻不讓他再有收回這句話的時間，馬上一口接受了這個邀請時，他又結結巴巴地不知說什麼才好了。這樣一來，奧爾珈也只好說她也願意去看他們。可是K仍舊一心只想馬上回去，在阿瑪麗亞的眼光逼視下又覺得很不舒服，於是便不再猶豫，承認自己的邀請是未經考慮的，只是出於個人一時感情衝動，但是很遺憾，弗麗達和她們這家人之間存在著很大的敵意，這是他無法理解的，所以他不能保證他的邀請是否可以實現。「不是敵意，」阿瑪麗亞把毯子往身後一丟，從睡椅上坐起來，說：「事情沒有這麼嚴重，不過是她在什麼地方聽到別人的謠言，她也就跟著這麼說罷了。算了，走吧！回到你那個年輕的女人那裡去吧！我看得出來，你急著要走呢。你不需要擔心我們會到你們那裡去，我只是有心想捉弄捉弄你，開開玩笑，才那麼說的。你當然可以常常來看我們，誰也不會阻攔你，你只要說是來向巴納巴斯打聽消息的就好，這可以永遠當成藉口。我還可以告訴你，即使巴納巴斯從城堡裡帶來了口信，他也不能老遠到學校去找你，因此你更該用這件事當藉口了。他不能那麼勞碌奔波，可憐的孩子，他接了這份差事已經把自己累垮了！你得自己到這裡來取消息。」K以前從來沒有聽到過阿瑪麗亞一口氣說這麼多話，而且聽起來也跟她平常的語氣不同，含著一種威嚴的意味，顯然，不僅給K留下了深刻的印象，連平時和她常相處的奧爾珈也受了動搖。她稍微側向一邊站著，兩隻臂膀抱在胸前，又一次像往常那樣呆頭呆腦地微微彎著身子，眼睛盯著阿瑪麗亞，可是阿瑪麗亞只望著K。「這是一個誤會，」K說：「你說我不是真心誠意來找巴納巴斯的，真是天大的誤會，我最迫切的願望，也正是我唯一的願望，就是把我的事情跟當局取得適當的解決。在這方面，巴納巴斯得幫我的忙，我的希望大部分都寄託在他的身上。我必須說他已一度使我大失所望了，可是追究原因，我的過錯比他大得多。我剛來到這個村子的時候，我糊裡糊塗以為那天晚上只要走幾步路，什麼事情都可以解決了，可是後來證實了辦不到的事情終究是辦不到的，我卻把過錯推給他了。這甚至也影響了我對你們這一家和對你們倆的看法。可是這一切都已經是過去的事，我想我現在更了解你們了，你們甚至可以說是……」K努力想找一個恰當的詞句，可是一時又想不出來，所以他暫時只能這樣說：「就我的經驗來說，你們甚至可以說是村子裡心地最好的人。但現在，阿瑪麗亞，你又要把我從正題岔開了，因為你貶低了巴納巴斯對我的重要性，如果不說你貶低了你哥哥工作的重要性的話，也許你並不了解他的事情，如果是這樣，倒沒有什麼關係，但是也許你了解他的事情——而且我也傾向於這種想法——如果是這樣，那就糟了，因為這說明你的哥哥在騙我。」「你冷靜一點！」阿瑪麗亞叫道：「我才不了解他那些事情呢！我不可能有興趣去注意他那些事情，絲毫引不起我的好奇，連我關心你的這份心意也不可能使我去注意他那些事情，我對你的關心倒可能會驅使我去做出許多事情，因為，正像你所說的，我們是心地最好的人。可是我哥哥的事是他自己的事，除了偶爾違背我的本意聽到一、兩句以外，他的事我幾乎是一點都不知道。可是奧爾珈倒是能夠把巴納巴斯的事情全部告訴給你聽的，因為她深受他所信任。」語畢，阿瑪麗亞就走開了，她先到她的父母那邊，和他們悄悄地說了幾句話，接著進廚房裡去。她走開的時候並沒有給K道別，似乎像是她知他還要待好一陣子，因此，不需要向他道別。

十五

奧爾珈看到K臉上帶著驚訝的神情，一動也不動站在那裡，不由得對他笑了起來，接著又拉他到火爐旁那張高背長椅上，能有這樣的機會跟他在一起促膝談心，她似乎感到由衷的快活，但這是一種不帶絲毫嫉妒的心滿意足。正因為她沒有絲毫嫉妒，因此對K也沒有任何企求，這對K來說都是無害的，所以他很高興地望著她那對藍眼，這對眼睛既不媚人，也不嚇唬人，而是質樸、坦率。似乎弗麗達和老闆娘的警告，並沒有使他對那些事情抱更多的懷疑，而是變得更善於觀察和鑑別了。奧爾珈說剛才他稱讚阿瑪麗亞心地好，她感到很驚奇，這時，他跟她一起笑了出來，因為阿瑪麗亞儘管在各方面都好，可是心地好卻談不上。於是K解釋說，他這句讚美其實是指奧爾珈，只是因為阿瑪麗亞個性專橫，她不僅愛把別人的話都扯到自己身上，而且還要強迫別人不論說什麼都要和她有關。「這可是真的，」奧爾珈說，她變得一本正經起來，「這比你想的還真實。阿瑪麗亞年紀比我小，也比巴納巴斯小，可是她的話卻是決定我們一家是禍是福的至高無上命令，當然，我們一家不管是禍是福，她擔負的責任也比任何人都重。」K心想，這是誇大其詞，例如阿瑪麗亞剛剛說過，她從來不關心她哥哥的事情，他的事情奧爾珈卻都知道。「該怎麼說呢？」奧爾珈說：「阿瑪麗亞說不關心巴納巴斯，也不關心我，她除了兩個老人以外說真的誰都不關心，她只是日日夜夜照料老人；剛才她又去問他們需要什麼，到廚房去給他們煮食物了。為了他們，她連自己身子不舒服也不顧了。因為從中午起她就覺得不舒服，一直躺在這張高背長椅上。可是雖然她不關心我們，我們仍舊依靠她，就好像她是我們的大姊姊一樣，要是她對我們的事情提出什麼勸告，我們一定會接受，只不過是她從不肯這樣做，她跟我們很不同。你見識過很多人，又是從外地來的，你是否也認為她是一個非常聰明的人？」「她給我的印象似乎是個很不快活的人，」K說：「照你說，你們都尊重阿瑪麗亞，可是就拿巴納巴斯當例子吧，阿瑪麗亞明明不贊成他當城堡的使者，甚至還嘲諷他，他還是接受了這份差事，這也看不出你們尊重她的勸告呀。」「要是他還能做別的工作，他馬上會辭掉這個差事的，因為他自己並不滿意這份職務。」「他不是一個老練的皮鞋匠嗎？」K問道。「當然，他是一個老練的鞋匠，」奧爾珈說：「他有空的時候，就常替勃倫斯威克工作，而且只要他喜歡，他可以找到日夜忙不完的工作，還可以掙到不少錢。」「那麼，」K說：「那他可以在使者和鞋匠中間選一個做啊！」「選一個？」奧爾珈吃驚地問：「你以為他當城堡使者是為了錢嗎？」「他也許是為了錢，」K說：「你不是說他自己也並不滿意這份職務嗎？」「他是不滿意，但那是為了其他種種原因。」奧爾珈說：「不過這是為城堡做事呀！無論如何，這終究是城堡裡的工作，至少別人會這麼想。」「啊！」K說：「難道你連這一點都懷疑嗎？」「唉，」奧爾珈說：「我並不真的懷疑，巴納巴斯確實是到城堡那些機關去的，侍從也把他當作自己人接待，他也可以遠遠見到各種官員，也會委託他送重要信件，甚至還叫他傳口信，這種情況畢竟是很多的，因此，像他這樣年紀的一個小伙子已經有這樣的成就，我們應該感到驕傲。」K點點頭表示同意，他已經不再想著回家的事了。「他自己也有制服嗎？」他問道。「你是說那件外套吧？」奧爾珈說：「他沒有制服，那件外套是早在他當使者以前阿瑪麗亞替他做的。可是你倒是戳到痛處了。他早就該要有一套——不是制服，因為城堡裡制服不多——部裡發的衣服，他們也答應過發給他一套的，但是城堡辦這種事總是拖拖拉拉的，最糟的是你永遠不知道拖拉的原因到底是什麼。這可以理解為這件事情正在考慮之中，但也可以理解為這件事還沒有進行，例如或許是，巴納巴斯還在試用階段，整體看來，也可以理解為整件事情已經確定了，那就是由於某種原因，他們已經撤銷了這個諾言，巴納巴斯得不到那套衣服了。你搞不清楚到底發生了什麼事情，或者要過了很久以後才能弄清楚。我們這裡有這樣一句話，也許你已經聽人說過了，那就是：官方的決定就像女孩一樣嬌羞。」「這倒是一句很確切的評語，」K說，他把這句話看得比奧爾珈還認真，「一句很確切的評語，官方的決定，可能還有其他一些特點也是跟女孩相似的。」「也許是吧！」奧爾珈說：「可是就這套官方的衣服來說，這是巴納巴斯一個最大的苦惱，既然我們大家都同甘共苦，所以也是我最大的苦惱。我們都問自己為什麼他得不到官方的衣服，可是都說不出一個道理來。整個事情並不那麼簡單。例如，官員們顯然不穿官方發的衣服，就我們這裡所知道的以及根據巴納巴斯告訴我們的來說，官員們來往都穿便服，當然是很講究的便服。這個嘛，你見過克拉姆。巴納巴斯當然不是一位官員，連最低階的也算不上，他也絕不至於僭越本分，夢想當一個官員。可是聽巴納巴斯說，高級侍從也不穿官方的衣服，當然，人們從來沒有在村子裡見過他們，也許有人認為這是一種自我安慰，但這是不可信的，難道巴納巴斯也可以算是高級侍從嗎？他不是。無論你怎樣偏袒他，你也沒辦法說他是，單憑他常活動常在村子裡，甚至還住在鄉下這一點，就足以證明他不是高級侍從了，因為高級侍從甚至比一些官員都難以接近，也許他們不大接見人，也許他們比許多官員的級別還要高，這是有證據的，因為他們工作量很少，巴納巴斯常說，望著這些在迴廊上緩步的身材高大、身分高貴的人可真了不起，巴納巴斯總是遠遠躲開他們。嗯，他可能是一個低級侍從，可是，這些人總有一套官方發的衣服，至少他們下鄉來的時候總穿著那套官方的衣服，精確地說，那並不是正式制服，這種衣服有許多不同式樣，可是不管怎麼樣，人們一看他們的衣服就知道他們是城堡裡來的侍從，你在赫倫霍夫旅館裡就看見過一些這樣的侍從。這種衣服最突出的一點是剪裁特別合身，一個農人或者工匠是沒法穿的。像這樣的衣服他們就沒有發給巴納巴斯，這不僅僅是可恥或者丟臉的事情——若僅止於此，還是能夠想得開的——而且是因為事實上每逢我們情緒沮喪的時刻——我和巴納巴斯就常常有這種時刻——我們就會懷疑一切。這時我們就禁不住想問，巴納巴斯真的是在當城堡的信差嗎？沒錯，他是出入辦公室的，但那真的是城堡的辦公室嗎？如果城堡裡真有辦公室，那麼容許巴納巴斯進去的，是不是真的是那些辦公室呢？

「有一些房間他能進去，但那只是整個機關的一部分，因為有一道道壁壘擋著，壁壘後面還有更多的房間。他們又並不是真的不准他通過那道壁壘，只是在碰見上司時，他們就會喝退他，這樣他也就不知道怎樣才能通過這些壁壘了。再說，在那裡人人都被監視著，至少我們是這麼想的。而且，如果沒有什麼任務要他執行而冒冒失失闖進去，那麼，即使他闖了進去，對他又有什麼好處？你不能以為這些壁壘是一條明確的分界線。巴納巴斯總是給我這樣的印象。甚至在那些容許他進去的房間門口也有壁壘，因此你就可以知道有些壁壘他是可以通過的，這些壁壘跟那些他沒有通過的是一模一樣的，由此看來，一個人似乎不該去猜測在那最終的層層壁壘後面的辦公室跟他已經見過的不同。我們只是在心情沮喪的時刻才會這樣猜測。但是我們的懷疑並沒有到此為止，我們無法遏制心中的懷疑。巴納巴斯見過官員，巴納巴斯傳過信件。但是那些官員是誰？那些信件又是什麼？現在，他說，他指定給克拉姆送信，克拉姆親自向他作指示。這個嘛，這可能是一個莫大的恩寵，連高級侍從都沒有得過此等恩寵，簡直教人無法相信，簡直嚇人。你只要想一想，直接派給克拉姆，而且跟他面對面說話！可是，情況真是這樣嗎？呃，假設真的是這樣，那麼，為什麼巴納巴斯要懷疑人們說他就是克拉姆的那位官員，到底是不是真的克拉姆呢？」「奧爾珈，」K說：「你一定是在開玩笑。你對克拉姆的面貌怎麼也懷疑起來了？誰都知道他是什麼樣子，就連我也看見過他。」「當然不是開玩笑！K，」奧爾珈說：「我這絕對不是開玩笑，我說的完全是正經話。我把這一切告訴你，並不單是為了要在感情上寬慰我自己而增加你的負擔，這是因為你既然問起巴納巴斯，阿瑪麗亞就叫我把他的事情告訴你，也是因為我覺得，讓你多了解一些情況，也許對你是有用處的。我這樣做同時是為巴納巴斯著想，這樣你就不會在他的身上寄託太多的希望，也就不會有失望的痛苦，而你的失望，也會使他痛苦。他很敏感，比如，昨天晚上他就因為你對他不滿而一夜沒睡。他特別注意你說的那句話，你說你有了他那樣一個使者前途就不妙。他就是為了這句話一夜難眠。我相信你不知道他有多麼難受，因為城堡的使者必須嚴格控制自己。他簡直沒有一刻輕鬆的時候，甚至跟你在一起的時候也是這樣，雖然在你自己看來，你並沒有對他提出什麼苛求，因為你對使者的職權有你自己的看法，你是根據這種看法提出要求的。但是在城堡裡，他們對使者的職權卻有不同的規定，跟你的看法是無法取得一致的，即使說巴納巴斯應該全心全意做好這份工作吧——不幸的是，他也始終想這樣做的。人們會承認這一點，也不會提出任何異議，要不是存在著巴納巴斯到底是不是真的是個信差這個問題的話。當然，不管怎樣，當著你的面，他可不能對這個問題表示任何懷疑，要是這樣，那就不只是損害他自己的存在，嚴重觸犯他深信自己一直恪守的法律，他的這種懷疑甚至也不是對我直截了當地說出來的，我得甜言蜜語哄他，騙他，愛撫他，他才有所流露，而且還不承認他的懷疑真的是懷疑。他有點像阿瑪麗亞的性格。我相信他一定是沒把所有事情都告訴我，就算我是他唯一的知己。可是我倆常常談起克拉姆，我從來沒有見過這個人。你知道弗麗達不喜歡我，她從來就不讓我看他一眼，可是儘管這樣，他的模樣在村子裡大家都是很熟悉的，有些人看見過他，人人都聽過他，從見過的幾次印象和一些傳聞以及各種歪曲的因素，構成了一幅基本上是真實的克拉姆的形象。但這也不過只是基本上真實罷了。至於細節，大家就莫衷一是了，也許那些細節與克拉姆的真面目還不怎麼像。因為人家說，他到村子裡來的時候是一副樣子，離開村子的時候又是一副樣子。他喝過啤酒以後跟喝啤酒以前不一樣，他醒著的時候跟睡著的時候也不一樣，他獨自一個人的時候又跟他對人們說話的時候不一樣，而且——這一點教人最無法理解——他在城堡裡的時候，幾乎又成了另外一個人。甚至在村子裡，人們對他的描述也都大不相同，大家對他的高矮、大小、舉止風度和鬍子式樣都各有各的說法。幸而其中有一點卻是大家一致的，就是他始終穿著同一套衣服，一套有著長長燕尾的黑色晨禮服。各種不同的說法當然不是什麼魔術，這是很容易解釋的，這取決於當時觀察者的心情如何，取決於他激動的程度如何，取決於他在謁見克拉姆時所抱的希望或失望的種種不同的程度如何。況且，一般說來，一個人見到克拉姆的時間也不過一、兩秒鐘而已。我告訴你的這一切，正是巴納巴斯常常對我說的，總的說來，對一個與此並無切身利害關係的人來說，這種解釋也就很充分了。可是對我們來說，這是不夠的；巴納巴斯對著他說話的那個人是否真的是克拉姆，這對巴納巴斯可是件生死攸關的事。」「對我也是如此。」K說，他們坐在高背長椅上彼此靠得更近了。

奧爾珈這一番教人喪氣的話當然深深影響了K，但是發現別人至少在表面上也和自己處於十分相似的境地，在他看來卻是極大的慰藉，他可以和他們聯合起來，可以在很多方面與之共鳴，這跟弗麗達的情況不同，與她的共鳴點並不多。固然，他逐漸放棄了所有打算透過巴納巴斯獲得成功的希望，但是巴納巴斯在城堡裡的處境愈糟，他覺得巴納巴斯在村子裡就能跟自己結合得愈緊密。他從來也沒有想到他會在村子裡聯合巴納巴斯和他的姊妹一同去進行這樣一場絕望的鬥爭。當然，情況解釋得還不夠全面，可能也會得出相反的結果，一個人不應該受奧爾珈這種天真所左右，就把巴納巴斯的正直視為理所當然。「各種有關克拉姆模樣的描繪，巴納巴斯都聽熟了，」奧爾珈繼續說：「他收集了許多說法，還做了比較，也許收集得太多了，他甚至有一次在村子裡從車窗外看見了克拉姆，或者是他自認看到的就是他，因此他作了充分的準備，打算下次好好地認識一下克拉姆，可是——你怎麼解釋這一點？——他在城堡裡走進辦公室，人們為他指出某位官員就是克拉姆時，他又不認識了，後來有好一陣子，在他的想像中總以為這位不是他常見的克拉姆。但是假使你問巴納巴斯，這個克拉姆跟平常大家所描摹的克拉姆到底有什麼不同，他卻又答不上來，或者他也會試著為你描述城堡裡的那個官員，但是他所描述的跟我們平常所聽到的克拉姆卻又是一模一樣的。我對他說，那麼，巴納巴斯，為什麼你要懷疑那不是克拉姆？為什麼要自尋煩惱？於是他又顯然是痛苦地開始琢磨城堡裡那位官員的特點，但是他似乎只是追憶，而不是描述那些特點，再說，他所回憶的也都是一些雞毛蒜皮，例如，一種特殊的點頭姿態，或是一件沒有扣上的背心，實在令人無法認真對待。據我看來，克拉姆接見巴納巴斯的方式倒是比較重要。這是巴納巴斯常常形容給我聽的，他甚至還描畫了那間房間。通常容許他進去的是一間很大的房間，但是那不是克拉姆的辦公室，甚至也不是任何一位官員的辦公室。一張長書桌把這間屋子隔成兩個房間，書桌的兩端靠著兩邊的牆壁，書桌這一邊的一間狹小得幾乎兩個人都很難擦肩而過，這是給官員們使用的，另一邊的那間很寬敞，那是一些當事人、觀察者、侍從和使者們等候的地方。書桌上並排放著一本本翻開的大書，官員們站在書桌旁邊，大半都是在翻閱那些書。他們並不只盯著一本書看，可是他們又並不會交換書本，而是交換站的位置，看他們那樣你推我擠地輪沉佇立，巴納巴斯總是覺得非常驚訝，因為那裡簡直沒有轉身的餘地。緊挨著書桌放著一張張矮桌子，錄事們就坐在矮桌旁邊，在官員需要筆錄的時候，他們就根據口授寫下來。巴納巴斯對這種工作方式一向感到很驚奇。官員們從不明確發布命令，也不高聲口述指示，你幾乎說不上這位官員是否真的在口授什麼東西，因為他似乎就像原先那樣在繼續看著書，只不過在看書的時候低聲說著什麼話，而錄事們卻聽得清這種悄聲低語。有時聲音實在太低了，錄事坐在自己的座位上怎樣也聽不清，那時他就得跳起來，聽清楚口授內容以後，又馬上坐下去寫下來，然後又跳起來聽，再坐下去寫，就這樣跳起坐下忙個不停。這是多麼奇怪的工作！簡直教人無法理解。當然，巴納巴斯有的是時間觀察這些事，因為在克拉姆偶爾召見他的時候，他總得常常在這間大房間裡先站上好幾個鐘頭或好幾天。而且，即使克拉姆看見了他，他也向克拉姆行過一個立正的敬禮，但是這也並沒有多大意義，因為克拉姆可能又會轉回去看他的書，把他忘到九霄雲外去了。這樣的事常常發生。像這樣可有可無的送信任務到底有什麼用處呢？每當大清早聽到巴納巴斯說他又要去城堡，我就很悲傷。這又是一次完全徒勞無益的跋涉，一個白白浪費的日子，一個毫無結果的希望。這到底有什麼好處呢？家裡卻堆滿了補鞋的工作，永遠做不完，勃倫斯威克又老是在催。」「哦，這麼說，」K說：「巴納巴斯就得這樣堅持下去才能分配到任務啊。這是可以理解的，那個地方好像冗員太多了，每一個人不可能每天都分配到事情，你不用因此抱怨，大家一定都是這樣的。整體說來，這樣一個巴納巴斯終於也接到了任務，畢竟，他已經給我帶來過兩封信了。」「這是對的，當然，」奧爾珈答道，「我們可能是抱怨錯了，尤其是像我這樣一個女孩，只知道一些道聽途說的事情，不像巴納巴斯那樣什麼都懂，他一定還有許多事情沒有告訴我。可是讓我告訴你，他們是怎樣把信交給他的，比如說，你那兩封信。巴納巴斯不是直接從克拉姆手裡拿到那些信的，而是從一個錄事手裡拿到的。沒有具體的日期，也沒有具體的時刻——這也就是為什麼這份職務看起來好像很輕鬆，實際上卻使人筋疲力竭的道理，因為巴納巴斯必須隨時隨地保持著警覺——一個錄事忽然想起了他，給他做了一個手勢，當時克拉姆顯然並沒有作任何指示，他只是繼續在看他的書。的確，巴納巴斯走過去的時候，克拉姆正在擦他的眼鏡，但他是常常擦眼鏡的，不過，如果他不戴眼鏡仍然看得見的話，當時他也許會瞧一瞧巴納巴斯，然而，巴納巴斯卻懷疑他什麼也沒看見；因為克拉姆的眼睛幾乎總是閉著的，看起來好像已經睡著了，只是在夢裡擦著他的眼鏡。當時那個錄事在桌子下面的一堆文稿裡搜索著，隨手撿出了那一封給你的信，因此，那封信其實並不是最近寫的，從外面的信封看來已經很舊，擱在那裡已經有好久了。但如果真是這樣，那他們為什麼要讓巴納巴斯等那麼久？為什麼也讓你等呢？當然，那封信也一定擱了好久，因為它早已失去時效了。他們就是這樣讓巴納巴斯落得了一個又差又慢的信差的名聲。錄事心安理得地說一句『這是克拉姆給K的信』，就把信交給了巴納巴斯，隨後便叫他退下。可是巴納巴斯卻得貼身藏著那封他好不容易得來的信，上氣不接下氣地跑回家來，於是我們就像這樣坐在這張高背長椅上，他告訴我拿到這封信的經過，我們倆就分析所有的細節，推估他所獲得的成就有多大，最後發現他所獲得的原來是微不足道，於是兩個人便對這個成就懷疑起來，最終使巴納巴斯丟下了信，再也不想送給你了，可是也無法就這樣去睡覺，就那樣整夜坐在矮凳上修補鞋子。事情就是這樣，K，現在你已經聽到了我的全部祕密，你也就不會奇怪為什麼阿瑪麗亞對這些事情這麼冷淡了。」「可是那封信後來怎樣了呢？」K問道。「那封信嗎？」奧爾珈說：「哦，過了一些時候，等到我因為那封信把巴納巴斯折磨夠了，這可能是過了好幾天或者好幾週以後，他才又撿起那封信來，把它送出去。在這些實際事務上，他倒是聽我的話。因為我聽了他告訴我的經過以後，往往能從最初的印象中清醒過來，又重新振作起精神來，可是他卻不能，也可能是因為他知道的事情更多一些。所以我總是找這樣那樣的話對他說，比如說：『你到底在追求些什麼，巴納巴斯？你夢想的是什麼樣的前程？是什麼樣的雄心壯志？難道你想爬得那麼高，把我們、把我，全都甩在後面嗎？你追求的就是這些？我怎麼能相信你對自己所有的成就會這樣不滿？現在我只能看成你對你的成就不滿意！你只要看一看周圍的人，看看我們的鄰居有哪一個人能混得像你這麼好。我承認他們的處境跟我們不同，他們除了日常營生以外，再沒有任何餘地可以讓他們產生非分之想了，可是即使不跟他們比較，也一眼看得出你混得很好。可能會有障礙、疑慮和失望，但是，這只意味著你所獲得的一切都不是未經代價的，也意味著你必須為每一個小細節而奮鬥，這是我們事先就知道的。這一切使我們更有理由感到驕傲，而不是灰心喪氣。再說，難道你不也是同樣在為我們大家奮鬥嗎？難道這一點對你來說沒有任何意義？這一點沒有為你傾注新的力量？我因為有你這樣一個弟弟而感到幸福，甚至驕傲，這樣的事實難道還不能給你信心嗎？使我失望的並不是你在城堡裡所獲得的微小成就，而是我對你的成就所作出的貢獻太少了。你可以到城堡裡去，你可以按時到辦公室去，你一天天地跟克拉姆待在同一間屋子裡，你是一個公認的官方使者，你有權利要求官方發給制服，你接受了別人委託給你的重要使命，你有著一切你當之無愧的榮譽，可是你從城堡回到家裡來，不是擁抱我，也不是樂得掉下淚來，一看到我你就灰心喪氣，開始對一切抱持懷疑，除了修補鞋子，什麼都不感興趣，你把那封有關我們未來命運的信都丟在角落裡不管啦。』我就是這對他說的，我一天又一天一再說這些話，有天他終於嘆了一口氣，撿起那封信走了。然而促使他出去送信的動力，也許並不是我說的那些話，而是想再到城堡去的欲望，如果他不把信送到，他是不敢再去的。」「可是你說的這一切都是絕對正確的，」K說：「你對這一切理解得這樣透徹，真教人驚嘆。你是多麼聰明啊！」「不，」奧爾珈說：「你上了這些話的當了，或許他也上了當了。因為他到底有什麼成就？他能到辦公室去，但那似乎根本不是一間辦公室。他與克拉姆談話，但是那個人真的是克拉姆嗎？是不是只是某個有點像克拉姆的人？或許頂多是一位祕書吧？他有一點像克拉姆，於是竭力想使自己更像他一些，裝出一點克拉姆那種睡眼惺忪的架勢來。他這一方面的性格模仿起來是最容易不過的，有不少人學他這種樣子，儘管他們都知道其他方面是不容易學的。像克拉姆這樣的人是大家都想見的，可是他又難得露面，於是他的形象很容易在大家的想像中產生出許多不同的形狀。比如，克拉姆在這村子裡有一個名字叫摩麥斯的祕書。你認識他，對嗎？他也是躲在幕後不見人的，可是我見過他好幾次了。一個滿結實的年輕小伙子，什麼？你說他不是長這樣嗎？所以，顯然他一點也不像克拉姆。可是你在村子裡會發現有人發誓說摩麥斯就是克拉姆，他就是克拉姆，此外不再有別的克拉姆了。人們就是這樣把自己搞迷糊的。所以，又有什麼理由可以斷言城堡裡的情況就不是如此？有人指定一位官員當作克拉姆介紹給巴納巴斯，他是否像克拉姆，巴納巴斯始終犯疑。而且每一件事情都證明他的懷疑是有根據的。我們能設想克拉姆會和其他官員一起，耳朵後面夾了一枝鉛筆，在一間普通房間裡擠來擠去嗎？這是絕對不可能的事情。巴納巴斯像一個孩子，也像孩子一樣信任人家，他常常說：『那位官員的確很像克拉姆，要是他坐在自己辦公室裡，門上寫著他的名字，那麼，我就不會有什麼懷疑。』這是孩子氣的話，可是說的也有道理。自然，假使他在城堡裡就向人家探問事實的真相，也許就更有道理了，因為從他的談話看來，當時周圍站著的人一定很多。他們的說法儘管並不比那個為他介紹克拉姆的人所說的話更可靠，但是在眾說紛紜中想必會有一點共同的根據，一點可供相互比較的共同根據。這不是我的想法，這是巴納巴斯的想法，可是他不敢實踐他的想法，他不敢對任何人說出這些想法，唯恐無意中觸犯了某一條未經宣布的法令而失去這份工作。你看他是多麼疑惑不決，這種可憐的疑惑不決，比他所說過的全部描繪更清晰地說明了他在城堡裡的地位。他連開口問一個無關緊要的問題都不敢，在他看來，這一切該是多麼模糊又多麼可怕！我一想到這點，就自責不該讓他獨自一個人到那些情況不明的房間裡去，雖然他還算有勇氣而不能說是一個懦夫，但那裡的環境還是影響著他，他站在那裡的時候，顯然是嚇得發抖。」

「我想，說到這裡你已經觸及問題的關鍵了，」K說：「正是這一點。你已經告訴我了，我認為我能清楚地了解這事情了。巴納巴斯年紀太輕，擔當不了這樣的差事。他對你說的這些事情，表面上沒有一點是值得認真看待的。他在城堡裡既然嚇得神智不清，想必就失去了觀察事物的能力，你逼著他把所見所聞說給你聽，你聽到的也就只是亂七八糟編造出來的東西。這並不使我奇怪。害怕官方是你們這裡的人生來的天性，它透過各種方式從各方面影響了你們的全部生活，你們自己也一直加強這種影響。不過，基本上我也並不反對敬畏官方，如果官方是好的，為什麼不該受人敬畏？只是不想突然派一個像巴納巴斯這樣毫無經驗的小伙子到城堡裡去，但他從來也沒有跑出村外一步，你卻指望從他嘴裡探聽到一切真實可靠的情報，把他所說的每一句話都作為憑據，又把自己的一生幸福寄託在這樣的憑據上。再沒有比這種事錯得更離譜的了。我承認我自己也正是這樣讓他引上了錯誤的道路，我把希望寄託在他身上，然後又忍受失望的苦痛，這兩者都只是根據他說的話，換句話說，也都是沒有根據的。」奧爾珈不吭聲。「我很難說服你別再相信你的弟弟，」K繼續說：「因為我知道你是多麼愛他，對他的期望又那麼大。但是我必須說服你，就算只是為了你對他的愛和期望。我要指出的是，總有什麼東西——我不知道那是什麼——阻礙了你，使你看不清巴納巴斯究竟得到了人家多大的恩賜——我不想說他的成就。人家准許他到辦公室去，你也許喜歡說接待室，好吧，就算是接待室吧，那一定還有通到接待室後面的門，如果一個人夠有勇氣，那些壁壘是能夠通過的。就拿我來說吧，這間接待室就絕對走不進去，至少目前走不進去。我不知道跟巴納巴斯說話的那個人是誰，或許是全部人員中最低階的錄事，但即使是最低階的，你也可以透過他和他的上司產生連結，假使這一點也辦不到，他至少能告訴你他上司的名字，若他連這一點也辦不到，他也能告訴你誰會知道他上司的名字。那個所謂克拉姆的人，也許跟真的克拉姆毫無共同之處，兩個人的面貌也可能並不相似，只有在巴納巴斯的眼中看來才會相似，那是因為他害怕得連眼睛也看不清楚了，這個克拉姆可能是一個最低階的官員，甚至根本不是一個官員，但他總還是在辦公桌上辦公的，他至少還是翻閱那本大書的，他至少還是在給錄事低聲口授什麼事，當他的眼光偶爾落到巴納巴斯的身上時，他至少還是有所思索的，即使這些也都不是真實的，他和他的動作都是無關緊要的，但把他安置在那裡至少是有一定的用意。這一切都說明，在那裡並不是什麼都沒有，而是有著一些可以給巴納巴斯利用的機會的，至少有那麼一、兩件事物他可以利用。如果巴納巴斯除了懷疑、焦灼和失望以外一無所得，那是他自己的過錯。這只是從事情最不利的一面來解釋，事實卻絕不會那麼不利。因為我們確確實實收到了兩封信，當然，我並不把這些信看得多麼重要，但是比巴納巴斯所說的卻重要一些。就算這些信是毫無價值的陳年舊信，是從一大堆同樣毫無價值的舊信裡隨手撿出來的，並不比市集上鸚鵡表演銜牌算命時叼出來的書信高明多少。就算是這樣好了，這兩封信還是跟我的命運有關係。這兩封信對我顯然是有意義的，儘管並不一定有利，因為根據村長夫婦的證實，它們是克拉姆親筆寫的，村長還確認，這種信意義重大，儘管確實是私人的以及非公開的，可是仍很重要。」「村長是這樣說的嗎？」奧爾珈問道。「是的，他是這樣說的，」K回答她。「我一定得把這件事告訴巴納巴斯，」奧爾珈連忙說：「這會給他帶來很大的鼓勵。」「但是他並不需要鼓勵，」K說：「你鼓勵他，就等於肯定他做得對，他就會按照目前這樣繼續做下去，然而，這正是他闖不出任何名堂來的原因。要是一個人的眼睛縛上了繃帶，不管你怎樣鼓勵他，叫他透過繃帶往外看，他絕不會看見什麼東西。只有拿掉了繃帶以後，他才看得見。巴納巴斯需要的是幫助，而不是鼓勵。只要想一想，在城堡這樣一個龐大的統治機構裡有著各種錯綜複雜的關係——我來到這裡以前，我還以為我對這種統治機構的性質是略有認識的，我這種想法多幼稚！——在城堡裡全都是權威人物，他們的對象是巴納巴斯，只有巴納巴斯一個人，只有他一個人可憐兮兮地蜷縮在一間辦公室又黑又冷的角落裡消磨一生，對他來說，這就是夠光榮了。」「K，你別以為我們低估了巴納巴斯面臨的困難，」奧爾珈說：「我們對權威當局懷著足夠的敬意，你自己也這樣說過。」「但這是一種不恰當的敬意，」K說：「你們的敬意不該用在這種地方，這種敬意反而是褻瀆。巴納巴斯獲得了進入辦公室的特權，但是他在辦公室裡什麼事情也不做，白白浪費時間，回來後還要輕視和貶抑那些自己剛才還在他們面前發抖的人，否則就是心灰意懶，連信也拋下不肯送了，交給他的任務也不執行了，難道這樣的濫用特權你也能說是出於敬意嗎？這跟敬意差得可遠了。可是我還要再說一句責怪的話，奧爾珈，我也應該責怪你，我不能寬恕你。儘管你以為你對當局是相當尊敬的，可是你卻把這麼一個年輕、懦弱和孤單的巴納巴斯送到城堡裡去，至少你沒有勸他別到那裡去。」

「你的譴責，」奧爾珈說：「也是我一開始對自己所作的譴責。其實並不是我叫他到城堡裡去的，我沒有叫他去，那是他自己去的，但是我應該盡量設法不讓他去。用強迫的辦法，用巧妙的辦法，用說服的辦法，我都應該攔住他不讓他去。可是如果今天要我再下決心的話，如果現在我對巴納巴斯和我們全家所處的窘迫境地，也像當時那樣感到痛心，如果巴納巴斯儘管明明知道擺在他面前的責任和危險，還是含著微笑離開我到城堡去的話，那麼，雖然這中間已經發生了這麼多事情，我還是不會拉他回來的，而且我相信，要是你處在我的位置，你也不會拉他回來的。你不知道我們的處境有多麼困難，這就是為什麼你對我們大家，特別是對巴納巴斯，都很不公平的原因。那時候我們抱的希望比現在大，不過也並不是很大，而我們的處境卻是很苦的，現在也還是這樣。弗麗達完全沒有具體談起我們的情況嗎？」「只是隱隱約約地談了一些，」K說：「沒有說到什麼具體的事情，可是一提起你的名字她就生氣。」「旅館的老闆娘也沒有告訴你什麼事情嗎？」「沒有，沒有談過什麼。」「旁人都沒有談起嗎？」「一個人也沒有。」「當然囉，誰能告訴你什麼事情呢？關於我們的事情，人人都知道一點，有的是他們打聽到的事實，有的不過是誇大其詞的傳聞而已，大部分是編造出來的，他們毫無必要地猜測我們的事情，但是又沒有一個人真的願意說出來，大家不好意思把這些事情說出來。他們不說是很正確的。K，甚至在你的面前也很難說出口。你聽了這些事以後，你可能就會離開我們──你不會嗎？──你可再也不跟我們來往了，就算這些事和你似乎並沒有多大關係。這樣一來，我們就會失去你，而我可以坦白地說，現在對我來說，你幾乎比巴納巴斯在城堡裡擔任的職務還更重要。可是，儘管這一下午的話已經談得我昏頭昏腦，但我還是得把事情告訴你，要不然你就看不透我們的處境，而使我感到最苦痛的是，你會繼續虧待巴納巴斯。那麼，我們之間要達到完全的共識，也就不可能了，你既不能幫我們的忙，我們也不可能再給你幫什麼忙。可是我還必須問你一個問題：你真的要聽嗎？」「你為什麼問？」K說：「假使必要的話，我是很願意聽的，可是你為什麼這樣問我？」「這是因為迷信，」奧爾珈說：「像你這樣天真，幾乎跟巴納巴斯一樣的天真，你會捲進我們的旋渦裡來的。」「快點告訴我吧！」K說：「我並不害怕。像你這樣婆婆媽媽大驚小怪的樣子，反而要把事情愈搞愈糟了！」

阿瑪麗亞的祕密

「讓你自己去判斷吧！」奧爾珈說：「我警告你，這事情聽起來很簡單，一個人不能馬上就明白為什麼它有這樣重要的意義。城堡裡有一位名叫索爾蒂尼的大官員。」「我已經聽過他的名字了，」K說：「我到這裡來跟他也有關係。」「我可不這麼認為，」奧爾珈說：「索爾蒂尼很少露面。你是不是聽錯了，把『索爾提尼』當成了『索爾蒂尼』，把『提』聽成了『蒂』了吧？」「你說對了，」K說：「你說的是索爾蒂尼。」「是呀，」奧爾珈說：「索爾蒂尼是很出名的，他是一個最勤勞的職員，大家常常談起他，可是索爾蒂尼卻不大愛交際，大多數人都不知道有他這麼一個人。我第一次也是最後一次見到他，是在三年多以前。那是在七月三日消防會舉辦的慶祝會上，城堡也參與了這次慶祝會，並且還贈送了一輛新式消防車。索爾蒂尼據說是擔負著消防會的領導責任，也許他只是代理別人職務——官員們就這樣互相遮掩，所以很難知道真正負責的到底是哪一位官員——索爾蒂尼參加了消防車的贈送儀式。自然，還有不少從城堡裡來的人參加，其中有官員，也有侍從，索爾蒂尼保持了他的一貫作風，把自己藏在幕後。他是一個矮小、柔弱、思慮沉著的紳士，凡是見到他的人都會注意他額頭上的那種皺紋；布滿在額頭上的扇形皺紋——

雖然他肯定還不到四十歲，皺紋卻實在不少——一直延伸到他的鼻根。我從來沒有看見過像他這樣的人。我們也參加了那次慶祝會。阿瑪麗亞跟我為了這次慶祝會，早就興奮了好幾個星期了，我們也準備好了參加這次盛會的節日衣服，一部分還是特地新做的，阿瑪麗亞的衣服更漂亮，一件雪白的罩衫，胸前鑲著一道道像泡沫般高聳的花邊，媽媽為了縫這件罩衫，把她所有的花邊全用光了。我嫉妒死了，在參加慶祝會的前夕哭了整整大半個晚上。只是當第二天早晨，橋頭旅店的老闆娘跑來看我們的時候——」「橋頭旅店的老闆娘？」K問道。「是呀，」奧爾珈說：「她是我們親密的朋友，唔，她來了，她不能不承認阿瑪麗亞打扮得比我漂亮，於是她安慰我，答應把她自己那副波希米亞紅寶石頸鍊借給我戴。我們準備動身的時候，阿瑪麗亞站在我的旁邊，眾人一致誇讚她，爸爸說：『你們聽我這句話，今天阿瑪麗亞一定會找到一個丈夫。』於是我不知怎麼的，就把我最大的驕傲，我那副項鍊脫下來，戴在阿瑪麗亞的頸上，心裡也不再嫉妒了。我拜倒在她的勝利面前，我覺得別人也一定都會拜倒在她的面前。也許使我們感到非常驚奇的是，她的風度與往常大不相同，因為她本人實在並不怎麼美，但是，她那憂鬱的眼神（從那天以後就一直是這樣）卻居高臨下地俯視著我們，使人不由自主地要向她膜拜。每一個人都注意到這一點，甚至雷瑟曼跟他的妻子來帶我們去的時候，他們也這樣說。」「雷瑟曼？」K問。「對，雷瑟曼，」奧爾珈說：「我們是一向受人尊重的，要是我們不去，慶祝會就不能順利開始，因為我的父親在消防會裡是第三把手。」「你的父親居然還那麼活躍？」K問道。「你說我的父親嗎？」奧爾珈反問道，好像沒有完全聽懂他的意思。「三年以前他還是一個相當年輕的人呢，例如有一次赫倫霍夫旅館失火的時候，他背上馱了一個官員一口氣從屋子裡跑了出來，這個官員名字叫格拉特，是一個身材魁梧的人。那時我也在場，實際上並沒有什麼危險，不過是火爐附近的一根乾柴開始冒煙了，格拉特就嚇得向窗子外面喊救命，救火隊趕去了，雖然火早已滅了，但是爸爸還是把他揹了出來。因為格拉特當時發現自己已經不能動彈了，在這樣的情況下，當然還是小心的好。只是因為你提起爸爸，我才告訴你這個故事；從那時到現在不到三年多，可是你看他現在是個什麼樣子。」這時，K才發現阿瑪麗亞已經回到房裡來了，但是她離得遠遠的，在她父母坐的桌子旁邊，母親犯了風濕症，兩隻手臂不能動彈，她一面餵母親吃東西，一面勸父親耐心等著，等等就要輪到他了。但是她的勸告沒有效果，因為她的父親饞著要喝湯，顧不得身子軟弱，想自己拿來喝，先用湯匙舀，後來乾脆想直接捧起碗來喝，可是都沒能喝成，他氣得嘴裡直嘟囔。他的嘴還沒有碰到湯匙，裡面的湯早就沒有了，他的氣力喝不到碗裡的湯，因為長長的鬍鬚早已浸到了湯裡，撒得到處都是湯，就是到不了嘴裡。「難道三年的時間就把他變成了這副樣子嗎？」K問道，然而他對這兩個老人卻產生不出一點同情心來，那整個角落，包括那張桌子在內，只令他感到厭惡。「三年，」奧爾珈慢慢地回答道，「或者說得更正確一點，在慶祝會上的幾個鐘頭裡就變成了這個樣子。慶祝會是在村子靠近小溪的一塊草地上舉行的。我們到達時，那裡已經擠得人山人海了，好多人是從鄰近的幾個村子來的，聲音喧囂，鬧得人心裡發慌。爸爸當然首先帶我們去看那輛消防車，他一看見就樂得笑呵呵的，這輛新消防車使他非常開心，立刻就開始進行檢驗，並且為我們講解，他不願聽一句反對或者懷疑的話，一碰到他有什麼東西非要指點給我們看不可的時候，就一直要我們大家彎著身子趴在車身下面看，巴納巴斯不想看，就挨了他一巴掌。只有阿瑪麗亞沒有理會這輛消防車，她穿著那套漂亮的衣服筆直地站在消防車旁邊，誰都不敢跟她說一句話，我有時跑到她的身邊拉拉她的手臂，她也不吭一聲。我們在消防車前面站了那麼久，沒有注意到索爾蒂尼，這一點我到今天也想不出是什麼原因，後來還是在爸爸轉過身去的時候才發現了他，很明顯，他一直就靠在消防車後面的一只輪子上。當然，當時我們周圍是一片可怕的喧鬧聲，還不光是平常的那種喧鬧聲，因為城堡送給消防會的，除了消防車以外，還送了幾只喇叭，這種與眾不同的樂器，你只要輕輕吹一下——連一個小孩子也會吹——就會發出震天響的噠噠聲。這種喇叭聲就會教你想起一定是來了土耳其人啦，這種你怎麼也聽不慣的喇叭聲，聽到一聲你就會嚇得跳起來。而且因為喇叭是新的，誰都想去試一試，又因為是慶祝會，誰都可以吹。有幾個吹鼓手就在我們的耳朵旁邊吹，也許是阿瑪麗亞引他們來的。在這樣的情況下要保持頭腦靈敏就很難了，再加上我們還得聽爸爸的話，把全部注意力集中在那輛消防車上面，以至於這麼久一段時間我們都沒有發覺索爾蒂尼在場，況且我們也不知道他是誰。『那是索爾蒂尼。』最後還是雷瑟曼悄悄地對我爸爸說——我正在爸爸旁邊——爸爸一聽興奮得不得了，就對他深深鞠了一個躬，還揮手教我們也鞠躬。爸爸一向崇拜這位以前從未見過的索爾蒂尼，把他看做是消防會事務領域的權威人物，在家裡常常談起他，所以，我們現在能夠親眼看到索爾蒂尼，對我們來說，實在是一件十分震驚、十分重要的大事情。但是索爾蒂尼並沒有理會我們，這倒並不是只有他才這樣，因為官員們在公開場合大都是不招呼人的，況且他已經很累了，只是因為公務在身才不得不待在那裡。對這類任務特別厭倦的還不算是最糟的官員，有的官員和侍從索性跟老百姓混在一起。只有他一聲不響地待在消防車那裡，卻把那些原想靠過去請求他什麼事情或者說一句恭維話的人都嚇跑了。所以，他也是在我們查覺他好半天以後，這才注意到我們。甚至也只是在我們向他恭恭敬敬地鞠了躬，爸爸為我們向他表示了歉意以後，他才向我們這邊看，帶著厭倦的神氣逐一打量著我們，好像因為發現自己必須一個又一個地看下去而唉聲嘆氣，直到最後他的目光落到了阿瑪麗亞身上，他得抬起頭來才能看清楚阿瑪麗亞，因為她的個子比他高得多。他一看到她便怔住了，接著就走來靠近她，起先我們誤會了他的意思，爸爸還領著我們迎上前去，但是他舉起手來制止我們，接著又揮手趕我們走。當時的情況就是這樣。我們取笑阿瑪麗亞果然找到了一位丈夫，我們就這樣傻裡傻氣地開心了整整一個下午。但是阿瑪麗亞比往常更沉默了。『她深深地陷入了索爾蒂尼的愛情中去啦！』勃倫斯威克說，他平時為人比較庸俗，不理解阿瑪麗亞那樣的性格。但是這一回我們都認為他是說對了。那天我們大家樂得幾乎發狂了，每一個人，連阿瑪麗亞在內，半夜回家的時候都好像喝了城堡的美酒般暈頭轉向了。」「那麼，索爾蒂尼呢？」K問。「對，索爾蒂尼，」奧爾珈說：「那天下午我在他身邊走過的時候看到好幾回，他交疊著雙臂坐在消防車的車轅上，一直待到城堡裡的馬車來接他回去。他甚至連救火演習都沒有跑過去看，爸爸是十分希望索爾蒂尼會去看的，因為他在這場演習中表演得比所有跟他同齡的人都出色。」「你們沒再聽到他的消息了嗎？」K問道：「你好像很關心索爾蒂尼。」「哦，是的，我很關心，」奧爾珈說：「啊，有聽到，我們當然還是有聽到有關他的消息。第二天早晨我們從熟睡中被阿瑪麗亞的一聲尖叫驚醒了，其他人在床上翻了一個身又躺下去睡了，可是我卻被完全吵醒了，便跑到她那裡。她手裡拿著一封信站在窗口，這是一個人剛從窗外遞進來的，他還在外面等候回音呢。信寫得很短，阿瑪麗亞已經看過了，握在她垂著的手裡。我看到她這副倦懶的嬌態，感覺她是多麼可愛！我在她身邊跪了下來，讀著那封信。我還沒有讀完，她瞟了我一眼，就從我手裡把信拿回去了，但是她實在無法再讀第二遍，便把信撕得粉碎，又掀起碎片對準窗外那個人的臉上扔去，接著就關上了窗子。我們的命運就在這天早晨決定了。我雖說『決定了』，但是前一天下午的每一分鐘也都同樣是具有決定意義的。」「那麼，信裡說了些什麼呢？」K問。「對啦，我還沒有告訴你呢，」奧爾珈說：「這是索爾蒂尼寫給那個戴了紅寶石項鍊的女孩的一封信。我不能複述這封信的內容。這是召她到赫倫霍夫旅館他那裡去的一張便條，要她馬上就去，因為半小時以後，他就得離開了。這封信是用最最下流的話寫的，那種話我還從來沒有聽見過，我只能從字面上猜測其中的一半意義。凡是不認識阿瑪麗亞的人，看到一個女孩接到這樣的信，一定會認為是奇恥大辱，儘管人家並沒有碰她一下。這不是一封情書，連一句柔情的話也沒有，相反的，索爾蒂尼由於阿瑪麗亞的出現而變得心神不寧，工作的注意力也分散了，顯然他因此大發雷霆。後來，我們為了了解真相，把所有的碎片都拼湊起來，很明顯，索爾蒂尼原想在當天下午直接回城堡去，但是為了阿瑪麗亞，他選擇在村子裡留下來了，但是過了一夜卻仍無法把她忘掉，第二天早晨，他氣極了，於是就寫了那封信。任何人讀到這種信，最初也必然會勃然大怒，連一個最冷血的人也不會例外，不過，假使換了別人，再讀信裡那種威脅的語氣，恐懼心馬上又會占上風，可是阿瑪麗亞只感覺到憤怒，她從來不知道為自己或是為別人害怕或恐懼。當我重新爬上床去睡覺的時候，心裡不斷想著信上最後的那一段話——那一段話只說了一半就停了：『你必須給我馬上來，要不然，我就……』阿瑪麗亞仍然坐在窗台上望著外面，好像在等著再有什麼送信的人來，她準備像對付第一個送信人那樣去對付他們。」「當官的就是這個樣子，」K勉強說：「這不過是其中的一種類型罷了。你爸爸又怎麼辦呢？我希望他向有關部門提出強烈的抗議，要是他不想直截了當到赫倫霍夫去提出抗議的話。這件事最糟的並不在於阿瑪麗亞所受到的侮辱，這是容易補償的，我不懂你為什麼要誇大其詞地強調這一點。索爾蒂尼寫的這樣一封信，怎麼可能使阿瑪麗亞蒙受一輩子的恥辱呢？……聽了你說的故事，人家還以為這是她終身洗不掉的恥辱呢！這是絕對可能的，要挽回阿瑪麗亞的名譽是很容易的，過不了幾天，事情就會全部煙消雲散，真正可恥的倒是索爾蒂尼自己，而不是阿瑪麗亞。使我感到恐怖的是，索爾蒂尼居然能濫用威權到如此地步。這種事情這次是失敗了，因為做得太露骨了，太赤裸裸了，又碰到阿瑪麗亞這樣一個有力的對手，但是這種事情要是在條件比這稍微不利的場合下，再有一千次也能成功的，甚至連受害者本人可能都察覺不出那份恥辱。」「噓，」奧爾珈說：「阿瑪麗亞正往這邊看。」阿瑪麗亞已經伺候父母吃完了飯，現在忙著給母親脫衣服。她剛解開了母親的裙子，讓母親的手臂摟住她的脖子，在脫裙子的時候，又把母親抱起一點，再輕輕地把她放下來。她的父親還在生氣，因為先照顧了他的妻子，其實這不過顯然只是因為她的身子比他更不行，他現在正想自己脫衣服，或許他也想藉此作為對他所認為的女兒行動太緩慢的一種譴責，可是儘管他開始著手的是最輕易和最不必要的事情，只是脫去那隻鬆鬆套在腳上的大拖鞋，然而他連這隻拖鞋也脫不下來，他大口喘著氣，不得不就此罷手，重新直挺挺躺在椅子上。「可是你還不知道真正具有決定意義的事情是什麼，」奧爾珈說：「你說的話也許都對，但是具有決定意義的是，阿瑪麗亞沒有去赫倫霍夫。她對待信差的態度也許是能得到寬恕的，別人也不會去追究。但是因為她沒有到旅館去赴約，詛咒就落到我們一家人的頭上，這樣也就使她對待信差的態度變成不可饒恕的冒犯行為了，是的，這一點到後來甚至是公開提出的一條主要罪狀。」「什麼！」K大聲叫了出來，但是看到奧爾珈舉起兩隻手來懇求他不要大聲叫嚷，便又立刻壓低聲音。「難道你，作為她的姊姊，也竟然認為阿瑪麗亞應該順從索爾蒂尼的意思，當下就趕到赫倫霍夫旅館去嗎？」「不，」奧爾珈說：「老天保佑我，可別這樣懷疑我，你怎麼能這樣想呢？我不知道還有哪個人能像阿瑪麗亞那樣什麼事情都做得那麼正確的。假使當初她上赫倫霍夫旅館去了，我當然也會照樣支持她；可是她沒有去，這是了不起的英雄行為。至於我，我坦白地承認，要是我接到了那樣的一封信，我一定是要去了。我受不了那種威脅，我害怕會發生什麼意外，只有阿瑪麗亞才承受得住。因為對付這樣的事情是有很多辦法的。比如說，若是另一個女孩，就會把自己打扮起來，故意磨磨蹭蹭花上一些時間，然後再到赫倫霍夫旅館去，目的只是去撲一個空，也可能會發現索爾蒂尼打發信差出去後就馬上離開了，這是非常可能的，因為這些紳士們的心情是變幻無常的。但是阿瑪麗亞既不那樣做，也不採取任何其他方式，因為她受到嚴重侮辱，所以絕無保留地一口回絕了。她只要做出一點順從的樣子，在恰當的時刻跨進赫倫霍夫旅館，那麼懲罰就不會落到我們身上來了，我們這裡有不少非常聰明的律師，就算無中生有，他們也能編出一大套說詞，可是在這件事情上，他們連無中生有的影子都沒有，反而卻有什麼蔑視索爾蒂尼的信啦，侮辱他的信差啦，等等。」「可是這一切懲罰和律師又算得上什麼呢？」K說：「阿瑪麗亞絕不會因為索爾蒂尼的起訴而受到控告和懲罰吧？」「她會的，」奧爾珈說：「她會受控告和懲罰，當然不是按照正式的司法訴訟程序，她並不是直接受懲罰，可是照樣在其他方面受到懲罰，她跟我們一家人受的懲罰有多麼沉重啊！這你也一定開始看得出來了。在你看來，這是不公正的，是可怕的，但是全村就只有你一個人抱著這樣的看法，這種看法是對我們有利的，應該是使我們感到安慰的，如果這種看法顯然不是建築在錯誤的觀點上，我們就真的感到安慰了。我可以輕易地證明這一點，你得原諒我，要是我順便提起了弗麗達的話，可是在弗麗達跟克拉姆之間，拋開這兩件事情的最後結果不談，一些最早的跡象是與阿瑪麗亞跟索爾蒂尼之間的情況非常相似的，而且，儘管開頭聽起來你也許會大吃一驚，但是現在你聽起來就覺得很自然了。這不僅是因為你已經聽慣了這樣的事情，光是習慣還不能減弱一個人的正常判斷力，還因為你已經擺脫你原來的偏見了。」「不，奧爾珈，」K說：「我不懂你為什麼要把弗麗達也扯進來，她的情況跟這不一樣，別把這兩件不同的事情混淆在一起，現在你還是繼續講你的故事吧！」「如果我堅持要比較的話，請你不要見怪，」奧爾珈說：「在你身上還保留著殘餘的偏見，所以一提到弗麗達，你就覺得非保護她不可，不願讓人拿她來作比較。她是不需要保護的，而是應該受到讚揚的。拿這兩件事情來比較，我並不是說它們完全一樣，而是說這兩者之間的關係正如黑與白的關係一樣，而白的是弗麗達。一個人對弗麗達最不該做的事情就是嘲笑她，像我那回在酒吧就很粗魯地嘲笑過她——事後我感到很抱歉——可是即使有人嘲笑她，那也是出於嫉妒或者敵意，不管怎樣，總還能叫人發笑。而在另一方面，除了有血緣關係的親人以外，人們對阿瑪麗亞只能表示輕蔑。因此，如你所說，這兩件事情是完全不同的，可是來質也還是相像的。」「這兩件事根本沒有任何相同的地方，」K固執地搖著頭說：「別把弗麗達扯進來，弗麗達可沒有接到過像索爾蒂尼那樣莫名其妙的信，她也真的愛著克拉姆，要是你不相信，你只需要問一問她就知道了，她到現在還愛著他呢。」「可是這就真的不同了嗎？」奧爾珈問：「你以為這樣一來克拉姆就不會用索爾蒂尼那種口氣寫信給弗麗達嗎？這些紳士們就是這樣，當他們辦完公事站起身來的時候，他們不知道怎樣打發他們日常生活才好，於是便心煩意亂地說出最粗野的話，不是每個人都這樣，但是大多數人都是這樣。寫給阿瑪麗亞的信也可能是一時的感情衝動，完全沒有考慮到寫在信上的字所代表的意義。我們知道這些紳士先生們在想什麼嗎？你自己聽到過或者聽人說起過克拉姆對弗麗達說話的口氣嗎？克拉姆是以粗野出名的，他能夠一連幾個鐘頭像啞巴似地坐著一聲不響，然後突然冒出粗話來嚇得你禁不住發抖。倒還沒有聽說索爾蒂尼有這樣的情況，但是那時候認識他的人還很少呢！關於他的情況，大家真正知道的就不過是他的名字聽起來像索爾提尼而已。要不是他們兩人名字相像的話，可能大家根本就不知道他。甚至作為消防會的一個權威人物，人家顯然也誤將他當成了索爾提尼，以為是真正的權威人物，他利用名字的相似把許多事情推到索爾提尼的身上，尤其是碰到任何任務要他當代表的時候，好讓自己不受干擾。現在，像索爾蒂尼這麼一個不善於社交的人，突然發覺自己愛上了一個鄉村女孩，對待這樣一件事，他跟別人，比方說，跟隔壁小木匠的學徒相較，自然是迥然不同的。人們也必須記住，在一個官員跟一個鄉村補鞋匠的女兒之間是隔著一道鴻溝的，上面必須有一座橋梁才能通過，索爾蒂尼就想這樣做，換了別人也許就不是那樣做了。當然，我們這些人都被認為是屬於城堡的，我們之間也不存在什麼鴻溝，也不需要什麼溝通的手段，在一般情況下，這也可能是千真萬確的，但是一旦發生了真正重大的事情時，我們所有的無情證據卻又證明這些都不是真實的了。不管怎樣，這一切應該能讓你對索爾蒂尼的行徑比較理解，也不那麼害怕了。跟克拉姆的行徑比較起來，他還是比較合理的，甚至對那些受到影響的當事人來說，也比較容易忍受一些。克拉姆寫的情書，比索爾蒂尼最粗野的信還更教人生氣。你別誤會我的意思，我可不是在冒昧批評克拉姆，我只是在比較這兩個人，因為你看不出這兩個人的相異之處。克拉姆是凌駕在女人之上的暴君，他先傳召這個女人到他那裡去，接著又要另一個人上他那裡去，他跟誰都不長久，他攆走她們就跟找她們來一樣隨便。哦，克拉姆甚至不屑於先寫一封信，他認為太費事了。所以，相比之下，這樣一個不愛交際的索爾蒂尼，他跟女人的關係至少人們還不知道，居然肯屈尊用他漂亮的官方手筆寫上一封信，雖說內容寫得很差勁，難道能說他這樣的行徑跟克拉姆一樣可怕嗎？如果受到克拉姆的垂青並不是榮譽而是相反，那麼弗麗達對克拉姆的愛情又怎麼能被認為是榮譽呢？女人和官員之間存在這種關係，請相信我的話，這是很難斷定的，或者不如說是很容易斷定的。因為在男女關係中總會發生愛情。一個官員絕不會有情場失意這種事情。所以，就這方面來說，一個女孩——我不光是指弗麗達，也是指別的許多女孩——只是出於愛情才獻身給一個官員。她愛他，於是就獻身相許，僅此而已，這裡沒有什麼值得稱道的東西。可是你會反駁我說阿瑪麗亞根本不愛索爾蒂尼。好，也許她並不愛他，可是當時也許她是愛他的，誰又能肯定呢？連她自己也不能肯定，當她那麼激烈地拒絕他的時候，她怎麼能想像她就不愛他呢？因為從來沒有一個官員被女人拒絕過。巴納巴斯常說，有時候她還會氣得渾身發抖，跟三年前她拚命關上窗子的時候的情形一樣。這倒是真的，因此，誰也不敢去問她什麼，她跟索爾蒂尼已經一刀兩斷了，這就是她知道的一切。她愛他還是不愛他，她就不知道了。可是我們都知道，官員們往往只要對女人稍假顏色，她們就會情不自禁地愛上他們，是的，甚至早就愛上他們了，如果她們要否認，就讓她們否認去吧！而索爾蒂尼不僅對阿瑪麗亞表示好感，而且一看到她就湊上前來。儘管他的兩條腿在辦公桌旁坐得僵直，但一下子就跨過車轅。可是你可能會這麼說，阿瑪麗亞不過是一個例外。是的，她是例外，她拒絕去找索爾蒂尼，這的確是一個例外，但是，假使再加上一句，說她根本不愛索爾蒂尼，那麼，她這種絕無僅有的例外，就不是一般人所能理解的。我得向你承認，那天下午我們都被搞得暈頭轉向了，可是儘管我們心裡糊塗，我們認為我們還是看到了阿瑪麗亞墜入情網的跡象，至少流露出一些愛的跡象。但是一旦我們把這一切都考慮在內，弗麗達和阿瑪麗亞之間還有什麼不同嗎？只有一點不同。就是弗麗達做了阿瑪麗亞所不願做的事。」「也許是這樣吧！」K說：「但是對我來說，主要的不同之點是，弗麗達是我的未婚妻，而我之所以關心阿瑪麗亞，只是因為她是城堡使者巴納巴斯的妹妹，她的命運也許跟他的職務連結在一起了。假使正像你一開始講的情況那樣，阿瑪麗亞在一個官員手裡遭到嚴重的屈辱，那麼，我應該正視這件事，然而這是出於社會輿論的責任感，而不只是出於對阿瑪麗亞個人的同情。但是你所說的這一切已經改變了我的處境，儘管我不明白是怎樣改變的，可是既然這是你告訴我的，我也就準備接受這種已經改變的處境，因此，我想丟開這件事不談。我不是消防會會員，索爾蒂尼跟我毫不相干。可是弗麗達跟我是有關係的，我毫無保留地信賴她，而且會繼續信賴她，使我感到驚奇的是，你離開了正題，在談論阿瑪麗亞的時候竟攻擊起弗麗達來，想動搖我對她的信任。我並不認為你是有意這樣做的，更不是出於敵意，因為假使如果真的是那樣，我早就該離開了。你不是存心如此，而是為形勢所迫，出於對阿瑪麗亞的愛，你要把她捧得比其他所有的女人都高，你就不自覺地說出這些話來了，而且由於你在阿瑪麗亞身上找不到足夠的美德，你就只好用貶低別人的辦法來自圓其說。阿瑪麗亞的行為是夠出色的，可是你說得愈多，反而就愈說不清她的這個行為到底是崇高還是卑微，是聰明還是愚蠢，是勇敢還是懦怯。阿瑪麗亞將她的動機深深藏在心裡，誰也猜不透她打的是什麼主意。另一方面，弗麗達卻沒有幹出什麼驚人的事情來，她只是照著自己的心意行事，對於任何一個懷著善意去觀察她行動的人來說，那是一目瞭然的，是可以用事實來證明的，因此也沒有什麼把柄可以讓別人蜚短流長。可是我既不想貶低阿瑪麗亞，也不想捍衛弗麗達，我所希望的只是讓你明白我跟弗麗達之間存在著什麼樣的關係，對弗麗達的攻擊也就是對我本人的攻擊。我到你們村子裡，是出於我的本意，我要在這裡安家，也是出於我自己的本意，可是自從我來到這裡以後，我所遭遇的一切，尤其是我將來會有什麼樣的前途——儘管前途黯淡，前途畢竟還是存在的——我得完全依靠弗麗達，這一點你是怎麼也無法駁倒我的。是的，我是作為一個土地測量員應聘到這裡來，可是這不過是一個託辭，他們是在戲弄我，每戶人家都趕我出來，直到今天他們還在戲弄我。可是現在我碰到的這場遊戲卻更加錯綜複雜了，簡直可以說是一個大迴圈——這是有用意的，但是也不會有多大意義——可是我已經有了一個家，有了一個職務，有了要做的工作，我有了一個未婚的妻子，在我有別的事情要辦的時候，她分擔我的職務，我準備跟她結婚，成為本村居民，除了跟官方有了連結以外，我跟克拉姆還有私人的聯繫，儘管目前我還沒有利用這一點。這些難道還不夠多嗎？我到你這裡來的時候，為什麼我會受到你的歡迎？為什麼你推心置腹地把你們家庭的歷史告訴我？為什麼你想我也許可能給你幫一點忙？當然不是因為我是一個一週前被雷瑟曼和勃倫斯威克等人，攆出門的土地測量員，而是因為我是一個在背後有一些勢力的人。但是這些，我全靠弗麗達，而弗麗達本人又是一個非常謙遜的人，即使你問她這一點，她也不知道真有這回事。因此，全面考慮了這一切，天真無邪的弗麗達所作出的成就，似乎比自大的阿瑪麗亞所達成的成就還要大，所以我要說，我得到的印象是你在為阿瑪麗亞乞援。向誰乞援呢？作為最後的一招，除了弗麗達還有誰呢？」「難道我真的攻擊了弗麗達嗎？」奧爾珈問道。「我確實沒有那個意思，我還以為我並沒有說她什麼壞話，雖然如此，可能是貶低了她。我們的處境很糟，我們整個世界都毀了，而一旦我們開始怨天尤人，我們就不知不覺地言過其實了。你說得很對，現在我們跟弗麗達之間有著很大的區別，有時強調這一點也是一件好事。三年前我們是受人尊敬的女孩，而弗麗達是一個無家可歸的野孩子，橋頭旅店的一個女僕，我們走過她身邊時連正眼都不望她一下，我承認，我們當時未免太傲慢了，可是我們就是被這樣教導出來的。然而你看了那天晚上在赫倫霍夫旅館的情景，可能就明白我們今天各自所處的地位了。弗麗達手裡握著鞭子，而我卻混在一群僕人中間。可是還有比這更糟的事情呢！弗麗達可能瞧不起我們，她的地位也有資格瞧不起我們，實際情況也迫使她瞧不起我們。又有誰不藐視我們嗎？誰要是決心藐視我們，誰就能得到很多朋友。你認識接手弗麗達工作的人嗎？她叫佩披。前天晚上我第一次碰見她，她之前是旅館裡的一個女僕。她比弗麗達還更瞧不起我。我跑去買啤酒的時候，她從窗子裡一看見我，就跑去鎖上了門，我不得不央求她好一陣子，答應把我頭上的緞帶送給她，她這才開門讓我進去。可是等我把緞帶給她的時候，她又把它扔到屋子角落裡去了。算了，假使她要藐視我，那我也沒有辦法，我多少還得仰仗她的好感才能辦事呢。她可是掌管赫倫霍夫酒吧的女服務生呢。當然，她只是臨時性的，因為她還沒有當正式女服務生的資格。人們只要聽一下旅館老闆是怎樣對佩披說話的，再把他的語氣和他對弗麗達說話的聲調比較一下就明白了。可是這並不能使佩披不藐視我，她甚至還想藐視阿瑪麗亞，阿瑪麗亞只需要眼睛一瞪，就可以把她跟她所有的辮子和緞帶一起趕出屋外，比她用自己兩條肥腿跑得還要快。昨天我又聽她說那些中傷阿瑪麗亞的話，直到最後顧客們都來幫我說話了，她才住口，至於他們是怎樣幫我忙的，你已經看到過了。」「你真容易生氣，」K說：「我只是把弗麗達擺到恰如其分的位置上，並沒有像你想的那樣存心小看你們。你們這一家對我有著特殊的利害關係，這我從來沒有否認過。但是這種利害關係又怎麼能成為我鄙視你們的理由，我就不明白了。」「哦，K，」奧爾珈說：「我怕連你也會明白這是什麼道理。阿瑪麗亞對索爾蒂尼的態度就是我們受鄙視的起因，難道你連這一點也不明白嗎？」「這的確要教人奇怪，」K說：「人們也許會稱讚或者責備阿瑪麗亞這樣一個舉動，可是怎麼會鄙視她呢？而且即使她由於某種我無法理解的原因而受人鄙視，這種鄙視又為什麼要擴大到你們其他家人身上，影響到她清白無辜的家庭呢?比方說佩披鄙視你，這是她不懂禮貌，假使我再去赫倫霍夫旅館，我要向她指出這一點。」

「如果你要去改變那些鄙視我們的人的看法，K，」奧爾珈說：「那你就會丟掉你的工作，因為這一切都是由城堡操縱的。消防會開慶祝會的第二天早晨發生的事情，我都記得清清楚楚。勃倫斯威克，他那時還是我們的助手，跟往常一樣來到我們的家裡，領了他那份工作便回家去了，我們正坐著吃早飯，每一個人都興高采烈，包括阿瑪麗亞和我自己在內，爸爸不停地談著這次慶祝會，對我們講著關於消防會的計畫，因為你一定知道城堡也有一個消防會，它派來了一個代表團參加慶祝會。大家對城堡的消防會議論紛紛，在場的從城堡裡來的紳士們看了我們消防會的表演給予很高的評價，認為城堡的消防會比不上我們的，因此曾說起要在本村教練員的協助下改組他們的消防會；有好幾個人可能當上教練候選人，但是爸爸認為自己頗有當選的希望。他談論著這些事情，像他平時那樣心情愉快，張開兩隻手撐著桌子，到後來他的兩隻手臂把半張桌子都抱住了，當他抬頭從打開的窗子望著天空的時候，他的臉顯得那麼年輕而又洋溢著希望的光輝，這也是我最後一次看到他有這樣的神色。接著阿瑪麗亞帶著一副我們從來不曾見到過的鎮靜而又自信的神情說，對紳士們說的話不要過於認真，在這種場合他們慣於說些動聽的話，但是並沒有多大作用，或者一點作用也沒有，他們的話一說出口就忘得乾乾淨淨，當然，下次人們照樣又會重新上他們的當。媽媽不許她講這種話，爸爸卻覺得她這副像大人一樣懂事的神氣很好笑，接著，他吃驚地跳了起來，好像在四下尋找他剛遺失的東西——可他並沒有遺失什麼——並且說勃倫斯威克告訴過他關於送信差者和撕掉一封信的事，問我們知道不知道這件事，這件事跟誰有關，到底是怎麼回事？我們大家都不吭一聲；巴納巴斯那時很年輕，像一隻小羔羊似的，說了一句有點淘氣或是失禮的話，於是大家換了話題，整個事情也就被忘掉了。」

阿瑪麗亞受到的懲罰

「可是不久以後，我們就被四面八方向我們提出有關那封信的問題搞得不知所措了，不論是朋友還是仇人，是熟人還是素不相識的人，都來訪問我們。可是誰也不肯多待上一秒，我們平時最親密的朋友走得最快。雷瑟曼平時走路慢條斯理，一本正經，這回也匆匆跑來，彷彿只是來看看房間大小，四面張望了一下就走了，好像孩子們常玩的嚇人遊戲似的，他逃跑的時候，爸爸推開了身邊的人趕上去追他，一直追到大門口才停下來。勃倫斯威克跑來通知我們，他說得很老實，說他打算自己開張，獨立接工作，他是一個機靈人，懂得抓住恰當的時機。顧客們果然都來了，在爸爸的貯藏室裡尋找他們交給他修理的皮鞋，起初爸爸還勸他們改變主意，我們也竭力在旁邊幫他說話，可是後來他自己也就算了，一言不發地幫他們尋找鞋子，訂貨簿上的訂戶一行一行地塗掉，他們留在我們家的一塊塊皮革也都拿回去了，欠我們的帳也都付清了，每一件事情都進行得很順利，沒有一絲麻煩。他們沒有任何要求，只是希望盡快徹底和我們斷絕一切關係，即使他們因此受到損失，也毫不在意。最後，正像我們預計的那樣，消防會的隊長西曼來了，那情景我到今天還歷歷在目，西曼長得又高又結實，只是因為有肺病，身子微微有點傴僂，他是一個嚴肅的人，從來不苟言笑，當時他站在爸爸的面前，現在他不得不對這個他一向佩服而且私下還答應讓他當副隊長的人說，隊裡再也不需要他去效勞了，並且要求他交還證件。那時所有碰巧在我們家裡的人一時都丟下自己的事情，簇擁在這兩個人的周圍，西曼躊躇著說不出話來，只是不停拍著爸爸的肩膀，好像要從爸爸的身上拍出他應當說而不知道怎麼說的話來似的。因此，他不停地笑著，可能是想提起一點自己和所有在場者的興致，可是因為他不會笑，誰也不曾聽見他笑，所以沒有一個人覺得他是真的在笑。爸爸忙著幫客戶找了一天的東西，他很累，累得連眼前發生什麼事情好像都不清楚了。我們也都感到非常沮喪，可是因為年紀輕，還不相信我們已經徹底毀滅了，還指望在這一大群客人中也許會有那麼一個人來結束這一切，讓一切事情重新向另一個方面轉變。我們愚蠢地以為西曼就是這麼一個人。我們都緊張地等著他的笑聲停下來，等待著他最後宣布決定性的通知。假使他不是笑我們遭遇的一切都是愚蠢而又不公正的迫害的話，那他笑的又是什麼呢？啊，隊長，隊長，現在你終於可以告訴大家了吧！我們這樣想著，並且挨到他的身邊去，但這只是使他詭異地躲開我們。最後他終於開口說話了，他並不回應我們內心所抱的願望，而是回答人們鼓舞著他的叫喊聲或是怒吼聲。可是我們仍舊懷著希望。一開始他大大地讚揚我們的爸爸，稱他是消防會的光榮，是後輩無法仿效的典範，是消防會不可或缺的成員，要是把他免職，消防會必然會瀕於毀滅。這些話說得都非常好，如果到此為止的話。可是他卻接下去說，雖然如此，消防會已經決定，要求他立刻辭職，當然這只是一種權宜之計，大家都懂得消防會非這樣做不可的重要原因。假使爸爸在前一天的慶祝會上不是表現得那麼出人頭地的話，或者還不至於要採取目前的措施，但是正因為他技藝高超，才引起了官方對消防會的注意，給消防會造成了這樣聲名卓著的地位，因而它的純潔也就比榮譽更重要了。現在送信的使者既然受到了侮辱，消防會就不得不向他傳達這個決定，而他，西曼本人，也深感為難。他希望爸爸不會再增加他的為難。西曼因為自己終於把話說了出來而感到高興。他高興得連自己誇大其詞的伎倆都忘掉了，只是指著掛在牆上的那張證書，做了一個手勢。爸爸點了點頭，便跑過去把證書取下來，可是他的兩隻手直打哆嗦，幾乎無法把它從鈎子上取下來。我就爬到一張椅子上去幫他取了下來。從那以後，他整個就垮了，他甚至連證書都沒有從鏡框裡取出來，就整個遞給了西曼。接著他在一個角落裡坐了下來，既不動彈，也不跟誰說話，這樣我們就得盡我們自己的力量應付最後留下來的那些人們。」「你從哪裡看出這中間是受了城堡的影響？」K問道：「城堡似乎至今並沒有在這中間發揮什麼影響。你告訴我的這一切，不過是一般人毫沒來由的恐懼，不過是幸災樂禍，傷害鄰居，不過是虛偽的友誼，這種事情到處都有，而且我得說，你的爸爸——至少在我看來是這樣——也未免心胸太狹窄了一點，那張證書算得了什麼呢？那不過是一張證明他本領的紙片罷了，他的本領是拿不走的，如果他那些本領對於消防會來說是不可缺少的，那就更好辦了，他能夠教隊長感到難堪的一個辦法，就是不等他講第二句話，便把那張證書扔在他的腳下。可是我認為重要的事情，倒是你一句也沒有提到阿瑪麗亞。這一切全得怪阿瑪麗亞，她顯然是悄悄地躲在幕後，眼睜睜看著全家的崩潰。」「不，」奧爾珈說：「這不能怪任何一個人，誰也沒有辦法改變局面，一切都是城堡的影響。」「是城堡的影響。」阿瑪麗亞重複道，他們沒有注意到，她已經從院子裡悄悄溜進了屋子。老人們早已上床睡覺了。「你們是不是在聊城堡的事情？你們倆還坐在這裡交頭接耳嗎？可是你剛來的時候明明說馬上就要走的，K，現在快十點了。你真喜歡這種閒聊嗎？村子裡就有靠胡扯過活的人，他們就像你們這樣頭靠著頭，一個鐘頭又一個鐘頭互相談笑取樂。可是我想你絕不會是他們這樣的人。」「恰恰相反，」K說：「我正是這樣的人，而且我最不喜歡的就是那些自己不愛閒扯而讓別人去閒扯的人。」「的確，」阿瑪麗亞說：「這個嘛，你知道喜好人人各有不同。有一回我聽說有一個小伙子，他別的都不想，日日夜夜只想城堡，什麼事情都不幹，因此人家便為他擔憂，他的心神完全被城堡迷住了。最後，原來他真正想的並不是城堡，而是城堡機關裡的一個女工的女兒，後來他得到了那個女孩，一切也就平安無事了。」「我想我倒是很喜歡那個人。」K說。「你說你喜歡那個人，我可不大相信，」阿瑪麗亞說：「可能你喜歡的是他妻子吧。算了，我不打攪你們，我得去睡覺了，因為老人家的緣故，我得熄燈了。現在他們已經沉沉睡去，可是他們很難睡上一個鐘頭，一個鐘頭以後，一絲亮光也會刺得他們睡不安穩的。晚安啦。」燈真的馬上熄滅了，阿瑪麗亞就在靠近她父母的地板上睡下了。「她說的那個小伙子是誰？」K問。「我不知道，」奧爾珈說：「也許是勃倫斯威克，但又不像他，也可能是別的什麼人。她的話是不容易聽懂的，因為你往往說不準她到底是在諷刺呢？還是在認認真真的說話。她多半說的是真話，可是聽起來卻像在諷刺。」「別費神解釋了，」K說：「你們怎麼會這樣依賴她的呢？在發生這次災難以前就這樣依賴她了嗎？還是之後才依賴她的呢？你們從來沒有覺得要擺脫對她的依賴嗎？你們這樣依賴她到底有什麼意思？她是年紀最輕的一個，應該讓著你一點。不管她有罪無罪，她終究是給你們家帶來毀滅的人。她沒有因此每天請求你們的寬恕，卻反而把頭抬得比誰都高，除了做一點照料父母的事情以外，什麼事情也不操心，用她自己的話來說，沒有任何事會引她對你們感興趣，假使她有什麼話要對你們講，而且多半是正經話，可是聽起來還是像在諷刺人。是不是因為她長得漂亮，而你不只一次談起這一點，導致她就像女王一樣統治著你們？你們三個人長得都很像，可是阿瑪麗亞與眾不同的地方，很難說是一種討人喜歡的優點，我第一次看到她的時候，就算得很不舒服，我是說她那對冷漠又嚴峻的眼睛。而且，雖然她是最年輕的一個，可是她的樣子卻不像是最小的，她的容貌好像永遠是這個年齡，再也不會變老了，但也從來沒有年輕過。你每天都看見她，所以你看不出她臉上那種嚴峻的表情。細想起來，這就是為什麼我認為不能把索爾蒂尼對她的愛情看得過分認真的理由，他給的那封信或許只是為了要懲罰她，而不是要找她去。」「我不想跟你爭辯索爾蒂尼的事情，」奧爾珈說：「對於城堡裡的紳士們來說，什麼都是可能的，一個女孩是美是醜，也隨你愛怎麼說就怎麼說。可是除此之外，就阿瑪麗亞的事來說，你全錯了。我並沒有什麼特殊的動機要拉你到阿瑪麗亞的立場來，要是我想這樣做，那也只是為了你的緣故。從某一方面來說，阿瑪麗亞是造成我們不幸的原因，這是事實，可是就連爸爸，他是受到打擊最嚴重的一個，他罵人是從不吝惜他唇舌的，尤其是在家裡，可是就連他，即使在我們最倒楣的時候，也沒有對阿瑪麗亞說過一句責備的話。這並不是因為他贊成她的舉動，他是一個崇拜索爾蒂尼的人，怎麼會贊成她的舉動呢？儘管事情過去了很久，他還是不明白她為什麼要這麼做，因為他是願意為索爾蒂尼而犧牲自己和他所有的一切的，儘管顯然是由於索爾蒂尼發怒了，結果事情並沒有真的照這樣發生。我說顯然是，那是因為我們再也沒有聽見索爾蒂尼說過一句別的。如果說他在這次生氣以前從來沒有發過脾氣，那麼，自從那一天以後，他也就跟死去了一樣無聲無息。現在你就可以想見阿瑪麗亞當時是怎麼樣了。我們都知道我們不會受到什麼明確的懲罰。大家只是躲避我們。村子和城堡都躲避我們。可是當我們不得不注意到村子在跟我們斷絕往來的時候，城堡卻沒有向我們作任何表示。當然，過去城堡照顧我們時，它也並沒有給我們作什麼表示，所以，現在又怎麼會作相反的表示呢？這種教人摸不著頭腦的感覺，使你最難受。這比村子裡的人躲避我們還要難受，因為他們拋棄我們並不是出於堅信我們有罪，也許他們對我們並沒有什麼嚴重不滿，那時候他們不像今天這樣蔑視我們，他們拋棄我們只是由於害怕，只是等著看下一步會發生什麼事情。當時我們也不怕生活拮据，因為客戶都把錢付清給我們，人們償付給我們的欠款都很優厚，我們沒有食物，親戚們偷偷為我們送來，對我們來說，日子其實過得挺輕鬆，那真是一個收穫的時節——雖然我們自己沒有一寸土地，也沒有人願意雇我們去工作，於是，我們就平生第一遭被判處了一種幾乎整天無所事事的刑罰。在七、八月的大熱天，我們一家就這樣關上窗子在屋子裡坐著。什麼事情都沒有發生。沒有邀約，沒有消息，沒有上門來訪的人，什麼也沒有。」「那麼，」K說：「既然什麼都沒有發生，你們頭上也沒有明顯標記什麼明確的懲罰，那你們為什麼還需要害怕？你們這一家子真教人猜不透！」「這教我怎麼解釋呢？」奧爾珈說：「那時我們並不害怕將來會怎麼樣，在當時我們就已經在受折磨了，實際上就是在受懲罰了。村子裡的人在等著我們再上他們那裡去，等爸爸的補鞋作坊重新開張，等阿瑪麗亞——她能做上等人家最漂亮的衣服——重新上他們家裡去承接訂單，他們對自己不得不做出的那些事感到抱歉。一家平素受人尊敬的人家突然退出社會活動，這是每一個人的損失，所以他們和我們斷絕來往的時候，他們認為只是盡自己的責任罷了，換成我們處在他們的地位，我們也必須照辦。事情究竟是怎麼回事，他們並不十分清楚，他們只知道那個信差抓了一把碎紙片回到赫倫霍夫旅館。弗麗達看見他跑出去，後來又看見他跑回來，兩人談了幾句話，接著她就把自己所知道的到處傳播開了。但是這絲毫不是出於她對我們的敵意，而只是出於一個處在同樣地位的人的一種責任感。正像我所說的，要是這一切能獲得圓滿的結局，人人都會感到高興。如果我們突然公開宣布說什麼事情都解決了，這件事不過是一個誤會，這個誤會現在已經完全消除了，或者解釋說冒犯信差的事確實是事出有因，但是現在已經作了補救，或者其他等等——即便是這樣的話也會令人們感到滿意——或者說透過我們在城堡裡的影響，這件事已經一筆勾銷了，那麼，我們毫無疑問會重新受到人們熱情的對待，會受到多少親吻和祝賀，這樣的事我已經在別人身上看到過一、兩回了。甚至並不需要說這麼多，假使我們跑出去公開露露面，假使我們和親戚朋友重新來往，絕口不談那封信的事，這就已經足夠了，他們也會樂於避免舊事重提；他們不得不躲避我們，不僅是由於害怕，也因為提起了這個話題就使人難堪，只是想別再聽到、談到、想到這件事，別再為這件事而受到牽連。弗麗達宣揚這件事的時候，並不是出於惡意，而是警告大家，讓村子裡的人都知道出事了，大家應該小心別牽連進去。大家顧忌的不是我們這一家人，而是這一件事，我們這一家人不過跟這一件事有關罷了。所以，要是我們靜靜地重新向前走去，讓過去的事情就此過去，並以實際行動來表示事情已經結束，不管是怎樣結束的，向大家保證這件事大概不會再提起了，不管當初這件事是怎樣的性質，這樣一來，一切也就平安無事了，我們也就會跟以前一樣從四面八方找回朋友，即使我們自己還沒有完全忘記過去發生的事情，人們也會諒解並且幫助我們把它完全忘掉。我們並沒有這樣做，我們反而在家裡坐著。我不知道我們當時在期待什麼，可能是在期待阿瑪麗亞作出一個什麼決定，因為就在那天早晨，她成了一家之主，到現在她仍舊保持這個地位。她並沒有什麼特殊的計畫，也沒有命令或要求我們什麼，她僅僅是以沉默來領導我們。我們當然是議論紛紛，從早到晚總是悄聲低語談論著，有時爸爸心裡突然會驚慌起來，叫我到他身邊去，我就得在他的床沿守上半夜。或者，我跟巴納巴斯兩個人往往就躡手躡腳地一起溜走，巴納巴斯起先根本不知道這是怎麼回事，因此他總是熱切地要我解釋給他聽，總是這樣，因為他深知跟他同年的小伙子所指望的那種無憂無慮的時光，他現在是不必指望了，所以我們倆常常靠著彼此，K，就像現在我們倆一樣，聊啊聊的，忘記了已是黑夜，也忘記了早晨已經重新降臨。我們的媽媽是我們中間最衰弱的一個，可能是因為她不僅要忍受我們共同的苦難，而且還要分擔我們每一個人各自的苦難，所以，我們看見她變化那麼大，都嚇到了，按照我們的猜想，這種變化是在等待我們大家。她喜歡坐在一張沙發的角落裡，那張沙發我們早已出讓了，如今正在勃倫斯威克家的起居間裡放著，那時她坐在那裡——我們說不上她到底是什麼毛病——常常不是打瞌睡便是長時間地自言自語，我們是根據她嘴唇的動態猜測的。我們當然老是談那封信，老是反覆談著我們知道的內容和不知道的潛在含意，老是互相爭先恐後地想著各種挽回命運的計畫。這是很自然的，也是無法避免的，但是毫無裨益，我們只是在原本想逃避的困境中愈陷愈深。那些異想天開的主意，不管說得多麼天花亂墜，又有什麼用處？沒有阿瑪麗亞參加，什麼計畫都無法實施，一切計畫都是假設，一碰到阿瑪麗亞就立刻被擋住了，因此毫無用處，而且即使向阿瑪麗亞提出了這些想法，得到的結果也只是沉默。這個嘛，說起來我很高興，我對阿瑪麗亞現在比那時了解得多了。她得忍受比我們所有人更多的折磨，她是怎樣忍受住這麼多折磨而且仍舊活下來的？這簡直是不可思議的事。媽媽也許不得不承受我們所有的災難，但這是因為這些災難全都傾注在她身上的緣故。而且她也沒有堅持多久；沒有一個人能說她今天還繼續在受苦受難，甚至早在那時候她的神智就開始不清醒了。可是阿瑪麗亞不僅忍受著痛苦，她還具有那種理解力能清清楚楚地看到自己受的痛苦，我們只看到事情的結果，她卻知道事情的原因，我們還希望減輕一丁點痛苦或其他什麼的，她卻深深明白一切都已經決定了，我們還得低聲細語，而她只需要沉默。她那時候跟現在一樣，面對事實，繼續生活，忍受痛苦。在我們困難的時期裡，我們的日子比她好過得多。當然，我們不得不搬出我們原本住的房子。勃倫斯威克住了進去，我們住進了這所小屋，我們把家具用一輛手車搬了好幾趟，巴納巴斯跟我在前面拉，爸爸跟阿瑪麗亞在後面推，媽媽坐在這裡的一只箱子上，因為我們先把她送到這裡來，那時她一直在抽抽搭搭地哭泣。然而我記得，甚至在我來回奔波搬著東西的時候——人們也同樣感到難過，因為我們常常碰見收割作物的馬車，人們一看到我們就變得沉默起來，把臉別過去——即使在我們搬家的路上，巴納巴斯和我也沒有停止討論我們的災難和計畫，因此我們常常在半路上停下，總得等爸爸在後面『喂』的一聲吆喝，這才驚醒過來。但是這些談論並沒有使我們搬家以後的生活有所改觀，倒是漸漸感到貧困拮据了。我們的親友不再送東西來，我們的錢也差不多花光了，就在那個時候，人們才真正首次開始用那種你現在所知道的那種態度鄙視我們。他們看到我們沒有力量擺脫強加在我們身上的誹謗，因此，他們惱怒起來了。他們並不低估我們存在的困難，儘管他們不確切知道那是些什麼困難，他們知道，要是他們自己對付那些困難，他們也不會比我們高明多少，但是這一點只是更加促使他們深感需要跟我們劃清界線——要是我們勝利了，他們就會開始尊敬我們，但是既然我們失敗了，他們就把過去的臨時措施變為最終決策，於是永遠割斷了我們跟社會公眾的來往。這樣一來，我們就正式為人們所不齒了，從此我們的名字就不再被人提起，如果他們不得不提起我們，他們就稱我們為巴納巴斯家的人，因為他是罪愆最輕的一個。甚至連我們這所小屋也沾上了邪惡的名聲，如果你夠誠實，你自己也會承認，你第一次踏進這所小屋的時候，你也一定認為這是名副其實的。後來，人們偶爾重新來看望我們的時候，他們往往會對一些最最微不足道的東西嗤之以鼻，比如說，對那盞掛在桌子上面的小油燈。這盞小油燈如果不掛在桌子上面，該掛在哪兒呢？可是他們看了受不了。但要是我們把燈掛到別處，他們還是要挑剔的。不論我們做什麼，不論我們有什麼，都是教人們瞧不起。」

請求

「在這時候，我們做了些什麼呢？我們做了我們所能做出的最糟糕的事，比冒犯信差更應當受到鄙視的事——我們背叛了阿瑪麗亞，我們擺脫了她沉默的約束，我們不能繼續這樣生活下去，沒有任何希望，我們是活不下去的，於是我們開始用各自的方式——用祈求或者憤怒的叫喊——懇求城堡的寬恕。當然，我們知道，我們這樣做，是於事無補的，而且我們也知道，我們跟城堡唯一可能有的聯繫也只有通過索爾蒂尼，他是爸爸的上司，而且稱讚過爸爸的，然而，因為發生了這次事件已經斷絕了，不過我們還是全力以赴。爸爸是第一個起頭的，他開始向村長、祕書、律師和職員們提出了毫無意義的請求，人家往往根本就不接見他，可是如果因為施了什麼計謀，或者碰巧他獲得了一次發言的機會——我們聽到這樣的消息曾經多麼歡欣若狂，拍手慶賀！——但他總是立刻就被趕了出來，從此再也不准他去了。再說，他提出的問題容易得簡直令人不屑於回答，城堡總是占上風的。他要求的是什麼？他受到了什麼委屈？他要求寬恕他什麼？城堡裡在什麼時候有誰就算只是伸過一個指頭來反對過他呢？就算是他窮了，失去顧客了，等等，這些都是日常生活中的遭遇，任何店鋪和市場都曾經遭遇過；難道城堡連這類事也要管嗎？當然，它關心公共福利，但是它不能只為了給一個人的利益服務而去干預那些合乎常軌事情。他難道指望城堡派一批官員去把他的顧客們追回來，強迫他們重新回到他那裡去？可是爸爸並不想這樣做——接見前和接見後，我們總要議論爸爸跟他們談話的全部內容，我們坐在一個角落裡，彷彿像是想避開阿瑪麗亞，她完全知道我們在幹什麼，但是根本不理睬我們——但是呢，爸爸並不想這樣做，他並不是在抱怨自己窮，他要恢復失去的一切是很容易的，只要他得到寬恕，這算不了一回事。答覆是：可是有什麼要寬恕的呢？從來沒有人向他提出過控訴，至少在村鎮記錄簿上沒有，在那些律師可以看到的記錄簿裡也沒有控告他的任何資訊，因此，可以想見，既沒有向他提出過任何控告，也沒有誰準備向他提出控告。或許他可能是指官方發布過什麼斥責他的命令？爸爸又指不出來。那麼，他既然什麼也不知道，而且什麼事情也沒有發生過，那他要求什麼呢？有什麼需要寬恕的呢？他這樣無理取鬧地浪費公家時間，倒是一條不可寬恕的罪狀。爸爸並沒有罷休，那時他還是非常堅強的，並且因為情勢所迫，他閒著沒事可做，因此他有的是時間。『我要恢復阿瑪麗亞的名譽，現在不會拖得很久了。』他每天都要對巴納巴斯和我說好幾遍，不過聲音說得很低，免得讓阿瑪麗亞聽見，可是他也只是為阿瑪麗亞著想才這麼說的，因為事實上他並不希望她的名譽能得到恢復，只希望得到寬恕。可是在他求得寬恕以前，他必須先證明自己有罪，而所有的機關又都否認這一點。這時，他突然又想出了一個辦法——這說明他的腦子已經不行了——他認為自己的稅款繳得不夠，所以人們才不肯告訴他真正的罪行。直到那時為止，他只繳納了規定的稅款，按照我們的經濟情況來說，這些稅款已經夠高了。可是現在他認為他必須要再多繳一些，這自然是一種錯覺，因為我們的官員為了避免麻煩和議論而接受人家的賄賂，可是像他這樣做，是絕不會收到什麼效果的。儘管如此，如果爸爸真的把希望寄託在這個想法上，我們也不願意打破他的希望。我們把留下來的能出賣的東西全賣出去——幾乎把我們必不可少的東西全賣光了——讓爸爸拿了錢去奔走，有好長一段時間，每天早晨，我們知道在他出去奔走的時候，口袋裡至少還有幾個銅板在叮噹作響，心裡便感到一點欣慰。當然，我們簡直是成天餓著肚子，這點錢唯一真正做到的一點是，它使爸爸多少保持了一定程度的希望和興致。可是這很難說是一種好處。他一天天這樣奔走，累得精疲力竭，這點錢只能使他這樣一天又一天地拖下去，而不能獲得一個迅速而又自然的結局。因為事實上不論你走到哪裡，辦事人員都不可能因為他付了額外的錢就額外給他幫忙，他們假意答應一定替他留意這件事情，暗示他們已經有了一些線索，他們正在追查，這完全是他們向爸爸表示的好意，並不是他們的職責……爸爸呢，絲毫也不懷疑，反而愈來愈輕信那些人的話了。他常常把這些顯然毫無價值的諾言帶回家來，好像這些諾言是天大的勝利似的，他站在阿瑪麗亞背後強作笑容，睜大了眼睛，指著阿瑪麗亞對我們做手勢，表示阿瑪麗亞的得救（沒有人會比她本人更感到驚奇的了），由於他的努力將愈來愈近了，可是現在還是一個祕密，誰也不能洩漏出去，他這副模樣教人看了心裡實在難過。要不是我們最後落到了再也沒有錢給他的地步，那麼事情肯定還會像這樣長期持續下去，此時，經過我們無數次的懇求，勃倫斯威克總算收巴納巴斯做了他的幫手，條件是傍晚去領工作，當晚再把成品送回去——應該承認，勃倫斯威克為了我們這樣做，在營業上是冒著風險的，可是作為一種交換，他付給巴納巴斯的工資少得幾乎跟沒有一樣，而巴納巴斯可是一個模範匠人呢！——不過他的工資剛剛好夠使我們免於活活餓死。等到這個打擊有所緩和以後，我們開始一點一點地告訴爸爸，說我們再也沒有錢給他了，可是他聽了這話倒很平靜。他已經不能明白他想找人調解的希望是多麼渺茫，他被接連不斷的失望搞得疲憊不堪了。他說，的確——他說話不如以前清楚了，平時他說話卻是很清楚的——只要再給他一點點就好了，因為明天，或者就在當天，他原本可以把什麼事情都搞個水落石出，可是現在一切都落空了，就因為沒有錢，什麼都完啦，等等，可是從他說話的聲調聽得出來，他自己也根本不相信自己說的話。另外，他馬上又自動提出了一個新的計畫。既然他無法證明自己有罪，因此不可能指望從官方的途徑得到什麼結果，他只求助於呼籲了，他想親自去打動官員們的善心。官員中間肯定會有一些富有同情心的人，他們在行使職權時，固然不能憑同情心來辦事，但是在公餘之暇，要是時間湊巧，你找到他們，那他們是肯定會動心的。」

K一直在專心聽著，聽到這裡，他打斷了奧爾珈的話，問道：「那你覺得他的想法對嗎？」儘管奧爾珈繼續說下去，他的問題自然會得到解答，但是他急著要馬上知道。

「不，」奧爾珈說：「根本沒有同情不同情這種問題。像我們這樣年輕無知的人尚且理解，爸爸當然也是明白的，但是，就像他忘了一切一樣，他把這一點也忘掉了。他想出的主意，就是到那條靠近城堡的大路上站著，等官員們乘著馬車經過的時候，他就抓住機會向他們哀求寬恕。說老實話，即使這種不可能的事情真的發生了，他的哀求真的讓某個官員聽到了，這也只是一個瘋狂而又糊塗的主意。因為單單一個官員怎麼能下令赦免呢？充其量也只有政府才能行使這個權力，而且很明顯，就連政府一般也只能判罪而不能隨便赦免。不論在什麼情況之下，即使有一個官員下了馬車，願意受理這件事，聽了像爸爸這麼一個可憐而又疲憊的老頭子一連串含含糊糊的話，他又怎麼可能清楚地了解這件事呢？官員們都是受過高等教育的，但也是片面的。一個官員在自己的部門裡，只要聽一句話就能領會全部意義，但是把另一個部門的事情講給他聽，花上數小時，他可以很有禮貌地點著頭，但是實際上他一個字都不會聽懂。這是理所當然的，即使是跟普通人有關的小公事——一個官員只需要聳聳肩膀就能處理的小事情——如果你想徹底了解其中的一件，那你把一生的時間花在這上面也得不到什麼結果。即使爸爸碰巧遇上了一位官員，他沒有必要的文件，又能處理什麼問題呢？也總不能在大路上處理啊。他不能赦免什麼，他只能公事公辦，最後乾脆把它交給有關部門去處理，這對爸爸來說，早已完全失敗啦。爸爸想到堅持這樣一個主題，他該落進一個多麼尷尬的境地啊！要是連這樣的做法也能有一絲取得成功的希望的話，那麼，那條路上就會塞滿請求的人了；可是因為連三歲孩子也明白這是根本不可能的事，所以這條路上一個人影都沒有。然而，也許就連這一點也支持了爸爸的希望，他從任何地方都能找到一些線索來支持他的希望。他迫切需這種能支持他希望的東西，對一個頭腦正常的人來說，根本不會有這樣離奇的想法，只要從表面的跡象看一下，就知道這是不可能的。官員們下鄉來或者回城堡去，都不是為了玩，而是因為村子或城堡都有事等著他們去辦，所以他們來去匆匆。望著車窗外面尋找請願人，對於他們來說，多半是沒有這回事的，因為車廂裡塞滿了文件，他們在路上還得批閱文件。」

「可是，」K說：「我在一位官員的雪橇裡看過，車廂裡沒有什麼文件。」奧爾珈講的故事，為他打開了這樣一個巨大而幾乎教人無法相信的天地，使得他忍不住想把自己那些微小的經驗跟它聯繫在一起，同樣也為了說服自己相信這個故事跟自己的經驗一樣真實。

「這是有可能的，」奧爾珈說：「可是在那種情況下，那就更不利，因為這說明那位官員的公務是多麼重要，他的文件太珍貴又太多了，所以不能隨身攜帶，那些官員一定都是馬不停蹄的。不論在什麼情況之下，誰也不可能騰出時間來接見爸爸。況且，到城堡去的大路有好幾條呢。有時大家走慣了這一條路，許多馬車就都打這裡過，一會兒又喜歡走另外一條，各式各樣的車輛又亂烘烘地在那裡來往奔馳。人們從來都不知道究竟怎樣去掌握路線的變化規律。早上八點鐘，車輛可能都在另一條路上，十分鐘以後也許就轉到第三條路，半個鐘頭以後又可能回到第一條路上去了，此後一整天它們可能就一直走這條路，可是每一分鐘都有變換的可能。當然，這些大路都是在村邊會合的，那時所有的車輛都像發瘋似地你追我趕，等漸漸逼近城堡的時候，速度就不那麼快了。車輛來往的數量也多寡不同，數量的懸殊就跟道路的選擇一樣不可理解。常常一連幾天看不見一輛馬車，而在其他的日子裡又往往擁擠不堪。現在就請你根據這些情況再想想我爸爸吧。他穿了一套最好的衣服，不久這就成了他唯一的一套衣服了，每天早晨，他帶著我們美好的祝福從家裡出去。他把消防會的小徽章帶在身邊（其實他已經沒有資格佩帶這枚徽章了），一走出村子就把它別在上衣上，因為在村子裡他怕別人看見，儘管徽章小得兩步以外就幾乎看不見，可是爸爸卻堅決認為正是這枚徽章才能吸引過往官員的注意。距離城堡入口不遠的地方，有一個菜園市場，業主名叫波爾圖赫，他的蔬菜專門供應城堡，爸爸就守在菜園圍籬下面一塊狹長的石條上。波爾圖赫並不反對，因為他跟爸爸一向感情很好，也是爸爸最忠實的一個顧客——你知道，他有一隻腳是跛的，他認為只有爸爸做的靴子才適合他那隻跛腳。爸爸就一天又一天地坐在那裡，那是一個暴風雨頻頻的潮濕秋天，可是天氣是好是壞他根本不在乎。每天早晨到了規定時間，他便一面把手搭在門栓上，一面跟我們揮手告別，傍晚又渾身濕淋淋地回到家裡來，背也似乎一天比一天更駝了，一回到家就倒在屋子的角落裡。一開始他還經常告訴我們，他在這一天遭遇的一些微不足道的經歷，像波爾圖赫怎樣出於同情和往日的交情，從圍籬那扔過來一條毯子給他啦，或者從一輛馬車裡他認出了哪位官員啦，或者哪位車夫又認出了他，開玩笑地用馬鞭在他身上輕輕打了一下啦。可是後來他不再告訴我們這些事情了，顯然他放棄了打算在那裡得到什麼收穫的希望，他只是把它看作是他的責任，一件枯燥無味的差事，才跑到那裡去待上一整天的。他的風濕痛就是從那時候開始的，冬天到了，很早就下起雪，我們這裡冬天開始得很早。他就這樣坐在那裡，有時坐在濕漉漉的石頭上，有時就坐在雪地裡。晚上他疼得直哀嚎，到了早晨，他好多次拿不定主意到底該不該去，但總還是克服了厭倦的心情出門去了。媽媽守著他不讓他去，他也顯然擔心自己的手腳不聽使喚，所以答應她陪他一起去，於是，媽媽也就患上風濕痛了。我們常常跑去找他們，給他們帶吃的，或者只是去看看他們，或者勸他們回家。我們常常看見他們蜷在一起，坐在他們那個狹小的座位上相互偎依著，在一條薄薄的和蓋不周全的毯子下面縮成一團，周圍除了一片灰濛濛的白雪和霧氣以外，什麼也沒有，有時一連幾天，怎麼看都看不見一個人影或一輛馬車。就是這麼一幅景象，K，這麼一幅景象真夠看了！某一天早晨，爸爸那條腿怎樣也下不了床了，我們沒辦法安慰他，他迷迷糊糊地感覺，他正看見一個官員在波爾圖赫家附近停下馬車，沿著圍籬在到處找他，接著搖了一搖頭，怒氣沖沖地爬進了馬車。對這番情景，爸爸大聲尖叫了起來，他這一聲高喊似乎是要讓那位官員在遠處聽見他的聲音，以便向官員解釋他是萬不得已才缺席的。從此，他就長期缺席了，再也沒有回去那裡，一連幾個星期都沒有起床。阿瑪麗亞一肩扛下餵食、看護和治療的責任，凡是他所需要的事情她都幹，除了偶爾中斷過幾次以外，她一直這樣做到今天。她懂得怎樣去採集給他解痛的藥草，她幾乎可以不需要睡覺，她從來不會驚惶失措，也從不害怕或煩躁，為了兩位老人，她什麼事情都做。不管發生了什麼事，當我們一籌莫展、急得團團轉的時候，她還是鎮靜自若，不動聲色。當最險惡的階段過去了，爸爸在我們扶持之下，又能小心翼翼地掙扎著起床了，這時候，阿瑪麗亞就重新卸下重擔，把他交給我們來照應。」

奧爾珈的計畫

「這樣一來，就又需要給爸爸找一種他還能做的工作了，至少要讓他相信，他在做的是幫助一家人洗刷罪名的任務。這樣的差事並不難找，事實上，沒有事情會比坐在波爾圖赫園子裡更沒用了吧！不過我找到的，倒是一種真正能給我小小希望的事情。官員們、職員們或者其他任何人每次談到我們的罪行時，他們總是只提我們侮辱了索爾蒂尼的信差，此外就沒有人再敢說什麼了。於是，我暗自轉念，既然輿論（儘管僅僅是表面上的）只認為是侮辱了信差，那麼，儘管這其實還是表面上的原因，只要有人向這個信差賠禮道歉，事情也就可以解決了。大家說，實際上沒有人對我們提出過什麼控訴，因此也還沒有哪個部門受理過這件事，所以就信差個人而論——如果沒有任何其他問題的話——他是有權寬恕阿瑪麗亞對他的侮辱的。當然，所有這些，都不可能發揮什麼決定性作用，不過是個形式罷了，除了形式以外，再也變不出什麼花樣來，可是爸爸卻會因此高興起來，還可以阻止那群官員再去折磨他，這樣我們也就心滿意足了。首先，自然要找到那個信差。當我把我這個計畫告訴爸爸的時候，一開始他聽了很生氣，說實在的，他已經變得十分固執，一個理由是，他堅決認為——這是在他生病時候發生的——是我們扯他的後腿，結果才功虧一簣，先是我們不給他錢，接著是逼著他躺在床上；另一個原因是，他已經完全不能理解任何新的主意了。我的計畫還沒有說完，就被他推翻了，他堅決認為他的工作還是得繼續在波爾圖赫的園子裡等候，而他現在的情況又不能自己每天跑到那裡去，於是便要我們用雙輪手推車推他去。但是我沒有讓步，而他也漸漸地接受了我的主張，唯一使他苦惱的一點是，他得完全依靠我辦這件事，因為只有我一個人看過那個信差，而他不認識他。實際上所有的信差都長很像，我自己也沒有把握是否能認出他。我們馬上便到赫倫霍夫旅館去，在那些侍從中間找那個信差。這個信差當然是伺候索爾蒂尼的，索爾蒂尼已經不再到村子裡來了，可是這些紳士們是時常更換侍從的，你也許很容易就能從另外一位紳士的侍從中間找到我們要找的那個人，即使找不到他本人，你或許也可能從其他侍從那裡打聽到一些他的消息。當然，要達到這個目的，就需要每天晚上都待在赫倫霍夫旅館，可是不論什麼地方，人們都不大樂意看到我們，更不用說像赫倫霍夫旅館這樣的地方了；我們又不能像花錢的顧客那樣往那裡去。可是後來他們終於發現我們還有一些用處。你知道，對弗麗達來說，這些侍從是一班多麼折磨人的傢伙，他們大多數實在並不是喜歡吵鬧的人，但是因為工作太少，都被縱容成了懶鬼——『但願你像侍從那樣過得稱心如意』，這是官員們飲酒慶賀時最愛說的一句話——的確，從日子過得悠閒自在來說，侍從似乎才是城堡裡的真正主人，他們也知道自己的尊嚴，在城堡裡，他們的一舉一動必須符合規章制度，所以他們不苟言笑，一本正經，這種情形別人跟我說過好幾次了，甚至你在村子裡的侍從當中，也能隱隱約約看出這種跡象來，只不過是微小的跡象罷了，既然城堡的規章制度並不完全約束他們在村子的行動，他們往往就肆無忌憚，變得和在城堡裡的時候大不相同了；他們簡直成了一群沒法控制的撒野傢伙，不是遵照規矩行事，而是任著性子胡作非為。他們那種可恥的行為簡直是無法無天，村子還算僥倖，因為他們非經許可不准離開赫倫霍夫，可是在赫倫霍夫旅館裡，你多少總得想辦法應付他們。比如說，弗麗達就覺得跟他們打交道傷透腦筋，所以她很樂意找我去撫慰這些侍從。有兩年多，每星期至少有兩個夜晚，我是在馬房裡跟這些侍從一起消磨時光的。起初爸爸還能跟我一同去赫倫霍夫旅館，他睡在酒吧裡，等著我一早把消息告訴他。可是帶給他的消息一直並不多。直到今天，我們都還沒有找到那個信差，他一定仍跟著索爾蒂尼，索爾蒂尼很看重他，索爾蒂尼退隱到較遠部門裡去的時候，他一定也跟索爾蒂尼一同去了。從我們上次親眼見過他以後，許多侍從也沒有再看見過他，有兩個人說曾經見過他，那可能是認錯人了。若是這樣，我的計畫實際上可能已經告吹了，但還不能說完全沒了。我們結實沒有找到那個信差，這是實話，我們去赫倫霍夫旅館並在那裡過夜——或許是爸爸對我的疼惜，那時他還能給人關愛——也不幸把爸爸給毀了，他處於你現在看到的這種狀況已經有兩年了，可是他的情況也許還比媽媽好，因為我們每天都守著她，生怕她隨時要死去。只是多虧阿瑪麗亞用了超越常人的本領照護著她，她才拖到今天。可是由於我在赫倫霍夫旅館這樣努力，結果終究是跟城堡有了一定的聯繫。我說我並不後悔自己做的一切時，你聽了這話不要看不起我。毫無疑問，你一定會想，這怎麼說得上是跟城堡的聯繫呢。你想得對，這實在說不上是怎樣的聯繫，當然現在大部分的侍從我都認識了，這兩年到村子裡來的紳士們的侍從，我幾乎全都認識，這樣一來，要是我能進城堡，我在那裡就不會是一個無助的外地人了。當然，他們只是在村子裡的時候才是侍從，一到城堡裡他們就完全不同了，他們在那裡可能會不認識我，凡是在村子裡跟他們打過交道的人，他們都會認不得，這是千真萬確的，就算他們在馬房發誓，說他們要是在城堡裡再見到我一定會非常高興，那也是一樣。再說，這樣的諾言有多大價值，我已經有過親身經驗。可是這還不是真正重要的問題。透過侍從跟城堡建立聯繫，並不是我唯一的希望，除了這一點以外，我還希望並且深信，城堡上一定會有人注意我現在做的事情——照料侍從人員是一件極端重要而又辛苦的任務——誰要是看到我做的事情，他最後或許會對我產生比別人更好的印象，他也許會看出，儘管我從事的工作如此低賤，但是我這樣做是在為我的家庭奮鬥，是在繼續實現我爸爸未償的宿願。假如他能這麼看，那麼或許他也會原諒我接受侍從們的錢，用這些錢來維持我們一家的生活。我還獲得其他成果，這一點，我怕甚至連你也會責怪我。我從侍從那裡學到許多謀取城堡工作的捷徑，不需要經過有時需要好幾年的官方規定的準備階段。的確，在這種情況下，你不是官方的正式雇用人員，只是一個私人的半官方雇員，你既沒有權利也沒有義務——最糟的是你沒有任何義務——但是你卻有一個好處，那就是你在現場，你可以注意有利的機會，你可以利用這些機會，儘管你不是雇員，只要哪天運氣好，自然會遇到工作，也許當時正式雇員不在身邊，於是一聲『來人哪』，你應聲跑上前去，這時你就變成了一分鐘以前你還不是的那種人，成了一個雇員。不過，究竟什麼時候一個人才能碰上這種機會呢？有時候你一下子就能碰到，你剛到那裡，還沒有來得及看清形勢，機會就在那裡等著你了，只是很多人因為初來乍到，甚至還心不在焉，沒有能抓住這樣的機會罷了。但是在另一種情況下，你也許比正式雇員等的年月還要長，半官方雇員當久以後，從此就當不上合法的正式雇員了。所以這件事就足以使你望而卻步，但是只要你考慮到官方任命要經過非常嚴格的考試，而且任何一個出身可疑的人，甚至未經考試就會被淘汰，那麼，這就算不上什麼了。姑且讓我們談談最後參加考試的人吧，他一連好幾年膽戰心驚地等待著考試的結果，而打從第一天起，大家就驚訝地問他怎麼敢做出這樣異想天開的事，但是他還是繼續盼望著——要不是這樣，他怎麼能活得下去呢？——這樣過了多少年以後，也許等到他成了一個白髮皤皤的老人，他才知道自己已經被拒絕，才知道一切都已經失去，而他這一輩子也已經白白虛度了。當然也有例外，人們就是由於例外才輕易受到誘惑的。有時候也發生這樣的事情：有些確實來歷不明的傢伙真的得到了任命，有些官員簡直是不知不覺地被那些壞傢伙迷住了。在舉行招聘考試的時候，他們忍不住要東嗅西聞，咂著嘴巴，張大著眼睛拚命找那樣的新進人員，對他們來說，好像那種人特別合他們的胃口，他們得嚴格遵守他們本子裡寫的規章條文辦事，才擋得住這種人的誘惑。但是有時參加考試的人並不能因此得到任命，而只是無限期地拖延準備階段，沒完沒了，一直到這個苦命的傢伙死去才完事。所以，官方的任命跟這另一種途徑一樣，充滿了種種或明或暗的困難，因此，一個人在從事這類事情之前，應該慎重考慮。這一回，我和巴納巴斯可沒有忘記這麼做。每次我從赫倫霍夫旅館回到家裡，我們就一起坐下來，我把最近收集到的消息告訴他，我們一談就是幾天，巴納巴斯的工作也因此耽誤了，超過了平時需要的時間。這一點在你看來，或許應該怪我。我完全知道侍從們講的話是不足為信的。我也知道他們並不太願意聊城堡裡的事情給我聽，他們總是變換話題，每一句話你都得從他們的嘴裡逼出來，可是當他們開始講的時候，往往又是信口雌黃，胡說八道，自吹自擂，大家各自編造荒誕的謊話來壓倒對方，因此在黑黑馬房裡的不斷叫嚷聲中，往往是一個侍從沒有說完，另一個就插進來，七嘴八舌。從這中間你很明顯最多只能找到聊聊可數的實話。我把所聽到的一切原原本本地重新說一次給巴納巴斯聽，儘管他還沒有辨別真偽的本領，但是為了家中的處境，他幾乎是如飢似渴地想聽這些事情，他把這一切一口氣吞下去，並且渴望再多聽一些。事實上，巴納巴斯正是我這個新計畫的支持者。從侍從們那裡再也無法搞出什麼名堂來了。索爾蒂尼的信差不僅找不到，而且是絕不可能找到了，索爾蒂尼和他的信差一起，似乎遷離愈來愈遠了，許多人已經忘記他們是什麼模樣。叫什麼名字了，因此我常常還得詳細描述他們的容貌長相，可是儘管如此，我所得到的頂多也不過是讓正聽我說話的侍從好不容易才想起了他們而已，除此以外，人們對於他們的情況就什麼都不知道了。至於說我結交侍從的行為，我當然沒有權力去決定別人應該怎樣看我，我只希望城堡能根據我之所以要結交他們的動機加以判斷，只希望能稍稍減輕我家所犯的罪行，可是我沒有獲到任何這種公開表示。然而我還是堅持這一點，因為就我來說，我想不出有其他機會可以使城堡為我們解決任何問題。但是對巴納巴斯來說，我卻看到了另一種可能性。從那些僕從告訴我的故事中——如果說我有這種傾向，那麼我滿腦子都是這種傾向——我得出這樣一個結論，那就是誰要是能在城堡裡效勞，他就能為他的家庭成就許多事情。可是在那些故事中，又有哪一點是值得相信的？這些故事是無法證實的，很少是頭緒清楚的。因為比方說，曾經有一個侍從——我不會再見到這個侍從了，或者即使見到了他，我也不會認得他了——他曾經一本正經地答應要給我的弟弟在城堡裡找一個職位，或者，如果巴納巴斯有別的事上城堡去的話，他至少會支持他或協助他——因為根據侍從們講的故事，那些待職人員因為等得太久，都失去知覺或神經失常了，要是朋友不照應他們，他們就完了——這樣的事情以及其他更多與此類似的事情都是他們告訴我的，這些可能就是對我們的警告，可是他們在警告的同時許下的諾言，卻大都是信口雌黃。但巴納巴斯卻不這樣想。的確，我提醒他千萬別信這些，可是單憑我告訴他的話，就足夠使他支持我的計畫了。我自己提出的種種理由，倒沒有給他留下多麼深刻的印象，而主要是那些侍從講的故事。所以事實上這是我自食其果。阿瑪麗亞是唯一能讓爸爸媽媽明白的人，我愈想用自己的這套辦法繼續我爸爸原來的計畫，阿瑪麗亞就愈不理睬我，在你或者旁人面前，她還跟我講幾句話，可是我們兩人獨處的時候，她就不跟我講話了。而在赫倫霍夫旅館，我是侍從們恣意蹂躪的玩物，在那兩年的時間裡，我沒有跟他們任何一個人說過一句知心話，我從他們嘴裡聽到的只有狡猾的、騙人的或者愚蠢的話，所以只有巴納巴斯跟我在一起，那時候巴納巴斯還太年輕。我把那些事情告訴他的時候，我看見他的眼睛裡閃著光芒，從那時候到現在，他的眼睛裡一直保持著這樣的光芒，我感到害怕起來，可是我沒有停止，因為事關重大，非同小可。我承認，我沒有像我爸爸那樣偉大卻空洞的計畫。我也沒有男人那樣的決心。我只是把自己侷限在彌補我們對那位信差的侮辱這點上，我只是要求把我現在這麼一點卑微的努力看作是我的一份功績。可是，凡是我自己過去沒有做到的，現在我決心用一種不同的方法，透過巴納巴斯來完成。我們侮辱了一位信差，並且把他趕到了一個更僻遠的單位。那麼，我們就送巴納巴斯去當新的信差，原來那個信差的工作可以讓他去負責，讓那個信差安安靜靜地愛退隱多久就多久，他需要多久才能忘掉他所受的侮辱，就給他多久的時間，難道還能有什麼比這更合乎常情的嗎？當然，我深深感覺到，儘管我的計畫是多麼謙卑，可是其中隱隱含有傲慢的意味，也許會誤給人一種我們想給當局指手畫腳的印象，吩咐他們應該怎樣處理私人問題，或者可能被以為我們對當局是否有妥善處理這個問題的能力，產生了懷疑，在我們想到這件事應該怎麼辦之前，他們早該作出處理了。可是，當時我又想，當局不可能對我產生這麼大的誤會，如果真是如此，那就是他們有意為之，換句話說，我所做的一切，他們不作進一步調查，就全都加以推翻了。所以，我絕不屈服，巴納巴斯野心勃勃，也不願屈服。巴納巴斯在這一段準備期間變得那麼高傲，居然覺得補鞋這份工作，對他這麼一個未來的機關雇員來說，未免太低賤了，是的，他甚至開始敢對阿瑪麗亞頂嘴了，有一、兩次阿瑪麗亞就直截了當地跟他談起這一點。我並不嫉妒他的短暫的歡樂，因為他一到城堡，他的歡樂和高傲就會消失，這是不難預料的。因此，他就開始了那種滑稽模仿似的工作，我剛剛已經告訴過你了。使人驚奇的是，巴納巴斯第一次並沒有經過多大困難就進了城堡，或者更正確地說，進了機關，也可以說，這個機關就變成了他的工作室。那天晚上巴納巴斯回家後悄悄把消息告訴了我，他得到這樣的成功，當時我幾乎樂壞了。我跑到阿瑪麗亞面前，一把抓住了她，拉她到一個角落裡拚命吻她，吻得她又疼又怕，忍不住叫了出來。我說不出為什麼自己這麼激動，我們好久沒有互相交談了，這件事我也是在第二天或第三天才告訴她。可是之後幾天，就實在沒有什麼再可以告訴她的了。第一次馬到成功以後，就再也沒有什麼動靜了。在這漫長的兩年裡，巴納巴斯就過著這種幸福的日子。那些侍從使我們完全失望，我給巴納巴斯寫了一張小字條叫他帶在身邊，把他介紹給那些侍從，請他們照應他，同時提醒他們過去親口許下的那些承諾，巴納巴斯往往看到一個侍從就拿出這張字條，舉在手裡，儘管看到字條的人，有的不認識我，有的認識我，可是都被他那種一聲不響就遞上字條的樣子惹惱了——因為他在城堡裡不敢說話——可是沒有一個人幫助他，終究是一件丟人的事，幸而後來有一個侍從，因為不止一次被這張字條纏得厭煩透了，就將它一把扯碎扔進了字紙簍……這倒是一種解脫，我得承認，我們早該這麼做了，讓自己獲得解脫——我想，他似乎還在說：『你們自己對待信件也是這樣。』儘管這回在其他方面毫無收穫，但在巴納巴斯身上卻留下正面影響，如果可以說是一件好事的話，那就是他已經提早成熟了，已經成了一個少年老成，是的，在好些方面，他甚至比許多大人還要老成持重，明白事理。我望著他，拿他兩年前還是一個孩子的模樣跟他現在的樣子比，心裡常常感到難過。按理說，作為一個成人，他無疑是能夠給我支持和慰藉的，但我既沒有支持，也得不到慰藉。他沒有我就進不了城堡，可是自從他進了城堡以後，他就不需要再依靠我了。我雖然是他唯一的知心朋友，但我可以肯定說，他心裡的話只告訴了我一小部分。他告訴我一大堆城堡裡的事，可是從他那些故事裡，從他談的詳情細節裡，你一點也無法理解為什麼那些事居然能把他變成這副樣子。我最搞不懂的是，他原本是一個大膽的孩子——我們曾經還為此感到不安——現在成了大人，進了城堡，怎麼就變得膽小怕事了呢！當然，那樣毫無益處地整天站在那裡等待著，一天又一天，沒完沒了的，看不到一絲絲改變的前景，這絕對會磨滅一個男人的志氣，失去信心。可是為什麼他一開始不進行鬥爭呢？尤其是，既然他不久後就明白了我是對的，那裡也許有那麼一點點可能改善我們家的希望，但是根本沒有實現他雄心壯志的機會。因為在城堡裡，儘管侍從們是那麼任性，事情卻都是按部就班地進行著，雄心壯志只能在工作中尋求滿足，而由於在這樣的情況下工作本身改進了，雄心大志就沒有任何存在的餘地了。幼稚的欲望，在城堡裡是沒有容身之地的。雖然如此，巴納巴斯還是這樣認為，他這樣告訴我，他說他看得很清楚，那些官員，即使是准許他進去的那個機關裡的一些可疑官員，都是大權在握而且博學多聞。他們口授指示的時候說得多麼快啊！半閉著眼睛，做著簡單的手勢，只需要豎起一根手指，就能使那些倔強的侍從屈服，侍從們即使受到他們的申斥，也都是笑瞇瞇的。或者一旦他們在一本書裡發現一段重要的章節，便會看得出神，儘管地方狹窄，這時其他一些官員也都會伸長了脖子緊緊圍著他一起看。這些事情和其他同樣性質的事，使得巴納巴斯把這些人看成了不起的人物，他有這樣的感覺，假使他能接近他們，引起他們的注意，他就可以壯著膽子跟他們交談幾句，不是以一個陌生人的身分，而是以一個同部門同僚的身分交談——當然，是一個職位非常低的同僚——那麼，可能給我們家庭帶來無法預想的收穫。可是事情從來沒有達到這樣的境界，巴納巴斯也不敢冒險做任何可能有助於達到這種境界的事情，雖然他完全知道自己儘管是那麼年輕，由於發生了這一連串不幸的事故，他已經被推到負責贍養我們一家這樣一個艱難而又責任重大的主要人物的地位上了。現在我該作最後的坦白了：這是你來到我們村子一個星期以後的事。我在赫倫霍夫旅館聽到有人提起這回事，可是我並沒怎麼注意，一個土地測量員來了，我連土地測量員是幹什麼的都不知道。可是第二天傍晚——我平常總是在我們約定的時間跑到半路上去接巴納巴斯回家的——巴納巴斯回家比平常早，他看見阿瑪麗亞在起居間裡，便拉我到街上，把頭擱在我的肩上，大聲叫嚷了好幾分鐘。他又變成往常那副小孩子模樣了。他碰上了一件從來沒有預料到的事情。好像突然之間在他的面前展開了一個嶄新的世界，他簡直受不住這種嶄新的變化帶來的喜悅和激動。可是他眼前發生的事情，不過是他們給了他一封送給你的信罷了。可是這的的確確是他們委託他傳遞的第一封信，也是他第一次接收到的任務。」

奧爾珈說到這裡停止了。屋裡一片寂靜，只有老人們不時發出的沉重而困難的呼吸聲。K只是漫不經心地像要補足奧爾珈的故事般說：「你們都是在捉弄我。巴納巴斯送那封信給我的神情，完全是一個繁忙的老信差，你跟阿瑪麗亞——那時候她一定是跟你一起在家裡待著的吧——的表情呢，也好像都認為傳遞書信和消息是稀鬆平常的事情。」「你必須分清楚我們之間的差別，」奧爾珈說：「巴納巴斯的確由於那封信又變成了一個快活的孩子，儘管他自己也懷疑他到底有沒有這種能耐。他的這些懷疑也只有他自己和我才知道，可是他又覺得，如果能打扮成一個他想像中真正的信差，那也不失為一種光榮。所以，儘管這時他癡心妄想，居然想要有一套官方的制服，我還是得在兩個鐘頭之內趕著給他改一條褲子，至少是有點像制服那樣的緊身褲，好讓他穿著在你的面前出現，當然，我們知道，在你面前矇混過去是很容易的。我談巴納巴斯已經談得夠多了。阿瑪麗亞可真的瞧不起他這份信差的工作，現在他似乎有了一點成績——她從巴納巴斯、我和我們悄聲低語的談話中很容易就猜到了這一點——她比以前更瞧不起這種工作了。所以，她剛才說的是真話，這你可不要自欺欺人。至於我，K，要是我說我可以也曾小看過巴納巴斯的工作，這話並沒有任何欺騙你的意思，而是出於我的憂慮。巴納巴斯經手的這兩封信，雖說令人可疑，畢竟是我家三年來第一次受到恩寵的標誌。這一個變化，如果這算是一個變化，而不是個騙局的話——騙局比變化更常見——那麼這跟你來到這裡這件事是分不開的，在某種意義上來說，我們的命運要依靠你來決定了，也許這兩封信還不過是一個開端，巴納巴斯的才幹不僅限於遞送這兩封與你有關的信，還可能發揮在其他方面——我們必須這樣希望，能堅持多久就多久——可是眼前，一切都集中在你身上。現在，在城堡裡，無論那裡發生什麼事，我們只能平心靜氣地聽天由命，可是在這村子裡，我們也許還能做一點事情，那就是，一定要博得你的好感，至少不讓你厭惡我們，或者，更重要的一點，就是用我們全部力量和經驗來保護你，使你跟城堡的關係不至於中斷——也許這也是幫助我們自己。現在，要達到這個目的，最好的辦法是什麼呢？那就是在我們接近你的時候，要消除你對我們的任何懷疑——因為在這裡你是外地人，這樣就難免滿腹疑慮，這樣滿腹的疑慮也是有道理的。何況，人人都瞧不起我們，你也就一定會受到輿論的影響，特別是透過你的未婚妻，所以，在我們毛遂自薦的時候，即使完全出於無心，又怎麼能不使我們與你的未婚妻處於對立的地位，於是也就連帶冒犯了你呢？至於那兩封信，在你收到以前我都看過——巴納巴斯沒有看，作為一個信差，他是不能讓自己看信的——乍看起來，似乎都已經失去了時效，沒有多大意義，可是就他們把你託付給村長這一點而論，那又是具有極端重要的意義的。那麼，在這種情況下，我們該怎麼樣對待你呢？要是我們強調這些信件的重要性，人們就會懷疑我們誇大了顯然是毫無價值的東西，而要是我們以自己身為傳遞這些信件的工具而自誇，人們也會懷疑我們這樣做是追求自己的目的，而不是為了你。再說，我們這樣做，也可能會使你輕視這些信件本身的價值，而變得灰心失望，這又違背了我們的本意。可是如果我們不強調這些信件的重要，我們也同樣可能使自己受人們的懷疑，因為人們會問，既然這樣，那為什麼我們又要自找麻煩來送遞這種無關緊要的信件？為什麼在我們的言行之間有這樣明顯的矛盾？為什麼我們要教收信人失望，而且又要令發信人失望呢？因為他把信件交給我們，可並不是為了要我們向收信人解釋這封信是無關緊要的啊。那麼，採取折衷的態度吧，既不強調它的重要，也不貶低它的價值，換句話說，正確判斷那些信件的價值，然而這也是不可能的，因為他們的價值不斷變化，它們引起的反應，也是無窮無盡的，而偶然的機遇又往往決定一個人的反應，所以連我們對這些信件的估價也是一種偶然的事物。當在這一切之上，又加上你的焦慮不安時，一切就都搞糊塗了，所以，你對我所說的任何事情都不必過於認真。比如說，曾經發生過這樣的事情，有一回巴納巴斯回家帶來消息，說你對他的工作不滿意，他本來痛苦極了——我應該承認，這也損傷了他對自己職務的虛榮心——決定乾脆辭職了事，當時為了彌補這個錯誤，我確實願意欺騙、說謊、出賣別人，什麼都願做，不管那是多麼壞的事，只要有用處都做。不過，當時即使我這樣做了，也不僅是為我們自己，同樣也是為了你，至少我是這樣想的。」

有人敲門了。奧爾珈跑去開了門。一道光從一盞黑黑的燈籠裡射到門檻裡。那位深夜來訪的客人低聲問著，奧爾珈也同樣低聲回答著，但是來客還不滿意，想闖進屋來。奧爾珈發現自己再也沒辦法擋住對方了，便喊阿瑪麗亞，顯然是希望阿瑪麗亞能用什麼辦法阻止這位不速之客闖進來，以免驚動老人們的安睡。阿瑪麗亞果然立刻趕過去，推開了奧爾珈，走到大街上，隨手把門關上了。她只在門外待了一會兒，幾乎馬上就回來了，奧爾珈辦不到的事情，她很快就辦妥了。

接著，K從奧爾珈那裡知道，那個不速之客是為他而來。是他的一個助手受了弗麗達的吩咐來找他的。奧爾珈不想讓助手看見K在這裡。假如事後他願意把這次上她們家來串門的事告訴弗麗達，他可以這麼做，但絕不能由這位助手發現這件事。這一點K同意了。可是奧爾珈還請他在這裡過夜，等巴納巴斯回來，他卻拒絕了，就他本人來說，他本來也許是可以接受這個邀請的，因為夜已經很深了，而且時到如今，不管他願意不願意，他似乎已經跟這家人緊緊相連了，這裡有供他過夜的一榻之地，雖然有不少原因使他感到苦惱，可是考慮到這種共同的結合關係，這裡終究是這個村子裡最適合他住的地方。但他還是拒絕了，助手的來訪使他驚慌起來，他感到不可理解的是，弗麗達既然完全知道他的意願，助手們也懂得應該懼怕他了，怎麼會又這樣混在一起，以致她毫無顧忌地派了一個助手來找他，而且只派一個，那麼，此時另一個助手可能還在陪伴著她呢。他問奧爾珈有沒有鞭子，她沒有鞭子，可是有一根很好的藤條，他拿了過來。接著他又問這間屋子是否還有別的出口，穿過院子原來還有一道門，不過得翻過隔壁花園的牆頭，才能走上街道。K決定走這條路。在奧爾珈領著他穿過院子的時候，K匆忙地勸她不用害怕，還對她說他對她說的這些小花招一點都不見怪，他完全理解她那些花招，感謝她這樣推心置腹地把這段故事講給他聽，而且囑咐她等巴納巴斯一回家，就馬上叫他到學校去，就算是在夜裡也得叫他去。當然，巴納巴斯帶給他的那些信件並不是他唯一的希望，要是那樣的話，事情可就真的對他不利了。可是他也絕不把那些信件看得無足輕重，他會重視它們，也不會忘記奧爾珈，因為在他看來，比那些信件本身更重要的是奧爾珈，是她的勇敢和持重，假使他必須在奧爾珈和阿瑪麗亞之間選擇的話，他不需要花多少時間考慮，就能很快作出抉擇。在跳上隔壁花園牆頭時，他又一次誠摯地握了握她的手。

十六

當他走到街上的時候，他在黑地裡模模糊糊地看見，那個助手還在離巴納巴斯家門前不遠的地方徘徊著。有時他停下腳步，竭力想從拉下的百葉窗外往屋子裡張望。K喊了他一聲，他沒有流露出驚慌的神色，只是不再偷偷張望這所屋子，便往K這邊走過來。「你在張望什麼？」K問道，同時在自己的腿上試試那根藤條是不是合用。「是你。」助手走近了說。「但你是誰？」K突然問道，因為這個人看起來好像不是他的助手。他似乎變老了，顯得更疲憊了，臉上的皺紋也更多了，可是臉蛋卻比以前豐滿，走路的腳步也跟原來那兩個助手那樣輕快的腳步大不相同，他倆給人的印象好像關節都通了電流似的，眼前這位走起來有一點跛，像弱不禁風的病人。「你不認識我嗎？」那人問道。「我是耶赫米亞，你的老助手。」「我知道。」K一面說，一面又拿出那根藏在背後的藤條試探。「可是你的樣子變得跟以前大不相同了。」「這是因為我只剩下孤伶伶的一個人。」耶赫米亞說。「每當只留下我一個人的時候，我就失去了青春的活力。」「可是阿圖爾在哪兒？」K問。「阿圖爾嗎？」耶赫米亞問：「你是說那個小傢伙？他不做這份工作了。你知道，你對我們又嚴厲又粗暴，他這麼一個斯文的人受不了這種虐待。他回城堡告狀去了。」「那麼，你呢？」K問道。「我能在這裡堅持下去，」耶赫米亞說：「阿圖爾也代替我去告狀呢！」「你們有什麼事需要告狀？」K問。「有，就是你不懂得什麼叫開玩笑。我們做了些什麼？我們不過開了一點玩笑，嘻嘻哈哈地笑了幾聲，跟你的未婚妻找了點樂子，僅此而已。我們也是根據上面的指示才這麼做的。格拉特派我們到你這裡來的時候……」「格拉特？」K問道。「是的，格拉特，」耶赫米亞回答說：「那時候他正代理克拉姆管事。他派我們到你這裡來的時候，他說……他這段話我很注意，因為這是我們的本分，他說：『你們這就要下去當土地測量員的助手啦。』我們回答說：『可是我們完全不懂得測量啊！』他回答道：『這不是主要問題，有需要的話，他會教你們的。最重要的是要讓他快樂點。根據我接到的報告，他把每一件事情都看得太認真了。他剛到村子裡，就自以為有了不起的經驗，實際上根本算不了什麼。你們一定得教他明白這一點。』」「是嗎？」K說：「格拉特說得對嗎？你們確實執行了自己的任務沒？」「這我就不知道了，」耶赫米亞答：「在這麼短短的幾天裡，那是不容易做到的。我只知道你對我們很粗暴，我們現在想告發你的也就是這一點。我不明白，你，你自己是一個雇員，甚至還不是城堡的雇員，怎麼會不知道這種職業是多麼苦的工作，給可憐的工人造成工作上更大的困難該有多麼錯誤，而且你那麼放肆，簡直幼稚可笑。你讓我們在欄杆上受寒，完全沒有一點憐惜之心，你幾乎一拳把阿圖爾打倒在草墊上——阿圖爾是一個聽了句粗話也會難過好幾天的人——你在雪地裡追了我整整一個下午，累得我直到一個鐘頭以前才剛剛恢復過來，而且我也不再是一個年輕的人了！」「我親愛的耶赫米亞，」K說：「你說的這些都很對，你應該抱怨格拉特。是他自動派你們到我這裡來的，我可沒有請求他派你們來。而因為我並沒有要你們來，所以我有自由重新把你們打發走，我也願意像你們所說的那樣和和氣氣地送你們回去，並不想用暴力的手段，可是用別的手段你們偏偏又不肯走。再說，你們一開始剛來的時候，為什麼不像你現在這樣老實說清楚呢？」「因為當時我有公務在身，」耶赫米亞說：「這很明顯。」「那你現在不再有公務在身了？」

K問。「是的，」耶赫米亞說：「阿圖爾已經向城堡提出報告，說我們辭職不幹了，至少我們正在進行最後一個擺脫這份工作的步驟了。」「可是你還來找我，好像你還在做這個工作似的。」K說。「不，」耶赫米亞答道，「我只是為了讓弗麗達安心才來找你的。你拋棄了她，去勾搭巴納巴斯的姊姊，她感到非常傷心，她傷心的是你忘恩負義，倒並不完全是因為失去了你，而且她好久以前就知道會發生這樣的事情，為這件事也已經折磨得夠苦了。我跑到學校的窗口那裡，本來只想看看你有沒有變得更通情達理。可是你不在那裡。弗麗達一個人坐在一張凳子上哭。於是我走到她的身邊，我們倆就達成了協議。每一件事情都談好了。我上赫倫霍夫旅館去當一名侍者，至少在城堡決定我的工作以前是這樣，弗麗達也要重新回到酒吧去。這樣對弗麗達好多了。她做你的妻子是毫無道理的。而你也根本不知道應該如何珍視她為你作出的犧牲。可是這個心地善良的人還有一些猶豫不決，這樣做也許冤屈了你，她想，也許你畢竟並沒有跟巴納巴斯家的女孩待在一起。雖然你到底在什麼地方，當然是毫無疑問的，但是為了一勞永逸弄個水落石出，我還是跑到這裡來了。因為經過這一陣子煩惱，暫且不說我自己，總該讓弗麗達睡一個安心好覺吧。於是，我就來了，不但發現你在這裡，而且還看見你在操控這兩個女孩。尤其是那個皮膚較黑的女孩——她真是一隻野貓，她在向你賣弄風情呢。這個嘛，人各有所好。可是儘管這樣，你也不需要轉彎抹角地打隔壁花園那條路走出來，我知道那條路。」

於是，K本來可以預見而沒有加以防止的事，現在終於發生了。弗麗達已經離開了他。這不可能是最後的結局，情況還不至於這麼糟，還有機會重新挽回，任何一個陌生人要影響她，都是很容易的，甚至是這兩個認為弗麗達的處境跟他們自己很相像的助手，也很可能影響她。他們既然向城堡打了小報告，她可能也要這樣做，可是K只要一露面，提醒她過去對他說過的那些情話，她就會後悔，就會回到他的身邊來，尤其是，如果他能證明自己的成果完全是因為這次拜訪了那兩個女孩的緣故。然而，儘管這樣反覆思量，安慰自己別為弗麗達擔憂，他還是放心不下。僅僅在幾分鐘以前，他還對奧爾珈誇獎過弗麗達，稱她為自己的唯一支持者。結果她不是最堅決的支持者，根本不需要什麼強有力的人物從中干預，就把弗麗達從K的身邊搶走了——甚至這麼一個差勁的助手就夠了——這個木偶般的人有時讓人感覺好像根本沒有活著的生氣。

耶赫米亞已經快要不見人影。K把他喊了回來。「耶赫米亞，」他說：「我願意跟你好好談一談；你也坦率回答我一個問題。我們現在已經不再是主僕的關係了，這不僅對你，而且對我來說，也是一件值得慶賀的事。這樣一來，我們就沒有必要互相欺騙了。現在你親眼看到我拿著這根藤條，這是為了對付你的，我並不是因為怕你才走後門，而是想給你來個突襲，在你的肩膀上抽上幾鞭。可是你別生氣，這一切全都過去了。假如官方沒有硬把你塞給我當僕人，只是把你介紹給我，那麼，我們完全可能相處得很好，儘管你那副模樣有時會使我感到不舒服。可是我們現在還來得及補救過去所損失的一切。」「你是這樣想的？」助手打著呵欠，疲倦地閉著眼睛問：「我當然可以更詳細地解釋這件事給你聽，可是我現在沒有時間，我得趕到弗麗達那裡去，這可憐的孩子正在等著我，她還沒有開始工作，在我請求之下，旅館老闆同意她再休息幾個鐘頭——她倒是願意馬上投入工作，也許這樣能幫助她忘記過去——我們至少在這短短幾小時內待在一起。至於你的建議，我當然沒有理由欺騙你，可是我也同樣沒有理由向你吐露我自己的任何事。換句話說，我的情況是跟你不同的。只要我還跟你保持著主僕關係，你在我的眼裡自然就是一個非常重要的人物，這可不是因為你的品德高尚，而是因為我的職責如此，我應該做你要求我做的任何事情，可是現在你對我已經是無足輕重了。就算你折斷藤條也動搖不了我，這只能使我想起我曾有過一個多麼粗暴的主人，而不能使我因而對你發生好感。」「你這麼對我講話，」K說：「好像已經可以肯定你今後再也不用怕我了。可是事實並不是這樣。從所有的跡象看來，你還不能就此擺脫我，事情不會解決得這麼快……」「有時甚至比這還要快呢。」耶赫米亞插嘴說。「有時可能是這樣，」K說：「但是這一回卻沒有任何事能證明事實是這樣，至少你和我都拿不出任何白紙黑字的證據來。看來事情才剛剛開頭而已，我還沒有運用我的力量來過問這件事，可是我會過問的。假使事情結果對你不利，你就會知道你確實沒有得到你主人的歡心，那麼，現在折斷這根藤條也許是多餘的。你拐走弗麗達，你就自以為了不起了，即使你對我已經不再有絲毫敬意，可是就憑我對你這個人的敬意，只要我對弗麗達講幾句話，就夠揭穿你用來欺騙她的謊言……我完全有把握。因為只有謊言才能離間我和弗麗達。」「你這些威脅嚇不倒我，」耶赫米亞回答：「你根本不需要我當你的助手，你甚至害怕我這個助手，你對助手什麼都怕，就因為你害怕，你才打可憐的阿圖爾。」「也許是吧！」K說：「但是否我根本打得不夠痛呢？用這種方法來表示我怕你，也許我還能用好多次。一旦我發現你不願意做助手的工作，儘管我怕你，把你留下來就能帶給我最大的滿足。而且，下次我要盡可能留意讓你一個人來，別跟阿圖爾一起來，那麼，我就能對你表達更多關心。」「你是不是認為，」耶赫米亞問：「我對這一切還會有那麼一點畏懼呢？」「我確實這樣想，」K說：「你有點害怕，這是肯定的，如果你夠聰明的話，你還該覺得非常害怕。如果不是這樣，那你為什麼不直接回到弗麗達那裡？告訴我，你是不是愛上了她了？」「我愛她！」耶赫米亞說：「她是一個聰明的好女孩，是克拉姆以前的情婦，不論在哪方面都是很值得尊敬的。再說，她一直在懇求我把她從你的手裡救出來，我何不奉命？我這樣做並不損害你一根毫毛，你不是已經跟巴納巴斯那兩個該死的姊妹在一起尋歡作樂了？」「現在我看得出你很害怕，」K說：「你已經嚇得暈頭轉向了。你現在正努力想用謊話矇騙我。弗麗達所要求的就是要擺脫你們這兩個像骯髒豬玀似的助手，因為你們變得愈來愈無法無天了，可是不幸，我沒有來得及完全實現她的願望，現在這就是我疏忽的結果。」

「土地測量員，土地測量員！」街上有人在這樣喊著。這是巴納巴斯。他上氣不接下氣地跑過來，可是沒忘記給K鞠躬致敬。「成功啦！」他說。「什麼事情成功了？」K問道：「你已經向克拉姆提出我的請求了嗎？」「那可辦不到。」巴納巴斯說：「我盡了力，可是仍舊辦不到，我整天站在那裡沒人理會，跟辦公桌靠得那麼近，因此有一次一個職員乾脆推開我，因為我站在那裡正擋著他的光線，這時克拉姆正抬起頭來，我舉手向他報到——這樣的行動是禁止的——這時候我是最後一個留在機關裡的人，只留下我一個人跟那些侍從在裡面，但我還是幸運地看見克拉姆又回來了，可是他並不是為了我才回來的，他只是想在一本書裡再匆匆看一眼什麼東西，就又馬上走開。最後，由於我還是站在那裡不動，侍從們幾乎要用掃帚趕我出大門了。我向你報告這些經過，這樣你就不必再埋怨我沒有出力了！」「一點成果都沒有，」K說：「巴納巴斯，光憑你對我這一片熱心又有什麼用呢？」「可是我闖出成果了！」巴納巴斯回答：「在我正要離開我的機關的時候——我稱那裡叫「我的機關」——我看見一個紳士沿著一條走道慢慢地往我這裡走過來，走道空蕩蕩的，只有他一個人。此時時間確實已經很晚了。我決定在那裡等他。這是繼續待在那裡的最好藉口，的確，無論怎麼樣，我寧可在那裡等著，免得回了頭只能給你帶來失望的消息。即使這樣，也是值得等的，因為這位紳士就是艾朗格。你不知道他嗎？他是克拉姆的主要祕書之一。是一位身體虛弱、個子矮小的紳士，走起路來有點跛。他立刻就認出了我，他以記性好，熟識人們出名，他只要眉頭一皺，不論是誰，他都能記起來，即使他從沒有見過，只是聽到或是在文件上讀到的人，他也常常能認出對方是誰。例如他明明就根本不可能見過我。雖然他能立刻認出每一個人來，可是他總是先問你一聲，好像他不太有把握。『你是不是巴納巴斯？』他問我。接著他說：『你認識土地測量員，是吧？』接著他又說：『太巧了。我正要上赫倫霍夫旅館去。土地測量員應該往那裡去向我匯報。我住十五號房間。可是他必須馬上去。我在那裡要處理的事情並不多，清早五點鐘我就要動身回城堡。告訴他，這事情非常重要，我得跟他當面談一談。』」

耶赫米亞突然跑了。巴納巴斯因為情緒激動，一直沒有注意到他在場，直到現在才發覺，便問道：「耶赫米亞要去哪裡？」「他想搶在我前面去見艾朗格，」語畢，K便拔腿去追耶赫米亞。他追上了他，抓住他的臂膀，說道：「你是不是突然想起了弗麗達？我也想她呢！我們還是一起去吧！」

十七

在陰暗的赫倫霍夫旅館前面站著一小群人，兩、三個人帶著燈籠，因此，能依稀辨認出一張張臉來。K只認出一個熟人，是馬車夫蓋斯塔克。蓋斯塔克向他問好：「你還在村子裡嗎？」「是的，」K回答說：「我到這裡來是打算住下來的。」「這跟我沒關係，」蓋斯塔克說，一陣咳嗽打斷了他的話，接著他就轉身去跟別人說話了。

原來他們都在等候艾朗格。艾朗格已經到了，但是他要先跟摩麥斯商量以後，才接見這些當事人。他們都在抱怨不能在屋子裡等，只能站在外面的雪地裡等候接見。天氣並不很冷，但是讓他們夜裡這樣在旅館門前站著，也許要等上幾個鐘頭，終究有失體貼。這一定不是艾朗格的過錯，他一向是很隨和的，他根本不知道有這樣的事，要是知道了，一定會非常生氣。這是赫倫霍夫旅館老闆娘的錯，她一味講究氣派，受不了一大幫人同時跑進赫倫霍夫旅館去。她常常這麼說：「如果是絕對必要的話，他們非來不可，那麼，老天爺，就讓他們一個個輪流進來吧！」於是她設法作了安排，這些當事人原本就在走廊裡等，後來到樓梯上等，後來去大廳裡等，又到酒吧等，最後就乾脆被趕到大街上去等了。可是即使這樣，她還不是滿足。她說，她受不了老是被他們這樣「包圍」在自己的房子裡。她不懂為什麼那些當事人要等在那裡。「為的是要踩髒大門台階呀！」有一次一個官員這樣對她說，他顯然是有點火大了，可是在她聽來，這句話似乎說得非常高明，她永不厭倦地一再引用這句話。她竭力主張應該在赫倫霍夫旅館對面造一棟房子——這一點那些當事人倒也都贊同——讓當事人可以在那裡待候。她巴不得讓這些接見和審訊等等程序全都到赫倫霍夫旅館外去進行，可是官員們反對這樣做，而當官員們嚴正表示反對，老闆娘當然不能違抗，然而在一些小事，憑著她那股不屈不撓卻有女性獨特韌性的毅力，她還是偶爾當了暴君。於是，老闆娘就不得不容忍那些會見和審訊繼續在赫倫霍夫旅館進行了，因為城堡裡的紳士下鄉來辦公，一到旅館就一步也不想動了。他們總是行色匆匆，又是迫不得已才到村裡來，所以無意在絕對需要的時間以外再延長他們逗留的時間，也絕不肯只為了維持赫倫霍夫旅館的秩序而帶走全部文件搬到其他地方去，因為這就會浪費時間。真的，官員們寧可在酒吧或在自己的房間裡辦公，如果可能的話，甚至在吃飯或者在晚上睡覺前躺在床上辦理，或者在早上因為過度疲倦而還想再賴一下床的時候把那些事務處理掉。如果在外面再蓋一間接待室，似乎是個圓滿的解決辦法，可是這對老闆娘來說，實在又是一個沉重的打擊。人們對這一點不免感覺有點好笑，因為一間接待室本身就必然會招來數不盡的接見，這麼一來，赫倫霍夫旅館的門廳反而永遠不得清閒。

等待著的人群都在低聲談著這些事情，他們藉此消磨時間。K覺得驚奇的是，儘管大家都表示不滿，卻沒有一個人對艾朗格深夜傳見當事人這件事表示反對。他問人為什麼要在深夜傳見，得到的回答是他們對這事只有感激可言。因為這完全是出於艾朗格的好意和他的高度責任感才到村子裡來，如果他願意，他只要隨便派一個低階祕書來——而且可能還更加符合規定——讓他寫一份匯報就好了。可是他往往不願意這麼做，他要親自觀察並聽取一切，因此他就得犧牲晚上的時間，因為在城堡的辦公時間表上已經沒有時間讓他出差到村裡來。K不同意這種說法，因為即使克拉姆也是白天到村子裡來的，甚至待了好幾天，艾朗格僅僅是一個祕書，在城堡裡難道比克拉姆還更走不開嗎？有一、兩個人聽了他這麼說，開心地笑了起來，其他的人都窘困地一聲不響，後者占了多數，幾乎沒有一個人回答K。只有一個人猶豫道，克拉姆當然是無可或缺的重要人物，在城堡裡和村子裡都是這樣。

這時大門打開了，摩麥斯在兩個提燈的侍從中間出現了。他說：「最先獲准去見艾朗格先生的是，蓋斯塔克和K。這兩個人在這裡嗎？」他們兩個人都報了到，可是他們還沒走上去，耶赫米亞說了一句「我是這裡的服務生」就溜了進去，摩麥斯也笑嘻嘻地在他肩上拍了一下作為招呼，就消失在門裡了。「我得提防著耶赫米亞。」K暗暗對自己說，雖然同時他深知耶赫米亞可能遠遠沒有那個現在正在城堡裡跟他作對的阿圖爾危險。或許他還是讓他們當助手比較好，儘管他們總使他火冒三丈，實際上總比讓他們毫無監督地到處逛、搞陰謀好，他們搞陰謀似乎頗為擅長。

K走過摩麥斯面前的時候，後者吃了一驚，好像直到現在才知道他是土地測量員。「啊，你是土地測量員嗎？」他說：「本來是那麼不願意接受審訊的人，現在卻逼著接受審問了。當時要是就直接讓我審訊，也許就省事多了。當然啦，要正確選擇接受審訊還真是不容易啊。」看見K聽了這些話停下來不走了，摩麥斯便接下去說道：「進去！進去吧！當時我需要聽你的答覆，現在我可不需要啦。」可是摩麥斯說話的口氣激怒了K，他回答：「你們只想到自己。我過去不曾、將來也不會僅僅因為某一個人的職務就接受什麼審訊，過去是這樣，將來也還是這樣。」摩麥斯回答說：「若不想自己，那我們該想到誰呢？這裡還有誰呢？難道就是你自己嗎？」

大廳裡，一個侍從迎上來，帶著他們走那條K已經走過的老路，穿過院子，然後走進一個入口，接著又穿過一條有點向下傾斜的走廊。上面的幾層樓顯然只保留給高階官員們，而那些祕書就住在這條走廊的房間裡，艾朗格自己也住在這裡，儘管他是最高階的祕書之一。侍從吹滅了手裡的燈，因為這裡一片燈明通明。這裡每樣東西尺寸都特別小，可是卻布置得非常優雅，充分利用了空間。走廊高度剛夠一個人直立著走路。走廊兩邊一扇扇門幾乎可以互相碰觸。牆壁沒有砌到天花板那麼高，可能是為了流風，因為在這條像地窖似的低矮的走廊上，那些狹小的房間是不可能有窗子的。那些沒有砌全的牆壁，缺點是每當走廊上人聲嘈雜，室內必然也同樣嘈雜。不少房間似乎已經有人住下了，大多數房間裡的人還沒有睡，可以聽到他們在說話，敲打和碰杯的聲音。可是這些聲音卻並沒有給予人特別歡樂的印象。那些說話的聲音是壓抑的，偶爾只能模糊聽出一、兩個字來，似乎也不像是在談話，可能只是有人在口授或者大聲讀著什麼東西。發出杯盤叮噹聲的房間聽不見一聲人語，而敲打聲使K想起了不知什麼時候有人告訴過他，說有些官員偶爾自己也做做木工、機械等等的事，為的是要調劑一下連續不斷的腦力勞動。走廊裡空蕩蕩的，只有一個臉色憔悴、又瘦又高的紳士，穿著一件皮外套，看得出裡面穿的是睡衣，坐在一扇房門前面。可能是因為他在房間裡覺得太悶了，才坐到外面來，他在讀一份報紙，但讀得並不十分仔細。他常常放下報紙打呵欠，然後探出身子沿著走廊望去，也許他在等待一個失約的當事人。他們走過他身邊時，侍從對蓋斯塔克說：「那是平士高爾。」蓋斯塔克點點頭說：「他好久沒有下鄉來了。」「好久沒來了。」侍從附和道。

最後他們在一扇門前停下來，這扇門跟別的門沒有什麼兩樣，可是侍從卻告訴他們，這扇門後面住的就是艾朗格。侍從叫K把他舉到肩膀上，讓他從隙縫裡張望一下房間裡的情景。「他正躺著呢，」侍從爬下來說道，「和衣躺在床上，這可是真的，但我還是覺得他是睡著了。到了這裡村子裡，他常常累成這副樣子，因為生活習慣改變了。我們得等他醒過來。他醒了會拉鈴的。再說，以前他還發生過這樣的事情，他一到這裡就睡覺，把他在村子裡停留的時間都睡掉了，於是，等他醒來的時候，他就得馬上動身回城堡去了。當然，他是自願到這裡來工作的。」「那麼，要是他就這麼睡下去，也許還更好些，」蓋斯塔克說：「因為他醒來以後發現剩下的時間不多了，他會因為打盹而生自己的氣，就想急急忙忙地解決手上所有事，這樣一來，你就連說一句話的機會也沒有了。」「你來這裡是為了承建那座新造房子的裝運工程嗎？」侍從問他。蓋斯塔克點了點頭，把侍從拉到一邊去跟他低聲說話，可是侍從並沒有在聽，他比蓋斯塔克高一個頭，他越過頭頂他望著別處，慢條斯理而嚴肅地撫弄著自己的頭髮。

十八

正當K漫無目標地四下張望時，他遠遠看見弗麗達在走廊轉彎處出現了。她假裝不認識他，只是毫無表情地望著他。她手裡正捧著一盤空碟子。他便對侍從說——可是不管你對他說什麼，他都不在意，你愈跟他說話，他似乎愈是心不在焉——他等等就回來，接著就往弗麗達那裡跑去。他跑到她身邊，一把摟住了她的肩膀，好像他重新奪回了他的財產似的，又盯住了她的雙眼問了她一些無關緊要的問題。可是她那種僵硬的態度，似乎絲毫不見軟化，她為了掩飾自己的慌亂，便把盤子裡的碟子重新擺整齊，一面說：「你想從我這裡得到什麼呢？回到別的女孩那裡去吧……啊，你知道我指的是誰，我看得出你還剛從她們那裡來呢。」K立刻改變戰術，絕不能這麼突如其來地給她解釋，並且不應該從這最棘手、對自己最不利的一點開始。「我還以為你在酒吧裡呢！」他說。弗麗達驚愕地望著他，接著用她那隻空著的手溫柔地摸著他的額角和臉頰，好像她已經忘記了他的臉是什麼樣子，現在想重新把它記起來似的，她的眼裡甚至還帶有人們陷入痛苦回憶的那種隱祕神色。「我已經重回酒吧去工作了。」最後她慢悠悠地說道，可是緊接著這句話，她似乎正跟K談著比這更重要的事情。「這裡的工作可不是我在做，這種工作誰都能做，誰會鋪床疊被，而且看起來性情和順，不介意客人向她獻殷勤，實際上正喜歡這一套，那誰就能勝任。可是酒吧的工作就完全不同了。我是直接派回到酒吧的，雖說我沒有做出多大的成績來，可是，當然，有人為我說了好話。旅館老闆很高興，既然有人說我好話，他幫我恢復工作就容易了。最後，實際上也是他們逼著我接受這個職務的。你要是仔細想一想酒吧會使我想起什麼，你就會懂得這一點。最後我決定接下來。我在這裡幫忙只是臨時的。佩披懇求我們不要讓她馬上離開酒吧，免得她難為情，既然她什麼事情都願意做，而且非常賣力，所以我們給她二十四小時的寬限。」「這一切都安排得很好，」K說：「但是因為我的緣故，你曾經一度離開了酒吧，現在我們不久後就要結婚了，你怎麼還要回到酒吧去呢？」「沒有結婚這回事了！」弗麗達說。「因為我對你不忠實？」K問道。弗麗達點了點頭。「啊，你看，弗麗達，」K說：「我們已經談這種所謂不忠實談了很多次了，結果每次總是你不得不承認自己的懷疑是不公正的。從那以來，就我這方面來說，沒有絲毫改變，我所做的事情都跟當初一樣清白，而且一定永遠如此。所以，一定是你變心了，受了陌生人的影響或是什麼的了。不論怎麼樣，你冤枉了我，你姑且聽一聽我和那兩個女孩是怎樣相處的吧。那個女孩，皮膚黑的那一個——我這樣不厭其煩地為自己辯護實在有點害臊，可是我實在沒有辦法了——說真的，那個黑炭，我可能正和你一樣討厭她；我總是盡可能和她保持一定的距離，她倒也毫不在意，沒有人比她更愛孤獨了。」「是呀！」弗麗達喊道，這句話似乎是違背了她的本意蹦出來，K看到她的注意力已經分散了，心裡很高興，她說的並不是真心要說的話，「是呀，你把她看成愛孤獨的人，你把最無恥的那一個說成是個愛孤獨的人，這固然教人沒法相信，可是你說的卻是真心話，不是在騙人，這我知道。橋頭旅店的老闆娘有一次跟我談起你，她說：『儘管我受不了他，可是我又不能把他孤伶伶一個人丟在一邊不管，就像一個人看到一個小孩還不會走路就想跑遠路，你會忍不住非阻止他不可。』」「這次你就聽她的吧！」K微笑著說：「可是那個女孩——不管她是愛孤獨還是最無恥的——我不想再聽人提起她了。」「可是你為什麼要說她愛孤獨呢？」弗麗達固執地問道——K認為她對這一點表示關心倒是好跡象——「我是出於感激，才說她愛孤獨，因為這樣我就可以不理睬她了，因為就算她只是要跟我講上一、兩句話，我也不願意再到她們那裡去了，這對我就會是一個大的損失，因為，你知道的，為了我們兩人的前途，我必須到她們家。而且正因為這個原因，我不得不跟另外那個女孩講話，我得承認，我尊敬這個女孩，因為她能幹，謹慎，而且毫不自私，但是絕不能說她做了什麼引誘人的事。」「可是侍從們卻跟你的看法不同。」弗麗達說。「在這一點以及其他許多問題上，我跟他們都有不同的看法，」K說：「難道你要根據他們的愛好來推斷我的不忠嗎？」弗麗達一聲不響，慫得K把她手裡的盤子拿過來放在地板上，挽著她的臂膀，在走廊的角落裡緩步地踱來踱去。「你不懂得什麼叫忠實，」她說，他跟她靠得這樣近，使她有點處於防守勢地位了，「你跟這個女孩到底是什麼關係，並不是最關緊要的一點。你上她們家去，而且衣服上沾著她們廚房裡的氣味回來，這個事實本身，對我來說就是一個不能忍受的屈辱。再說，當時你一句話也沒說就奔出了學校。而且還跟她們在一地待了大半個晚上。等到我派人來找你的時候，你又要這兩個女孩否認你在那裡，特別是那位非常愛孤獨的女孩否認得最堅決。你還從另一條祕密的通道溜出來，也許正是為了保護女孩們的好名聲吧！說到這兩位女孩的好名聲！算啦，我們別再說這些了。」「對，我們不談這個了，」K說：「談談別的事情吧，弗麗達。再說，關於這件事已經沒有什麼可說了。你知道為什麼我非去她們家不可。這對我來說可不是輕鬆的事情，但我終究克制住了自己的感情。現在的情況已經是夠糟了，你不應該把它搞得更棘手。今天晚上我只不過想去那裡問一聲，看看巴納巴斯到底回來了沒有，因為他有一件重要的消息，早該告訴我的。他沒來，但是他一定會馬上來的，她們這樣向我保證，似乎可能是這樣。我不想讓他回頭來找我，免得他在你面前露了臉，侮辱了你。幾個鐘頭過去了，不幸得很，他沒有來。可是另外一個人，一個我厭惡的人倒來了，我不想要他來監視我，所以，我才從隔壁花園走出來，可是我也不願意躲著他，我到了街上就光明正大地朝他走去，我承認，當時手裡還拿了一根藤條呢。這就是全部事實經過，因此，沒有什麼可交代了。至於別的事情，還有的可聊呢。那兩個助手怎麼樣了？提起他們的名字，正如你聽到那家人的名字那樣教我作嘔。拿你跟他們的關係與我跟那家人的關係比一比吧！我理解你對巴納巴斯這一家人所抱的反感，並且我對此也有同感。我只是為了自己的事務才跑去看他們的，有時候，我好像幾乎是在虐待他們，剝削他們。可是你跟這兩個助手！你從來沒有否認過他們在折磨你，你承認你被他們迷住了。我沒有為這件事跟你生氣，我當時看得出那些力量正在發揮作用，這不是你所能匹敵的，可是我看到你至少努力在抵抗那種力量時，我很高興，我也協助你保護自己，可是，就因為我只離開了幾個小時，相信你的堅貞不渝，我承認，我也相信了自己這種想法：以為房子已經安全地鎖上，而助手們也終於被趕跑了——我也許還是低估了他們——就因為我不過離開了幾個小時，這個耶赫米亞——你仔細看一看，他是一個年老體弱的傢伙——居然膽大妄為地爬上窗子。就因為這一點，弗麗達，我就得失去你，就得聽你講這種問候的話：『沒有結婚這回事了。』難道應該責怪別人的不正是我嗎？可是我並不責怪誰，也不曾責怪過誰。」一說到這裡，K覺得似乎應該再稍稍分散一下她的注意力，於是求她去拿一些吃的東西來給他，因為從中午到現在他還沒有吃過一點東西呢。這個要求顯然使弗麗達感到寬慰，她點了點頭，便跑去拿食物了，K猜測廚房就在走廊不遠處，但是她還往左邊走下幾步階梯。一會兒她就拿來一碟肉片和一瓶酒，這明明是一些殘酒餘肴，吃剩的肉片是匆匆忙忙重新盛入碟子裡的，免得被看出來。可是香腸皮卻忽略了，那瓶酒也只剩下四分之一。但是K一句話也沒說，津津有味地吃了起來。「你剛才是在廚房裡嗎？」他問道。「不，我在自己房間裡，」她說：「在那下面我有一間房間。」「你原本可以帶我一起去的，」K說：「現在我想到你的房間裡去，這樣我吃的時候可以坐一會兒。」「我給你拿一張椅子來。」弗麗達說著就動身要走。「謝謝你，」K一面回答，一面把她拉了回來，「我不到你的房間裡去，也不需要什麼椅子了。」弗麗達老大不情願地讓他抓住她的臂膀，低下了頭，咬著嘴唇。「嗯，他在那裡，」她說：「你還想要些什麼嗎？他現在正躺在我的床上，他在外面著了涼，現在正打著哆嗦，他幾乎什麼都沒吃。說到底，這都是你的錯，假使你不趕跑這兩個助手，不去追他們，我們現在可能正舒舒服服地在學校坐著呢。就是你一個人破壞了我們所有人的幸福。如果耶赫米亞還在跟我們幹活，你以為他敢帶我走嗎？你完全不明白我們這裡的規矩。他要我，他折磨自己，他暗地裡守著我，但這不過是一場兒戲罷了，就像一隻餓狗跳來跳去，卻不敢真正跳到桌子上去。他跟我之間就是這樣。我本來就跟他很親近，他是我童年玩伴——那時我們一起在城堡山的斜坡上玩耍，那真是一個美好的年代，你從來沒有問起我的過去——可是只要耶赫米亞還在當助手，他就有所拘束，這一切就都不能發揮作用了，因為我知道我的本分是你的未婚妻。可是當時你趕走了那兩個助手，而且還對此自吹自擂，好像你這樣是為我做了一件什麼了不起的事情。這個嘛，在某種意義上來說，這倒也是真的。就阿圖爾的情況來說，你的計畫是實現了，但這也只是暫時的，他比較脆弱，他沒有耶赫米亞那種不屈不撓的熱情，此外，你那天晚上打了他一拳，幾乎把他的身子都打垮了——這一拳也是對我幸福的一個打擊——他去城堡告狀了，即使他馬上回來，也不會待在這裡了。可是耶赫米亞卻留了下來。在工作的時候，他只要稍稍看一下主人的臉色就感到害怕，可是一旦他不幹了，他就什麼都不怕了。他跑到我那裡去，帶走我。你拋棄了我，他，我的老朋友，來支配我，我可沒辦法拒絕他。我並沒有打開學校的大門。是他打破了窗子，把我抱了出來。我們跑到這裡來，旅館老闆一向是尊敬他的，沒有誰比這個服務生更受顧客歡迎的了，所以，就讓我們在這裡上工了，他現在沒有跟我在一起生活，但是我們住在一個房間裡。」「儘管發生了這一切，」K說：「我並不後悔辭掉兩個助手。如果事情真像你所說的那樣，你的忠實也只是取決於這兩個助手是否當僕人，那麼，事情就此了結，倒也不失為一件好事。跟兩頭畜生一起過婚後生活是不會有多大幸福的，因為只有鞭子才能管教他們。這樣一來，我倒應該感激這家人家，因為他們在無意中卻促成了我們的分離。」兩人都沉默了，又開始並肩來回踱步，雖然這一次誰也不知道是誰先舉步的。弗麗達緊靠在他的身邊，因為K沒有再挽著她的臂膀，她似乎有點生氣。「這樣看來，似乎每件事情都安排好了！」他接著說：「我們也可以彼此道聲再見了，你就到你的耶赫米亞那裡去，自從我在花園裡趕走他，看來他一定是著涼了，你也已經讓他這樣獨自一個人待太久了，我要回人去樓空的學校裡，也許因為沒有了你，那裡已經沒有我容身之地了，那我只好往他們願意收留我的其他地方去。儘管如此，假使我還有些猶豫不決，那是因為我對你說的話還有一些懷疑，而且我有充分的理由。我對耶赫米亞的印象跟你不同。他還在職的時候就一直盯著你，我不相信他這份職務能長期約束他對你不起歹念。但是現在他認為他已經解除了雇佣關係，情況也就不同了。請寬恕我，我不得不作這樣的解釋。打從你不再是他主人的未婚妻以後，你在他的心目中就絕不是過去那樣叫人著迷的美人了。你是他童年的朋友——我是在今晚短短的談話中才剛知道——可是照我看來，他根本不珍惜這類情意。我不懂得為什麼在你眼裡，他居然好像是一個熱情的人。在我看來，恰恰相反，他的心腸好像特別冷酷呢！他從格拉特那裡接收了一些關於我的指示，一些可能於我不利的指示，他便努力執行，竭誠效勞，我應該承認——這在你們這裡是並不少見的——指示之一就是他必須破壞我們的關係；可能他用過好多種方法來完成他的使命，一種就是用他那淫邪的眼光來勾引你，另一種——在這方面他還得到老闆娘的支持——就是捏造出一些事實來誹謗我對你不忠實；結果他的陰謀實現了，這也許是他忘不了的克拉姆的影子或者其他什麼幫了他的忙。他失去了他的職務，這是事實，但可能正是在這個時候他已經不再需要這樣的職務了，於是他獲得了勞動的果實，把你從學校的窗口裡抱了出來，這樣一來，他的任務就完成了，現在他效勞的熱情已經消失，他也許感到厭倦，他寧願跟阿圖爾交換一下位置，阿圖爾現在其實不是在城堡告狀，而是在接受表揚和新任務，但是還得有人留在後面關注事態的進一步發展，於是他不得不留下來照看你，對他來說，這實在也是一個負擔。至於對你的愛情，他可一絲都沒有，他曾經向我承認過這一點。作為克拉姆曾經的情婦，他當然是尊敬你的，而溜到你的臥室裡去嘗嘗當個小克拉姆的滋味，他當然是愉快的，但也僅此而已，在他看來，你現在已經算不上是什麼了，他幫你在這裡找上一份差事，這不過是他主要任務的一小部分罷了。於是，為了避免使你感到不安，他自己也留在這裡，但這也只是暫時而已，他一天沒有得到城堡下一步的消息，他這種冷冰冰的愛情也就一天不會完全消失。」「你竟這樣誹謗他！」弗麗達說，她握緊了雙拳。「誹謗？」K說：「不，我不想誹謗他。我也許是冤枉了他，這是很可能的。我說的關於他的一切，並不是顯露在表面大家都看得到的，而且也可能各人有各人的看法。可是誹謗呢？誹謗只有一個目的，那就是為了對抗你對他的愛情，假使有這樣的必要，假使誹謗是最適當的手段，那我會毫不猶豫地誹謗他。沒有一個人能因此責備我，他所處的地位跟我比較起來，可是占有很大的優勢，我只能依靠我自己孤軍奮戰，所以，即使我稍稍誹謗他一下，也是可以容許的。這是一種比較無辜的，但作為最後一招，也是軟弱無力的自衛手段。所以，還是放下你的拳頭吧！」說著，K把弗麗達的手握在自己的手裡；弗麗達想把手縮回來，可是臉上露著笑容，並不是真的打算那樣做。「可是我不需要去誹謗他，」K說：「因為你並不愛他，你只是以為你在愛他，你應該感謝我把你從自己的錯覺裡拉出來。因為你只要想一想，假使任何人想把你從我的手裡搶走，不能用暴力，只能用最周密的策畫，那也只有透過這兩個助手才辦得到。從表面上看來，他們是從天上掉下來的，是城堡派來的兩個善良、幼稚、愉快和欠缺責任感的小伙子，還帶來了一連串童年美好回憶。所有這一切，當然好像是挺不錯的，尤其當我是這一切的對立面時，我又總是為了一些別人不容易理解的事情奔走著，這些都令你生氣，於是你就把我扔到你厭惡的那一幫人裡去了，你開始對我也就多少厭惡起來了，儘管我毫無過錯。整個事件是惡毒而又非常聰明地利用了我們兩人關係中的缺點。人與人之間總是有隙可乘的，連我倆之間也是如此，我們倆來自兩個完全不同的世界，自從我們互相結識以後，我們各自的生活都有了很大的變化，我們仍舊感到不安全，因為一切都太新奇了。我不是說我自己，我沒有多大關係，事實上，從你的眼睛注視著我的那一剎那起，我的生活就大大地豐富了，一個人要習慣於財富並不太難。可是——別的且不說吧！你是我從克拉姆手裡奪過來的，我不知道這到底有多大意義，可是我終究慢慢地對它有了一點模糊的觀念，可是你卻走上了迷途，你不知道該怎麼才好，即使我準備隨時幫助你，可是我又不能老是守在你身邊。而當我在你身邊的時候，你又被你的夢想或者什麼更明顯的東西迷住了，例如說老闆娘……總之，有些時候，你拋開了我，渴望著一些無法形容的迷糊事物，可憐的孩子，在那樣的時候，任何一個差強人意的男人，只要能闖進你的幻想，你就會迷上了他，向假象屈服，這不過是一時的幻想，鬼魂呀，昔日的回憶呀，往事和不知道哪一年的陳年舊帳呀，一起經歷過的生活呀——這就是你今天的現實生活。這是一個錯誤，弗麗達，要是處理恰當，那不過是在我們和解之前一些最後也是不足掛齒的困難。請你清醒過來！振作起來！即使你以為這兩個助手是克拉姆派來的——這根本不是事實，他們是格拉特派來的——即使他們靠著這種幻象使你完全被迷住了，使你在他們那些卑劣的花招和下流的行徑中以為看出了克拉姆的影子，這就好像一個人以為在糞堆裡看見了自己遺失的一塊寶石一樣，而實際上即使糞堆裡有寶石，他也沒法找到——同樣，他們不過是跟那些在馬棚裡的侍從一樣的蠢貨罷了，不過他們還沒有那些侍從健康，吹上一點冷風就鬧病，就得躺在床上，可是我必須說，他們倒是能像狡猾的侍從那樣用鼻音哼哼唧唧地說話。」弗麗達已經把頭靠在K的肩上了，他們互相摟抱，默默地踱來踱去。「假使當初，我們只要……」停了一會兒，弗麗達悠悠地、靜靜地、幾乎是平心靜氣地說道，彷彿她知道她只有這麼一段短短的時間能這樣安靜靠在K的肩膀上，因此她得好好享受一下似的，「假使那天晚上，我們只要馬上逃到一個什麼地方去，我們現在就平靜無事了，就永遠在一起了，你的手也就永遠在我的旁邊，可以讓我握著了。啊，我是多麼需要你陪著我，自從我認識了你，沒有你跟我作伴，我就感到像迷了路一樣，相信我，我唯一的夢想就是要跟你在一起，只有這一個夢想，再也沒有別的了。」

這時，有人從旁邊那條走廊裡叫了起來，那是耶赫米亞，他正站在最低一階的台階上，只穿了一件襯衫，但是身上裹了一條弗麗達的圍巾。他站在那裡，頭髮披散著，鬍子又長又軟，好像被浸濕透了似的，他的眼睛痛苦地懇求著，同時又充滿了譴責的神情，他那憔悴的雙頰脹得通紅，然而又顯得鬆弛無力，他赤裸著大腿，冷得直打哆嗦，連圍巾的流蘇也在顫動著，他像一個從醫院裡偷偷地溜出來的病人，那副模樣只令人想重新讓他睡回床上。事實上，這就是他在弗麗達身上產生的效果，她此時掙脫了K的摟抱，立刻就跑到耶赫米亞身邊。她貼著他，親熱地替他裹緊圍巾，急著想強迫他回到房間裡去，這一切，似乎給了他新的力量，他似乎現在才認出K來，「啊，土地測量員！」他說，一面拍著弗麗達的面頰，請她別見怪，因為她不想再讓他說下去。「原諒我打斷了你們的談話。可是我身子不舒服，這總是個合理的理由吧。我覺得我在發燒，我必須喝一點茶，出一身汗才行。我還想起校園裡該死的欄杆，當時，我已經冷到骨髓裡了，可是後來又奔波了一夜。一個人為了一些毫無價值的事情竟犧牲了自己的健康，可是當時我根本什麼都不知道呢！可是你，土地測量員，別讓我打擾你了，跟我們一起到房間裡來！探望一下我的病情吧！同時，向弗麗達好好講完你還要對她說的話。兩個在一起相處慣了的人，最後告別的時候，一定都會有一大堆話要說的，一個躺在床上等著喝茶的第三者，是不會懂得這些話的。請你務進來吧，我會一聲不響，絕不打擾你們。」「夠了，夠了！」弗麗達拉著他的手臂說。「他在發燒，他不知道自己在說什麼。可是你，K，你可千萬別到房裡來，我請求你別來。這是我的房間，也是耶赫米亞的房間，或者不如說是我的房間，是我一個人的房間，我禁止你跟我們一起進來。你總是虐待我。啊，K，你為什麼老是折磨我？我絕不，絕不會回到你身邊去，我一想起我還有可能回到你那裡去，我就會發抖。回到那些女孩身邊去吧。人家告訴我，她們只穿著一件襯衣對著火爐坐在你的身邊，有誰來叫你回去的時候，她們就向他啐唾沫。既然那個地方吸引你，你在她們那裡一定是賓至如歸。我一直勸你別去那裡，可是沒有用，但我還是想方設法勸阻你；現在這一切都過去了，你自由了。在你的面前有著一個美好的生活，因為以前那一種生活，你也許還得跟助手們爭吵，可是現在這另一種生活，不論誰都不會抱怨你了。因為這是天賜良緣。別否認了，我知道什麼事情你都會辯駁，可是到頭來什麼也沒有駁倒。耶赫米亞，你想想看，他有什麼事情沒有辯駁過嗎！」他們彼此會心微笑著點頭。「可是，」弗麗達接下去說：「即使每件事情都被你駁倒了，那又會得到什麼？跟我又有什麼相干呢？在她們家發生的事情完全是她們的事情，也是他的事情，可不是我的事情。我的事情是看護你，直到你重新恢復健康，像過去那樣健康，像K還沒有因為我而折磨你的時候那樣。」「那麼，你不進來了嗎？土地測量員？」耶赫米亞問道，可是，這時弗麗達拚命把他拉走了，她再也不轉身來望K一眼了。台階下面有一扇小門，比走廊裡的那些門還要矮——不僅耶赫米亞，甚至弗麗達也得彎著身子進去——裡面似乎又亮又暖和，聽得見裡面說了幾句輕輕的細語聲，大概是她正愛戀地哄著耶赫米亞上床去，接著房門就關上了。[5]

5　德語初版本文內容到此為止。

十八（續篇）

這時K才看到，原來走廊裡已經寂靜無聲。看樣子這一帶是客房的走廊，就是他剛才跟弗麗達一起待過的地方，眼前不只是這裡靜悄悄的，而且連稍早房裡人聲喧嚷的那條長廊也是靜悄悄的。這麼說，那些紳士們真的睡著了。K也累極了，照說剛才應該跟耶赫米亞鬥一場，也許正是身子疲勞，才沒跟他鬥吧！說不定學學耶赫米亞倒來得聰明，他說什麼揮身冷得夠嗆，顯然是誇大其詞，其實他哪裡是著涼才難受的，天生就是這樣，喝什麼藥茶都沒用，要是聰明點，還是徹底學學耶赫米亞，同樣顯出自己實在疲勞得要死，就在這首走廊裡倒下去，這一來就會輕鬆得多呢，然後再睡上一會兒，說不定也會有人來照看他。只是做起來不會像耶赫米亞那樣順遂罷了，在這場爭取同情的角逐中，耶赫米亞一定會得勝，這大概也是理所當然，在其他鬥爭場合中，他顯然也是每回必勝的。K累極了，他不知是否可以闖進一間客房，在一張舒舒服服的床上好好睡一覺，想必有些客房空著呢。照他看，這一睡，就可以解決很多事情。他還有杯現成的宵夜酒。弗麗達剛才放在地上的那只托盤裡有著一小瓶朗姆酒呢。K不怕還得奔波折返，因此就把那小瓶酒都喝乾了。

如今他至少感到有了精神，可以去見艾朗格了。他四下尋找艾朗格的房門，只因為眼前再也看不見侍從和蓋斯塔克，所有房門看來又都是一個樣，就此找來找去找不到了。可他自以為多少還記得那間房間在走廊哪一段，不妨就去把記憶裡的那扇門推開來，照他看，這大概就是自己要找的那一扇。試一下不會出什麼大事。如果是艾朗格的房間，艾朗格一定會接待他，如果是別人的房間，還是可以賠個不是再退出來，要是碰上裡頭的人睡著了，那倒也可能，這麼一來，這下子K闖進去，就根本不會有人看到了。只有碰上空房才糟糕，因為K想必會忍不住要上床去好好睡一覺！他又一次朝走廊左邊看看，右邊看看，看看到底有沒有人過來可以為他指點迷津，免得白白冒險，可是長廊上偏偏寂靜無聲，一個人也沒有。於是K在門口聽聽。這房裡也沒人！他敲敲門，聲音那麼輕，吵不醒人，既然到現在也沒什麼動靜，他就小心翼翼推開了門。誰知這下卻迎面聽見輕輕一聲喊叫。

這是間小客房，一張大床占了大半間，床頭櫃上有一盞電燈，旁邊放著一個旅行手提包。床上有個人蒙頭蓋臉裹在被窩裡，不安地挪挪身，透過被窩和床單間一條縫低聲問道：「誰？」這下子K想脫身可沒那麼容易了，他對著那張逃逗人心卻又有人躺臥的床鋪不滿地打量一番，才記起對方的問話，就通報了姓名。這一說似乎頓時見效，床上那人掀開被子，露出臉來，可又急急作好準備，萬一門外大事不妙，準備馬上重新蒙頭蒙臉地蓋好。突然間此人一下子又疑懼頓消，一把掀開被子，坐了起來。很明顯，他絕不會是艾朗格。這位紳士是個小個子，相貌不俗，只是臉上的五官有些不相配，兩頰胖嘟嘟像個娃娃臉，眼睛帶笑意，像雙孩子的眼，可是高高的前額，尖尖的鼻子，窄窄的嘴，幾乎閉不攏的嘴唇，還有快看不見的下巴，半點也不像個兒童，反而顯得聰明絕頂。毫無疑問，他對這點不免洋洋得意，又自命不凡，這才顯然還保留幾分童稚的天真氣息。「你認識弗里德里希嗎？」他說。K說不認識。「他認識你。」這位紳士笑道。K點點頭，認識他的人是不算少，這確實是擺在他路上的難關。「我是他的祕書，」這位紳士說：「我叫布吉爾。」「對不起，」K伸手去抓門把，說：「打擾了，我找錯門了。其實我是艾朗格祕書召來的。」「真可惜，」布吉爾說。「我不是可惜你從別處召來的，我是可惜你找錯了門。事實上我一旦被吵醒，就再也睡不著。話又說回來，你倒不需要過意不去，這是我個人的不幸。而且，不管怎麼說，這些門難道都鎖不上嗎？當然，這裡頭自有道理。因為有句俗話說得好，祕書房門應當永遠開著。可話說回來，我們對那句話也不需要緊緊扣著字面意義。」布吉爾又疑又喜地看看K，跟K那副愁眉苦臉一比，他反倒顯出一副充分睡好的神氣，不用說，布吉爾這輩子從沒像K眼前這樣累過。「你現在打算去哪裡？」布吉爾問：「都四點啦。不管你想去找誰，都會給你吵醒，人家可不是個個都像我這樣被吵慣了的，也不是每個人都肯原諒你呢。做祕書的都是神經質的人。所以你就待一會兒吧。到五點左右，這裡的人方要起身，最好你在那時去應召。所以請你現在放開門把，隨便在哪裡坐坐，就算這裡地方不大，你坐在床邊最適合了。想不到我這裡竟連桌椅也沒有吧？說起來，給我的選擇是要不住家具齊備的房間，睡張狹窄的客鋪，要不睡這張大床，但房內除了洗臉架就別無長物。最後我還是要了大床，在臥房裡，不用說，床畢竟是主要物件！啊，對一個只要躺平就能睡熟的人來說，也就是對一個很好睡的人來說，這張床確至高無比了。即使對我這種一年到頭都喊累、又沒覺可睡的人來說，能睡得上這張床也算是好福氣了。我今天大半天都在床上度過，一切書信來往都在床上辦理，在這裡接見申請人，進行得還算順利。申請人當然沒地方可坐，但他們都應付過去了，何況他們自己站著，讓負責記錄的人安安心心，終究還是比自己舒舒服服坐著，卻讓人對自己大肆咆哮來得穩當呢。所以我只有這個床沿能讓你坐下，但這也不是個正式座位，只是夜裡聊天時坐坐罷了。你怎麼一聲不吭呢？土地測量員？」「我累極了。」K說，他接受邀請，立刻冒冒失失、毫不客氣地坐下，背靠著床柱。「當然囉，」布吉爾笑道：「這裡的人沒一個不叫累的。比如說，昨天我辦完的工作，甚至今天已經辦完的，都不是小事。要不是出了這個意外，我現在應該正在睡覺，那當然是不成問題的，你就算繼續待在這裡，我也該睡覺，所以請你待著別發出聲音，也別開門。可也不必擔心，我不一定會睡熟，要睡也最多幾分鐘。我養成這個習慣，大概是因為我跟申請人打交道已經習慣，往往覺得有人作伴，最容易睡著。」「祕書先生，請睡吧，請吧，」K說，這番話使他很高興。「你如果不反對，我也睡一會兒。」「不，不，」布吉爾又笑道：「不幸的是別人請我睡，光是這樣我是睡不著的，只有在交談之中才可能睡著，大都是在談話之間讓我閉眼的。是啊，幹我們這一行，可折磨了。比如說，我是個聯絡祕書。你不知道那是做什麼的吧？我在弗里德里希和村子之間……」說到這裡，他不由樂得搓搓手，「擔任最重要的聯絡工作，聯絡他城堡和村子的祕書，雖說我多半待在村子裡，也不是固定在這裡，隨時都得準備趕到城堡去。你瞧這行李……生活可說毫無安定，這不是人人都能做的。可話又說回來，現在我不做這種工作也確實不行，其他任何工作我都覺得枯燥無味呢。土地測量的事情進行得怎麼樣了？」「我沒在做那一行，我沒當上土地測量員。」K說，他的心思並沒放在這件事上，實際上他只是一味盼望布吉爾睡著罷了，不過這麼想也無非是自我安慰，心底深處他明知布吉爾要睡著還有段時間呢。「那真奇怪了，」布吉爾腦袋猛然一扭說，順手從被子裡掏出本筆記簿來做筆記。「你是個土地測量員，可又沒土地測量的工作可以。」K機械地點點頭，他已經伸出左臂擱在床柱高頭，腦袋枕在手肘上，儘管他早已試過各種不同的姿勢想坐舒服，可只有這種姿勢才最愜意，而且現在這姿勢聽布吉爾的話也可以清楚些。布吉爾接下去說：「我準備進一步追究這件事。像這樣埋沒專門人才這種事，在我們這裡絕對不會有。想必這也令你痛苦吧。你苦惱嗎？」「我苦惱。」K慢條斯理地說，心裡暗自發笑，因為此刻他心裡絲毫也不苦惱。再說，布吉爾那番好意也打不進他的心坎。這完全是隔靴搔癢。他一點也不了解K在什麼情況下接到任命，在這村子和城堡裡碰到過什麼困難，K在這裡的時候已經經過些什麼糾紛，還有哪些糾紛已經露出苗頭，這一切他絲毫也不了解，照理說一位祕書理當裝出心中有數的樣子才是，可是他連這點門面都不裝，反而想靠那本小筆記簿，當場就解決全部事情呢。「看來你有點失望。」布吉爾說，這句話倒表示出他對人畢竟有些了解，其實一進房，K就時時提醒自己不可小看布吉爾，不過在他目前這種狀況下，除了疲倦之外，對什麼事情都難以提出公正看法。「不，」布吉爾說，彷彿在回答K的心聲，一番好心免得他花力氣說出口來。

「你千萬別讓失望嚇跑了。看來這裡有不少事會嚇跑人，初來這裡的人們，還以為這些難關都闖不過去呢。我可不想追究這一切到底是怎麼回事，也許現象真的跟事實相符，處在我這地位，沒有真正的獨立見解，不能單就這事整理出結論，不過請注意，有時畢竟也碰得到有別於一般的機會，碰上這種機會，單憑一句話、一個眼色、一個信任的手勢，獲得的成績反而比一生苦鬥要大得多呢。真的，就是這麼回事。可話又說回來，要是撈到這種機會也不利用，那就跟一般情況沒什麼不同了。可是為什麼不利用？我一再這麼問。」K不知道為什麼。他當然明白布吉爾談的大概跟他有密切關係，可眼前凡是跟他有關的事，他都討厭極了，他把頭稍微偏過一邊，好像這樣就可以避開布吉爾的問題，可以不再讓他的話進到耳朵裡去了。「做祕書的，」布吉爾接下去說，一邊舒展雙臂，打個呵欠，這副舉止跟他認真的口氣截然不同，真叫人摸不著頭腦，「做祕書的經常埋怨，說什麼他們被逼得只能在夜間進行大部分的村裡審訊工作。可是他們為什麼抱怨這點？因為這使他們太緊張嗎？因為他們想在夜間睡覺嗎？不，他們抱怨的絕不是這個。在祕書當中，當然有的賣力，有的差勁，這點到處都一樣，可是他們誰也不會抱怨自己鞠躬盡瘁的，更不用說公開抱怨。這絕對不是我們的作風。一般時間也好，辦公時間也好，我們並沒有兩套標準。這種區別看待可不是我們的風格。那麼祕書們還有什麼理由反應夜審呢？難道是為了體貼申請人？不，不，也不是那個緣故。凡是有關申請人的問題，祕書總是鐵面無私的，固然並不比對待自己更狠一點，但也是同樣的無情。你只要想一想就明白，這種鐵面無私實際上也只是做事一絲不苟，嚴守職責罷了，對申請人說來，真是再好也沒有的體貼了。其實這是完全看得出來的，就算眼光淺的人看不到這點也罷。說真的，例如拿這件事為例吧，申請人盼望的恰恰是夜審，原則上並不反對夜審。那麼祕書為什麼偏偏討厭夜審呢？」這點K也不知道，他知道得不多，甚至也摸不清布吉爾哪句話才是真正要他回答，哪句話只是表面上問問罷了。「你如果讓我在你床上躺下，」他心想：「到明天中午，我就統統回答你，能等到明天晚上那就更好了。」誰知布吉爾似乎一點也沒把他放在心上，他一心只想著自己提出的問題呢。「就我所知，就我個人的經驗來說，祕書對夜審有下面幾點顧慮：夜間不適宜跟申請人談判，因為夜裡要保持談判的官方性質是有困難的，或者說絕對辦不到。這可不是什麼形式或表面上的問題，如果要嚴格遵守形式的話，無論白天黑夜當然都辦得到。所以問題不在這上面，可是另一方面，在夜間，官方的判斷力總不免受點影響。在夜間判斷事物，往往不知不覺容易帶入私人的看法，申請人辯解起來，作用也比一般要大得多，在判斷案情上難免攙雜種種毫不相干的考慮，考慮到申請人其他情況，以及他們的痛苦和焦慮，申請人和官方之間應有的那道牆，即使表面上還照樣存在，也一定會因此不大牢靠，還有，在本來理當一問一答的場合中，有時似乎出乎意外，居然來個反客為主。祕書至少是這麼說的。他們這種人由於職業關係，當然生來對這種情形十二萬分的敏感。不過連他們在夜審中也不大注意那些不利影響，這一點在我們圈內倒也常常討論到。他們非但不大注意，反而一開頭就盡力削弱這些影響，最終還以為達成了十二萬分的好效果。但如果你事後讀一遍紀錄，看到裡面那些清清楚楚、明明白白的弱點，往往會大吃一驚。這些是不足之處，對申請人倒常常帶來不合法的助益，根據我們的規章，這種問題至少不能用一般正面方法來補救。固然過些時候監督官會加以糾正，也只是對法律有所改進罷了，對那個申請人可就再也傷不了一根毛了。在這種情況下，祕書們難道完全不應該抱怨嗎？」K已經半睡半醒了好一陣子，這下子又被吵醒了。他不由得納悶：「這是幹什麼呀？到底是幹什麼？」從他下垂的眼皮看來，他可不把布吉爾當成一個官員在跟他討論難題，不過就是當成個擾人清夢的討厭傢伙，至於對方還有什麼用意，他就搞不懂了。可是布吉爾滿腦都想著心事，笑了笑，好像剛才真把K搞得有點迷糊了，卻又打算馬上詳加解釋。「說起來，」他說：「在另一方面，誰也不會糊塗得說是不應該這麼抱怨。規章上的確沒有真正規定夜審這個環節，所以誰想避免夜審，也不算觸犯規章。不過看看情況，看看工作又多得忙不過來，看看城堡裡那幫官員的辦事作風，然而少了他們還真不行呢，再看看規章上規定，只有在其他一切調查研究工作最後結束之後，才能對申請人進行審訊，於是一下子就看出，由於這一切情況和其他許多情況，夜審畢竟還是成了必不可少的一道手續了。但要是如今夜審已經成為一道必要的手續——這話是我說的——這也是規章的產物，至少是間接產物，要挑夜審的毛病，那就幾乎等於說——當然，我說得有些誇張，只因為是誇張，我才能這樣說來的——那實在等於說是挑規章的毛病。

「另一方面，不妨讓祕書在規章條款的範圍內，可以盡量避免夜審，盡量避免處於或許是唯一的明顯不利地位。實際上他們就是這麼做的，當然這是盡最大的努力才做得到。他們把談判侷限在盡可能毫不可怕的問題上，在談判之前，他們自己先仔細地試驗一番，如果試驗結果需要的話，即使在最後關頭，他們也會取消一切調查，在正式跟申請人打交道之前，往往先傳召他十多回，以便加強自己的聲勢，又喜歡把事情交給沒有資格承辦該案的同僚去代辦，因此辦起來更無拘束，還把談判的時間至少安排在天剛黑或天快亮那個時候，儘量不安排在中間那段時間裡，類似這種措施還有許多，祕書這種人可不容易一下子讓人家制服，他們是能屈能伸的。」K睡著了，但不是真睡，他聽得見布吉爾的話，也許比剛才累得要死的那種清醒狀況下聽得更清楚，一字一句都傳入耳朵，只是那種討厭的思想意識消失了，他感到自由，布吉爾再也抓不住他了，只是他時時還在布吉爾身旁摸索著，雖說還沒有沉沉地睡，卻的確是入睡了。如今誰也不會來吵醒他了。他彷彿覺得這樣就是打了場大勝仗，眼前早有一群人在慶祝呢，是他，或者別人。在舉著香檳祝賀這場勝利，因此大家都應當知道這場搏鬥的全部底細，這是又一次勝利，或許根本不是又一次，是目前才剛取得的，以前早已慶祝過，慶祝也一直沒停止過呢，因為結局是確定會勝利的。一位祕書赤裸裸的，活像一尊希臘神像，在這場搏鬥中，被K緊緊逼住了。這真有趣極了，K在睡夢中嘻嘻笑了，笑的是在他一次次毆打下，那祕書嚇得忘記了原來的傲慢架勢，不時匆忙舉起手臂，握緊拳頭來擋住身體沒防護之處，可總是來不及。這場搏鬥沒進行多久。K步步進逼，大腳邁進。這到底能算一場搏鬥嗎？眼前可沒什麼大難關，只有祕書不時哼叫罷了。這位希臘神像叫得像個被搔癢的小女孩呢。終於他不見了，剩下K一個人在大房間裡，他轉過身來尋找對手，準備再打一架。誰知一個人也找不到，那夥人也都分散了，只有破酒杯扔在地上。K把酒杯踩得稀爛，不料被碎片戳痛了，一嚇又醒了過來，他覺得噁心，就像個被吵醒的孩子。話雖這麼說，他一眼看見布吉爾赤裸的胸膛，便不由想起一部分夢境：這就是那位希臘神像！動手！把他拖下床去！「可是，話又說回來，」布吉爾說，若有所思地歪頭對著天花板，好像想憑記憶找到個例子，可又一個也找不到。「可是，話又說回來，儘管有種種預防措施，還是有個漏洞可以讓申請人鑽一鑽，利用祕書夜裡的弱點，一般向來認為這是個弱點。不用說，這個可能非常罕見，或者不如說，幾乎千載難逢。申請人在半夜裡不召自來才鑽得到這漏洞。說不定你會懷疑，這種事如果大家都明白，又怎會說是難得呢？是啊，你對這裡的情況還是不熟悉。可是，你對政府機關這種簡單至極的作風，想必也吃驚過吧？現在就說說這種簡單作風的結果，凡是有什麼請求的人，或者因其他緣故有什麼事必須審訊的人，往往在本人還沒提出問題的時候，甚至連他本人還確實沒把事情搞清楚時，就已經被傳召了，現在，此刻，說傳就傳。不過這時還不會問他什麼，往往還不問呢，那件事往往還沒到要訊問的階段，可他已經被傳召了，從此他再也不能不召自來啦，頂多只能在不是傳召的時間來，這一來，他只能一心記住傳召的日期和時刻，如果他按照規定時間再來的話，照例是又會被趕走的，那不會造成什麼困難。沒錯，有了申請人手裡拿的傳票和檔案裡記載的案件，雖然說不上是祕書最完備的防禦武器，但總還不失是強有力的。固然這只是指這件事的主管祕書而言；可是，誰要想在夜裡出其不意闖進去見人家，當然還是容易的。不過這樣的事幾乎沒有人願意做，這樣做幾乎是毫無意義的。首先會大大得罪那位主管祕書。沒錯，我們這些祕書在工作上絕不彼此猜忌，因為每個人的工作負擔都太重了，肩上一副擔子確是重得沒個底，不過在跟申請人打交道這方面的權限，我們是絕對不容許有所侵犯的。過去許多人所以失敗，是因為心想跟主管人士打交道沒有進展，就打算透過跟其他什麼非主管人士接觸，藉此溜過去。再說，這種企圖之所以必定失敗，也是因為一個非主管祕書，即使在三更半夜冷不防遭人打擾，也誠心誠意肯幫助人家，但正由於他不是主管人士，干預起來簡直不比第二流律師的效力大多少，實質上的確要小得多，因為他當然缺少一些什麼，就拿不屬於他主管範圍的事情來說，他缺少的就是時間，連半分鐘也挪不出來，否則的話，他是有辦法的，因為法律上的祕訣，他終究比那幫律師知道更多。既然前途如此渺茫，那麼誰會一夜一夜地開非主管祕書的玩笑呢？說真的，如果申請人除了辦理日常事務，還想聽從主管當局的傳訊和指示，那無論如何會是十分忙碌的，『十分忙碌』這句話的意義是就申請人來說的，當然囉，這句話跟就祕書來說的『十分忙碌』的意義是大不相同的。」K點點頭，笑了笑，他自以為如今一切他都完全明白了。不是因為這跟他有關係，而是因為如今他確信不需要幾分鐘他就要睡熟了，這回可沒有夢，也沒人打擾，他左邊是主管祕書，右邊是非主管祕書，他自己夾在當中，面對著一群十分忙的申請人，轉眼就要沉入夢鄉，這下子什麼都可以撇開不管了。布吉爾那沉著、自負的聲音，分明是盡力在催布吉爾本人入睡，這種聲音他倒聽慣了，不會形成干擾，反而會催他入睡。「轉啊轉，磨子轉個沒完，」他想：「你就是轉給我聽的磨子。」「呃，那麼，」布吉爾說，兩個指頭逕自撫著下唇，睜大眼睛，伸長著脖子，倒有些像經過一番緊張的長途跋涉，美景在望了。「呃，那麼，剛才提到過那種幾乎千載難逢的可能性在哪兒呢？祕密就在主管權限的規章上。其實規章並沒有規定每件案子只准一位祕書專門辦理，在那麼個生氣蓬勃的大機構裡也不能這樣規定。說得更恰當些，一個人有著凌駕一切的權力，不過其他許多人在某些方面也有權，只是權力小些罷了。有誰埋首案前，連芝麻般小事都能面面俱到，一覽無遺？就算他是最辛勤賣力的也未必吧？我剛才說起那個凌駕一切的權力，連這個說法都說得過火了。因為在最小的權力中不也包含著整個權力嗎？難道在這上面起決定性作用的，不正是辦理案件的那股熱情嗎？這股熱情難道不是始終如一，始終充沛嗎？在種種方面，祕書之間都可能有所差別，這種差別多得數也數不清，可是在熱情這一點上並沒有差別，如果需要他們辦理一件有權過問的案件，就算只是最低程度的權限也好，那是沒一個人會克制自己的熱情的。表面上，的確必須建立一套辦理交涉的公式，這一來每個申請人就都有個出面應付的專門祕書，他們也就各有自己主管的當事人。不過，這個人倒也不需要是那案件的最高主管，在這上面發揮決定性作用的是這個機構和當時的特殊需要。那就是一般情況。好，土地測量員，想想看吧，由於各種情況，儘管我已經跟你講過可能會碰上些難關，一般說來這些難關也被提點得夠多了，可是，一個申請人還是有可能在半夜，出其不意去見對該案握有相當權限的祕書。想必你從沒想到有這個可能性吧？我很相信你是如此。不過其實心裡也不需要想到這可能，因為到頭來，事實上從沒碰到過這種事。要想溜過這無比嚴密的篩眼，這個申請人得是某構造奇妙、組織獨特、精巧靈活的小穀粒啊？你以為根本不會出這種事吧？沒錯，根本不會出這種事。可是，誰敢打包票？有天夜裡竟然真出了這種事。不用說，我不知道熟人當中有該碰到過這種事，說起來，那確實算不了多大證據，我的人際圈可以說只限於這裡幾個，何況一位祕書碰到了這種事，也絕對不會承認，因為這畢竟完全是件私事，而且在某種意義上，嚴重地觸犯了為官者的廉恥心。雖然如此，憑我的經驗也許可以證明，這事是非常少見的，實際上只是謠言，其他一切都不能證實真有這麼回事，因此，實在不需要害怕。即使真的出了這等事，只要想：不需思考就能證明根本不可能出這等事，藉此把大事化小，小事化無。不管怎麼樣，碰到這種事就嚇得躲在什麼地方，比方說，躲在被窩裡，連張望一下都不敢，那可不正常。就算這種毫無可能的事突然一下子成真，難道一切都完了？恰恰相反。毫無可能的事不會有，一切都完了這種事更不可能發生。當然，如果申請人真在房裡，事情就大為不妙。叫人心神抑鬱。不由人疑惑：『你能抗拒多久？』可心裡明知根本不會有什麼抗拒。你得絲毫不差地把情況想像一下。我們從未見過的日盼夜望的那個申請人——真叫人望眼欲穿，而且照理說絕對見不到的——就坐在那裡呢。只需要他默默坐在面前，我們就禁不住想了解他可憐的一生，像在自己家一樣四下張望，跟他一起受罪，為他種種無謂的要求操心。在寂靜的夜裡，他的悲慘處境真是迷人。我們禁不住這個誘惑，實際上現在的我們已經沒資格當官了。在這個處境下，馬上變得非給個甜頭不可了。說得確切些，你是多麼絕望，說得更確切些，又是多麼愉快。絕望，是因為我們坐在這裡束手無策，只能聽候申請人提出請求，心裡也明白，一提出請求，就得答應，就算這請求可能害得政府垮台也得答應，我想，在執行職務中，碰到這事最最倒楣了。撇開其他一切不談，最主要的是因為在這問題上我們暫時越了權，也算是晉升，莫名其妙的晉升。因為按照我們的職位，本來沒資格答應我們在此牽涉到的那類請求，不過，由於夜裡接見了那個申請人，可以說我們的職權變大了，就此發誓要做我們職權以外的事。說真的，我們說到還要做到呢。申請人好比強盜攔路打劫，在半夜裡逼得我們作出犧牲。否則我們才作不出這種犧牲呢。好吧，說起來，眼前申請人還在那裡，鼓勵我們，強迫我們，催促我們，同時一切都還在不知不覺的情況下進行著，事情就是這樣。不過等到完事了，等到申請人心滿意足，無憂無慮地離開了，只剩下我們自己，面對濫用職權的罪名，毫無招架餘地，那時候又會如何呢——這真是不堪設想！話雖這麼說，我們還是愉快的。這種愉快豈不等於自殺嗎！當然囉，我們可以盡力向申請人隱瞞自己的真正身分。當事人哪會看出什麼來呢！說到頭來，照他自己的看法，大概只是由於什麼不相干的偶然原因——過度疲乏啊，失望啊，過度疲乏和失望引起的粗心大意啊——他竟然走錯了房間，他糊裡糊塗坐在那裡，要說起來呢，他光是想著自己的心事，自己的錯誤，自己的疲勞。難道我們不能由他去嗎？不能。我們只能像個心情舒暢的人那樣嘮嘮叨叨，每件事都向他解釋一下，既然芝麻蒜皮都不能不談，就一定要仔細講給他聽，出了什麼事，為什麼出了這等事，這個機會又是多麼特別罕見，又是無比重大，這一定要講個明白，雖然這個申請人是在莫可奈何之下湊巧碰到了這機會，這等事旁人做不到，只有申請人才做得到，可如今，土地測量員，申請人倒可以隨心擺布一切了，為了達到那個目的，其實他只需要想法子提出請求就好了，因為別人早在等著滿足這種請求呢，而且其實老早在等著申請人提出這種請求呢，所有這些事情都得講清楚，這是當官最辛苦的時刻。可是等到我們連這點也做到了，土地測量員，那麼，如果所有該做的事都做到了，那接下來我們就得聽候下文了。」

K睡著了，眼前出什麼事他都不知道。起初腦袋枕在床柱上，睡著時滑下來了，先是懸空，慢慢又垂下來。眼看上面那條手臂撐不住了，K不禁用右手緊緊抵住被窩，再找個地方撐一下，湊巧布吉爾的腳在被窩裡蹺起來，被他無意中一把抓住。布吉爾往下一看，腳竟被他抓住了，雖然討厭，可還是由它去了。

就在這時，隔板上有人猛力敲了幾下。K驚跳起來，看看牆壁。「土地測量員在嗎？」有人這麼問。「在。」布吉爾說，腳從K手裡掙脫出來，突然像個小孩那樣頑皮放肆地躺平了。「跟他說該到這裡來了。」那聲音接著說，聲調裡沒顧忌到布吉爾，也沒考慮他還需要不需要K在身邊。「是艾朗格。」布吉爾悄聲說，看樣子根本不吃驚艾朗格就在隔壁房裡。「快去見他，他已經上火了，想法子消消他火氣。他一向很能睡，不過，我們剛才談的聲音還是太大了，一談起某些事情，我們往往就管不住自己，也管不住嗓門了。好，去吧，看來你起不來。去吧，你為什麼還在這裡？不，你睏了也不需要向我賠不是，何必呢？我們體力總有限度。事實上這個限度恰恰在其他方面也很重要，這有什麼辦法？不，誰也無法。世道就是這樣子修正偏斜，保持平衡的。這種安排確實妙得很，想來想去也想不到會這麼絕妙的，就算就其他方面看來可能是叫人掃興。好，去吧，我不知道你為什麼那樣盯著我。要是你再耽擱下去，艾朗格就要拿我出氣了，我說什麼也不願惹上那種麻煩呢。去吧。誰知道那裡有什麼在等著你？這裡畢竟多的是機會。當然囉，只是有些機會太重大了，反而用不上，有些事情壞就壞在事情本身。沒錯，真令人吃驚。至於其他的，我倒希望現在能讓我睡上一會兒。當然，現在五點了。不久就要有聲響。只要你離開我就能睡了！」

K在沉睡中突然驚醒，只能直發愣，還需要睡一陣子，剛才又是坐得那麼不舒服，渾身上下都在痠痛，好久他都站不起身，只是托住額角，朝膝下看看。布吉爾一次次想趕都趕他不走，直到他感到再待下去也沒用，他才慢慢挪動了腿。照他看法，這間房間說不出有多沉寂。是突然變成這樣呢，還是一直如此，他不知道。這下子他想再睡也睡不著了。這種信念確實是決定性的動力。他對此淡淡一笑，撐起身，找到什麼地方就往什麼地方上靠，床上也好，牆上也好，門上也好，好像他老早就向布吉爾告辭過，沒有一句道別就走了。

十九

要不是艾朗格站在敞開的門口，食指一勾，向他打了個手勢，他大概會再度糊裡糊塗地走過頭。艾朗格已經穿戴整齊要出去了，他穿著一件扣緊頸脖的直領黑皮大衣。有個侍從正遞上手套，手裡還拿著頂帽子。「你早該來了！」艾朗格說。K打算道歉。艾朗格厭倦地閉上眼，表示他沒興致聽。「事情是這樣的，」他說：「以前酒吧裡雇了一個叫弗麗達的女服務生我只曉得她的名字，不認識女孩本人，她跟我可不相干。那個弗麗達有時伺候克拉姆喝酒。如今那裡換了個女孩上工。說起來，這種換人的事，當然囉，大概對誰都沒多大影響，對克拉姆更不用說了。克拉姆的職位當然最高，但是職位愈高，就愈沒精力對付外界的麻煩，結果，碰到芝麻小事有什麼小變動，都能引起大麻煩。寫字枱上只要一點點變動，誰也不記得什麼時候就沾上的一塊污點被抹掉了，只要碰上這一類變動，都能給人添麻煩，同樣的，換一個女服務生也是如此。當然囉，所有這一切，即使給其他任何人招來麻煩，在任何特定工作中添上麻煩，也沒搞到克拉姆頭上，那自然不在話下。話雖這麼說，我們還是不得不密切關心克拉姆的安寧，就算不是找到他頭上的麻煩——或許根本沒什麼麻煩會落到他頭上——如果我們覺得這可能給他添上麻煩，就加以消除。我們這樣做，可不是為了他，也不是為了他的工作，而是為了我們自己，為了讓我們問心無愧。因此，那個弗麗達必須馬上回到酒吧來。也許正因為她回來了，反而招來麻煩，那我們就再把她打發掉，不過，她暫時必須回來。據說你跟她同居，因此你要立刻準備讓她回來。這可不能顧到私人感情，當然，那是不需提醒說的，因此這件事我不想再討論下去。這件芝麻小事你只要辦得令我信服，將來碰到什麼機會對你總會有好處，我提醒你這一點，已經是多餘的了。我要跟你說的話就這些。」艾朗格對K點個頭叫他走，戴上侍從遞上的帽子，就此帶著侍從朝走廊盡頭走去，腳步輕快，只是有點瘸。

有時這裡下的命令很容易執行，不過這命令K可不滿意。不僅因為這牽涉到弗麗達，雖然本來是命令，K聽起來也像是嘲笑，而且主要是因為眼看他全部心血都要落空。無論什麼命令，不利的也好，有利的也好，都不把他放在眼裡，就算對他最有利的命令，大概說到底也是不利的，但反正都不把他放在眼裡，再說他的地位又太低賤，干涉不了，更不必說去阻擋下令，找個機會發表自己意見了。要是艾朗格不讓你開口，你能怎麼辦？要是他讓你開口，你又能對他說什麼？說真的，K仍舊覺得今天敗就敗在渾身疲倦上，一切不利的情況倒在其次，當初他自以為身體撐得住，要沒有那股信念，也絕不會夜半跑一趟，為什麼他不能苦熬幾夜，熬個通宵呢？在這裡，沒一個人感到疲累，說得更恰當一點，在這裡儘管人人都始終感到疲累，不過對工作倒沒什麼危害，說真的，甚至看來反而能推動工作！為什麼偏偏在這種地方，他竟累得如此吃不消？由此可以斷定，這種疲勞跟K那種疲勞性質完全不同。在這裡，疲勞無疑是包含在愉快的工作中，表面上看來像疲勞，實際上倒是破壞不了的休息，破壞不了的安寧。如果下午時感到有點累，那也是一天當中可嘉的一個自然過程呀！「對這裡那幫紳士來說，無時無刻始終是下午。」K自言自語道。

現在五點鐘，走廊兩旁到處都活躍起來了，此時此景跟上面那句話說的情況倒是相當吻合。房裡那種嘈雜聲中有種喜氣洋洋的味道。一會兒聽上去像孩子們準備去野餐的歡呼，一會兒又像拂曉時分的雞舍，那股歡樂跟天亮的氣氛水乳交融。不知什麼地方竟真的有位先生正模仿雞叫呢！雖然走廊上仍舊空蕩蕩，房門已經忽開忽關了，不時有人把門拉開條縫，頓時再關上，走廊上只聽得乒乒乓乓的一片開門關門聲，在一堵堵隔板牆的上空，K還不時看見清晨時分那種亂蓬蓬未梳理的頭伸出來，馬上又縮回去不見了。遠處，有個侍從推著輛放檔案的小車，慢慢過來。還有一個侍從在車旁走著，手裡拿著一份名單，正對照檔案上標明的房間號碼。小車推到一間間房門口前多半都停下，通常這時房門也就打開，該送的檔案頓時遞了進去，但有時只是一張小紙片，碰到這種情況，房間裡跟走廊上就響起一陣對話聲，八成是侍從挨罵。如果房門仍然不開，就小心地把檔案堆在門口。碰到這種情況，K彷彿覺得，即使檔案已經一間間分送完畢，四下房門開開關關的次數好像並沒減少，反而增加了。也許是因為別人巴不得偷看一下莫名其妙放在門口的檔案吧！他們弄不明白，只需要一開下門就可以取回自己的檔案了，可是怎麼有人偏偏不開。也許沒人撿去的檔案，過會兒就可能分送給其他幾位紳士，這幾位紳士連眼前都在不斷偷看，看看檔案是否仍擱在門口，是否還有希望分送到他們手裡。說來也巧，這些還擱著的檔案多半是一大捆一大捆的。K心裡想，那些檔案暫時放著不拿走，可能是當事人想要炫耀一下，也可能是不懷好意，甚至也可能是想堂而皇之地藉此刺激同僚。往往就在他正好沒看見的時候，那包擱了老半天的檔案突然一下子被拖進了房，房門就又照舊文風不動了，那時四下的房門也重新悄無聲息了，儘管眼前這經常叫人心癢的東西終於撤掉了，不免失望，說是滿意也可以，可過一陣子房門又忽開忽關地忙了起來，他看到這事實，益發覺得自己的想法沒錯了。

K細細想著這一切，心裡不僅好奇，而且還滿懷同情。他湊在這片熱鬧裡簡直高興極了，這邊看看，那邊望望，跟在兩個侍從後面，就算隔開相當距離也好，固然他們已經不止一次低下頭，嘟起嘴，回過身來朝他狠狠瞪一眼，他還是眼巴巴看著他們分送檔案。分送檔案的工作愈來愈不順利了，不是名單不大對勁，就是侍從對檔案老是對不上，再不就是那幫紳士為了某種原因提出抗議。總而言之，有些送出的檔案還得收回來，於是小車這時得往回走，隔著門縫交涉，要求退回檔案。這種交涉固然困難重重，但常常碰到這種事：那些房門本來開了又關，關了又開，鬧得不可開交，如今知道是要交涉退回檔案的事，卻緊緊關著，死也不開了，好像根本不想再過問這種事了。只有這時才真正開始碰到難關呢。那種自以為有權拿檔案的人，就此急躁透頂，在房裡吵翻天，拍手頓腳，還時時隔著門縫，衝著外面走廊大聲喊出一個檔案號碼。這一來小車往往被扔下沒人管了。一個侍從忙著要那位急躁的官員息怒，另一個在關著的門外吵著要回檔案。兩個人都大吃苦頭。那位急躁的官先生往往愈勸愈急躁，再也聽不進侍從的空話，他才不稀罕人家哄勸呢，他要的是檔案；有一回，有位紳士竟從房間牆面頂端，把一盆水倒在侍從身上。另一個侍從職位明明更高，吃的苦頭卻更大。如果那位紳士肯降格進行交涉，勢必要來番實事求是的討論，侍從就查看他的名單，那位紳士就查看他的筆記本，再查看那些要他退回的檔案，話雖這麼說，他暫時還是把檔案緊緊捏在手裡，讓侍從眼巴巴想張望檔案一角都不成。於是，侍從也只好跑回小車那裡去找新證據，小車卻早已往走廊低處自動滑走了一段路。再沒辦法，他就只好去見索取檔案的這位紳士，當場報告眼前抓著檔案不放的那位紳士怎麼抗議，結果又吃對方一場反駁。這樣交涉了老半天，有時總算雙方講妥了，那位紳士也許交回部分檔案，或者賠賞其他檔案，因為是弄混檔案，才會惹出這麼些事情。不過有時也有人乾脆把該退回的檔案統統都放手，不是因為侍從提出證據使其啞口無言，就是因為他不願再討價還價，可是他偏偏不把檔案好好還給侍從，反而突然一狠心，把檔案全扔到外面走廊上，扔得繩子也鬆開了，紙張四下飛散，害得兩個侍從費了好一番力氣才重新整理好。不過這一切跟侍從懇求退回檔案，人家根本不理的情形比起來，還算簡單的。碰到那種情形，他就站在緊閉的門外，苦苦哀求，一味聲告，列舉名單，引述規章，可是全都白費勁，房內一聲也沒響。如果擅自進去，侍從又沒這個資格。到那時，連這個耐心無比的侍從也往往忍不住發脾氣，索性走到小車跟前，坐在檔案上，抹掉眉心的汗水，片刻間什麼事也不做，無法可想，光是擺動兩條腿。周圍的人對這事都大感興趣，到處都聽得有人嘀嘀咕咕，幾乎沒一扇房門是安靜的，房間卻見一張張臉都詭異地用圍巾和手絹蒙著，幾乎一直蒙到眼睛，眼睛眉毛片刻不停地看著這一切經過。在這場騷亂當中，K看到布吉爾的房門一直關著，侍從已經走過這一帶走廊，可是不見有檔案分發給他，這事倒叫K大吃一驚。也許他還在睡覺，說真的，在這一片喧鬧聲中，他居然還睡得著，可見他是個睡得非常沉的人，可是他為什麼沒收到檔案呢？只有極少數幾間房間是這樣放過去的，但這些房間八成是裡面沒人。另一方面，艾朗格的房間裡已經新來了一個特別坐立不安的人，艾朗格必定是在夜裡趕他走的，這點雖跟艾朗格那種冷淡寡情的脾氣不大符合，但看他剛才不得不在門口等K這一事實，畢竟表明是這麼回事。

K動不動就分了心，一下子又馬上拉回來，全神貫注地盯著那個侍從，說真的，過去K聽到人家談起一般侍從的情況，什麼他們偷懶啦，生活過得舒服啦，態度傲慢啦，從這個侍從身上完全看不出，在侍從當中無疑也有例外，更可能的是他們有各式各樣的類別，因為就K看到的，這裡頭就有許多小小的差異是他至今不曾見過一眼的。他特別喜歡的是這侍從的堅決態度。這侍從跟這些頑固的小房間鬥爭起來可從不屈服，在K眼裡看來，往往覺得這是跟房間的鬥爭，因為房間裡的人，他一眼都沒見過呢。這侍從有時真吃不消了——誰吃得消呢？——可是他會馬上又打起精神，從小車上滑下來，挺直身子，咬緊牙關，再去進攻那扇一定得征服的房門。碰巧他也會接二連三給頂回來，那辦法也很簡單，人家只是一味該死的不理不睬罷了，雖然如此，他還是沒有被打敗。眼看正面攻擊一無所得，他就會另想別法，比方說，要是K理解得沒錯，那就是耍手腕。當下他看上去好像放棄那房門了，可以任他不理不睬，逕自把心思放到其他房門上，過了一會兒再回來，把另一個侍從叫來，這一切都存心做給人家看，故意做出一片聲響，接著在緊閉的房門口動手推起一疊疊檔案，好像他改變了主意，似乎沒有理由再向這位紳士討還什麼東西了，相反的，還有一些東西應該分送給他。接著他就走開了，可是，眼睛仍舊盯著那房門，趁那位紳士謹慎地打開門，打算把檔案拖進去，這侍從就三腳兩步跳回去，一腳卡進房門和門柱之間，這樣就逼得那位紳士也只好跟他當面交涉了，這一招通常能多少取得圓滿結果。要是這方法不成，或他覺得這對某一扇門不合適，就再另想別法。他把心思放到那位索取檔案的紳士身上。於是他推開另一個侍從，那位侍從做起事來只會一板一眼，絲毫幫不了他的忙，他自己就油嘴滑舌，跟那位紳士悄聲悄氣、鬼鬼祟祟地說起話來，在房門周圍探頭探腦，大概在答應對方，向人擔保，下回送檔案時那位不該收檔案的紳士也會受到相應的報復，總而言之，他時常指著那位紳士的房門，笑得動就盡量大笑。可是，也有一、兩回，他真的放棄一切努力，但即使到此地步，K也認為這只是表面上的放棄，或者至少也有個名堂，因為看他默默走著，眼睛也不朝四一下看看，聽憑那位被得罪的紳士去大吵大鬧，只是眼睛偶爾多閉了一會兒，才表明這片吵鬧叫他頭痛。可後來這位紳士也漸漸安靜下來了，像孩子一樣哇哇地哭個不了，哭聲漸低，成了偶然一、兩聲啜泣，他的叫嚷也是這樣，不過那裡即使變得十分安靜後，有時還是難免聽得到一聲叫喊，或者急匆匆一下開門聲和砰的一下關門聲。總之，看起來侍從在這點上大概也做得完全正確。最後只剩下一位紳士不肯安靜，他會半天不出聲，但只是為了養精蓄銳，過後又破口大罵了，火氣並不遜於剛才。為什麼要這樣又叫又嚷，大發牢騷，實在不清楚，也許根本不是為了分送檔案的事。這時候侍從已經辦完事了，小車上只剩下一份檔案，其實只是一張小紙片，筆記簿上撕下的一張紙罷了，都怪他那個幫手，搞到現在不知該送到誰的手裡才好。「那很可能是我的檔案。」K腦子裡一下閃過這念頭。當初村長倒還經常說起這件微乎其微的小事呢。雖然K心底深處也認為自己那個想法未免自欺欺人，荒唐可笑，但他還是想靠近那個若有所思地看著小紙片的侍從。要這麼做可不容易，因為侍從辜負了K那番同情，甚至剛才在他工作最緊張的時刻，也老是抽空回頭看看K，不是臉有怒色，就是暗暗急躁，腦袋還緊張地抽搐呢。直到現在，檔案分送完畢了，看來才多少把K忘了，整個人好像變得冷漠了，費了九牛二虎之力，落個這樣的心情倒也可以理解，他對小紙片也不願多費手腳，也許連看都沒看一遍，只是假裝看著罷了，雖然在這走廊裡，他把這張紙片分給任何房間裡的人，大概都會令人高興，他卻作出了相反的決定，眼下他對分送東西實在厭倦了，他伸出食指抵在嘴唇上，做個手勢叫夥伴別出聲，就此把紙片撕得粉碎，塞進口袋裡，這時K離他身邊還遠著呢。K在這裡看到的行政工作中，這大概還是第一件違規呢，不用說，他可能又誤解了。就算是違規的行為吧，也是可以原諒的。照這裡的風氣，侍從做起事來不能沒有差錯，日積月累的煩悶、日積月累的憂慮，總有一天得發洩出來，如果只是發洩在撕碎一張小紙片上，比較起來還算不了什麼。走廊上至今還響遍那位紳士的叫嚷，不管別人用什麼辦法，他都安靜不下來。他那幫同僚，在其他方面，彼此之間態度都很不客氣，對方這片吵鬧卻似乎完全抱著同樣的心情。因為事情慢慢清楚了，好像大家都在對那位紳士喝采，點頭慫恿他吵下去，他這才為大家效勞而吵鬧的。可是現在侍從不再注意那件事了，他事情已經辦完，指指小手推車的車把，意思是叫另一個侍從去掌車，就這樣，他們又像剛才來時那樣走了，只是更加安心，腳步飛快，推得小車在他們前頭一震一震地一路過去。只有一回他們聽出蹊蹺，才大吃一驚，再回過頭看看，那時K正在那位叫鬧不休的紳士門外徘徊，因為心裡很想知道這位先生到底要幹什麼，那位紳士應是發現叫嚷沒用了，大概是找到了電鈴按鈕吧！有了這種台階可下，自然是心花怒放，就此不再叫嚷，而是不斷按起電鈴來了。鈴聲一響，其他房裡頓時響起一大片嘀嘀咕咕聲，聽來似乎表示贊同，看來那位紳士做的事，正是大家早就想做，只是不知為了什麼原因，才只好不做的。那位紳士按鈴也許是叫侍從，也許是叫弗麗達吧？如果是叫弗麗達，他不知要按到幾時呢。因為弗麗達正忙著將耶赫米亞裹在濕被單裡，就算他現在身體又好了，她也沒閒工夫，因為這麼一來她就在他懷裡了。不過，鈴響一響，倒是立刻見效。現在連赫倫霍夫旅館老闆也親自從老遠趕來了，他照例穿著一身黑衣服，扣緊鈕釦，但好像忘了老闆架子，趕得那麼急，兩臂微張，好出了什麼大災難，叫他來是為了找到問題，馬上滅掉，只要聽到鈴聲長一聲短一聲，他就彷彿刷地跳到半空，腳下跑得更快了。這時他太太也露臉了，跟在後面好一段路，也張開兩臂跑著，不過腳步很小，裝模作樣的，K暗自想道，她來得太晚了，等她趕到，老闆早把要做的事都做完了。K眼看老闆一路跑來，為了要給他讓路，就貼牆站著。誰知老闆筆直衝到K的面前竟停了步，好像K就是他的目標似的，剎那間老闆娘也趕到了，兩口子把他一頓痛罵，由於事出突然，猝不及防，真叫他弄不明白是怎麼回事，尤其是因為這裡頭還夾雜著那位紳士的鈴聲，其他電鈴甚至也響起來了，已不再表示有什麼急事，而只是眾人開開玩笑罷了。K一心想要了解自己究竟犯了什麼錯誤，就此聽憑老闆揪住他，隨著他離開了那片吵鬧聲，如今是愈鬧愈厲害了，因為在他們後頭，房門都敞開了，走廊上忽然一片熱鬧，那裡似乎也有人來人往了，擠得像條鬧哄哄的狹小巷道，K可沒回過頭去看一眼，因為老闆在一邊，何況另一邊還有老闆娘，火燒屁股似地在跟他說話。他們前頭的房門，顯然也急著要等K走過去，走過去就可以把那幫紳士放出來了，在這一片吵鬧中，各方電鈴不斷地被按，響個不停，好像在慶祝勝利。他們幾個這時又走回一片雪白的寂靜院子裡，那裡有幾輛雪橇等著，這時K才漸漸弄明白這到底是怎麼回事。老闆也好，老闆娘也好，都不清楚K怎麼敢幹出這種事來。可是他到底幹了什麼呀？K三番兩次問他們，半天都得不到一句解答，因為對他們倆來說，他當然是罪大惡極，所以絕對沒想到他這麼問完全是一片誠心。K一點一點地才把全部情況摸清楚。原來他沒資格待在走廊上，一般說來，頂多只能走進酒吧，而且也只有獲得格外恩賜才行，而這恩賜是可以被取消的。如果有一位紳士傳他，那他當然得按旨報到，但他至少總該有點常識吧？他應該心裡有數，他待的地方實際上不是他該去的，他是由於紳士傳訊才去的，再說人家傳他去也是出於萬分無奈，只因為公事上需要。因此，他是應該趕快前去報到，聽候審訊，不過事後也應該趕快離開，辦得到的話，走得愈快愈好。難道他一點也不覺得逗留在走廊上是嚴重錯誤嗎？如果他心裡有數，怎麼敢像牧場裡的牲口一樣在那裡徘徊不走呢？難道他從沒被傳去受過夜審嗎？難道他不知道為什麼要採用夜審嗎？說到這裡，K才聽到對夜審的一番新解釋，原來說到頭來，夜審的目的只是為了要調查申請人，那幫紳士在白天看到申請人實在不順眼，在夜裡燈光下看到這副模樣，就有可能在審問後睡覺時，把這種醜態忘個一乾二淨。但是，K的行為真是跟這種措施開玩笑。即便是鬼怪，到天亮時也會銷聲匿跡，可是K卻還待在那裡，兩手抄在口袋裡，好像他自己不走開，反而在等整個走廊連同全部房間和那幫紳士自動走開似的。他推測，如果有任何可能的話，也不無可能會出這種事，因為那幫紳士都說不出的敏感。他們沒一個會把K趕走，也不會說出什麼他終究該走了這種話來，這畢竟是不在話下的。雖說K在眼前，他們八成都要心驚肉跳，而且早晨這個寶貴的時刻就此給斷送了，可他們也沒一個會這樣做的。他們非但不會採取任何步驟跟K作對，反而情願忍受痛苦，這裡頭自然多少可能存著一絲希望，但願K對這一目了然的事終於能漸漸明白過來，看到自己在早晨眾目睽睽下，偏偏不識相，站在那條走廊上，也會跟那幫紳士一樣感到痛苦，苦得實在受不了。這真是妄想。他們要不是不知道，要不是心地善良厚道，不願承認世上還有什麼冷酷如鐵的心，任何敬意都感化不了。就連夜間的飛蛾，這可憐的小生物，不也是一到白天就找個僻靜的罅縫隱藏在那裡，一心巴望能隱形，卻因為不成而發愁嗎？K倒反而恰恰佇立在眾目睽睽之處，如果這樣做能阻止天亮，他早就這樣做了。雖說他不能讓天不亮，可是媽呀，他卻能妨礙天亮，給天亮添上麻煩。難道他不是眼巴巴看著分送檔案的過程嗎？那種事，除了密切相關的人之外，誰也不准看呢。那種事，連老闆夫婦在自己店裡也不准看。那種事，他們只有聽人說說，而且聽到的只是暗示，比如說，今天就是從侍從嘴裡聽到的。他當時難道沒看出是在什麼困難情形下分送檔案的嗎？這是一件根本弄不明白的事情，因為每一位紳士畢竟都只是為公家辦事，從不計較個人利益，所以都是竭盡全力，設法讓分送檔案這一重要的基本準備工作做得又快又輕鬆，不出絲毫差錯。不過，分發檔案時，全部房門都還緊閉著，各位紳士根本沒有彼此直接聯繫的機會，要是他們能直接聯繫的話，自然一眨眼就能取得諒解了，現在卻要侍從來轉達，那就難免要拖上幾個鐘頭，而且還不會做得妥妥當當，這對紳士也好，侍從也好，都是長時間的痛苦，或許還會損害日後的工作效果呢，這就是困難的主要原因，難道K竟一點都沒有想到嗎？可是那幫紳士為什麼不能互相打交道呢？說起來，K難道至今還不明白嗎？那一類事情，老闆娘生平從沒碰到過，至於老闆呢，也證實了這點，他們得跟不少棘手的人打交道呀。凡是一般人不敢多提的事情，就得老實告訴他，否則他就不會明白關鍵。那麼既然得說出來，就說吧：都是他的錯，完完全全是他的錯，那幫紳士才不能走出房來，因為在早上，剛一覺睡醒，就拋頭露面給陌生人看，未免太難為情，容易遭人說閒話。不管怎麼穿戴整齊，他們總是感到像光著身子，見不得人。他們為什麼因此感到丟臉，這顯然很難說，這群從早工作到晚的人感到丟臉，大概只是因為自己睡過覺吧。不過見生人也許比拋頭露面更叫他們感到丟臉，他們用夜審的辦法解決了的事，換句話說，就是對申請人簡直看不順眼這事，他們可不願意在早晨這時刻，未經通知就突然一下子原封不動地照本重演。那正是他們碰都不敢碰的事。不把那件事放在眼裡的，該是哪種人啊！這個嘛，說起來，該是像K這種人吧。這種人一副冷漠無情、睡意矇矓的神態，橫行霸道，任意破壞一切，既不顧法律，又不顧最普通的體恤。這種人根本不管自己害幾乎無法分送檔案，害得旅館聲名掃地，而且還惹起一場空前未有的風波，逼得那幫紳士走投無路，就此起身自衛，壓下了常人難以想像的激憤情緒，才按鈴求救，叫人來把這個別無辦法對付的人攆走！那幫紳士，他們竟然求救！老闆夫婦和全體員工，只要他們膽敢在這早上不經吩咐就來到這些紳士面前，就算只是為了來幫個忙，幫了忙再馬上退下，難道不是老早就可以衝上來了？他們一邊被K氣得渾身發抖，一邊又安不下心，只恨自己使不上力，都等在走廊盡頭，真萬萬沒想到竟然響起了鈴聲，他們這才如奉聖旨趕忙奔來！說起來，如今大難總算過去了，那幫紳士好不容易才擺脫K的折磨，那副興高采烈的情緒，可惜你看不見！至於K呢，當然大難還沒過去。他在這裡惹下的禍，當然得由他自己來承擔。

這時他們已經走進了酒吧。儘管老闆一肚子火，居然還把K帶到這裡，這是什麼道理，可不大清楚，也許他終究體會到K目前這副疲勞樣子，實在出不了門吧。也沒等人家請他坐，K轉眼就癱倒在一只酒桶上。在黑暗裡，他倒感到舒坦。偌大一間房間裡，只有啤酒龍頭上面點著一盞昏暗的電燈。而且外邊仍舊是漆黑一片，看來好像在飄雪。待在這個暖處真是謝天謝地的好事，你得小心提防被人家趕出去才是。老闆夫婦仍舊站在他面前，好像眼前他還是一大威脅，好像他根本靠不住，所以隨會突然跳起身來，想再闖到走廊上去。再說，他們夜裡剛受過驚，又比平時起得早，身子也累了，尤其是老闆娘更累得夠嗆，她穿著件棕色寬襬綢衣衫，一動就窸窸窣窣響，又扣得不大整齊，也不知她匆忙中從哪裡找出這身衣服來的，她就這麼站著，腦袋像朵凋謝的花，靠在丈夫肩上，用條精緻的麻紗手絹擦著眼睛，不時像孩子般狠狠瞪K一眼。為了要讓他們安心，K說他們現在告訴他的一番話，都是他根本沒聽說過的，要不是他對這些事實毫不知情，也不會在走廊上待那麼久了，當時他確實不該到走廊上去，他也的確不想在走廊上打擾什麼人，要不是他太累了，才不會鬧出那種事來。他感謝他們平息這一場風波，如果他為這事該受責備，也非常歡迎，因為只有這樣才能免得大家誤解他的行為。怪只怪疲勞罷了。可是，他這麼疲勞，只是由於他還不習慣這種緊張的審訊。他來到這裡畢竟還沒有多少日子呢。只要他多些經驗，就絕不會再出那種事情了。也許他把審訊看得太認真了，不過，說到頭來，那麼做原本也許沒什麼害處。當時他不得不接受兩場審訊呢，一場緊接著一場，一場應付布吉爾，另一場應付艾朗格，特別是頭一場大大耗精傷神，雖說第二場沒多少時間，艾朗格只不過請他幫個忙，可是要他一口氣接受兩場審問總吃不消啊，也許換做別人，比如說老闆，對這種事也會吃不消吧！等他結束第二場審訊時，走起路來真可以說暈頭轉向了。幾乎像喝醉酒一樣；他畢竟是第一次見到兩位紳士的英姿，聽到他們的訓話，而且還不得不回答他們的問題呢。就他所知，當時一切都相當順利，誰知先前這麼樣，後來竟出了那種倒楣事，那簡直不能怪到他頭上。可惜只有艾朗格和布吉爾才了解他當時的情況，他們本來是一定會看住他，那就不會惹出其他一切事來了，可是偏偏艾朗格審查過後不得不立即出門，顯然是為了要趕到城堡去，布吉爾呢，審訊過後大概也累了，就此去睡了，在分送檔案那段時間裡自顯是睡著了。布吉爾尚且如此，K結束審訊，體力怎能一點也沒耗損呢？如果K也撈得到那樣的機會，他一定會高高興興好好利用，就算不准他高清楚那裡是怎麼回事，他也會欣然從命，這樣他心裡反而格外輕鬆，因為實際上他不大看得出什麼來，因此連最最敏感的紳士被他看見，其實也不需要發窘。

一提到那兩場審訊，特別是應付艾朗格那場，還有K談到兩位紳士時那份敬意，倒叫老闆不由對他起了好感。看樣子他打算答應K的請求，讓他在酒桶上架起一塊板子，至少也可以讓他在上面睡到天明，可是老闆娘不答應，她一個勁搖著頭，在衣服上這邊拉拉，那邊扯扯，似乎現在才注意到自己衣冠不整。一場顯然由來已久、有關旅館整潔與秩序的爭論，又快開頭了。眼下K渾身疲乏，聽聽兩夫妻說來說去的話，就更加覺得事關切身。在他看來，從這裡再次被趕出去，倒是空前的倒楣事。絕不能讓它發生才好，就算老闆夫婦合起來跟他作對也罷。他在酒桶上縮成一團，可憐兮兮地望著他們兩個人，老闆娘那副暴躁異常的脾氣早就把他嚇呆了，到後來只見老闆娘一急，突然跳在一旁，大概正在跟老闆爭論其他的事，只聽得她大聲喊道：「看看他盯著我那副德行！快打發他走！」誰知K簡直滿不在乎，如今反而完全深信自己可以留下不走了，就此趁勢說：「我不是在看你，只是在看你的衣服而已。」「為什麼看我的衣服？」老闆娘氣呼呼說。K聳聳肩。「來啊！」老闆娘對老闆說：「難道你看不出這傢伙醉了嗎？讓他在這裡睡睡醒吧！」等到佩披聽見叫喚，一頭亂髮，身子又累，懶洋洋地拿著把掃帚從屋裡出來，老闆娘竟還吩咐她扔個靠墊什麼的給K呢。

二十

K剛醒來，以為自己一夜未眠。只見房裡依然空洞暖和，四下漆黑，啤酒龍頭上面那盞燈已經熄滅，窗外是夜色一片。誰知他伸了伸懶腰，靠墊掉下地，鋪板和酒桶跟著吱吱嘎嘎響，佩披頓時來了，這時他才搞清楚，原來天早就黑了，他已經足足睡了大半天。白天時，老闆娘曾經三番兩次來探問他的情況，蓋斯塔克也來問過，原來清晨K跟老闆娘談話時，他藉喝酒的名義一直暗中等待，但他遲遲不敢吵醒K，只是不時來看看K睡醒了沒。此外，弗麗達也來過，還在K身邊站過一陣子，至少其他人是這麼說的。雖然其實她不是為了K才來，而是因為酒吧裡有些事需要安排，這個晚上，她終於要重返崗位了。「她應該不喜歡你了吧？」佩披端來咖啡和蛋糕時，這麼問了一句。可是有別於以往，她這話不再語帶怨恨，而是意味淒涼，好像此刻終於看透人間悲劇，因而相形之下，個人的悲劇就顯得微不足道了。她對K說話的口氣，就像跟同病相憐的人談心一般。他嘗了口咖啡，她自以為看出他嫌咖啡不夠甜，趕緊跑去端來滿滿一罐糖。她今天雖然傷心，卻還是打扮得漂漂亮亮，細究起來，甚至比上回還要下功夫。她把頭髮編成一根根辮子，不知打上多少蝴蝶結，繫上多少緞帶，額上和鬢間的頭髮都用火鉗用心捲過，頸上還掛著一條小項鍊，直垂到露胸短衫的領口。K終於睡飽，又喝上了杯香噴噴的咖啡，不由整個人放鬆起來，樂得伸出手悄悄抓住一個蝴蝶結，試圖解開，這時佩披厭煩地說了句「別惹我」，就在他身邊一只酒桶上坐下。K還沒開口問，她馬上自己說了起來，一邊講一邊還死盯著K的咖啡杯，好像講話時也需要一個分心的對象，好像連訴苦都無法全心投入。K首先聽清楚的是，佩披的悲劇裡，其實他是罪魁禍首，只不過她並不怪罪他。她一面講一面連連點頭，免得K提出什麼異議。一開始，是他把弗麗達從酒吧帶走，這樣一來佩披才有出頭的機會。否則，本來是沒有任何事情能讓弗麗達放棄這份差事的，她穩坐酒吧，就像蜘蛛牢牢守在蛛網中，一條條蛛絲全都抓在手掌心，而只有她一個人才清楚掌握每條蛛絲的底細。要想硬把她拉走，可是萬萬辦不到，唯有她自己愛上了什麼下等人，換句話說，一個讓她難以維持地位的傢伙，這才會逼得她拋棄自己的身分。至於佩披自己呢？她有沒有想過搶下那份工作？她只是個打理房間的女僕，地位低賤，沒多少出息，雖說跟其他女孩一樣，對遠大的前程有過種種憧憬，禁不住抱著各種美夢，不過，她倒從沒真的想要出人頭地，只想保住工作就好了。誰知當時弗麗達突然離開酒吧，事情來得太突然，老闆一時之間手上找不到一個適合的替代人選，這時他四下一看，就看中了佩披，當然，佩披是拚著命擠上來引人注意的。當時她對K那份情，在任何人身上都沒用過。她總是連月待在樓下那小間暗室中，也打算就這樣過上幾年，甚至最糟的，就是準備在那房裡沒沒無聞地度過一生。可是天上掉下了個K，一個英雄好漢，一個不幸少女的救星，給她打開了平步青雲的一條路。固然他對她什麼都不了解，這一切不是為她而做的，但她還是感激不盡。她當時還不確定會晉升，如今也有八成把握了，就在新職任用的前夜，她在心底花了不少時間向他傾訴，在他耳邊悄聲道謝。在她眼裡，他偏偏選了弗麗達這個大包袱揹上身，這一舉動尤其顯得高貴，他讓弗麗達當情人，為佩披鋪路，這其中的精神多高貴無私啊。弗麗達不過是個醜八怪，年紀又不輕，瘦得皮包骨，頭髮又稀又短，還滿口謊言，肚子裡老是懷著什麼鬼胎，說到底，這跟她的外貌不無關係。如果一眼就看出她神態中透著可憐相，那至少可以說她內心一定還有其他不可告人的隱私，例如她跟克拉姆有著關係的這個公開祕密。當時佩披腦子裡竟還想到下列幾個問題：難道K是真心愛弗麗達？他在自己騙自己？還是八成只是騙騙弗麗達而已？這麼一來，最終會不會整件事只讓佩披飛黃騰達而已？等到那時，K會看出問題嗎？還是再也不願掩蓋錯誤，從此不再見弗麗達，一顆心只放在佩披身上呢？這倒是明顯不需要佩披多費心思去異想天開，因為其實這兩個女孩可說是棋逢敵手，雙方勢均力敵，這點可沒人會否認。再者，當初K之所以受到迷惑，畢竟主要還是由於弗麗達的地位，以及她獨特的榮耀。所以佩披才夢想著，有朝一日輪到自己爬上那個地位，到時不怕K不來求她，那麼她就可以隨心所欲了，不是接受K的請求、丟了差事，就是一口回絕、爬得更高。她心裡還打好主意，到那時就要拋棄一切，降格遷就他，教他懂得什麼才叫真正的愛情，這一套他從弗麗達身上可休想學到，而這道理也不是天下所有高官顯爵所能領略的。誰知結果偏偏相反。這該怪誰？首先要怪K，其次當然是弗麗達那套害人的心機。首先是K，他到底抱著有什麼企圖，他算什麼角色？他打算追求了不起的大事，什麼目的，是什麼重要大事讓他忙碌奔走至此，以致忘掉近在身邊、至善至美的事物？佩披被犧牲，一切如此愚蠢，每樣事情都落了空。誰有能耐放把火，把整座赫倫霍夫旅館全部燒掉，燒得片甲不留，毫無痕跡，像爐子裡的紙片那樣燒得精光，那麼今天他就能成為佩披的心上人了。回過頭來說吧，四天前，近午餐時刻，佩披進了酒吧。酒吧的工作一點也不輕鬆，簡直累死人，但也撈得到不少好處。就算佩披並不沒有盼望過這一天，連胡思亂想時也不曾奢望爭到這份差事，但她還是用心觀察過不知千百遍，已經深深明白這份工作該怎麼應付。當初她接下工作時，也不是心裡毫無準備，一個人來接這份工作的時候絕對不能沒有心理準備，否則不需要幾個鐘頭就得打包走人。在這裡的一舉一動，要是跟做女僕的時候一樣，那就更糟了。你身為女僕，總會感覺自己一生要被埋沒了，好像在礦坑底下幹活總覺得看不到出頭日子的心情一樣。至少，在祕書那條走廊上一連待個幾天，就免不了興起這股心情，走廊那裡除了白天幾個申請人連眼睛都不敢抬地跑進跑出，只遇得到另外兩、三個女僕，她們也同樣受盡折磨呢。在早晨你根本不准離開房間一步，那幫祕書在那個時段可不願有人打擾他們的清靜，他們的餐點都由侍從從廚房裡特地端來，女僕們向來不管這事，吃飯時也不准任何人在走廊上露臉。唯有那幫紳士辦公時，才准女僕進去收拾房間，但當然不是指有人待著的房間，只有當時湊巧空著沒人的房間才獲准進入打掃。而且打掃起來還得不聲不響，免得打擾紳士們辦公。可是，那幫紳士總是一連幾天待著不走，外加還有侍從那群邋遢鬼也在房裡廝混，等後來終於能讓女僕進去收拾，房裡早已髒得連洪水也洗不乾淨了，這時打掃怎麼可能不發出任何聲響呢？沒錯，他們是尊貴的紳士，但你還是必須努力憋住噁心的感覺，才能趁他們走後把房間收拾乾淨呢。女僕們的工作量雖不能說真的很大，不過，做起來可真的吃力。耳裡聽不到一句好話，聽到的只有數落，特別是這一句最令人受不了也最常聽見，就是：收拾房間時把檔案弄丟了。事實上，什麼都沒弄丟過，沒有任何一片紙頭不敢交給老闆，但事實上檔案確實是不見了，只是碰巧不是女僕的責任。於是來了批委員，做女僕的都只好離開自己的房間，委員們就此大翻特翻，把被子枕頭和整張床鋪都搜遍，那批女孩當然沒什麼財物，三兩件東西只需要一只簍子就裝得下，可是委員們卻還是可以搜上好幾個鐘頭。不用說，當然什麼都沒找到。檔案怎麼可能會跑到那裡？女僕們怎麼會想要那些檔案呢？但結果總是一個樣，先是大失所望的委員大罵一通，接著再由老闆再罵一輪。白天也好，黑夜也罷，簡直沒有片刻清靜，可以一直鬧到半夜，天剛一亮，吵鬧聲又重新響起來。如果不需要住在店裡那還好，可是又非住不行，因為在休息時間，尤其是夜裡，女僕一聽到客人叫點心，就得上廚房去端來。事情往往是這樣發展的：一開始，女僕房外猛然響起一陣敲門聲，接著將吩咐傳下去，跑到樓下廚房裡，搖醒負責生火的人，在女僕房門外放下那盤客人叫的點心，再由侍從取走——這一切多令人沮喪！不過那種事還算不上最糟的。最糟的是什麼吩咐都沒有的時候，換句話說，在人人都該睡著的三更半夜，多數人也終於真的睡著了，有時竟有人在女僕門外踮著腳走來走去呢。於是女孩們紛紛下床——床鋪都是一層疊一層的，因為房間小得很，實際上整間房不過是一架三格大碗櫥罷了——她們一一走到門口聽，跪在地上，嚇得不由緊緊摟著彼此。無論是誰在房門外踮著腳走路，自始至終都聽得清清楚楚。只要他立刻進房，不再來回打轉，她們全都會感激不盡的，可是什麼事都沒發生，也沒有任何人進來。這樣一來你只好暗想，倒是不需要擔心什麼大禍臨頭，大不了是什麼人在門外來回走著，努力整理思緒，打算吩咐什麼，只是始終拿不定主意。也許就是這麼回事，也許根本不是這樣。因為你對那群紳士真的一點也不認識，幾乎連看都沒看過他們一眼呢。無論如何，幾個女僕在房裡都嚇得快要暈死過去，等到房外終於又重回安靜，她們才紛紛靠在牆上，然而現在卻已經沒有力氣再爬回床上了。等著佩披回去的正是這種煎熬的苦日子。而就在這一夜晚，她又要回到那個房間去當女僕了。可是為什麼呢？因為K和弗麗達的緣故。她好不容易才從那種生活裡逃離，如今卻又要回去過那種日子了，沒錯，多虧K幫忙，她才能脫身，當然，她自己也費過一番心思。因為當女僕的女孩都不講究打扮，連本來最重修飾、最愛整潔的女孩也都會漸漸馬虎起來。她們打扮給誰看呢?誰都看不見她們,頂多是廚師伙夫之類罷了,任何女孩若因此而滿足,那麼倒不妨去打扮一番。不過,對其他女孩來說,進進出出的場所除了自己的小房間,就是紳士們的房裡,若特地穿上乾淨衣服才踏進去,那真是瘋狂又糟蹋。眼睛裡永遠只能見到電燈燈光,鼻子裡總只能嗅聞那種沉悶的空氣——那些房裡總開著暖氣——實際上永遠覺得渾身疲倦。每週一次的午間休假,最好能在廚房一個堆貨間裡無憂無慮地睡個大覺。那麼,又何必打扮得漂漂亮亮呢?對,你根本不會想在穿戴上多費心思。如今,既然佩披突然一下子調到了酒吧,在那裡,如果你想要保住飯碗不丟,就必須來個一百八十度大轉變。在酒吧,你必須整天在人眼前打轉,其中還有一些眼光犀利的紳士素來吃好穿好,因此在那裡,你要盡可能顯得漂亮可愛才行。說起來,這是個轉變。佩披有自信她應付得還行。無論將來是什麼局面,佩披都不擔心。幹這差事少不了一套本領,她知道自己樣樣俱備,這她倒是十拿九穩,就連此刻,她也有這份誰也搶不走的信心,就算是今天,她栽筋斗的一天,都沒人搶得走。難只難在開場該怎麼挺過這個考驗,首先,她畢竟只是個苦命女僕,要衣服沒衣服,要首飾沒首飾,再者,那幫紳士可沒耐心等著看你慢慢讓自己像樣起來,而是希望走進酒吧立即見到迎來一個無可挑剔的女服務生,否則他們會掉頭就走。或許你會這麼想:既然弗麗達也能稱他們的心,他們的要求總不至於太高吧!可是這想法不對。佩披倒常常思考這問題,畢竟她跟弗麗達常常相處,兩人還曾經睡一張床呢。弗麗達是怎麼樣的人,可不容易摸清楚,一個不留神,就要被她一下子蒙騙了,再說究竟有那位紳士可以這麼謹慎地處處留神？只有弗麗達本人才最清楚自己的模樣有多難看，例如，你第一次看到她披下頭髮，會忍不住暗暗叫苦，照理說這種女孩就連當個女僕也不配，這她自己心裡也有數，曾經有不少個夜晚，她緊緊貼著佩披，把佩披的頭髮繞在自己頭上，哭了一晚。不過一到上班時間，所有疑慮就頓時消失，她自以為美貌無雙，還有本領能叫大家都這麼想。她明白對方是什麼人，而這就是她的手段所在。何況她脫口就能編出一套鬼話來騙人上當，因此沒人能來得及真正看透她。這麼一來，久而久之，馬腳就露出來了，每個人都長著眼睛，憑著這對眼睛，遲早總會看清楚真相。但是，她一發現事態不妙，就馬上想出另一條妙計，拿最近的來說，就例如她跟克拉姆相好的那回事。她跟克拉姆相好！要是你不信，儘管去找出真憑實據、去問克拉姆吧！多狡猾啊！多狡猾啊！要是正好你不敢去向克拉姆打聽這檔事呢？萬一你就算想打聽比這重要千百倍的事，也無從見到他呢？事實上克拉姆對你而言完全是高不可攀——只有你這號人物才見不到他，比如拿弗麗達當例子吧，她是高興見他就能闖進去見他——如果真的是如此，你還是可以想辦法找到一個真憑實據，因為，只需要等著看就好了。說到頭來，對那些風言風語，克拉姆可沒法長期忍受下去的，他一定是消息靈通，聽得到酒吧和客房裡沸沸揚揚地講他什麼閒話，這一切對他都關係重大，如果講得不對，他一定馬上來個駁斥。對這件事他倒沒駁斥，如此說來，這件事沒什麼可駁的，統統都是事實。說真的，人們所看到的，無非只是弗麗達把啤酒端進克拉姆的房間，再拿著錢出來，人們沒看到的，正好就是弗麗達說出來的部分，你只能聽信她的話。其實她平常是不說這些事的，畢竟她不打算洩漏那種祕密。不不不，這些祕密是無論她走到哪裡就洩漏到哪裡，既然風聲終究是走漏了，她本人倒真的不再避而不談，但總是適可而止，對於任何細節都不一口咬定，來來回回說的都是人盡皆知的事。而且每件事都談。比如說，有一件事總是絕口不提，就是，自從她進酒吧以後，克拉姆喝的啤酒比以前少了，雖不能說少得多，還是看得出喝得少了，這裡頭自然有種種原因，也許是這陣子克拉姆不大愛喝酒了，也許是弗麗達把他迷得忘掉喝酒了。不管看起來多奇怪，反正弗麗達是成了克拉姆的情婦。一個克拉姆看上的人，旁人怎會不中意呢？這一來，神不知鬼不覺的，弗麗達就成了個大美人，酒吧裡需要的正是這流女孩。說真的，她簡直太漂亮了，太威風了，如今連酒吧都再也容不下她這號大人物了。事實上，大家也覺得奇怪，她怎麼還待在酒吧裡。雖說當個女服務生很了不起，由此著眼，跟克拉姆私通這件事也未嘗不可能，不過，一旦酒吧女服務生成了克拉姆的情婦，克拉姆為什麼還讓她留在酒吧，而且還繼續做得那麼久呢？為什麼不提拔她呢？你可以說上千百次，強調其中毫無矛盾，當然也可以說克拉姆那麼做自有他的一番道理，又或者也可以說，也許有朝一日，或眼前什麼時候，弗麗達會突然一下子晉升的。凡此種種說法都發揮不了多大效果，人們心裡自有一定看法，到最後不管聽到什麼話法，任憑說得多麼天花亂墜，他們內心的看法已經不受動搖。沒有人繼續懷疑弗麗達是不是克拉姆的情婦，連明明有見識的一群人，如今也厭倦得不願多猜測了。「當克拉姆的情婦！活見鬼。」他們想道，「如果你真是克拉姆的情婦，還真想在你的發展道路上看出點跡象。」誰知什麼跡象也看不到，弗麗達仍舊待在酒吧裡，她暗自欣喜事情沒有變化。可是她也沒什麼威望了，這她當然不會沒發覺，說真的，她一向對任何事都有先見之明呢。一個真正漂亮、討人喜歡的女孩，她一旦在酒吧安身，就不需要使什麼手段了，只要色相一天不衰，就在酒吧當一天女服務生，除非出了什麼天大的倒楣事。可是，像弗麗達這種女孩，想必無時無刻不在擔心丟掉差事，想當然耳，這種人也自有心思，不會透露什麼口風，反而喜歡怨天尤人，對工作百般咒罵。但私下裡卻其實是時時留神呢。因此弗麗達就看出人們漸漸冷淡，她一露臉，不再引起轟動，眾人連眼也不屑一抬，甚至連侍從也不再來給她添麻煩，他們都改去纏住奧爾珈之類的女孩。從老闆的舉止眼色，她也看得出自己聲望漸失，總是談克拉姆的新鮮事可不行，凡事總有個限度，因此弗麗達就決心試試新花招了。要是誰有本領一眼把她看透該有多好！佩披雖然明白這女孩總有心機，可惜也總看不透。弗麗達決心搞出件桃色新聞，她，身為克拉姆的情婦，決定接下來碰到第一個求愛的人，就委身給對方，如果辦得到的話，最好嫁個最最下賤的下等人。這消息會鬧得滿城風雨，轟動一時，久而久之，大家會終於想起，當克拉姆的情婦是什麼意義，與新歡陷入熱戀而扔掉這份體面又是什麼意義。難只難在找不到合適的對象來演這齣戲。千萬不能挑個熟人，更不能挑個侍從，因為那些人可能會給她個白眼就走開，尤其是對這件事不會認真到底，儘管她天生油嘴滑舌，也不可能把事情四下傳遍，胡扯是對方主動撲上來，怎麼也抵擋不了，於是只好糊裡糊塗順從了對方云云。雖說非得找一個最最下賤的下等人才好，可也得讓人相信，那種人儘管天生鄙俗，但是念念不忘的只有她弗麗達一個人，心裡只有把弗麗達娶到手這麼個高尚的念頭……啊呀，天哪！雖說非得找個普通人才好，可如果辦得到的話，最好找到個比侍從都不如的，比侍從還要下賤得多的。但又不能找個每個女孩都不齒的人，還得是個稍有眼力的女孩遲早會看出優點的人才好。可是，該到哪裡去找那種人呢？其他女孩或許一輩子都在物色那種人吧。該算是弗麗達造化好，大約就在她腦子裡剛想出那條妙計的當天晚上，土地測量員居然來到了酒吧裡，走到她面前。土地測量員！是啊，K在轉什麼念頭呢？他心裡有什麼特別打算呢？他打算幹出什麼特別的事嗎？功名利祿？他在追求名利嗎？如此說來，他一開始就應該另有一番安排。畢竟他是個窩囊廢，看看他的境遇，真要人把心都撕碎了。他是個土地測量員，那也許多少有點名堂吧，所以他多少有點見識，可要是不曉得怎麼派上用場，那麼到頭來還是一場空。可是他卻偏偏提出一些要求，雖說背後沒個靠山，要求不是公開提出的，可人們也看得出他在提些什麼奇怪的要求，那終究讓人看了就生氣。他知道嗎？就連做女僕的，即便只是跟他談幾分鐘的話，都是在降格遷就他呢？他腦子裡滿是這種種特別要求，在剛到的那天晚上，就一頭落到了那一眼就看得出的圈套裡了。難道他不羞恥嗎？他在弗麗達身上看到什麼魅力呀？這個瘦巴巴的女孩，難道真能合他心意嗎？才不呢，他連看都沒朝她看過，她只需要對他說她是克拉姆的情婦就好了，在他耳朵裡那還是件新聞呢，這下子，他就鬼迷心竅了！但如今她不得不搬走，不必說，如今赫倫霍夫旅館裡再也容不下她了。在她搬走的那天早晨，佩披見到了她，員工紛紛跑上樓來，畢竟大家都想看熱鬧。她威力真不小，當時好多人可憐她，連她的冤家也在所難免。她那番推測從一開始就證明分毫不差。她為什麼委身給那種人，在大家眼裡都是個謎，還以為她是走了霉運呢。那批小廚娘，當然對每個女服務生都眼紅，她們竟傷心得勸也勸不住。連佩披也受了動搖，即使當時一顆心都放在其他事上，也不可能對這種遭遇無動於衷。她忽然覺得弗麗達不過是個可憐蟲。歸根到底，她是倒了八輩子的楣，固然她舉止間透著一副鬱悶的模樣，可惜裝得還不夠像，這種做作可騙不了佩披。那麼，是什麼驅使她這麼做的？大概是有了新歡這件事帶來的喜悅吧？啊呀，怎能想到那上面去呢？那麼另外還有什麼原因呀？大家早把佩披當作她的後繼之人，她哪來這股力量，居然還能讓佩披覺得她還是那樣可愛而不可親？當時佩披可沒心思多加琢磨，眼前不知有多少事要安排妥當才能接下新工作呢。只剩幾個鐘頭就馬上要去上工，可是她還沒做好頭髮，還沒準備一身時髦衣服，一件漂亮襯衣也沒，還沒雙好鞋。這一切都得在幾個鐘頭裡準備齊全，如果穿戴得不得體，最好別想幹這差事，否則不出半個鐘頭，鐵定會丟了工作。說起來，十之七八她都辦到了。她在做頭髮方面天生有一手，說真的，有次老闆娘還找過她去幫她做頭髮呢！這只需要一雙特別靈巧的手就能辦到，而她剛好生就一雙巧手，想當然耳，她那一頭秀髮也是想怎麼打理就可以做得出來的。衣服嘛，也有現成的來路。她兩個同事對她真講義氣，她們一群人當中如果像現在這樣有個女孩給選中當上女服務生，她們臉上終究也是貼了金。更何況將來佩披一旦當權，也許還能沾她不少光。有個女孩手裡一直留著一段名貴面料，那是她的寶貝，常常讓其他女孩眼紅，她必定夢想著，自己早晚會用上這段布料，派上用場，現在碰到佩披需要，她竟割愛了，這個女孩心地實在太好了。兩個女孩都心甘情願幫她縫，換成幫自己縫恐怕也不見得更起勁吧。那件衣衫裁製起來的確令人輕鬆愉快。她們各自坐在床鋪上，一個在上鋪，一個在下鋪，邊縫邊唱，一旦縫好什麼前襟後襬，鑲邊滾條就傳上遞下。如今佩披一想到這副情景，心頭不由格外沉重，想想一切都白費工夫，自己要空著雙手回去見那兩個朋友了！多倒楣啊！怪只怪K輕薄才倒這楣呀！當時她們三人對這件衣服可真是滿意極了，彷彿就是成功的保障了。最後，她們一看還有空間再縫上條緞帶，最後一點憂慮都化為烏有了。這件衣服，難道算不上漂亮？雖說佩披沒第二件衣服替換，從早到晚都得穿著這一件，如今已經穿皺了，而且沾上了幾個污漬，不過還是看得出這件衣服有多漂亮，連那個巴納巴斯家的臭婆娘都拿不出一件更好的呢。此外，該緊的地方就緊，該鬆的地方就鬆，上面稱頭，下頭也亮眼，因此衣服儘管還是同一件衣服，卻顯得變化多端了——這是個獨到好處，確實也是她的發明。當然囉，為她做衣服也不太難，佩披可不是吹牛，事實明擺在眼前——凡是年輕、健壯的女孩，穿什麼都合適。要弄到襯衣、靴子就難得多，實際上事情就是敗在這上頭。雖然她那兩個女朋友也曾盡力幫過忙，只是力不從心。她們湊來湊去只湊到粗布襯衣，而且還得補一補才行，她弄不到高跟小靴子，只好拿拖鞋來代替，其實這種拖鞋穿出去亮相，說真的還不如藏起來的好。她們都安慰佩披說：弗麗達終究也是穿得不大漂亮，有時候她在人前打轉，一副邋遢相，客人看了寧可叫看管酒窖的人來伺候呢！事實儘管如此，弗麗達邋遢倒不要緊，她早已博得歡心，有了她需要的威望了。有身分的女人難得一次弄得像個大花臉，穿得馬馬虎虎，那反而顯得分外嫵媚——可是碰到佩披這種初出茅廬的新手，那會如何？再說，弗麗達要打扮也打扮不起來，她根本俗不可耐，如果有人生來不巧是黃皮膚，那當然應該認命算了，不需要像弗麗達那樣，再去加一件露胸的奶油色短衫，穿著到處打轉，讓那一片黃色看得人眼花繚亂。就算不是因為那個緣故，她也太小氣，捨不得穿得體面些。掙的錢都死不放手，誰也不知道她打什麼算盤。她工作倒不需要花一個錢，說說鬼話，耍耍花招也就對付過去了，佩披可不願學這個樣，她也不能學這個樣，因此理該打扮得更得體、更漂亮，才能開局就受到充分矚目。只要她手段高明些就辦得到的話，那不管弗麗達多狡猾，不管K多愚蠢，到頭來也會得手的。一開頭倒可說是非常順利。這一行的幾樣訣竅，還有必須了解的基本知識，她事先都已經大致摸清，一到酒吧就如魚得水了。弗麗達沒上班，一開始沒人發現。到了第二天才開始有客人打聽弗麗達的消息。她一件事都沒做錯，老闆算是放心，第一天他頗為心急，一直待在酒吧裡，到後來，只是隔一陣子才來走走，到最後，看看錢箱裡一分錢也不差，平均收入甚至比弗麗達在時還要多一點，才願意把一切都交給佩披管。她一來就做了些革新。當初弗麗達連侍從也要管，至少要管帳，如果碰到有人在看，更要故意在人前露一手，這可不是出於對工作熱心，而是出於貪得無厭，存心獨攬大權，唯恐旁人侵犯她的權力。至於佩披嘛，卻把這項工作統統派給看管酒窖的去管，畢竟他們做起來還是高明得多。這麼一來，她就有更多時間用來伺候上房，客人一喚就到，忙雖忙，也還能抽空跟大家聊上幾句，這可跟弗麗達不一樣，據說弗麗達是整個人都包給克拉姆了，其他人說一句話，親近一下，她都看作是對克拉姆的侮辱。這點當然算得上是她耍了小聰明，因為一旦讓人親近，無異是開了個不好的先例。佩披對這種手段討厭極了，再說，一開頭就來這一套，也不會有什麼好處。佩披對大家客客氣氣，大家也對她客氣。一看就知道人人都高興這一改變，碰上那群紳士公事忙累了，終於抽出身坐下來喝點啤酒，只要一句話，一個眼神，輕撫他們緊繃的肩膀，他們全都放鬆換了一個人。人人都心癢難耐地伸手想摸佩披的鬈髮，佩披就只好一天整理十來回頭髮，看到這些鬈髮和蝴蝶結，誰都禁不住著迷，連K也在所難免，就算他本來是那麼心不在焉也一樣。就這樣，緊張的日子一天天飛過去，事情雖多，倒也順手。只要這種日子不是一眨眼飛走就好了，只要再多上幾天就好了！就算拚著命幹得筋疲力盡，只做四天總是太少了，能再多做一天就好了，只做四天未免太少了。固然，即便在僅僅四天內，佩披也碰到了不少好心人，交上了不少朋友，每逢她端著啤酒走來，看到人家紛紛向她瞟一眼，她如果信得過這種種眼色，她可是沉浸在友情的汪洋大海中呢！有個名叫巴特米爾的文書還愛上了她，拿出這小小的雞心項鍊送給她，在雞心裡還嵌上自己的照片，這當然可見他臉皮之厚。即便誕生了如此的佳話，可還是只有寥寥可數的四天時間。如果佩披打鐵趁熱，四天內，弗麗達雖不至於被忘得一乾二淨，人們還是可能把她完全淡忘的。要不是當初她拿那驚人的桃色新聞到處宣揚，千方百計，盡力挽回，恐怕更早就被人徹底忘卻。誰知她使了那套手段，大家眼裡又覺得她是話題人物了，大概只是一時好奇，才會此刻想再見見她吧。怪都怪K這個無聊透頂的傢伙幹下這番好事，才讓大家對原來已經討厭至極的人物突然間又產生了極大的好感，當然，只要佩披還在他們眼前，到處招搖，他們也不會輕易放掉佩披的，可是，他們多半是上了年紀的紳士，生性頭腦遲鈍，行動緩慢，碰上新來的一個女服務生，總要過些時日才習慣，儘管這次人事更動大有好處，那幫紳士還是要過幾天才習慣，說不定只需要五天就好了，不過四天時間總嫌短些，不管怎麼樣，佩披終究還是被看成是臨時支援的服務生罷了。此外，這恐怕也算得上是天大的不幸：在那四天內，頭兩天克拉姆雖在村子裡，都沒有到樓下大廳裡來過。他如果來了，佩披才會碰到一場決定命運的考驗，對這場考驗，她偏偏一點也不怕，她朝思暮想的倒正是這一場考驗呢。她既不會成為克拉姆的情婦，也不會靠講鬼話爬上那個地位，當然，這種事還是少談為妙，可是話又說回來，儘管這跟她無緣，她至少也能跟弗麗達一樣，姿勢曼妙地把啤酒放到桌上，就算沒有弗麗達那股殷勤，也還是會和顏悅地請安、道別，如果克拉姆真想在哪個女孩的眼裡找到什麼的話，那看看佩披的眼睛，他一定能如願以償。可是他為什麼不來呢？難道是不巧嗎？當時佩披也這麼想的。在那兩天裡，她無時無刻不在盼望他，連夜裡也在等他呢。「克拉姆這可來了！」她不斷想著，還來來回回亂闖，這無非是因為等得心焦，而且存心打算要頭一個迎接他光臨。這一次又一次的失望弄得她心灰意懶。她功虧一簣，大概正是這個道理。她一抽出點工夫，就偷偷走到那條員工嚴禁入內的走廊上，縮在角落裡等著。「如果克拉姆現在到來就好了，」她想道，「只要我能把那紳士帶出房，抱到樓下大廳裡就好了。不管多重，也累不垮我。」可他偏偏不來。樓上那條走廊上靜得很，要不身歷其境，想也想不出有多靜呢。那裡靜得叫人待不久，這份靜把人逼走了。但是，佩披卻一次一次跑去：十次有八次給逼走，十次有八次又跑去。這麼做當然沒名堂。要是克拉姆想來，就會來，要是不想來，佩披勾也勾他不出來，就算她躲在角落裡，心跳得快憋死人也罷。這真沒意思，可是如果他不來，一切都沒意思了。誰知他偏偏不來。今天佩披才知道克拉姆不來的原因。如果當時弗麗達能撞見佩披雙手按在胸口，躲在樓上走廊裡，躲在角落裡，一定會覺得有趣至極。原來，克拉姆不下樓，是因為弗麗達不准。這倒不是靠她求出來的，她才求不動克拉姆呢。不過，她不愧是個蜘蛛精，關係多得沒人弄得清。如果是佩披跟客人講話，總是堂而皇之，連隔桌也聽得清。弗麗達可沒什麼要對客人講的，她把啤酒一放上桌就走開。只聽得見她那條綢裙子窸窸窣窣的聲音，只有買裙子，她才捨得花錢。萬一碰到她有什麼話要講，她絕不肯堂而皇之，總是彎下腰跟客人悄聲細語，輕得隔桌客人直想豎起耳朵來聽清。雖然她講的八成是雞毛蒜皮之事，她跟對方還是有點關係，即便不是個個都有關係也罷，她總是靠一個關係拉一個關係，如果多半關係都斷了——畢竟，誰願意整天為弗麗達操心？——可是，到處都總還有一個關係抓得牢牢的。如今她開始利用這種關係了。K偏偏被她這麼利用一下。他非但不跟她守在一起，好好看住她，反而一刻也不待在家裡，總是四處奔走，到處與人論長道短，事事都關心，獨獨不關心弗麗達，後來為了讓她更加自由些，竟還決定遷出橋頭旅館，搬進那所空校舍裡。這真算得上新婚生活的一個絕妙開場。說起來，自然輪不到佩披來數落K一頓，責怪他不想辦法忍著點跟弗麗達過日子。無論是誰跟弗麗達過日子，都會受不了的。可是，他為什麼不跟她就此一刀兩斷呢？為什麼三番兩次回到她身邊去呢？為什麼到處打轉，讓人以為他在替她奔走呢？好像等他真的只剩弗麗達了，才發現自己原來是個窩囊廢，但願自己能振作起來配得上弗麗達，因此就暫時不跟她相處，到日後閒下來才嘗嘗苦盡甘來的婚姻滋味。另一方面，弗麗達倒不白白糟蹋時間，當初八成是她把K帶到那所校舍去的，如今她就守在那裡，牢牢看住赫倫霍夫旅館，牢牢看住K。她掌握著幾個機靈的信差：K的兩個助手，K居然統統交給她支配，這可叫人不明白了，就算了解K的為人，也弄不明白這是怎麼回事。她打發他們去見她那批老朋友，提醒人家她還活在人間，抱怨自己不該讓K這種人抓在手掌心，煽動人們跟佩披作對，通知大家自己馬上就到，請多多幫忙，求人別對克拉姆露出半點口風，一副裝得好像不能讓克拉姆傷心的模樣，好像就為了這緣故，怎麼也不能讓他踏進樓下酒吧一步了。她對人家先是說什麼這可以免得克拉姆傷心，接著又得心應手地回過頭來說什麼看住克拉姆，別讓他再下樓來，對老闆不無利害關係。樓下只有佩披在伺候客人，克拉姆怎能下來呢？說真的，這不能怪老闆，他畢竟再也找不到比佩披更好的遞補人選了，可惜這個人選還不夠理想，只當幾天也不行。對弗麗達這種種暗中動作，K一點也不知情，他在家中待著沒出門奔走時，他就躺在她腿邊，心裡可糊裡糊塗的，她心裡卻在盤算還有幾個鐘頭就可以回到酒吧去呢。

那兩個助手倒不光是給弗麗達跑腿，而且還給她效勞，惹K吃醋，讓他的心一直蠢蠢欲動。弗麗達從小就認識那兩個助手，到如今彼此間當然是無話不談，但是為了替K臉上增點光彩，現在反而你歡我愛起來，對K來說，一場感情大難即將臨頭。弗麗達想怎麼樣，K就怎麼做，連前後矛盾、毫無意義的事也一律照辦。一方面，他甚至聽憑那兩個助手燃起他的妒火，另一方面，他獨自出門時又敢讓他們三人一起待著。他幾乎像弗麗達的第三位助手。這一來，弗麗達憑著自己觀察的結果，終於決心一施妙計：回酒吧工作。目前這個時機選得還正是時候，真叫人欽佩，弗麗達這個滑頭竟看清了這個事實，而且還加以利用。這種眼力和這種決心正是弗麗達的絕技。如果佩披有這套本領，她的一生經歷絕對不同了。假如弗麗達在那所校舍裡再待上一、兩天，就怎麼也趕不走佩披了，從此她就當定了女服務生，既得眾人歡心，又得眾人扶持，掙得的錢將會多到可以買到一櫃子奇裝異服，把她那口空空如也的衣櫃都裝滿，只需要再多一、兩天工夫，不管施什麼詭計，再也無法阻擋克拉姆到大廳裡來了，他會進來喝喝酒，享受愜意時光，萬一看出酒吧裡少了弗麗達的話，對這一人事變動也會大感滿意的。只需要再多一、兩天工夫，弗麗達，還有她那件桃色新聞，還有她那些經營許久的關係，還有那兩個助手，還有一切的一切，統統都會被忘得一乾二淨，她從此再也不會有機會在大庭廣眾之下拋頭露面了。到那時，她或許有本領把K抓得更緊，然而就算她有這個能耐，難道她真的愛他嗎？不，那也不見得。因為連K這種人也不需要一天就會見她膩煩的，也會看清她用盡一切辦法，憑她那所謂的美貌，她那所謂的堅貞，特別是利用克拉姆那所謂的愛情騙他上當的惡劣行徑。只需要再過一天，不需要再多，他就可能會把她趕出去，連帶她跟那兩個助手一起演的整齣鬼把戲，全都滾出去。請想想看，連K這種人不需要兩天就能看穿了。誰知她正遭到兩面夾攻，眼看的確只有死路一條了——可是K偏偏還給她留著最後一線生機——就在這節骨眼上，她突然一下子脫離險境了。真的是突然之間——事情來得簡直出人意外，異乎尋常——突然一下子，她竟把仍舊愛著她、仍舊追求她的K趕跑了，外加她的一批朋友和那兩個助手施了壓力，她在老闆眼裡突然就搖身一變，成了救命恩人，憑著她那件桃色新聞，她的魅力比稍早更要大得多，上等人也好，下等人也好，明明都在垂涎著她，誰知一時竟落在下等人的手裡，轉眼間又照例把他甩掉了，他也罷，其他所有人也罷，又再度都無法接近她了。只是稍早大家對這一切大大懷疑，如今卻又深信不疑了。所以，她回來了，老闆朝佩披瞟了一眼，心裡拿不定主意——她明顯做得很上手，難道要拿她開刀嗎？——可是不久後他就被說服了，弗麗達的好評真是蜂擁而至，最重要的當然是她能夠讓克拉姆重新回到大廳來。今天晚上，我們就是待在這大廳裡呢。佩披可不打算等弗麗達得意洋洋地來接班。她早把錢箱交給老闆娘，如今可以走了。樓下以前那間女僕房間，那張熟悉的床鋪在等著她呢，她那兩個哭哭啼啼的朋友，都會迎她進去，剝掉她身上那件衣服，扯掉她頭髮上那些緞帶，統統都塞進個角落裡，藏得嚴嚴密密，絕不會讓人無謂想起應該早點忘懷的那段時光。之後她就要重新拿起提桶掃帚，咬緊牙關，動手幹活了。不過，她還是必須把一切都告訴K，如果沒人提醒，他到現在都不會了解。聽了這番話，他或許就此明白過來，曉得自己對佩披有多狠，把佩披害得有多苦。不用說，他在這件事上也無非是受人利用了，而且還吃了大虧。

佩披講完了。她深深吸了口氣，拭掉臉上、眼裡的幾滴淚水，看看K，點點頭，好像是說，她倒楣其實無所謂，反正她會逆來順受，因此根本不需要幫忙，也不需要安慰，更不需要K費心。雖說她還年輕得很，也多少曉得人情世故，她倒楣也是意料中的事罷了。不過，K這個人才是至關重要的。她想給他指明他是什麼角色，即使她心頭的種種希望都化為泡影了，她還是認為有必要一提。

「你這真是胡思亂想，佩披，」K說：「因為你絕不是目前才看出那種種情況來的。想當然耳，那一切無非是你們做女僕的在樓下那間小房間裡想出來的故事罷了。在那裡想想倒正合適，在這個人來人往的酒吧裡就顯得可笑了。你抱著那些念頭，在這裡當然是保不住工作的的。就連你那件衣服和你那種髮式，雖然你大吹特吹了一番，其實也無非是你們在房間裡，躺在床上發夢罷了。我敢說，在那裡的確會顯得很漂亮，如果是在這裡一定會叫人笑話，不是暗笑就是明笑。至於你其他故事呢？原來我吃了虧，上了當，是嗎？不，好佩披，我可跟你一樣，半點都沒吃虧，半點都沒上當。沒錯，弗麗達現在是離開了我，照你說，是跟個助手私奔了，你是看到了點真相，她確實絕不可能嫁給我，不過，我已經對她厭倦這一點，可完完全全不對了，更不必談什麼我在第二天就趕跑她這種話了，也不需要說她會像其他女孩騙男人那樣騙我了。你們做女僕的在鑰匙孔裡偷看慣了，就憑這種以管窺天的偏見，下了那一套結論，好是好，可惜與事實不符。因此，比如拿我說吧，在這件事上就遠遠不如你知道得多。弗麗達離開我的原因，你能講得頭頭是道，我可半點也講不出。照我看，最講得通的一層道理是被你說中了，但是你沒有徹底思考，那就是其實我不把她放在心上。這雖不幸是事實，我是不把她放在心上，不過這裡頭也自有原因，跟這次討論可不相干。萬一她回到我身邊，我當然高興，但又會馬上把她拋開的。就是這麼回事。她跟我同居那時，我經常出去，正如你剛剛挖苦了我一番的那樣，我到處晃盪。如今既然她走了，我幾乎閒得沒事幹了，我累了，巴不得連什麼事都不做。你有沒有好建議呢？佩拔？」

「有啊，有啊，」佩拔說，她突然一下子精神抖擻了，一把抓住K的肩頭，「我們倆都上了當，讓我們倆廝守在一起吧。隨我到樓下女僕房那裡去吧！」「只要你還說什麼受騙上當那種氣話，我跟你就沒有共識。你總是自稱上當，因為你覺得這麼說可以打動人心。可是事實上你的確是不配那份工作。照你看來，我比任何人都不懂事，要是連我這種人都看得出來，可見你一定是真的不配了。你是個好心人，佩拔。不過這真不容易看出來，比如我吧，開頭還以為你心狠氣傲呢，其實並非如此，這只是因為你不配那個身分，才把你自己搞糊塗了。我可不打算說，這個工作太重要所以你幹不了。這個活也許還算不上什麼，如果仔細看看，是比你以前的工作多少體面些，可是大體上沒有多大差別，確實是性質相似，幾乎難以區別。說真的，我幾乎可以肯定一件事，當女服務生還不如做女僕，因為做女僕老是在祕書堆裡打轉，但是當女服務生嘛，雖說可以到上房去伺候祕書長，也要跟平民百姓打不少交道，就比如說跟我這樣的平民吧。實際上，我除了可以在這裡酒吧坐坐，到處都沒我坐的地方——難道跟我這種人打交道，是莫大的光榮嗎？這個嘛，你是這麼看的，也許你這麼想自有道理吧！不過，正是因為你這麼想，才不配這份工作。這工作雖跟其他工作一樣，可對你來說，好比是天堂，因此你做什麼都一頭熱，對你自己一身打扮自以為像仙女一樣——其實並不一樣——你生怕丟了這個差事，自以為經常受欺侮，想用股異乎尋常的溫柔氣息來拉攏人心，照你看來，人人都可能為你撐腰，誰知這下子反而令人煩心，令人厭惡，因為他們在旅館裡原想圖個清靜，可不願聽女服務生抱怨，來個愁上加愁。你說沒有一個人發現弗麗達離開，這說法倒也不是講不通，但是今天他們終究發現了，都在真心想念弗麗達呢，因為弗麗達辦起事來的確大不相同。不管她骨子裡是什麼角色，也不管她多看重她那個差事，她伺候人方面還是經驗豐富，冷靜又沉著，固然你什麼都沒學到，你不也是那麼親口強調的嗎？你有沒有注意過她的眼神？那不僅僅是當女服務生的眼神，簡直像一位老闆娘正在左顧右盼呢。什麼都逃不過她的眼睛，而且連每個人都看在眼裡，被她目光一掃，都讓人靈魂震懾不已呢。也許她是瘦得有點皮包骨了，是上了點年紀，也想不出有誰擁有一頭比她更亂的頭髮，可那有什麼大不了呢？——跟她的真正好處一比，那都是些芝麻小事，有誰對這種缺陷感到不順眼，無非只是說明他對大事沒見識。當然，誰也不能就此責備克拉姆，你無法相信克拉姆愛弗麗達，那只能怪你這女孩年紀輕，沒經驗，眼光不精準。在你眼裡，克拉姆是高不可攀的，那也有理，因此你就以為弗麗達也親近不了他。你看錯了。在這點上，即使我拿不出鐵證，也情願相信弗麗達親口講的話。不管你覺得多麼靠不住，不管跟你那套對人生、官場、豪門、女色的看法多麼格格不入，事實總是事實，現在你我並肩坐在這裡，我雙手捧住你的手，想來克拉姆和弗麗達也是一樣並肩坐在一起，好像這是天經地義的事。他也是自願下樓的，的確是匆匆下來，沒人擱著工作不管光顧著躲在走廊上等他，克拉姆總得勞駕下樓來的。說到弗麗達衣著上的短處，是引起了你反感，他倒不覺得有什麼不順眼的。你說你不信她那一套，你不知道你就此露出了馬腳，這正好表明你缺乏經驗！即使有人對她跟克拉姆相好那回事一無所知，看看她的一顰一笑、一舉一動，也不會看不出她受過什麼人薰陶，這種人比你我和全村人都要高明得多。人們也不可能看不出，他們兩人談起話來跟一般顧客同女僕之間的打情罵俏截然不同，看來那種談心方式倒正是你做人的目的呢。可是我冤枉你了。弗麗達的長處你倒看得很清楚，你看到她的眼力、她的決心、她的威力，不需要說，可惜你統統誤解了，還以為她自私自利地一心只為自己打算，居心不良，甚至拿來當武器跟你作對。不，佩披，就算她有那麼些暗器，距離那麼近也用不上呀。說到自私自利呢？倒不妨說，她放棄了眼前所有的一切和日後享有的一切，給我們個機會證明一下是否你配得上高升，可是我們倆都叫她失望了，勢必逼得她只能回到這裡來。我不知道是不是這麼回事，我不清楚自己錯在哪裡，只有跟你比一比，才多少明白：好像我們倆只要像弗麗達那樣沉著、那樣實事求是，心頭所追求的目的想必就不難達到，也不需要煞費苦心，可是我們反而是太過用力了，鬧得太凶，太孩子氣，經驗又太少了。我們想達到目的，就又哭又抓——正像小孩子拖下桌布，什麼都沒撈到，反而把一桌好東西都潑灑在地。我不知道是不是這麼回事，可我敢說，我這個想法比你講的那一套多少像樣一點。」「啊呀，」佩披說：「原來你愛著弗麗達呢。因為她拋棄你了。她不在眼前，愛她倒不難。不過，你愛怎麼樣就怎麼樣吧，就算你什麼都對，拿我當笑柄也罷，可是你現在打算怎麼辦呢？弗麗達已經離開你，無論照我講的這一套也好，照你談的那一套也罷，現在都休想她再回到你身邊，就算她要回來，在這以前你也得有個地方安身，天又冷，何況你既沒事做，又沒床睡，不妨就到我們那裡去吧。你會喜歡我那兩個女朋友的，我們會讓你過得舒舒服服，你就幫我們做事，這種事女孩們做起來，實在吃不消，今後我們女孩就不需要樣樣都光靠自己了，在夜裡再也不必心驚肉跳了。去我們那裡吧，我那兩個朋友也認識弗麗達，我們要把她的事統統講給你聽，讓你聽到膩為止。去吧！我們也有弗麗達的照片，統統都要拿給你看。當初弗麗達可不像今天那麼神氣，你一定認不出她來，也許只有看了那對眼睛才認得出，甚至在當時她那副眼神都流露出她多疑、謹慎呢。好吧，你要不要去？」「這行得通嗎？昨天我剛在你們那條走廊上被人發現，結果鬧得滿城風雨呢。」「這都是因為被人發現，可是你跟我們待在一起，就不會給人撞見了。除了我們三個人，誰也不會知道你在那裡。啊，往後的日子才美好呢。即便是現在，那裡的日子也叫我覺得比前一陣子要好受得多。現在我無計可施只能離開這裡，說不定也沒有什麼損失吧！聽著，就算當時只有我們三個人在一起，我們倒也不覺得心煩，一個人總得讓苦日子過得甜美些，我們年紀還輕就嘗到苦日子的滋味了。說起來，我們就三人死守在一起，在那裡盡可能過得美好，你會特別喜歡亨莉愛塔的，也會喜歡愛米麗亞，我跟她們講過你的事，那種故事在那間房裡聽起來，總令人難以置信，就好像房間外不可能發生什麼大事一般，房裡是溫暖又舒適的，而我們三人擠得緊緊的。不，雖說我們只有互相依靠，倒都沒有彼此嫌棄。相反，我一想到那兩個女朋友，簡直高興自己又要回去了。我為什麼要比她們過得好呢？當初我們三人連成一條心，正是因為大家都沒有出頭的日子，可如今我終於出了頭，才跟她們分開。我當然沒把她們忘掉，讓我牽腸掛肚的，就是怎麼為她們辦點事。儘管我自己的差事還不牢靠——究竟怎麼個不牢靠，我也不清楚——可是我已經跟老闆談到亨莉愛塔和愛米麗亞的事了。在亨莉愛塔身上，老闆倒不是一點情面都不講，至於愛米麗亞呢，必須承認，她比我們兩人年紀都大，跟弗麗達差不多，可別指望老闆提拔她。想想看吧，她們都不願離開呢，明知道在那裡過的是種苦日子，可都甘心受苦，真是好人啊！我們分別時，她們掉了眼淚，我看這多半是因為可憐我，一來是不忍心看我離開我們那間房間，到外面冷風裡去——我們在那裡還以為房外的一切都是冷冰冰的——二來她們是不忍心看我闖進陌生大房間去接觸陌生的大人物，當然，這一切都無非是為了混口飯吃，其實我們三人一起過日子，畢竟多少可以湊合過去了。如今我重新回去，她們大概一點也不覺得意外，只是想要順我的心意，才會流下幾滴眼淚，惋惜我命不好罷了。但是等她們看見你，應該就會明白我離開倒也是件好事。這下她們就會高興如今我們總算有了個男人當幫手、做保鏢。眼看反正什麼事情都得守祕密，有了這個祕密，我們三人的心連得更緊了，這真要叫她們樂到極點呢。來，請到我們那裡去吧！絕不要你盡什麼義務，你不需要像我們那樣老待在我們房裡。等到來年春天，你在別處找到安身處，要是不願再跟我們一起過，那麼要走就走。不過，即使到那時，你當然也得保守祕密，別出賣我，因為這麼一來，我們在赫倫霍夫旅館的日子也算全完了，當然了，你跟我們一起過時，在其他方面也得小心，別去任何地方露臉，若不是我們認為安全的地方，處處都得聽我們的。你只有這點受管束，你我都得把這點事放在心上，除此以外，什麼都悉聽尊便，我們分給你的工作絕對累不死你，這你不需要害怕。話說到這裡，你到底要不要去？」「到春天還有多久？」K問。「到春天？」佩披重複一遍。「這裡的冬天長，很長很長呢，而且都毫無變化。可是我們在樓下那裡從不抱怨，我們吃不到冬天的苦頭。是啊，總有一天春天也會來到，還有夏天呢，想來總也有個夏天吧。可如今回想起來，彷彿春夏兩季都短得不到兩天似的，就連在那種日子裡，就連在最美好的日子裡，就連在那時候，也往往在下著雪呢。」

這時候，門打開了。佩披嚇了一跳，她心裡還以為自己已經離開酒吧多遠了呢，不過來的倒不是弗麗達，原來是老闆娘。她裝出一副吃驚的樣子，好像沒料到K還在這裡。K一邊辯解說是在等她，一邊連聲感謝她讓他在這裡過夜。老闆娘聽不懂K為什麼要等她。K說他以為她還要再跟他談一次話，如果弄錯了，那就請她原諒，此外還說什麼反正他馬上就得走，他本在學校裡當看門的，草率地離開了學校，如今出來得可太久了，這都要怪是昨天的傳訊誤了事，對這種事他還沒多少經驗呢，未來想必不會再像昨天那樣給老闆娘添麻煩了。臨走之前，他還鞠了個躬。老闆娘好像在做夢那樣看著他。這一看，竟把K多拉住了一會。這時她笑了笑，好像是看見了K臉上那份驚訝，她才醒過來。好像她本來等著人家回她一笑，可是看看對方面不改色，這才醒過來。「你昨天厚著臉皮議論過我的衣服吧？」K不記得了。「你想不起來了？那你不光是臉皮厚，而且還加上膽子小呢。」K藉口昨天身子疲勞，很可能講過什麼荒唐話，但是現在怎麼也想不起了。他能議論老闆娘衣服什麼啊？他生平還沒見過那麼漂亮的衣服呢。至少還沒見過哪個老闆娘穿著那樣的好衣服做事。「別跟我來這一套了！」老闆娘趕緊接口：「我再也不想聽你議論我的衣服。我的衣服關你什麼事？我就一句話，往後不許你再議論我的衣服。」K又鞠了一躬，就向門口走去。老闆娘衝著他背後嚷道：「你說你從沒見過哪個老闆娘穿著那種衣服做事，你這是什麼意思？你講那種胡扯是什麼意思？真是胡說八道。你這是什麼意思？」K回過身來請老闆娘不要發火。那種話當然是胡說八道。說到頭來，他對衣服真是什麼都不懂。在他這等人眼裡，不管什麼衣服，只要乾淨，沒補過，就很闊氣了。當時他只覺得驚奇，老闆娘怎麼會在夜裡穿上那麼件漂亮的晚禮服，跑到那條走廊上，跟那些一身寒酸相的人混在一起，就是這麼回事。「好啊，」老闆娘說：「看樣子你倒終於想起昨天講的那句話了。你竟然又胡說一番，繼續加油添醋。沒錯，你對衣服確是什麼也不懂。可是我規規矩矩對你說一句，你既然不懂，還是請你別裝內行，胡說什麼衣服貴氣，什麼晚禮服不適合這類話……我還要告訴你……」說到這裡，她渾身上下彷彿直打冷顫，「我的衣服根本就不關你什麼事！聽懂了嗎？」眼看K不聲不響，轉身又要走，她就追問了一句：「穿衣服的知識你究竟從哪裡學來的？」K聳聳肩，說是他這方面所知甚少。「你沒半點知識，」老闆娘說：「很好，那也別假裝有什麼學問。去帳房，我給你看點東西，希望你看了從此不再厚著臉皮亂議論。」她走出了門。佩拔藉口跟K結帳，一陣風似地趕過去：他們倆一下子想出了辦法，這倒不難，因為K曉得那個院子裡有扇門通往小巷，院門旁邊還開著扇小門，一個鐘頭之後，佩拔會站在小門後，一聽到三下敲門聲就開門。

帳房就在酒吧對面，穿過門廊就到了，老闆娘早已站在燈光通明的帳房裡，急躁地望著K。不料半路上又出了個差錯。原來蓋斯塔克一直在門廊上等著，想跟K談談。甩掉他可不容易，這下連老闆娘也走了過來，責怪蓋斯塔克不該來打岔。「你們要去哪裡？你們要去哪裡？」門關上後，還聽得見蓋斯塔克在門外這麼喊，一邊還殺風景地唉聲嘆氣，帶著幾聲咳嗽。

這房間並不大，爐火燒得實在太熱了。牆裡兩端，靠牆放著一張記帳桌和一只保險箱，兩側靠牆放著一口衣櫃和一張長椅。那口衣櫃占了一大半房間。不但占滿其中一面牆，也讓另一側牆面空間變得很窄，這口櫃子很大，一共裝著三扇拉門。老闆娘指指長椅，示意要K坐下，她自己也在記帳桌前那張旋轉椅上坐下。「你學過裁縫嗎？」老闆娘問。「沒，從沒學過。」K說。「你目前是幹什麼的？」「土地測量員。」「那是幹什麼的？」K解釋了一番，這可聽得她昏昏欲睡。

「你說的不是實話。為什麼不講實話？」「你也不講實話呀。」「我？難道你又想厚著臉皮胡說八道起來了？就算我沒講實話——難道我還得對你擔保講實話嗎？到底我是怎麼樣不講實話了？」「你裝得還真像個老闆娘，其實哪裡只是個老闆娘。」「你說這什麼話！我不只是個老闆娘，那我還是什麼？你的臉皮真厚到家了。」「我不知道你還是個什麼。我只知道你是個老闆娘，而且還穿著件不合老闆娘身分的衣服，據我所知，這村裡沒有其他人穿這種衣服的。」「好，我們終於談到正事了。其實你心裡也憋不住，或許你臉皮還不算厚，你不過像個小孩，心裡無論有什麼無聊事都憋不住。好，說出來吧！這種衣服有什麼特別之處？」「我一說，你一定會生氣。」「說這什麼話，我一定會笑出來，不過是孩子亂說話而已。你就說吧，到底是什麼衣服？」「你真的要聽？好，那種衣服料子是不錯，很值錢，可是樣式過時，做工又太講究，必須常常修補翻新，一旦穿舊了，不論是你的年紀或身材地位，都是配不上你的。大約一個星期前，我在這裡的門廊上第一次看見你，那身衣服可叫我看呆了。」「你終於都說出來了！式樣過時了，做工太講究，你還說了什麼？你怎麼什麼都看得出來？」「我憑兩隻眼睛就看得出來，這不需要什麼訓練。」「你不花什麼工夫就看得出來，不需要打聽就知道什麼樣式流行，這真是讓我另眼相看了。老實說，我最喜歡漂亮衣服。我告訴你，這口衣櫃裡都是衣服，不知你會怎麼說呢？」她把拉門統統拉開，只見衣服一件件緊貼著，塞滿了整座衣櫃，多半衣服是深色的，灰色、棕色、黑色等等都有，一件件仔細攤開掛著。「這都是我的衣服，照你看來，都是式樣過時了，做工太講究了。但這不過是我樓上房裡放不下的衣服，我房裡還有滿滿兩衣櫃呢，兩櫃子衣服，每口衣櫃都跟這個差不多大。你可沒想到吧？」「哪裡。這倒不令我意外。我不是說過你哪裡只是個老闆娘，你心裡還別有心思呢。」「我的心思只有打算穿得漂漂亮亮而已，你要不是個傻瓜，就是個小孩，再不就是個危險分子，心地壞透了。走！走吧！」轉眼間K到了門廊上，蓋斯塔克又一把抓住了他的衣袖，這時竟還聽見老闆娘衝著他背後叫道：「明天我就會拿到一件新衣服，說不定會要人找你過來！」

（本書內容收錄德語初版內容至第十八章，由湯永寬翻譯，及遺稿中接續在後的篇章至第二十章為止，由陳良廷、徐汝椿翻譯。麥田出版分別於一九九八年、二〇〇二年二度出版，今逢卡夫卡逝世一百週年，第三版經修訂再次問世。）

解說

悲劇與幸福：心理學與孩子形象的卡夫卡

文／鐘穎（心理學作家、愛智者書寫版主）

卡夫卡的小說是對當代社會或國家體制的控訴嗎？

是的，但也不是的。

《城堡》是他生前最後一篇長篇小說，這篇小說沒有結局。甚至也說不上有什麼太具體的內容。相較於另一部長篇小說《審判》，我們可以從中讀到對體制的批判，文筆甚至帶著點幽默。但在城堡裡，我們見到了很不一樣的東西。

K抵達村裡的時候已經夜深。村莊深陷在雪地裡。城堡所在的山丘籠罩在霧靄和夜色中，連一點顯示有座城堡屹立的亮光也看不見。K站在一座從大路通向村子的木橋上，對著他頭上那一片空洞虛無的場景，凝視了好長一段時間。

如果將K視為審判中被判死刑的主角，那故事的開頭就是一場幽冥之旅。木橋象徵著生死的交界，村莊的生活指向了「中陰」，那個通常被理解成為期四十九天的穿越之旅。K要在那裡等待另一場新的審判，等待來自城堡的指令。

卡夫卡在書裡將城堡描述成一個毫無道理的存在，一個現代人難以企及的權力核心或者社會運作中樞。就當代文學評論家的觀點來看，那可能是經濟的力量、資本主義的邏輯、官僚體系的繁複，或者行政流程的神祕。

但從無意識心理學的觀點來看，它最可能的象徵是卡夫卡本人的權威議題。

這裡的權威議題指的是他與父親的關係，以及「父親」一詞的延伸物（我們將之稱為「父親情結」〔Father Complex〕），他不僅指向了上述多數文學評論家所提的那一切事物，也指向了自我認同、與對神聖的信任。

本文想特別與讀者分享的就是後面兩者。

父親影響了「我是誰？」之思考。一個父子關係良好的孩子，會以成為父親為榮，他們認同父親的職業，樂於賺取金錢與名聲，認同他們所處的城市與土地，同時會將其延伸到所屬族群的文化與歷史。同樣重要的是，他們也更信任神聖事物，相信有個無形的權威在看顧著自己。

凡此種種，皆是父親情結的範疇。而卡夫卡顯然沒有做到這一點。他一直在神聖與世俗裡頭掙扎。他想辭掉白天保險理賠業務員的工作，但他得有錢支付夜晚的寫作。他愛未婚妻，為她寫了數百封信，但兩次訂婚卻兩次退訂。

如果考慮到他的未婚妻菲莉斯是一位事業有成的女強人，或許我們可以說，這位無疑會被我們視為渣男的文豪，他對菲莉斯的激情與痛苦正源於他在對方身上看見了跟父親情結有關的元素：務實、活力、成就。

榮格心理學相信，在愛情中，我們總是被自己的陰影（shadow）所吸引。因為人總是愛上與自己相反的另一半。大男人愛上小女人，理科男愛上文科女，就是這樣的例子。就連城堡裡的K所愛上的弗麗達也是「歡樂」而「爽朗」。

因此他對菲莉斯又愛又恨，正源於他對內心的父親情結又愛又恨。換言之，他對自己又愛又恨。

身為長子，卡夫卡的父親厄曼．卡夫卡對兒子一直不太諒解。因為他是一位白手起家的成功商人，換句話說，他很自律，而且難免有些霸道與專斷。他這麼要求自己，也這麼要求他底下的員工與兒子。

這一切都為卡夫卡敏銳的個性帶來了災難。

這是為什麼我們會在他的小說中看見窮盡一切最終卻只能失敗的描寫，他所描寫的不全然是個人對抗著體制或愈來愈巨大的經濟之手，也是在描述他在對抗父親情結時的茫然無措。

K所愛的弗麗達是城堡官員的情婦，他幾乎是第一眼就愛上她了，無意識的投射來得如此之快，快到K（以及現實中的卡夫卡）根本不可能察覺。但弗麗達最終還是回歸了官員的懷抱。他在跟一個不可能競爭的對象競爭，K不想放棄。但有趣的是，根據卡夫卡好友布洛德所形容的結尾（此結尾是由卡夫卡生前向布洛德所透露的），K最後死了，和《審判》中的K一樣。卡夫卡總是賜死自己（因為他名字的首字母就是K）。

卡夫卡想表達的是放棄，以及他過程中的永不放棄。這是為什麼我們會從他的故事裡得到鼓勵，但同時又感到哀傷。

對有負面父親情結的孩子而言，他們對靈性通常也是不信任的，他們通常會敏感地追求公義，激動地投身於意識形態或國族主義的認同，以避免覺察到與人格核心之間的失聯。那個人格核心，榮格將之稱為「自性」（Self）。

自性是自我誕生前的母體，是推動我們體驗完整性的動力。我們有時會將其經驗為惡魔，因為他總會以出其不意的方式讓人經驗他未知的命運。但人更傾向活在已知的人生計畫中。只可惜，宇宙對我們的人生計畫絲毫不感興趣。

卡夫卡小說中的法院與城堡表達的正是這一點，他發覺命運有它自己的安排，完全不聽他的反駁或澄清。這種控訴無門的感受經常會被投射到外部世界，因此我們容易覺得環境有問題，他人有問題，世界對不起我。

卡夫卡筆下的荒謬，多半源於自己。

城堡中的K沒有那種從容的自信，相信他必會得到城堡的應允，使他能在山腳下安居，他也無法順服於生命的流動，相信土地測量員的身分雖然沒有用處，但命運的齒輪不會讓他僅止於此。

這些都是擁有「安全依附」（secure attachment）的孩子才可能有的禮物。而卡夫卡在親密關係中的表現讓我們有理由推論：他一直活在焦慮之中。

因此閱讀《城堡》時，除了文學與先知形象的卡夫卡之外，我們也可以去看見心理學與孩子形象的卡夫卡。後者的卡夫卡被困在的童年未解的議題之中，他的身體長大了，但內心那個驚懼的孩子卻沒有。

因此閱讀卡夫卡總是讓我哀傷，《變形記》裡的他尚帶著嘲諷與批判性，這樣的風格在《審判》中依舊可尋得著脈絡，但《城堡》裡頭已經見不到嘲諷，讀者笑不出來，只感覺到恐怖、孤冷與徬徨。

卡夫卡的故事從不去恨，這也是令人感到悲傷的另一層因素。

不能恨的人也不能愛，他們是同一種心理能量在相異兩端的遊走。一個愛生命的人，必然憎恨死亡。而愛死亡的人，則必然憎恨生命。卡夫卡的書裡我們見不太到這樣的情感。

K不恨城堡，他相信自己能城堡取得某種妥協，只要裡頭的人願意給他面見的機會。或許卡夫卡到死都還帶著孩子氣的天真，可以的，人可以憑藉努力建立與自性的聯繫。但接著他又大手將自己剛剛的希望抹去，將主角賜死。

卡夫卡最大的矛盾就在這裡，對故事是如此，對他的愛情也是如此。閱讀《城堡》時或許我們都能記住這一點，那是一個受傷但努力的人，反覆思考自己的生命有無可能獲得拯救機會，而寫下的一部小說。

我相信這就是激發卡夫卡創作欲的主因，他必須在書寫中建立自己的個人神話，只有在那裡，他才是自己的神。但在他短暫的一生中，卡夫卡都未與內心的奧祕建立起聯繫。他沒有找到或者成為自己的神。

卡夫卡確實描繪出了當代人的心靈模型，而那源於他的自我觀察。他確實預言了人類的未來，但代價巨大。

他的才華是悲劇帶來的，但我更願他得到幸福。

卡夫卡年表

生前

一八八三年	七月三日生於當時為奧匈帝國屬地的布拉格，為家中長子，全名法蘭茲・卡夫卡（Franz Kafka），取自奧匈帝國國王法蘭茲・喬瑟夫（Franz Joseph）之名。父親為厄曼・卡夫卡（Hermann Kafka），母親是茱莉・勒維（Julie Löwy）。
一九〇一年	入卡爾・費迪南特大學（Univerzita Karlova v Praze）就讀，原主修化學，後改修法律。
一九〇二年	結識馬克斯・布洛德（Max Brod），兩人成為摯友，日後布洛德更是卡夫卡作品得以保存傳世的關鍵人物。
一九〇六年	完成學業，獲法學博士學位。
一九〇七年	於忠利保險集團（Assicurazioni Generali）任職。
一九〇八年	於波西米亞王朝勞工事故保險局（Arbeiter-Unfall-Versicherungs-Anstalt für das Königreich Böhmen）任職。 發表〈一場掙扎的描述〉（Beschreibung eines Kampfes）。

一九〇九年　發表〈與祈禱者的對話〉（Gespräch mit dem Beter）、〈與醉漢的對話〉（Gespräch mit dem Betrunkenen）。

一九一一年　與布洛德至義大利、瑞士、法國旅遊。

一九一二年　結識菲莉絲・包爾（Felice Bauer）。

一九一四年　六月與菲莉絲訂婚。
七月與菲莉絲取消婚約。

一九一五年　出版中篇小說《變形記》。

一九一六年　發表短篇小說〈判決〉（Das Urteil）。

一九一七年　七月與菲莉絲二度訂婚。
九月診斷出肺結核。
十二月與菲莉絲二度取消婚約。
寫作短篇小說〈獵人格拉庫斯〉（Der Jäger Gracchus）、〈萬里長城建造時〉（Beim Bau der Chinesischen Mauer）、〈皇上的諭旨〉（Eine kaiserliche Botschaft）。
寫成劇作《守墓人》（*Der Gruftwächter*）。
發表短篇小說〈致科學院的報告〉（Ein Bericht für eine Akademie）、〈胡狼和阿拉伯人〉（Schakale und Araber）。

一九一八年　與茱莉・沃里契克（Julie Wohryzek）交往。

一九一九年	發表短篇小說〈流刑地〉（In der Strafkolonie）。 與茱莉訂婚。 寫下〈給父親的信〉（Brief an den Vater）。 發表短篇小說〈鄉村醫生〉（Ein Landarzt）。
一九二〇年	與茱莉解除婚約。 與米蓮娜·潔辛絲卡（Milena Jesenska）交往。
一九二二年	出版《飢餓藝術家》（*Ein Hungerkunstler*）。
一九二三年	與米蓮娜分手。 與朵拉·迪亞芒（Dora Dymant）同居。
一九二四年	六月三日死於肺結核，交代布洛德將所有作品燒毀。

逝後

一九二五年	長篇小說《審判》（*Der Prozeß*）出版。
一九二六年	長篇小說《城堡》（*Das Schloss*）出版。
一九二七年	長篇小說《美國》（*Der Verschollene*）出版。
一九三九年	納粹德國入侵，布洛德帶出卡夫卡手稿，逃至巴勒斯坦。

一九五二年 書信集《給米蓮娜的信》（*Briefe an Milena*）出版。

長篇書信《給父親的信》（*Brief an den Vater*）出版。

一九五六年 布洛德將卡夫卡手稿送至瑞士，以求獲得安全保管。

一九六一年 手稿送至牛津大學巴德理圖書館（Bodleian Library）收藏。

一九六七年 書信集《給菲莉絲的情書》（*Briefe an Felice*）出版。

一九七四年 書信集《給奧特拉的信》（*Briefe an Ottla und die Familie*）出版。

《城堡》大事記

一九二六年	布洛德違背卡夫卡遺願，將《城堡》於慕尼黑交付出版。初版為全世界傳播最廣的版本，僅收錄至第十八章。
一九三五年	布洛德從遺稿中找出第十八章的續篇，以及第十九、二十章。另有不同版本的片段、卡夫卡刪去的章節，收進第二版後印行。時值德國對猶太文化進行排擠，此版未獲廣泛發行。
一九五一年	收錄完整內容之第三版於法蘭克福出版發行。
一九五三年	布洛德改編為同名舞台劇於柏林演出。
一九九二年	獲阿里貝特・雷曼（Aribert Reimann）改編為同名歌劇。
一九九七年	獲麥可・漢內克（Michael Haneke）改編為同名電視電影。榮獲奧地利成人教育電視獎最佳電視電影獎。《城堡》一共四度獲改編為電影，此次為最知名版本。

GREAT! 65 **城堡**

Das Schloss

作　　者	卡夫卡（Franz Kafka）
翻　　譯	湯永寬
排　　版	李秀菊
美術設計	鄭佳容
責任編輯	徐　凡
國際版權	吳玲緯、楊靜
行　　銷	闕志勳、吳宇軒、余一霞
業　　務	李再星、李振東、陳美燕
總 編 輯	巫維珍
編輯總監	劉麗真
出　　版	麥田出版　城邦文化事業股份有限公司 地址：115台北市南港區昆陽街16號4樓 電話：(02) 2500-0888 傳真：(02) 2500-1951
發　　行	英屬蓋曼群島商家庭傳媒股份有限公司城邦分公司 地址：115台北市南港區昆陽街16號8樓 書虫客戶服務專線：(02) 2500-7718；2500-7719 24小時傳真服務：(02) 2500-1990；2500-1991 讀者服務信箱：service@readingclub.com.tw 劃撥帳號：19863813　戶名：書虫股份有限公司
香港發行所	城邦（香港）出版集團有限公司 地址：香港灣仔駱克道193號東超商業中心1樓 電話：(852) 2508-6231 傳真：(852) 2578-9337
馬新發行所	城邦（馬新）出版集團【Cite(M) Sdn. Bhd.】 地址：41, Jalan Radin Anum, Bandar Baru Sri Petaling, 57000 Kuala Lumpur, Malaysia. 電話：+603-9056-3833 傳真：+603-9057-6622 讀者服務信箱：services@cite.my
印　　刷	前進彩藝有限公司
初　　版	1998年5月
二　　版	2002年9月
三版一刷	2024年10月
售　　價	450元
I S B N	978-626-310-732-8

國家圖書館出版品預行編目(CIP)資料

城堡／卡夫卡（Franz Kafka）著；湯永寬譯. -- 三版. -- 臺北市：
麥田出版：家庭傳媒城邦分公司發行, 2024.10
面；　公分. -- (Great! RC7065)
譯自：Das Schloss

ISBN 978-626-310-732-8（平裝）
EISBN 978-626-310-728-1（epub）

882.457　　113010789

城邦讀書花園
www.cite.com.tw

Printed in Taiwan.
本書若有缺頁、破損、
裝訂錯誤，請寄回更換。